【完全版】人妻捜査官

御堂 乱

フランス書院文庫X

【完全版】人妻捜査官

もくじ

人妻捜査官・玲子【囮】

人妻捜査官【全員奴隷】

377

フランス書院文庫X

【完全版】人妻捜査官

人妻捜査官・玲子【四】

第一章　売られた女たち

1

（マジかよ……し、信じられん）

宇田川はもう一度生唾を呑んだ。

落ち着け、落ち着くんだ——何度自分に言い聞かせても、オタク青年の小太りした体は興奮の胴震いを止めなかった。

目の前に、あの松井知美がいる。

トレードマークの大きな瞳をおびえに見開き、ダイニングテーブルの上でマネキンのように直立して、宇田川の口から出る次の命令を待っている。髪型は彼が大好きなポニーテール。身につけているのはいつも見慣れたＳＲＢの制服だ。美少女アイドルの残り香が染みついたこの愛らしい制服を手に入れることは、SRBファンたちの念願、いや悲願と言っても過言ではない。だが今年三十になる宇田川晃一が手に入れたのは、制服ではなくその中身なのだ。

トモちゃん（それがアイドル松井知美の愛称だった）が俺のマンションにいる。そして俺が下す命令に何でも従ってくれる。たとえその命令が、十八歳の清純な乙女にとって、どれほど恥ずかしく屈辱的なものであろうとも。

夢ではないかと凝視しているこのオタク青年の細い眼が、激昂に吊り上がったのはほんの二週間前のことだった。某週刊誌が、国民的アイドルグループSRBでセンターを務める美少女の松井が深夜、若手イケメン俳優の加藤渉と都内の公園のベンチに並んで座っている隠し撮り写真を掲載したのだ。

SRBのメンバーは恋愛御法度である。事務所側は写真の女性が本人であることを否定し、松井も公式ブログで自分ではないと断言した。

たしかに写真は不分明なものだった。だが熱狂的ファンの目は誤魔化せない。自称アイドル評論家で、自費出版で本まで出している宇田川には、それが嘘だと分かっていた。望遠レンズで撮られたあの写真――羞ずかしげに肩をすぼめ、イケメン俳優の隣で行儀よく膝を揃えて座っている姿は、まぎれもなく彼のキューティー天使、松井知美その人にほかならなかった。

裏切られた……。

それが彼の気持ちだった。

二年前、松井知美が十六歳でデビューした時から、宇田川の人生は彼女に捧げられたといっても過言ではなかった。ＣＤやグッズを買うために費やした額は軽く一千万を超えている。生誕祭と呼ばれる誕生会には、彼女に喜んでもらいたい一心で高価な財布やバッグをプレゼントした。握手会では少しでも好印象を持ってもらおうと、手の甲を脱毛処理し、爪にはメンズネイルをほどこした。それもこれも、彼女が地上に舞い降りた天使、一点の汚れも醜さもない清らかな永遠の処女だからである。

その彼女が男と――人気絶頂のイケメン若手俳優と交際している。

宇田川の落ち込みようといったらなかった。食事も喉を通らず夜も眠れず、八十キロ近くあった体重が三日間で五キロも減った。そんな時だった。アイドル松井知美は突然行方をくらました。タイミングがタイミングなので、マスコミの追及を逃れるために姿をくらましたのだと誰もが思い、事件性があるとは考えなかった。数日後無事であることが確認されたが、彼女は失踪について決して口を開こうとせず、事務所はペナルティーとして一ヶ月の活動休止処分を申し渡した。そのことがマスコミに発表されたのが今朝の十時半。宇田川にMと名乗る男から奇妙な電話がかかってきたのはその七時間後、夕方の五時半であった。

ありえない話だと思いつつも、どうせ散歩がてらだからと指定された公園に行くと、電話で告げられたとおり道路脇に停められている黒いベンツの助手席から少女が降りてきた。臙脂色のキュートなSRBの制服。マスクをしていても、ひと目でトモちゃん——松井知美であると分かった。駆け寄った宇田川が教えられた「キーワード」を囁くと、彼女はヒッと声をあげて金縛り状態になった。

「ついておいで」

「中に入って」

「靴を脱いで」

「マスクを外して」

「テーブルに乗っかるんだ」

宇田川の下す全ての命令に、人気絶頂のアイドル美少女は従順だった。いや従順というのとは少し違う。あの夢見るような黒目がちの瞳はずっと怯えに見開かれている。本人の意思とは無関係に——いやむしろ意思に逆らうかのように、身体が命令に動かされているのだった。

握手会で手を握って会話を交わすのが関の山、こんなところには絶対に来るはずのない憧れのアイドル美少女を、自宅マンションの小さなダイニングテーブルの上に乗せ、自分はその前の椅子に腰掛けて一人で鑑賞している。手を伸ばせば臙脂色の制服スカートを捲り上げることも、膝下まである清純な白いハイソックスを脱がすことも簡単にできてしまうのだ。

「トモちゃん、僕のこと覚えてくれてるよね」

ゴクッと生唾を呑むと、宇田川はうわずった声で訊いた。

美少女はバネ仕掛けの人形のように何度も首を縦に振った。

よし、と宇田川はうなずいた。覚えてもらっていて当然だ。デビュー以来、ずっと応援し続けてきたんだもんな。僕らファンがいてこそのSRBだ。つまり一緒に成長してきたのだ。

「名前は？　僕の名前を言ってごらん」

眼鏡の奥の眼でじっと見つめられ、アイドルの表情に焦りが滲んだ。今にも泣きだしそうなキュートな小顔に宇田川の胸は締めつけられた。テーブルに飛び乗って抱きしめてやりたい衝動に駆られたが、なんとかそれをこらえて返事を待った。きっと覚えていてくれる。僕の名を覚えてくれてさえいれば、今日のところはキスするだけで帰してやってもいい。だがもし覚えていなければ、その時は――。

「フルネームでなくていいんだ。上か下の名、それなら言えるだろ?」

彼としては精一杯妥協したつもりだった。

だが無駄だった。

「あ、あわわ……」

覚えていたのですが、度忘れしてしまいました。そう言い訳したいのだが、恐怖のあまり言葉にならない。相手の意を迎えることができなかった美少女の黒瞳から大粒の涙がこぼれ落ちたが、落胆しきった宇田川はもはや可哀相だとも思わなかった。

「ちぇっ」

いまいましげに舌打ちすると、

「したのかよ?」

低い声で唸るように訊ねた。

「あいつと……加藤渉とエッチしたのかよ?」

だとすれば酷い裏切りだ――というニュアンスを、相手の口調からアイドル美少女は敏感に感じとった。

ポニーテールの頭を激しく横に振ると、

「していません……」

やっとのことで声を絞り出した。

「本当に？」

「本当です……」

「どうだかなァ」

こうなったら徹底的にやるしかないと宇田川は決意した。

「まあ調べれば分かることさ。時間は――」

壁掛け時計を見た。時計の下にもトモちゃんの等身大の水着写真を囲むようにして顔写真が何枚も貼ってある。白ビキニの肢体は眩しいほどの若さに溢れ、顔写真はどれもこぼれんばかりの笑顔だった。いずれ水着も着せてみようと、写真を眺めながら考えた。いろんな水着をトモちゃんに着せてみたい。着せ替え人形ごっこは彼の夢でもあった。

「時間は――たっぷりある」

電話の男から、「今日のところは十時くらいまでにした方がいい」とアドバイスを受けていた。彼女はいま謹慎中の身。あまり帰りが遅くなると今後の芸能活動に支障をきたすことになる。宇田川としても、それは望むところではない。

「踊ってみせてよ」

手を伸ばし、CDプレーヤーのスイッチを入れた。

リリースしたばかりのSRBの新曲「恋のチョコレートキッス」のイントロが流れはじめた。

キッス♪　キッス♪
ホッぺにキッス♪
恋〜するぅ〜♪　チョぉコレぇトキッスぅ〜♪

ダイニングテーブルの上で、小太りのファンのためにダンスを披露しながら、知美自身が仰天していた。キーワードを聞かされると否応なく相手の言いなりになってしまう。それはもうとっくに分かっている。だが踊らされたのは初めてだった。ここまで身体を操られてしまうのは恐怖以外の何物でもない。にもかかわらず、「笑えよ」と言われると自動的に笑顔を作ってしまう。内心でどれほど戦慄を覚えていようとも、顔面の筋肉すら相手の命令にそむくことはできなかった。

キッス♪　キッス♪
瞳にキッス♪
夢～みるぅ～♪　チョぉコレぇトキッスぅ～♪

宇田川の顔は緩みっぱなしだ。メガネの奥の眼を細め、下唇を舐めると、

「スカートを捲れよ」

涎を垂らさんばかりの声で命じた。

「捲り上げたままで踊りつづけるんだ」

（い、いやッ……）

内心の狼狽に、知美の笑顔がかすかにひきつった。

だが抵抗はできない。曲に合わせて腰を振りながら、両手の指で臙脂色のスカートの裾をつまみあげると、まるで羞じらっていないかのごとく笑顔のまま高々と腰の上まで捲り上げた。

「おおおーッ」

宇田川は声を発して目を丸くした。

てっきり黒いスパッツの「見せパン」が現れるものと思っていたが、彼の目の前にあるのは、まぎれもない本物の下着、逆三角形の清潔な純白ショーツであった。きっと電話の男が、客である宇田川のために気を利かせてくれたのだろう。

(いいぞ、いいぞ、いいぞおっ！)

椅子にすわったまま宇田川は胴震いしはじめた。

純白ショーツの下半身をさらしたまま、憧れの美少女アイドルが自分ひとりだけの為にダンスを踊ってくれている。嬉しいことに、こちらへお尻を突き出しプリプリと揺すってみせる振付も入っている。恋人のいない独身のオタク青年にとって、まさにパラダイスと言うべき状況だ。

(た、たまらんッ)

無意識のうちにズボンのジッパーを下げ、いきり立つペニスをトランクスの上から摑んでいた。

曲が終わり、美少女アイドルはダンスを終えた。だがスカートをおろすことはしない。しないのではなくできないのだ。キーワードが効果を発揮している間は、命令が取り消されない以上、自分の意思でそれに逆らうことは不可能だった。

宇田川は息をつめ、アイドル松井知美の慄える下肢に舐めるような視線を這わせていく。スラリとした形のいい脛に白いハイソックスが実によく似合っていた。ミルク色をした十八歳の柔らかい太腿は羞じらいにピタリときつく閉じ合わされ、そのせいで純白ショーツが恥丘の優しい盛り上がりを強調している。

（おっ、おっ、おおおっ？）

宇田川は思わず身を乗りだした。

逆三角形の白いショーツの下端に、ほんの微かだが黄色い色染みを見てとることができたからだ。

（ぬうううっ！）

宇田川の顔は瞬時に茹ダコのように赤くなった。

（許せん……）

小便か、あるいはそれ以外の女の分泌物なのかは分からないが、清らかなアイドルの下着にわずかな染みでも許されるものではない。身勝手な憤りと同時に、宇田川は猛烈な興奮に襲われてもいた。

「パンツ脱いでよ」

身を前に乗りだしたまま言った。

「トモちゃんの大切なところを、僕に見せるんだ」

言った拍子に唇からドロリと涎が溢れ出したが、もうそんなことには構っていられない。あの松井知美――SRBでセンターを務める美少女アイドルの大切なところを見たい。その一心であった。

「いやァ」

少女は声をあげ、かろうじてかぶりを振ることはできた。だがスカートを捲り上げていた手が勝手に動いてショーツの上端をつまみあげる。膝を曲げ、しゃがむようにしながら下着をおろすと、足を交互に上げて爪先から抜き取った。

手を伸ばしてそれをひったくった宇田川は、まだ温かみの残る布地を鼻に押し当て微かに変色した舟底の部分の匂いをスーハスーハと夢中で嗅いだ。

（おおーっ、たまらない……）

微かにアンモニア臭がしたが、これがトモちゃんのオマ×コの匂いなのだと思うと感激と興奮で頭がクラクラした。陶然となりつつ、宇田川はテーブルの上でスカートを捲り上げているノーパンアイドルの下半身を見つめた。

思ったとおり秘毛は薄かった。淡い翳りの下に童女のように清らかな縦割れが透けて見える。もしかすると本当に加藤渉とはやっておらず、まだヴァージンなのかもしれない。そうであって欲しいと願った。

不意に着信音が鳴った。

ズボンのポケットから取り出したスマホを宇田川が耳に当てると、

『どうです。お愉しみいただけてますか？』

笑いを含んだ声は例の男のものだった。

『キーワードの独占使用権料は五百万。ビタ一文値引きしません』

「払う！　払うよ！」

スマホを握りしめて宇田川は叫んでいた。時間がもったいない。早く契約をすませてプレイに没頭したかった。男が何者なのか、なぜキーワードを囁くだけで彼女を言いなりにすることができるのか、この際そんなことはどうでもよかった。

「支払方法は？　振込？　書きとめるから口座番号を言って！」

銀行預金がまだそれくらいは残っていたはずだ。交通事故で亡くなった両親の生命保険金。大学を中退して以来ずっとニートを続けている宇田川がアイドルの応援に大金をつぎ込み続けられたのも、この瀟洒な新築マンションに住んでいられるのも、その金のおかげだった。五百万を振り込むと預金残高は限りなくゼロに近づくが、松井知美を自由にできるのなら安いものだ。無一文になって路頭に迷うことになったとしても悔いはない。

口座番号をゆっくりと二度繰り返し、支払期限を告げると、男は続けた。

『遊び飽きたら、キーワード使用権を売却することもできます。その場合――』

「売らないよッ！」

宇田川は最後まで聞かず電話を切った。

トモちゃんを他の男に売るなんて。たとえ天地がひっくり返ったとしても、それだけはあり得ない。トモちゃんは永遠に僕の――僕だけのものだ。

美少女アイドルの汚れたショーツを片手に、宇田川はニタニタと笑った。もちろんこれからもトモちゃんには芸能活動を続けてもらう。彼女の純真無垢な笑顔に、潑剌とした歌とダンスに魅了される日本中のファンたちは、その彼女が宇田川晃一という名もない青年の肉人形であるなどとは夢にも思わないだろう。金？なあに、困った時には彼女に融通させるだけのことさ。なんたってキーワードがある限り、松井知美は僕の言いなりなのだからな。

「尻をつけて座るんだ」

冷酷な宇田川の言葉に、アイドルは臙脂色のスカートを捲ったまま、テーブルの上にペタンと尻餅をついた。

「股をひろげて」

「いやっ」

悲鳴をあげ、すがるような眼を向けるが、勝手に膝が開いていく。

「あっ、あっ」

隠さなければ——そう思うのに、スカートをつまみ上げている手は動かない。

M字開脚になった少女の内腿は、ブルブルと慄えて目に沁みる白さだった。

「いいぞ。左手を後ろへついて、尻を持ち上げるようにしろ」

「ああああっ！」

動かなかった左手が見えない力に引っぱられ、つっかえ棒になって身体を支えた。右手でスカートを捲り上げたまま、裸のヒップがゆっくりと浮き上がっていく。

「いやあああっ」

十八歳の美少女アイドルがとるポーズではなかった。M字開脚でノーパンの股間を晒しきり、淡い秘毛の萌える恥丘をせり出した格好は、まるでストリッパーだ。

「割れ目を指でひろげて、トモちゃんのオマ×コの中を見せて」

「いやっ、いやっ」

少女は泣きながらポニーテールの頭を振りたくった。だが無駄である。スカートの裾をつまんでいた手が勝手に下腹へと移動し、人差し指と中指で媚肉の合わせ目をくつろげ開いた。

「駄目っ、見ないで、見てはいやっ」

繊細な秘肉が外気に触れると同時に、ファンの青年の熱い視線が潜り込んでくる。気も遠くなる羞恥だった。

「よく見えないぞ。もっと尻を上げて、奥までパックリ開くんだ」

「ヒイイーッ」

知美は背中を反らし、さらに大きく指をひろげた。

剝きくつろげられた肉の花園に、

（す、すげえ……）

宇田川は何度も生唾を呑んだ。

童貞の宇田川でも、ネット上で女性器を目にすることはある。だが生の柔肉を見たのは初めてだ。しかも大好きな美少女アイドルの秘部である。ヌラヌラして貝肉を想わせる複雑な構造から目が離せなかった。

「トモちゃんは、オナニーしたことあるの?」

ピンクの粘膜の重なりに熱い視線を吸いつかせたまま、宇田川は熱に浮かされたように訊ねた。

「正直に答えるんだ」

そう付け加えたのは、命令を添えないと強制力がないと思ったからだ。ただの質問だとウソをつかれるかもしれない。

青年の予想は正しかった。知美の慄える唇からは、本人の意思に反して正直な言葉がこぼれ出てしまう。

「あ、あります……」

涙に濡れた頰が紅潮している。

「でも、私だけじゃないです。さっちゃんも、あゆゆも、エリコさまも、みんなしてますよ、オナニー」

花唇をひろげたまま、言い訳するように他のメンバーの名をあげた。

「そんなこと訊いてないよ」

宇田川は冷たく突き放した。

「してみせてよ。今この場で。いつもやってるように」

アアッと美少女は絶望の声を発した。もう抗っても無駄だと分かっている。キーワードを囁いた相手に対しては、身体が操り人形になって従ってしまうのだ。たとえばこの後ＳＲＢの制服のまま街へ出て、集まってきたファンの前で立小便しろと言われたら実行してしまうに違いない。オナニーを見られるのは恥ずかしいが、そんな無茶を命じられないだけまだマシなのかもしれなかった。

知美は腰をせり上げたまま、割れ目を指先でこすりはじめた。いつも自室でやるように、盛り上がった恥丘の中心を、時間をかけてゆっくりと縦になぞった。

「指を中に入れろよ」

「うっ……うっ……」

逆らえなかった。

「色っぽく腰を使うんだ」

「あああッ」

せわしなく柔肉をなぶりつつ、浮き上がった腰を円を描くように大きくグラインドさせた。

「感じたら声を出せよ」

「は、はい……クウウーッ」

鼻にかかった啼泣が洩れだし、秘肉をなぶる指の動きがせわしなくなる。言われなくとも、いつもどおりに知美は自然と一番敏感な箇所に愛撫を集中させた。しこった肉の芽を指の腹で軽く圧し、転がすようにして刺激する。

「ああんッ、ああんッ」

すすり泣きがあえぎ声に変わり、せつなさと湿っぽさを増した。潤んだ黒瞳はもう焦点が合っていない。腰の旋回が少女らしからぬ狂おしさを示しはじめた。

「ああッ、いい！　いいッ！」

迸る声は清純派アイドルとも思えぬ。食い入らんばかりに見つめる青年の存在すら忘れて、知美はあさましい自慰の快感に浸っている。クチュクチュと卑猥な音を立ててよじれるピンクの柔肉のあわいから、熱い悦びの汁が驚くほど溢れ出てテーブルの上を濡らした。

「ヒッ、ヒッ……ヒエエッ」

もうまともに息もつけなくなって、知美はガクンガクンと腰を跳ね上げた。

宇田川は椅子に座って狂ったように股間のイチモツをしごいていたが、ついに我慢できなくなった。

「トモちゃんッ！」

甲高い声をあげるとテーブルによじ登り、たるんだ体をアイドルの美しい脚の間に割り入れていった。

2

スケート靴をはいてリンクの中央で待っている今も、五十歳の稲嶺義男は夢を見ているような気持ちだった。

だが夢ではない。コーチの彼が胸の内に秘めていた妄想——考えることさえ不謹慎だとして、長いあいだ意識下に抑圧してきた妄想が本当に実現しそうなのである。

次のグランプリファイナルについて打ち合わせしたいことがあると嘘をついて喫茶店に呼び出した小谷真桜の耳元に、前金を払って仮購入した「キーワード」を囁くと、はたして男が電話で告げたとおり異変が起こった。

試しに、

「飲んでごらん」

と、自分が口をつけたコーヒーカップを差し出すと、真桜はくりくりした大きな眼を驚愕に見開いたまま、彼の飲みかけのコーヒーを全部飲みほしてしまった。

（こ、これは……）

ありうることだろうかと疑いながら、

「かじるんだ」

今度は指でつまんだ角砂糖を、彼女のサクランボのような唇に近づけてみる。

真桜がそれをボリボリとかじるのを見て、ようやく信じる気になった。念のために他の客が見ていないか周囲を見回してから、

「舐めなさい」

人差し指を突き出して、ねっとりと濡れた舌でペロペロ舐めさせた。

稲嶺は用心深い男であるが、ここに至ってさすがに確信を持った。そもそも、彼が専属コーチを務めているフィギュアスケート選手の小谷真桜が三日間行方をくらますことがなかったなら、そんなどこの誰とも分からぬ男の電話など最初から相手にすることはなかったろう。

真桜は名の知れたオリンピック候補選手であり、大きな国際試合を控えてもいたため、失踪については関係者に箝口令が布かれた。無事戻ってきた彼女に事情を聞こうとしていた矢先に謎の人物から電話があり、今回の奇妙過ぎる取引を持

ちかけられたのである。

（まさか本当にこんなことが……）

わくわくしながらリンクの中央に佇む中年コーチのズボンの股間は痛いほどテントを張っている。場所はN市のスケートアリーナ。今日は休館日なのだが、稲嶺の名前で特別に貸し切ることができた。

指示したとおり、真桜は更衣室で競技用の衣装に着替え、スケート靴をはいて稲嶺の待つリンクに現れた。白鳥をイメージした清らかなコスチュームが、二十歳のフィギュアスケーターの伸びやかな肢体によく似合っている。あどけない童顔。だが身体は少女から大人の女性へと着実に変貌しつつあった。

「僕の顔を見るんだ、真桜」

例になくきつい口調で稲嶺が言うと、

「コーチ……どうしてあなたが？」

真桜はつぶやいて、怯えた顔を上げた。

凍りついたつぶらな瞳は、未だに信じられないと言いたげである。性奴隷として売りとばされるのだと聞かされてはいたが、よりによって信頼しているコーチに買い取られることになろうとは……。

それにしてもどうしてスケートリンクに？　二人きりのリンクで一体何をしようというのか？　何であれ、ただの練習で終わらないことは自分を見つめるコーチの異様な眼つきで分かる。そして自分が彼のいかなる要求にも従ってしまうであろうことも分かっていた。

「一緒に滑ろう」

稲嶺の声はうわずっていた。

「ジャンプはだいぶ改善できた。だが君の演技には欠けているものがある。今日は丸一日かけてそこを鍛える」

言われるがまま、真桜は氷を蹴って滑りだした。ショートプログラムの構成に従って数回のジャンプをこなすと、後を追って滑ってきた稲嶺の手が腰に触れてきた。

「コ、コーチ……」

指導を受ける時、身体に触れられるのは普通である。だが明らかにいつもとは感じが違った。まるで男女ペアで滑るアイスダンスのように、腰をつかまれ背後から密着されている。

「ジャンプはもういい。次はスパイラルだ」

湿った熱い息が耳にかかった。

不気味さに鳥肌立ったが、キーワードを囁かれている真桜はすでに操り人形だ。言われたとおり片肢を後ろへ高々と上げ、優美なアラベスクスパイラルを滑った。

日本の女子フィギュアスケート選手は競技の際、コスチュームの下にパンスト風のタイツを穿いている。肌色なので観客席からはそれが素肌のように見える。稲嶺の手はそのタイツの布地越しに真桜の伸びきった膝裏を支えていた。その手が徐々に移動し、弾力のある太腿をゆっくりと撫でさすりつつ、ドレープの優美なスカートの中に忍び込んできた。

（コーチ、やめて……やめてください……）

尊敬し、信頼していたコーチなのに……不安が的中し、真桜は泣き顔になる。それでも、許されるまでスパイラルを止めることはできない。

「君に足りないものが何か分かるかね？」

重なるようにして氷上を滑りながら、稲嶺は真桜のトレードマークであるポニーテールの匂いを嗅ぎ、手のひらでいやらしく太腿の付け根を愛撫した。

「色気だよ、色気。セクシーさが足りないんだ」

それはまんざら嘘でもなかった。彼女のライバルと目される選手には大人の色気が備わっているのに、二十歳になる真桜は子供っぽすぎて浮いた話のひとつすらない。自然とその処女っぽさは演技にも出る。国内の試合であればそれでも問題はないが、外国人の審査員からは表現力の不足ととられ、芸術点でマイナスになってしまう。

だから指導者である自分が責任をもって彼女に男女の世界の機微を教えてやるのだ、というのが、生徒に恥ずべき行いをしかけようとする中年コーチの自己弁護、偽りの大義名分であった。

「ヒッ!」

白いレオタードの股間にコーチの指先を感じて、真桜は小さく悲鳴をあげた。あやうく膝を崩しかけるが、どうにか持ちこたえてスパイラルを続けた。

(あァ、真桜……僕の可愛い真桜……)

これだ! ずっとこれがやりたかったんだ! 手塩にかけて育成した天才少女スケーターの秘部をレオタードの布地の上からまさぐりながら、稲嶺は昂る気持ちを抑えることができない。柔らかい恥丘の盛り上がりを指の腹で圧し、中心の凹みを上下に何度もなぞってやると、スラリと伸びた美少女の片肢がワナワナと慄える。

「恥ずかしいかい、真桜？」

汗ばんだ首筋にキスの雨を降らしつつ問うと、

「は、はい、コーチ」

真桜は滑りながらせつなそうな表情でうなずいた。

「そこを触られると……真桜、とても恥ずかしいです」

「それでいいんだ」

この期に及んでも稲嶺はコーチづらを続けた。

「もっと気分を出しなさい。気分を出して、せつなさとやるせなさ、つまり大人の女の色気を全身で表現するんだ」

まさぐる指先に心なしか湿り気を感じる。恥ずかしいだけでなく、感じてもいるようだ。顔立ちは幼げでも二十歳の大学生。身体の方は成熟しつつある。繊細な部分をまさぐられて、恥ずかしいだけということはあり得ない。

（確かめてやる）

稲嶺はこらえきれなかった。

白いレオタードの股間へ手を潜りこませると、薄いタイツをつかんで荒々しく引き裂いた。真桜はタイツの下に下着をつけていない。稲嶺の指は美少女の淡い秘毛を掻き分け、ズブズブと割れ目の奥へ侵入した。

「ううッ」

真桜は唇を噛んだ。

悲痛な表情――だがどんなにつらくとも、指示なしにスケーティングをやめることはできない。キーワードはそれほどまでに強力なのだ。

(やっぱり濡れてるじゃないか)

稲嶺は天にも昇る心地でいる。

しっとりと濡れた秘肉が、とろけるような柔らかさで稲嶺の指を生温かく包み込んでいた。

(もっと感じさせて、メロメロにしてやる)

稲嶺は激しく指を使った。挿入した中指を鉤状に曲げ、若く新鮮な牝肉を乱暴に掻き混ぜる。

「いやっ、コーチ、いやですっ」

あまりの仕打ちに、泣き声をあげて首を振る教え子に、

「真桜っ、ビールマンスピンだ!」

昂った声で命じた。

　真桜は抗えない。コーチの指に花芯を貫かれたまま、両手でスケート靴のエッジをつかむと、白鳥を想わせる優美なコスチュームの肢体を大きく弓なりに反らした。見る者を魅了する見事な高速スピン——そのさなかに、まとわりついた稲嶺の指も高速で動く。コーチの太い指で音が出るほど激しく膣穴を苛まれ、天才少女スケーターは回転しながら歓喜の絶頂に昇りつめた。

「ヒエエッ！　ヒエエエーッ！」

はしたない嬌声と同時に割れ目から噴き出した熱い潮が、まるでスプリンクラーのように、プシュッ、プシュッと氷のリンクに飛沫を撒き散らしていく。

3

「皆さん、こんばんは、藤田一郎です」

　数台のテレビカメラに囲まれ、いつものように司会の藤田は挨拶の頭を下げた。

「今夜の『Ｊａｐａｎニュースジャーナル』。五日間お休みを頂いていたアシスタントの木村祐子アナウンサーと一緒に赤坂スタジオからお届けいたします。ところで木村さん、休暇はゆっくり過ごせましたか？」

にこやかに笑みつつ、藤田は隣に座る人気女子アナウンサーに語りかけた。

先週末の本番直前、アシスタントを務める木村祐子の行方が分からなくなったとスタジオで聞かされた藤田は、視聴者向けの愛想笑いなどかなぐり捨てて逆上し、手当たり次第に物を投げるなど、スタッフに当たり散らした。

急遽、木村祐子は休暇をとっていることとし、代役のアナウンサーでどうにかこの五日間をしのいだのだが、今朝になって彼女が発見されたと報せがあり、局側があと数日休みをとらせるつもりでいたのを、憤懣やるかたない藤田は強硬に出演を求めたのである。

「ええ、両親と沖縄旅行に行かせていただきました。お蔭様で、しっかり英気を養うことができました。藤田さん、スタッフの皆さん、ありがとうございました」

いつもと変わらぬ知的な美貌で、ソツのないコメントを返す人気女子アナに、

「ではさっそく、あの事件から行きましょうか。木村さんねェ、先週我々が取り扱った例の横領疑惑事件、ものすごい反響で、早く続きをやれと視聴者の皆様からメールやFAXが山のように届いているんです。ですから私、木村さんが帰ってらっしゃるのを首を長〜くして待っていたんですよ」

陰湿な藤田はネチネチと皮肉を言う。

「そして今日はなんと、渦中の人物、NPO法人リベラルネット代表理事・黒川隆三氏にスタジオにお越しいただいております」

藤田の紹介で、テレビカメラは彼の右隣に座っている恰幅のいい中年男の赤ら顔をアップで映し出した。

「さっそくですが黒川さん、もちろん黒川さんご自身も、取り沙汰されている今回の疑惑——つまりリベラルネットの代表理事であるあなたが、国の復興支援事業補助金を横領し、私的に流用したのではないかという疑いをかけられていることはご存知だと思います。うちの木村などは——」

藤田はチラと女子アナを横目で見て続けた。

「木村などは、先週の放送で、『被災者の心を踏みにじる恥知らずな行い』とまであなたのことをこきおろしていますからね。まずその件について、ご自身の現在の率直なお気持ちをお聞かせください」

「いやァ……」

黒川はニタニタしながら、白髪混じりの頭をボリボリと掻いた。脂ぎった顔は唇がぶ厚く、頰がたるみきって見苦しい。いかにも金銭がらみの悪事をはたらきそうな面構えは、どことなくヒキガエルを想わせる。

「あの日の放送、たまたま私も家内と一緒に観てましてね。木村祐子さん、可愛い顔してるくせして、言わはることキッツイなあと、ヘッヘッヘッ」

その時、今までクールな態度を保っていた木村祐子が突然顔色を変えた。ウッと呻いて眼を見開き、次にギュウッと睫毛を閉じて眉間にシワを寄せたが、

「木村さん？」

異変に気づいた藤田が眉をひそめて声をかけると、

「あ……いえ……なんでも……なんでもありませんわ……すみませんでした」

とりつくろった笑顔をみせ、前屈みになった姿勢を真っ直ぐに伸ばした。

「そやさかい、ただのやっかみでっしゃろ。内部告発言うたかて、その当人が出てこれんのに、何の信憑性がおまっか？　そうでっしゃろ？」

やけに陽気でペラペラと喋りまくる黒川に、司会の藤田はうなずきながら腹の中でしめしめと思っている。この調子なら視聴率アップは間違いなし。そもそもこのタイミングで突然に黒川の方から番組出演の申し出をしてきたのは僥倖というほかかない。同じ突然でも木村祐子の失踪とは違い、こちらは嬉しいサプライズだ。まさかその二つの出来事の間に関連があるとは夢にも思わない。何も知らない司会者の左隣で、美人女子アナウンサーはこめかみを引き攣らせ、額の生え際

に汗を光らせている。

収録が終わり、緊張から解放されたスタジオがざわめき始めた。

「木村くん、ちょっといいかな？」

小言のひとつも言ってやろうと、しかつめらしい顔で呼び止めた藤田に、

「すみません。忙しいので後にしてください」

上品なベージュのスカートスーツ姿の祐子はお辞儀をし、さっさとスタジオを後にした。

「な……何なんだ、あいつ？　何様のつもりだ！」

プライドを傷つけられた藤田はカツラの頭から湯気を立て、さっきまで女子アナが座っていた椅子を思いきり蹴飛ばした。

小走りに通路を急ぐ祐子は、よほど焦っているのか、すれちがうテレビ局スタッフの挨拶にも返事をしない。通路端に立って待っている黒川の姿を見つけると、彼の後につづいて吸い込まれるように男子トイレに入った。

「へへへ、辛抱たまらんのやろ？」

個室に入ると、黒川はズボンを脱いで洋式便器に腰をおろし、前に立ってワナワナと慄える美人アナウンサーを見上げた。

「お願い……ここでは嫌っ」

「嫌ならなんで来た？　ええからスカートを捲れ。もうオマ×コ濡らしてんのやろ」

「いやっ、いやですっ」

首を横に振り、悲痛な声をあげながらも、祐子はベージュの上品なタイトスカートを自分から捲り上げ、パンティストッキングにぴっちりと包まれた美しい下半身を晒してしまう。光沢のあるパンストの被膜の下に、小さな逆三角形の下着が妖しく透けて見えた。

「儂のことを悪く言うた罰や」

じっとしていろと命じておいて、黒川は薄皮をむくようにゆっくりとパンストを引きおろしていく。

「ああっ、駄目っ……」

熟肌をさらされていく感覚に、祐子はもう生きた心地もない。いま彼女は何もかも思い出していた。なにか強い力で覆い隠されていたこの五日間の記憶が、今日スタジオに入って黒川と会い、ある言葉（キーワード）を囁かれた瞬間に瞬時に蘇ったのである。同時に祐子は黒川の言いなりになる操り人形にされてしまった。

4

「ほんまにスケベなパンツ穿いとるのォ」

便座にどっかり尻を落としたまま、黒川は嬉しそうに団子鼻をヒクつかせた。狭苦しいトイレの個室である。ベージュのタイトスカートを捲り上げた美人女子アナの下腹が、彼のゆるみきった顔の真ん前にある。悩ましすぎる女の肌の匂いが化粧の芳香と入り混じって、彼の脳髄をジーンと甘く痺れさせていた。

精緻なレース刺繍に縁どられたワインレッドの高級パンティは、エレガントな彼女にいかにも相応しい。小さな三角布地を食い込ませた腰は眼を瞠るほど豊満で、理知的な顔立ちとはアンバランスなまでにセクシーだ。

黒川はゴクッと生唾を呑み、パンティのゴムに手をかけた。

「いやあああッ」

たまらず祐子は泣き声をあげた。

場所は職場であるテレビ局の男子トイレ。目の前にいるのは今日初めて会ったばかりの醜い中年男で、被災者支援に使われるべき国の補助金を横領し明日にも逮捕されようかという犯罪者。先週の放送で、祐子はこの男の卑劣きわまりない行為を厳しい言葉で糾弾したのだった。そんな相手に男子トイレで下着を脱がされ、女の羞恥を晒さなければならない。

気も遠くなるような羞恥にもかかわらず、祐子はスカートの裾を握った手を離そうとはしない。離したくとも離せないのだ。キーワードの呪縛で精神をがんじがらめにされて、どんな命令にも従ってしまうのであった。

「ええ生えっぷりや」

女性アナウンサーの下着を足首までおろすと、黒川はちょうど目の前にある漆黒の毛叢を指でつまみ、そのシャリシャリ感を楽しんだ。

「脚をひらけや」

「ううッ」

「もっとや。膝を曲げんかい」

「くううっ」

ノーパンの祐子は血がにじむほど唇を噛み、スカートを捲り上げたままガニ股に腰を落とした。あさましすぎる格好にガクガクと膝が慄える。

「産んでみい」

黒川が命じた。

彼の手のひらは祐子のガニ股に開いた股間の下にある。

「いきんで『あれ』を産み落とすんや」

「そんな……そんな恥ずかしいこと……」

祐子は眉をたわめ、イヤイヤとかぶりを振った。

いま彼女の膣の中にはワイヤレスの卵型ローターが入っている。収録が始まる前に手渡され、膣に入れて収録に臨むよう命じられた。番組の途中、不意にそれが作動し始め、祐子をひどく狼狽させたのだ。今もそれは女の最奥で淫らなバイブレーションを続けている。

「うっ……うっ」

赤らんだ頬をさらに紅潮させ、祐子はガニ股でいきんだ。

「ううう っ」

汗の光る美貌を上向かせると、黒川の手のひらにポトリと小球体を産み落とした。ピンク色の卵型ローターは生温かい女の粘液でヌラついて、ブーンと振動している。

「やっぱり濡らしとったな、このスケベ女が」

手の中でローターを弄びながら、黒川は上目遣いに祐子の顔を見上げる。才色兼備のこの女子アナの肉体を飽きるまで自由にできるのだ。一千万は決して高い金額ではなかった。

誰かがトイレに入ってきた。

黒川は上衣のポケットに手を入れ、リモコンのスイッチを切った。

「まったくやってらんないよ」

不機嫌な声の主は、メインキャスターの藤田である。

「ちょっと美人だからって、お高くとまりやがってさァ」

「まあ、そうっすよねェ」

隣で相槌を打っているのは若いADのようだ。

「いくら人気があるったって所詮は局アナだろ。何があったか知らんけど、五日間も仕事をほっぽらかしといて、説明もなしって。普通あり得んだろ、そんなの」

「まあ、そうっすよねェ」

ADの青年は面倒くさいのか、適当に調子を合わせている。二人並んで小便器に用を足しているとみえ、ブツブツという不平の言葉を放尿の音が伴奏していた。

（そんな！　今は駄目っ、や、やめてっ）

祐子の顔がひきつる。

膝を曲げてガニ股を保っている彼女の股間を、黒川の指がまさぐり始めたのだ。割れ目にそって縦になぞり、ビラビラをつまんで左右にひろげる。剝き出た女のつぼみを指先で圧し、グリグリと揉みほぐした。祐子が声を出せないでいるのをいいことにやりたい放題だ。

（声が……そんなにされたら……声が出ちゃうっ）

嚙みしばった唇がひらいて、熱いあえぎ声が洩れそうになる。口を押さえたくとも両手はスカートの裾をきつく握りしめたまま。命令がないかぎりその手を離すことはかなわない。

（いやっ、いやああっ）

収録中ずっと振動するローターを含まされていた祐子の女体は、ただでさえ敏感になっている。熱くとろけた媚肉を遊び慣れた男の指でユルユルとまさぐられては、ひとたまりもなかった。

（駄目っ、ああん、駄目えっ）

ガニ股の腰がブルブルと震えて、豊満な裸のヒップがせつなげに「の」の字を描いた。まさぐる黒川の指はもうグショ濡れだ。しとどの甘蜜はポタポタと床にしたたり落ちている。

「藤田さんじゃないですか」

黒川が不意に声を発したので、祐子は心臓が止まるほどのショックを受けた。

「えっ？」

用を足しながら、藤田は振り向いた。

「私です。黒川ですよ」

「あ……ああ、黒川さん。先程は——」

個室に入っているのが、さっき出演してもらったばかりの相手だと知って、藤田は狼狽の様子を見せた。女性アナウンサーの悪口を言っていたのを部外者に聞かれたのはさすがに気まずい。

「今の話、アナウンサーの木村祐子のことでしょう？」

「え？　いや……その……まあ……」

「ハハハ、隠さんでもよろしい」

便座に座ったまま黒川は腹を揺すって笑った。笑いながら、ヌルヌルの膣口に中指を押し入れ、右に左に回転させた。

（ヒイイッ……）

かろうじて悲鳴は噛み殺したものの、祐子はガニ股のまま大きく背中を反らせた。

後頭部がドアにぶつかり、ガタンと音を立てる。

「あれ、ほんまにいい女でんな」

黒川は容赦しない。指を二本に増やすと、膣壁の粒々を火が出そうなほどに激しく擦り抜いた。

（ダメっ、ダメっ、ダメえええええっ）

ピチャピチャと汁音がして、祐子はセミロングの美しい髪を振りたてた。気持ちがよすぎて、頭の中がうつろになっていく。腰の痙攣が止まらない。もう声を出さずにいるのがやっとだった。

「美人で教養があって、しかも気が強い。ああいう男まさりのインテリ女にチ×ポをブチ込んで、ひいひいヨガリ泣きをさせてみたい。男なら誰でもがそう思う。おたくかてそうでっしゃろ？」

「…………」

藤田はさすがに押し黙った。なんという下品な男だろうと呆れかえる彼は、まさか個室のドアの向こう側で、Gスポットを激しく摩擦された木村祐子が絶頂の瀬戸際に達しかかって、ノーパンのガニ股で双臀を痙攣させているとは夢にも思わない。

「なんなら抱かしてあげまひょか、あの木村祐子を」

「アハハ、黒川さんもお人が悪い。からかわないでくださいよ」

失礼します、お疲れさまでしたと言って藤田とADが立ち去ると、

「ああっ、あああっ」

祐子は待ちかねたように腰を振り、

「もう、もうダメですうっ」

身も世もないヨガリ泣きの声を張りあげた。

「イ、イキそおっ」

慎みを忘れて裸のヒップを揺すりたて、汗ばんだ白い下腹を波打たせる。

「ああっ、イクイクっ……うっむむうっ！」

のけぞってキリキリと奥歯を食いしばる女子アナの顔を見届けるや、黒川はスッと指を抜いた。

「ああッ、そんなッ……い、いやあッ！」

無慈悲な仕打ちに、祐子は半狂乱になった。

（どうしてッ!?　どうしてなのッ!?）

スカートを捲り上げたまま、濡れ潤んだ瞳で男にすがる悩ましい表情に、いつもの勝ち気さは微塵もない。軽蔑していた男の指戯に、成熟した女肉が知性もろとも屈服してしまったのだ。

「謝ってもらいまひょか」

ヨーグルト状のマン汁に濡れた指を口に含んでしゃぶると、黒川はニンマリと笑って言った。

「先週の番組で、儂のことを『恥知らず』言うてましたな。そのことを謝罪したうえで、正義漢ヅラしたあんた自身の口から、儂のチ×ポを咥え込みたいと言うてもらいたいんや」

「ご、ごめんなさい、黒川さま。本当に……本当に申しわけありませんでした」

相手は卑劣な犯罪者、明日にも逮捕されようという悪党である。肉欲に溺れていても、反発の気持ちがないわけではない。それなのに、舌が、唇が、声帯が勝手に動いて、要求された謝罪の言葉を口にしてしまう。暗示にかかっている祐子がキーワードを口にした相手に抗うことは全く不可能だった。

「チ×ポを……あなたのチ×ポを咥え込みたいのです。ああ、どうかお願いですから黒川さまのチ×ポを」

「いいだろう」

黒川はいきり立った怒張を握りしめて言った。

「跨ってこい。腰が抜けるまで可愛がってやる」

「あああッ」

ハイヒールの左足が、そして右足が前に出た。もう祐子には、それが自分の意思なのか、それとも催眠暗示に操られた動きなのかも分からなくなっている。捲り上げたタイトスカートの裏地を見せたまま、三十歳の豊満なヒップを黒川の膝に乗せ上げると、しとどに濡れた女の花園に硬い肉杭の先端をあてがった。

（あああッ、入ってくるゥ……）

腰を沈めながら、祐子の頭の中に血のような赤いものがひろがっていく。

第二章　仕組まれた罠

1

アイドル松井知美の失踪を皮切りに、有名人女性の行方不明が相次いだ。女優、オリンピック候補のスポーツ選手、新進気鋭の女性評論家、癒し系の雰囲気で中高年に人気の女子アナウンサー——。

半年ほどの間に二十人が行方をくらました。みな若くて容姿が魅力的な女性ばかり。その大部分が公にされなかったのは、いずれの場合も五日以内と失踪期間が短かったことと、居場所の分からない当人から毎日、「無事でいるから心配しないで。警察には連絡しないでください」と、関係各所に電話が入っていたためである。

しかし全てを隠しおおせるはずもなく、そのうちのいくつかは露見してしまった。

マスコミは現代の神隠しと騒ぎ立てたが、誰か死傷者が出たわけではなく、本人と関係者からも被害届が出ていない以上、表向きは有名人の家出の続発とみなさざるを得ず、警察としては動きようがなかった。だが事態が事件性を帯びていることは明白だ。放置しておくわけにはいかない。

「で、『mogura』の出番というわけね」

澤村が概要を説明し終えると、スチールデスクを間にはさんで座っている玲子が、切れ長の眸をあげて薄く微笑んだ。

澤村はドキッとし、

「そ、そういうことです」

顔を赤らめ、ついそう口にしてしまった後で、

「あ、いや、今のはあくまで……世間話ということでありまして……」

あわてて前言を撤回し、相手の冴えた美貌から目をそらした。

さほど歳が離れているわけでもないのに、三十二歳の女捜査官の美貌と色気に気圧されて、二十代のキャリア組警察官は緊張しまくっている。高級ブランドス

ーツに身を包んでいても、色白の顔をポッと赤く染めているところは、まるで憧れのお姉さんとデートをする童貞少年のようだ。テンパるあまり、立場上こちらから「mogura」に囮捜査の依頼ととられる言葉を発してはならないという鉄則を危うく忘れるところだった。

「澤村くんはツイてるよ」

所長の若林が、淹れたてのコーヒーのカップを澤村の前に置いて言った。

「伝説の女捜査官・鮎川玲子に、復帰後最初の仕事を依頼できるんだ。これを幸運と言わずして何と言う。なあ鮎川」

おっと、今はもう中村玲子だったねとにこやかに付け加える若林和人は、白い口髭の似合うナイスミドルだ。理由(わけ)あって十年前に警察庁を退職し、今はこの小さな探偵事務所の所長をしている。とりあえず世間的には——。

「あんまりからかわないでください、所長。復帰したといっても、今の私はあくまでアシスタントの身。もう第一線で活躍できる体力などありませんわ」

ノーブルな美貌に笑みをたたえたまま、玲子は謙遜した。だが澤村の目には神秘的とも思えるその謎めいた微笑みが、自信に裏打ちされた余裕と落ち着きの表れにしか見えない。そしてその直感が間違っていなかったことを、彼はすぐに思い知らされることになる。

「そうそう、ちょうどいい機会だから、新人を紹介しておこう」

若林は受話器をとり、内線を呼び出した。

「ああ、私だ。倉科はいるか？　うん、３Ｆに来るよう伝えてくれ」

ほどなくしてドアがノックされ、ポニーテールの若く美しい女性が現れた。

倉科弥生、二十四歳。大学を卒業後、二年半の厳しい訓練を終えて捜査官デビューしたばかり。鮎川玲子とコンビを組む今回の捜査が彼女の初仕事となる。

「倉科くんは筋が良くて、養成所では第二の鮎川玲子だともっぱらの評判だったようだ。だが現場は訓練とは違うからな。遠慮なくビシビシ鍛えてやってくれ、鮎川」

「倉科弥生です！　鮎川先輩とお仕事ができてとても光栄です。どうぞ御指導のほどよろしくお願いします！」

新人捜査官は紺色のパンツスーツ姿を直立させ、黒目がちの眸をキラキラさせながら挨拶した。

大先輩の武勇伝は養成所でいろいろ耳にしている。今の弥生と同じ二十四歳で捜査官デビューし、二十七歳で結婚退職。そのわずか三年の間に三十以上の難事件を解決へと導いた伝説の女捜査官。その鮎川玲子が、出産・子育てを一段落して捜査に復帰する最初の仕事に、訓練を終えたばかりの自分が相方として抜擢されたのだ。名誉であると同時に身の引き締まる思いがした。

「こちらこそ――」

スッと立ち上がった玲子のベージュのスカートスーツ姿に、

（おおっ！）

思わず澤村の眼は吸い寄せられた。

スラリと上背のある均整のとれた肢体は、二十四歳の新人捜査官にも見劣りしない若々しさで、とても子供を産んだとは思えない。しかしそこはさすがに人妻で、たわわな胸のふくらみや、むっちりと張ったヒップの量感に、むせかえるような女の色香を匂わせていた。

（素敵だ……）

呆然となって人妻捜査官に見惚れた青年の眼は、だが一瞬の後さらに大きく見開かれることになる。

「こちらこそ。よろしくね、倉科さん」

そう言って握手を求めて差し出した玲子の手を、後輩の弥生がお辞儀しながら

両手で握りしめた次の瞬間、弥生の身体はねじれながら肩の高さほどもフワリと宙に浮きあがった後、

バッターン！

容赦なくリノリウムの床に背中から叩きつけられていた。

「どんな時も相手から絶対に目を離さないこと――」

玲子は艶やかなストレートヘアをサッと掻きあげ、

「潜入捜査は危険な仕事なの。ちょっとした油断が命取りになるのよ、弥生」

ニッコリ笑って、大の字になっている相方に手を差し伸べた。

その白い指を今度は用心深くつかんで立ち上がると、

「はいっ」

力強くうなずいた新米捜査官の瞳は感激に輝いている。

ファーストネームで呼び捨てしてもらえたのは、自分を相方として認めてもらえた証拠だった。

それにしても今の凄い技――咄嗟に受け身をとったからいいようなものの、訓練を受けていない素人なら失神してしまうか、そうでなくともしばらくは悶絶して動けなくなってしまったことだろう。養成所で聞かされていた鮎川玲子伝説は

決して誇張ではなかったのだと、弥生はあらためて感服してしまった。

成り行きを予期していたのだろう。所長の若林は口髭を手でひねりながらニヤニヤしている。玲子の肩をポンと軽く叩いて、

「相変わらずの身体のキレだ。ブランクがあるなんて信じられんよ」

褒めちぎった後、椅子に座ったまま目を丸くしている澤村の横にしゃがんだ。

「惚れるなよ青年。人妻だし、ご覧のとおり危険な女だ」

耳元にいたずらっぽく囁いた。

2

「鮎川先輩、正直言って、私、あの人苦手です」

南青山のビルを出るなり、倉科弥生は眉をひそめてＩＣＳ事務局の入っている３Ｆの窓を見上げた。

そんな率直な感想を述べるのも、すでに先輩の玲子を信頼し気を許しきっているからだ。

「渡辺のこと？　ほっときなさい。あんなカス男、気にかける値打ちもないわ」

所内の人間関係などには関心がないのか、玲子は振り向きもせず、ハイヒールの踵で歩道を蹴ってズンズン先へ歩いていく。

渡辺というのは若林探偵事務所の副所長を務めている渡辺幹雄のことだ。所長の補佐役である彼は、捜査計画の立案ならびに進捗状況の精査、さらに捜査官たちを指揮監督する仕事、いうなればスーパーバイザー的役割を任されている。今も警察庁の澤村との面談後、玲子と弥生は別室で約二時間、この陰険な性格の男と顔を突き合わせて綿密な打ち合わせをしなければならなかった。

弥生が渡辺を嫌う気持ちは玲子にもよく分かる。好色な男で、隙さえあれば鳥肌が立つほどいやらしい目つきで、こちらの身体を舐めまわすように凝視するのだ。玲子自身、結婚退職するまで彼にしつこく言い寄られて辟易した。一度などエレベーターの中でスカートの上から尻肉をつかまれ、カッとなって往復ビンタを食らわせてやったこともある。そんな男でも事務所をクビにならないのは、国家公安委員会とコネがあるためらしい。「らしい」というのは、組織の全容について——たとえば全国に何人の捜査官がいるのかということなども——所長の若林を含むごく一部の人間しか把握していないからだ。

むろん探偵事務所というのは世を欺く仮の姿。正式名称はInfiltration Crime

Squad（略称ＩＣＳ）というのだが、潜入捜査班という意味のその語を関係者が口にすることは滅多になく、もっぱら隠語であるmoguraの呼称が使われている。警察庁から極秘裡に委託され、非合法の囮捜査を行う陰の捜査機関にその名は相応しかった。

かたやベージュのスカートスーツ姿で輝くばかりに高貴のオーラを身にまとっているストレートヘアの鮎川玲子。かたやリクルートスーツのＣＭから抜け出てきたかと錯覚してしまうほど紺色のパンツスーツが初々しいポニーテールの倉科弥生。

モデル顔負けのプロポーションで青山通りを並んで闊歩する二人の美女に、すれちがう人々はオッと目を瞠って道を譲る。わざわざ振り返って、形のいいヒップラインをしげしげと鑑賞する中年サラリーマン。「誰？　ねえねえ、あの人たち誰なの？」とヒソヒソ声を交わし合う帰宅途中のＯＬたち。思わず立ち止まって見惚れてしまい、やきもちを焼いた彼女から尻をつねられてしまう若者もいる。

玲子は路地を二つ曲がると、ステーキハウスと韓国料理店にはさまれた目立たない入口へ入り、地下へ続く狭い階段を降りた。

鈴のついた木扉を開くと、中は薄暗いバーである。まだ時間が早いせいか、客は数人しかいない。

手持ち無沙汰そうにグラスを磨いていたマスターらしき男が、

「まあ驚いた。玲子ちゃんじゃない！」

カウンターの向こうで顔を上げ、満面の笑みを浮かべた。

「ロクさん、お久しぶり。元気だった？」

玲子が髪をかきあげながらストゥールに腰掛けると、

「このとおり、ぴんぴんしてるよ」

白髪の目立つ頭には不似合いなガッツポーズをしてみせた。

「四年、いや五年ぶりかな？　でもどうしたの？　もしかして旦那と別れちゃったとか？」

「んなわけないじゃん。バカねえ」

気の置けない二人の会話から、このこぢんまりしたバーが昔、玲子が現役で仕事をしていた頃に通っていた馴染みの店だと弥生には知れた。結婚後はずっとご無沙汰だったらしい。

「こちらの若いお嬢さんは？」

「仕事の相方」

「ふーん。てことは、また探偵始めるんだ？」

少しオカマっ気があるのだろうか、薄く化粧をほどこした顔で無遠慮にこちらを見る白髪のマスターに、

「倉科弥生と申します」

弥生は立ったまま手を前に重ね、丁寧にお辞儀をした。

「私は六田譲。みんなはロクさんって呼んでるわ」

やっぱりオカマだわと思いながら、弥生は玲子の隣に腰掛けた。

「玲子ちゃんはいつものでいいわね。相方さんは？」

「あ、私も同じもので」

しばらくするとカクテルグラスが二個、目の前に置かれた。

緑色のオリーブをのせた辛口のマティーニを、先輩を真似て弥生がクイッと一気に飲み干すと、

「ねえ弥生、あなた、どうして捜査官になんかなろうと思ったの？」

玲子が冴えた横顔を見せたまま単刀直入に訊いてきた。

養成所では、捜査官はたとえ相手がコンビの相方であっても、必要以上に横のつながりを持ってはならないと教えられた。それもあるが、弥生にはその質問に

答えたくない別の理由があった。一流とされる大学を優秀な成績で卒業し、秘書として外資系企業から内定をもらっていた。あの忌わしい事件の記憶さえなければ、そこを蹴って怪しげな探偵事務所を就職先に選んだりはしなかっただろう。

「まあ、そうですね……なんというかその……いろいろありまして」

弥生が口ごもっていると、

「ロクさん、おかわりお願いね」

玲子はマスターに声をかけておいて、

「恋人は？ 付き合っている男性はいるの？」

質問をたたみかけてきた。

どうやらこの伝説の美人捜査官は、moguraの内部規定などにはこれっぽっちも縛られていないとみえる。

「今はいません」

その質問には即答し、逆に訊きかえした。

「先輩はなぜこの仕事を選ばれたんですか？　ご家族は……ご主人やお子さんは心配なさってませんか？」

玲子はゆっくりと顔をこちらへ向け、切れ長の美しい眼でじっと弥生をみつめた。

長い睫毛に翳る双眸がミステリアスだ。深い泉を想わせる瞳に吸い込まれそうになって、

「……すみません。出すぎたことを」

弥生はあわてて頭を下げた。

「あまり入れ込まないでね」

「ええ、もうお訊きしません」

「そうじゃないわ。仕事のこと」

「え？」

てっきりプライバシーに干渉するなと叱られたのだと思っていた。

「あらためて言うまでもないけど、私たちは警察とは違うの。あくまで犯罪捜査の裏方として情報収集するだけ。悪党を懲らしめようなんて気を起こしては絶対に駄目。私たちの身にもし何かあっても、公権力はおいそれとは動けないのよ。だから自分の身の安全は自分で守る。冷静に引き際を見極めて、危ないと思ったらすぐに逃げる。私があなたに一番教えたいのはそのことよ。それと――」

玲子は唇をつけたグラスをカウンターに置くと、

「悪いことは言わないわ。恋人ができたらすぐに引退しなさい」

銀のカクテルピンをつまんで、透明な液体の中で緑色のオリーブを揺らした。

「…………」

どう答えていいか弥生が迷っていると、

「そうそう、今度うちに遊びにいらっしゃいよ」

玲子の口調がガラリと変わった。

「夫と息子を紹介するわ。息子の名前は翔太といって、来月で五歳になるの。やんちゃだけど、とっても可愛いのよ」

弥生は驚いた。

伝説の女捜査官・鮎川玲子のクールな美貌は、家族の話を始めた途端に、まるで別人——貞淑な人妻であり、幸せに満ち足りた母親の顔になっていた。

いささか面食らったが、同時にホッとして嬉しくもあった。憧れと尊敬の念に親近感が加わり、ますます先輩捜査官のことを好きになった。

3

（来た！　あれだわ）

ヘッドライトをつけて前方から近づいてくる車は、一見なんの変哲もない箱型のミニバンだったが、玲子はその車が彼女を——彼女が成りすましている女優の松嶋加奈子を拉致誘拐しようとしている車だと直感した。

（ひっかかったわね。さあおいで）

松嶋が愛用しているのとそっくりな帽子に顔を隠しながら、濃いサングラスをかけたハイヒールの玲子は、そ知らぬふりで歩きつづける。

ここはマンションの地下駐車場。あたりに人影はない。車は玲子の三メートルほど手前に停まり、開いたドアからマスクをした三人の男が飛び出してきた。

たちまち取り囲まれた玲子の口を、背後の男が布きれで塞いだ。布きれには麻酔薬がたっぷり染み込ませてある。これも予想していたことだ。

「ムウウッ！」

か弱い身悶えを演じてみせながら、

（弥生、頼んだわよ……）

胸の内で、後輩の相方に語りかけた。

倉科弥生の素質は疑っていない。だが現場の経験がない新人なので、一抹の不安は残る。それでも信じるよりほかない。

「見られてねえな？」

「大丈夫だ」

「よし、急げ」

男たちの荒々しい息遣いとしゃがれ声が聞こえた。今のところまだニセ者と気づかれてはいないようだ。そう思いつつ、すでに麻酔薬のせいで身体の自由はきかなくなっている。車の中に押し込められながら、スーッと意識が遠のいていった。

走り去ったミニバンの後を、少し距離をおいて別の車が追っていく。鮮やかなワインレッドのクーペは鮎川玲子の愛車。ハンドルを握っているポニーテールの若い美女は、新米捜査官の倉科弥生だ。

（先輩ったら……もう無茶するんだから）

信号が赤に変わった交差点を強引に右折しながら、弥生の真新しいスーツの胸は緊張と興奮に高鳴っていた。

（「危ないと思ったらすぐに逃げろ」なんて私にアドバイスしときながら、その大胆さって何なんですか？）

まかり間違えば命をも落としかねない身代わり作戦。すでに子供もいる人妻をして死と隣り合わせの危険な職務遂行に駆り立てるものは一体何なのか。いつか機会があれば問いただしてみたいと思う。だが今はとにかく目の前の仕事――誘拐犯たちの隠れ家を突きとめることに専念しなければ。

大手芸能プロのＮカンパニーから警察に相談があったのが五日前。その日のうちにあのキャリア組警察官の澤村が事務所を再訪した。Ｎカンパニーに所属する人気女優松嶋加奈子が、ここ数日、怪しい車につけまわされているという。

有名人の失踪事件が相次いでいるため本人が神経質になっているだけかもしれないのだが、網を張ってみる価値はありそうだった。幸いなことに松嶋加奈子は玲子と背格好も髪型も非常によく似ている。事務所専属のメーキャップアーティストの手が加わると、ちょっと見には本人と区別がつかなかった、というか、むしろ玲子の方が美しく魅力的ですらあった。事実、男たちは化粧をした玲子を女優本人と信じ込んで拉致していったではないか。

4

「グッジョブ！」

「今回も上手くいったぜ」

「ヘッヘッヘッ、楽勝よォ」

走るミニバンの中で、マスクをはずした男たちがハイタッチをし合っている。

三人とも、いや運転している若者を含め、四人ともまだ二十代の若者だ。

「松嶋加奈子か。俺、結構タイプなんだよな」

「俺もだぜ。『恋人たちのボレロ』、あれ最高だったよなァ」

「いやいや、なんたってキャンギャル時代の加奈子が最高さ。あのヒョウ柄の水着姿、思い出しただけで勃っちまうぜ」

三人の熱い視線が、松嶋加奈子の、いや松嶋加奈子に変装した女捜査官・鮎川玲子の、意識を失ってグッタリした肢体に注がれた。

ミニバンの後部座席はすべて取り払われ、剝き出しの平らな車台に玲子は仰向けに寝かされている。結婚した今はヤングミセスたちのファッションリーダーなどと言われている松嶋加奈子に似せるため、下はクリーム色のプリーツスカートを穿き、上はカジュアルなジャケットの下に、胸元にレースをあしらった白いキャミソールを着けていた。地下駐車場で揉み合った時に帽子が脱げ、艶やかなストレートヘアが扇のようにひろがっているが、色の濃いサングラスはそのままである。

「さあて、どんなパンティ穿いてやがんのかな」

「あァ、ワクワクするぜェ」

「たまんねえな。早く脱がしちまおう」

男たちは鼻息を荒げ、ヨダレを垂らさんばかり。まるで肉に飢えたハイエナだ。

四人とも不良以上ヤクザ以下、ただの雇われた半グレの若者にすぎず、今度の事件の主犯ではない。はじめのうちは言われたとおり女を攫って運ぶだけだったが、慣れてくるとどうしてもスケベ心が働く。普通なら絶対に手の届かない高嶺の花が目の前にあるのだ。どうせ相手は意識を失っているのだし、おこぼれを頂戴するくらいバチは当たるまいと高を括るようになってくる。近頃では拉致の報酬より、美女の身体にイタズラできるという余禄の方が楽しみになってしまった。

一人がプリーツスカートの裾をつかみ、ゆっくりと捲りはじめた。太腿の中程まで捲り上げて手を止め、他の二人の顔を見てからスッとスカートを元に戻す。

ギャハハハッとけたたましい笑い声が起こった。

「焦らすなよォ」

「お宝だぜェ。そう簡単に見たんじゃつまんねえだろ」

「いけねえ。俺、漏らしちまいそうだ」

後部座席の窓には黒いフィルムで目張りがしてあって、外から覗きこまれる心配はない。

興奮しまくる三人に、

「なあ、運転代わってくれよォ」

運転役の若者がルームミラーを見ながら愚痴った。自分も松嶋加奈子のパンティが見たくて仕方ない。

「黙って運転してろ。今日はお前の番じゃねえか」

ボス格の若者が一喝し、

「さあ、今度こそ拝ましてもらおうか」

もう一度、ゆっくりとスカートを捲りはじめた。

ナチュラルカラーのパンティストッキングに包まれて、人妻の成熟した太腿はムチムチと肉感的だ。付け根近くまで捲り上げると、あまりの妖しさに若者たちは生唾を呑んだ。

「すげえ……」

「さすがだぜ……」

「ちくしょう。いい身体してやがる……」

ついに腰骨の上まで捲り上げて、三人とも言葉少なになった。若い欲望の猛りがズボンの股間を突き上げている。迂闊に言葉を発したら射精してしまいそうだ。

薄いパンストに黒いハイレグパンティが透けて見える。その際どい切れ込みと下端の盛り上がりに熱い視線を貼りつかせたまま誰かが言った。

「このまま輪姦しちまいたいくらいだな」

それは全員の一致した思いである。だがそれはできない。所詮は金で雇われた身。サカリのついた若牡の彼らにはつらいことだが、いつものようにイタズラで我慢するしかなかった。

「股を開かせろ」

ボス格の若者の命令で、左右の二人が玲子を大きく開脚させた。

若者の中指が意識を失った人妻の股間に押し当てられ、パンストの上からゆっくりと魅惑のデルタゾーンをなぞりはじめた。

「柔らけェ……」

声がうわずる。

パンストのサラサラした触感がたまらない。サイドにレース刺繍をあしらった黒のハイレグパンティの下にどんな妖しい媚肉が隠されているのか。想像しただけで鼻血が噴き出しそうだ。若者は息を詰め、飽くことなく何度も上下になぞった。

左右の二人も指をくわえて見ているつもりはない。グッタリとなった玲子の上体を持ち上げると、二人がかりでジャケットを脱がせた。再び寝かせて白いキャミソールを捲り上げる。

オーッと二人同時に歓声をあげた。

抜けるように白い肌のなめらかさ。その美しさもさることながら、黒いブラジャーを張ちきらんばかりに盛り上げる双乳が見事だった。素晴らしい胸の谷間を強調してハーフカップのブラから白い肉丘がこぼれ出ている。

「たまんねえ……」

嘆息したのも同時だったが、手を伸ばしたのも同時だった。左右から伸びてきた手にカップをたくし上げられ、八十八センチの豊満なバストがプルルンッと音を立てんばかりにまろび出た。

「うわあ、なんてエロい乳してやがる」

「ちくしょう、ハンパねえぜ」

二人は眼を血走らせ、ヨダレをすすりあげた。

タレントやスポーツ選手など、何人もの有名女性に車の中で猥褻行為を働いてきた彼らだが、正直これほどのナイスボディを前にしたのは初めてなのだ。興奮に震える指でバストを鷲づかみにし、白いふくらみを根元から絞るように揉みあげた。

とろけるように柔らかく、それでいて指を弾き返すほど弾力に満ちた乳房だ。人妻の豊満な美乳を二人がかりで夢中になって揉んでいると、先端の鮮やかなピンク色が心なしか尖りはじめた。

二人がそれにむしゃぶりついたのは言うまでもない。ネロネロと乳輪を舐めまわし、硬くしこって円筒形に膨らんだところを、唇でついばんでチューチューと吸いあげてやった。

「う、うぅん……」

玲子が首を振ってうめいた。眉間にかすかなシワが寄っている。

「こいつ、気を失ってるくせに感じてやがる」

「結構好きもんなんじゃねえの？」

眼を血走らせた顔を上げて二人が言うと、

「当たり前だ。この身体だぜ」

飽きもせず玲子のパンストの股間を愛撫しながら、ボス格の若者が言った。

脱がせようとしてパンストのゴムに一度は手をかけたが、気が変わったとみえ、

「遠回りしろ。渋滞していたことにすればいい」

運転手の若者に命じると、開いている玲子の脚を持ち上げてM字に立てさせた。

柔らかい下腹に顔を埋めて甘い匂いを嗅ぐと、パンストと薄いパンティの布地の上からクンニリングスを始めた。どうやら時間をかけてじっくり極上の女体を味わうつもりらしい。

「へへへ、キスしてやるかな」

夢中になって白い乳房を吸っていた若者が、玲子の顔からサングラスを外した。

「やっぱ画面で見るよか、本物のほうが百倍綺麗だよなァ」

嘆息しつつ、気を失った女の美貌を惚れ惚れと眺める。

濡れた紅唇が微かに開いてセクシーだった。そこへ吸い込まれるように唇を寄

せていった若者の顔が、二センチの距離を残して不意に止まった。

「ん？」

怪訝に眉を寄せ、顔を離してまじまじと見る。

「こいつ……加奈子じゃねえ」

「何？」

「何だってェ？」

他の二人が驚いて顔をあげた。

「別人だ。ホクロがねえもん。加奈子ならここに——」

若者は玲子の唇の端を指差した。

「ここにホクロがあるんだ。間違いねえよ。こいつは松嶋加奈子じゃねえ」

他の二人も覗きこんだ。言われてみればそのとおりだ。そのホクロは松嶋加奈子のトレードマークみたいなもので、彼らにも覚えがあった。

「やべえ、えれえことになっちまった！」

三人は愕然とした顔を見合わせた。

「だってよォ、このスタイルだぜ。誰が見たって松嶋加奈子だと思うじゃねえか」

「いったいこいつは誰なんだ？」

別人と分かった以上、どこかに置き去りにするか？　だが顔といい身体といい、このまま捨ててしまうには惜しい女である。

「要は高く売れりゃいいんだろ？」

プリーツスカートを腰の上まで捲れ上がらせ、豊満すぎる乳房と美しいパンストの下半身をあられもなくさらして気を失っている玲子を横目で見ながら、ボス格の若者が結論を出した。

「すげえ上玉だし、買い手はいくらでもいるはずだぜ」

ともかく女を雇い主の所へ運び、わけを話して詫びを入れる。もらった前金はいったん返し、あらためて本物の女優を拉致誘拐する。

「決まりだ。おい矢口、遠回りは中止だ。急げ」

苛立った声で運転手の若者に命じた。

困惑する三人も、運転手役の若者も、さっきから同じ赤いクーペが距離を置きつつずっと追尾していることにまったく気づいてはいない。

5

ハンドルを握る弥生は、小さく「よし」と口にした。

(奴ら、気づいていないみたいね)

それにしても、囮作戦を開始してわずか三日目に、敵（何者かまだ分からぬが）が網にかかってくるなんて、上手くいきすぎて何だか怖いくらいだわ──そんなことを思って武者震いする新米捜査官の弥生は、やがて先輩の玲子と共に女に生まれたことを後悔するほどの辱しめを受ける運命が待ち構えているなどと予想だにしていない。

気を失った玲子を乗せた車は都心を離れ、真夜中の国道を走りつづける。尾行を気取られぬよう、弥生はときおりわざと大きく距離をおいた。見失ったとしてもさほど心配はない。玲子の服に発信装置が付いているので、おおかたの居場所は特定できるのだ。

車は都内を出てさらに一時間ほど走ると、民家もまばらな片田舎にある大きな工場風の建物の敷地に入っていった。

(ここね……)

横目で睨みながら、弥生はそのまま建物の脇を通過し、T字路を曲がったところで路肩に停車した。現在地をナビに登録してエンジンを止めると、車を降りて闇の中を建物の方へ向かった。

トタンの錆びた建物には「馬原フーズ」という聞いたことのない名前の古びた看板がかかっている。稼働はしていないようだが、名称からしてどうやら食品加工会社かなにかの工場だったようだ。

敷地はかなり広い。玲子を連れ去ったミニバンも、どこへ行ったのか見当たらなかった。

建物の中へ入ってみたい衝動に駆られたが、玲子の戒めを思い出し、無数に並んだ人の背丈ほどもある大きなドラム缶の間に身を潜めて待つことにした。

あなたの仕事は場所を特定すること。もし二時間経っても私から連絡がない時は、事務所に電話して所長の指示を仰いでちょうだい。自分勝手な行動は絶対にとらないこと。いいわね？——打ち合わせの際、そう言って頷いた玲子の鋭い眼差しを弥生は思い出していた。

（カッコ良すぎですよ、鮎川先輩ったら）

今頃はもう意識が戻っているだろうか？　身を挺したミッションで集められる

だけの情報を集めたら、奴らの隙をついて先輩は脱出してくるのだろう。未熟な私の格闘技術でも、男三人くらいなら秒殺で倒す自信がある。先輩ならその倍の数はいけるだろう。しかも秒殺でなく瞬殺で。

初めて事務所で会った時のこと、握手の手が触れたと思った次の瞬間、身体が宙に浮いていたことを弥生は思い返していた。

（神業って、ああいうのを言うのだわ）

その後、差し伸べてくれた手のなんと柔らかかったこと！　弥生を見る眼のなんと優しかったこと！

思い出しただけで弥生の頬は赤らんだ。鮎川先輩が男性だったら——とまたもや詮ないことを考えてしまう。ああいう男性だったら、自分も過去のトラウマを忘れ去り全てを捧げることができるかもしれない。あの日以来、弥生は一日に何度も玲子の手の感触を、優しい微笑みを思い返している。まるで部活の先輩男子に憧れる女子高生のように……。

（私ったら……馬鹿みたい……任務に集中しなきゃ）

栗色のポニーテールを揺らして頭を振った。

その時、

（あっ）

田舎道をこちらへ走ってくる一台のミニバンがあった。もしやと思っていると、その車も工場の敷地内に入ってくる。停車するなりドアが開き、数人の男たちが降りてきた。やはり拉致されてきたのであろう、後部座席から舞台衣装らしき服を着た少女が引きずり出される時、仄かなルームライトに照らし出されたその顔を見て、弥生はハッと息をのんだ。

（葉月っ⁉……）

だがすぐに否定した。ひとつ違いの妹は、あのいまわしい事件の日以来、昼間でもパジャマ姿のまま、ぼんやりと生気のない目をしてずっと実家の部屋に引きこもっている。しかし垣間見た少女のおびえきった表情は、あの日あの夜の葉月そのままで、いやでも弥生を思い出したくない過去に引き戻した。

六年前のその日、高校三年生の弥生は、両親と妹の葉月と四人で伊豆の別荘にいた。

弥生の大学合格のお祝いに、父が会社を休み、小旅行に連れてきてくれたのだ。

夕食を終え、温泉に浸かり、一家団欒のひとときを愉しんでいた時、いきなり二人組の強盗が押し入ってきた。

「騒ぐな。声を出したら皆殺しにするぞ」

ナイフを持った凶悪な二人組に抵抗できるはずもなく、家族全員がロープで縛りあげられてしまった。

「お嬢ちゃんたち、可愛いねェ。歳はいくつだい?」

彼らの目的は物盗りだったが、美しい女子高生姉妹を見て気が変わった。

最初は一人が姉の弥生に、一人が妹の葉月に襲いかかったが、スカートを捲られながらも、「妹だけは許して」と叫ぶ気丈な弥生の姿に、陰湿な二人組は非道なプレイを思いついた。同時に二人を犯すのではなく一人ずつ、まずは妹思いの優しい姉が見ている前で、妹のほうを徹底的に辱しめようと考えたのだ。

「いやッ、いやああッ!」

「葉月!　葉月いッ!」

「助けて、お姉ちゃん!」

「お願い!　葉月は……葉月だけは許してやって!」

うるさいといって父母には猿轡を嚙ませた男たちだが、弥生にはそうしなかったのは、妹を守ろうとする美しい姉の悲鳴を愉しむためだ。妹を思う弥生の気持ちが仇となった形だった。

猿轡を嚙んで呻き悶える両親、声を嗄らして哀願する弥生の前で、妹の葉月は完膚無きまでに凌辱された。男たちは泣き叫ぶ女子高生をリビングの床に押さえつけてスカートを脱がし、純白のブラジャーとショーツを引き裂き、素っ裸に剝いた十七歳の白い肉体に延々と淫らな愛撫を加えたあげく、さまざまな体位で挑みかかった。処女凌辱は数時間に及び、葉月の無垢な女体は内も外も男たちの欲望の熱汁でドロドロにされた。葉月が気を失った後、獣たちの牙は当然のごとく姉の弥生に向けられたが、たまたま近くを通りかかった人が別荘から聞こえる悲鳴を聞きつけて、通報を受けた警察が駆けつけたため間一髪犯されずにすんだ。

家庭崩壊こそしなかったが、それまでの幸せは全て失われてしまった。仲の良かった父と母は互いに口をきかなくなり、退院した葉月は魂の抜け殻のようだった。逮捕された男の一人は尋問する刑事に、悶絶する処女の膣をえぐる高揚感について身振り手振りをまじえて得々と語り、もう一人は、「姉を犯れなかったのが心残りだ。あっちの方が美人だったのに」とうそぶいたという。その話を伝え聞いた時、弥生は怒りと口惜しさに我れを忘れた。気がつくと部屋の壁に何度も頭を打ちつけ、額から赤い血が流れていた。

就職先をＩＣＳにした理由を先輩捜査官に訊かれて即答しなかったのも、心の古傷が開くことを本能的に恐れたためである。男という存在が、そしてあの夜に目にしたグロテスクな勃起ペニスに象徴される男の性欲がいまわしく、男性と付き合っても二十四歳の今日に至るまで身体の関係を許すことはなかった。

（許せない……絶対に）

拉致した少女を囲むようにして、男たちが工場内に入っていく。その後姿をドラム缶の間に身を潜めて睨みながら、弥生はこぶしをギリギリと握りしめた。大切な妹を救えなかった無念の思い――気配を消してそっと彼らの後を尾けはじめたのは、六年前と同様、憤りの発作に我れを忘れ、あれほど念を押された先輩捜査官の警告を忘れてしまったのだ。

幸い工場内には、スライサーやチョッパー、ベルトコンベアーや浄水槽など、すでに使われていない機械が所狭しと並んでいて、身を隠しての移動はたやすかった。古びた蛍光灯が侘しい光を投げかける中、紺色のパンツスーツ姿の新人捜査官は、蜘蛛の巣の張った機械の間を縫うようにして進んだ。

少女を連れた男たちがひらけた場所まで来た時、奥の扉から四人の若者たちが現れた。松嶋加奈子に変装した玲子を、それと知らずに連れ去った若者たちである。

少女を拉致した連中が、「おっ」という感じで彼らを見、一人が、

「ちっ、バッティングかよ」

いまいましそうに床に唾を吐いた。

若者たちは慄えている少女に目を止め、

「河西真希じゃねえか」

驚きの声をあげた。

河西は誰もが認める清純系美少女俳優だ。仕事一筋で真面目な彼女は、私生活でも遊びまわることが全くないと聞く。その彼女をひそかに拉致してくるのは相当難しかっただろう。

「そうさ」

床に唾を吐いた男が、どうだと言わんばかりに肩をそびやかし、

「そっちは誰?」

と尋ねた。

拉致した女が誰かと訊いたのである。

若者たちの中のボス格が、

「こっちは……」

言いよどんだ後、

「松嶋加奈子だ」

張り合うように胸を張ってみせた。

大きな食肉カッターの陰にしゃがんだまま、弥生は眉をひそめた。

拉致した相手が目的の女優でなかったことは、とうに分かっているはずである。

出鱈目を言ったのは、この二グループの実行犯らの間に組織的繋がりがないことを示していた。だとすれば彼らはただの使い走りに違いない。彼らを雇っている主犯が別にいるのだ。

「松嶋加奈子だとォ？」

「マジかよ？」

美人女優の名を聞いて、男たちの側が色めきたった。

「やっぱり触りまくったのか？」

一人が興味津々の様子で尋ねた。

「あたりめえよ」

「どうだった？」

「そりゃあもう最高よォ」

「オッパイなんかプリンプリン、おまけに感度抜群でよ」

「しゃぶりまくってやったぜ」

そこは嘘ではない。若者たちはミニバンの車内で行った猥褻行為を思い出し、舌なめずりをした。

雇い主に別人を引き渡して事情を説明したのだが、相手は思いのほか上機嫌だった。前金を返すよう求められもせず、二週間以内に本物の松嶋加奈子を攫ってくることを誓約させられただけで済んだのは、引き渡した女が並外れた美女——とびっきり上玉だったせいだろう。

男たちの会話を聴きながら、弥生の頬は引き攣っている。自分が尾行を続けている間、前を走るミニバンの中では男たちが気を失った鮎川先輩の身体に卑劣な痴漢行為をしかけていたのだ。

（くッ……クズ共がッ）

神聖なものを汚された気がして、弥生は歯噛みした。

（許さない……絶対に許さない）

ピクピクと引き攣るこめかみに、冷たい汗が流れだす。

若者たちが工場を出ていくと、

「バッティングじゃあしょうがねえ」

「しばらく待つしかなさそうだな」

「ヘッヘッヘッ、じゃあそのあいだ、車の中の続きをやるか」

男たちがニヤニヤしながら河西真希に迫った。

「いやっ、もうあんなことは……」

よほど恥ずかしい目に遭わされたのだろう、美少女俳優は収録中のドラマの衣装である白いワンピースの裾をおさえて身を縮め、

「誰か……誰か助けて」

消え入るように救いを求めた。

その細く哀切な声に、

助けて……助けて、弥生姉さん……。

六年前のあの夜、二人組の男に輪姦される妹のすすり泣く声が重なった。

（葉月ッ！）

瞬間、弥生の頭の中でプツッと何かが切れた。

「やめなさいッ！　この外道ッ！」

高い声で叫ぶや、二十四歳の新人女捜査官は、野卑な男たちの前にスリムなパンツスーツ姿で飛び出していた。

6

「だ、誰だ、オメエ⁉」

さすがに男たちは目を剝いた。

最初に頭に浮かんだのは「警察」の二文字だ。

だが突然現れたパンツスーツの若い女は、警察手帳を示すわけでも、拳銃をかまえているわけでもない。仲間の警官がいるのかと周りを見まわしたが、やはり女一人だけのようだ。いよいよもって不可解だが、ともかく心配な事態ではなさそうだ。こわばっていた男たちの顔に余裕が戻った。

「脅かすじゃねえか。あんた一体誰なんだよ、ネーちゃん？」

「誰でもいいわ。その子をこちらへ渡しなさい」

弥生は拳を固めた左手を前に、右の拳を顎にピタリとつけ、腰を低く落として油断なく身構えている。どこからかかってこられても対応できる、マーシャルアーツの基本の構えであった。大人しく言うことをきく相手でないことは分かっている。腕ずくで助け出す覚悟だった。

「馬鹿言うなよ。せっかくの獲物だぜ。それとも何か？　あんたが買い取ってくれるか？　だったら考えねえでもねえ」

男が無駄口をたたいている間に、他の二人が弥生の背後へまわった。

「別嬪じゃねえか。へへへ」

一人が鼻の下を伸ばすと、

「ネーちゃん、あんた、いいケツしてんなァ」

もう一人も嬉しそうにせせら笑った。

相手の正体が何であろうと構わない。自分たちしかいない深夜の元食品加工場。スタイル抜群の若くて綺麗なポニーテールの女。だとしたら、することは一つしかない。女を素っ裸に剝いてハメまくることだ。男たちの眼は血走った。

(飛び道具は持っていないみたいね)

拳銃を持っていないのなら安心だ、と弥生が思った時、

「うりゃあ！」

怒声を発して、後ろの一人が飛びかかってきた。

瞬間、弥生の身体が半回転し、目にもとまらぬ後ろ回し蹴りが相手の顔面に向けて放たれた。

ゴキッ！

鈍い音がして、弥生のエナメル靴のヒールが男の顎にめり込んだ。

「グワッ！」

「野郎っ」

もう一人が喚いた時には、弥生のスリムな肢体は彼の目の前にあった。男の開いた太腿の間を擦り上げるようにして、パンツスーツの膝が金的に叩き込まれた。

「ヌオオオッ！」

屈強な男がもんどりうって床に倒れ、身体を二つ折りにして悶絶する。顎を蹴られた男は倒れた際に腰を打ったとみえ、浄水槽の縁につかまりながら立ち上がろうとあがいていた。最後の一人は信じられないという表情で、眼を丸くしたまま後ずさっていた。

「こっちへ」

弥生は少女に向かって手招きした。

「もう心配ないわ。こっちへいらっしゃい」

少女さえ救い出せば長居は無用だ。本当は待機して玲子からの連絡を待つはずだったが、こうなってしまっては仕方がない。すぐに所長に連絡をとり、警察の応援を寄こしてもらおう。

「さあ早く」

足がすくんでしまっている少女が一歩も動けない様子なので、弥生の方から近づいていこうとした。

その時、

パチ、パチ、パチと、ゆっくり手を叩く音がした。

（!?………）

ギョッとして弥生が振り向くと、男が一人立っている。

背丈は百九十センチ近くあるだろう。光沢のある赤銅色の肌。鍛えあげられた鋼の筋肉が黄色いタンクトップを盛り上げて、迷彩色のカーゴパンツは見るからに傭兵といった感じだ。

キッと眉をひそめて身構えた女捜査官の前で、

「ブ・ラ・ボォー」

男はゆっくりと拍手の手を叩きながら、一語一語区切って言った。

「女にしてはなかなかの腕だ。まあ俺に言わせればダンスみたいなものだが、楽しめたことに変わりはない。礼を言うよ、お嬢さん」

獲物を狙う鷹の眼には妙な余裕がある。だが弥生も負けてはいない。拉致犯の三人にチラッと目を配った後、

「ダンスですって？」

美しい二重瞼の眸に笑みを含ませた。

「なら一緒に踊っていただけますかしら？」

どうやら用心棒らしい。戦闘能力と体の大きさは比例しないが、引き締まった筋肉は伊達ではなさそうだ。醸しだす雰囲気からして拉致犯の男たちとは違っている。油断ならない相手だと思った。

「望むところだよ、ポニーテールの綺麗なお嬢さん」

男はニヤリと笑うと、どこからでもかかってこいと言わんばかり、仁王立ちのままポキポキと指を鳴らした。一見隙だらけの体勢が余裕と自信を感じさせ、かえって不気味だ。

弥生の眉が吊り上がった。相手の眼を見つめながらジリジリと間合いを詰めて

いく。巨漢相手の戦いでは顔面攻撃が基本だ。どんなに体力があろうとも、鼻を潰されれば戦闘を続けることは困難になる。

「やあッ！」

わざと声を張りあげ、弥生はフェイントの前蹴りで相手の脛を狙った。男は足を引くと同時に、ブーンと右の拳をふるってきた。

（しめた！）

勝ったと思った。

相手の右フックを払うと同時に懐に飛び込み、裏拳で鼻を潰す。そのまま首を抱きこむようにしてボディに強烈な膝蹴り。それで終了——のはずであった。

ところが、

（つうッ！）

弥生の美貌が歪んだ。

パンチを払った腕が瞬時に痺れ、使い物にならなかった。まるで金属バットで肘を殴られたような衝撃だ。懐に飛び込むどころか、飛びすさって相手の次の攻撃を避けるのがやっとだった。

「顔は殴らねえよ、安心しな」

男は肩を回して言った。

「美人だもんな。潰しちまっちゃ可哀相だ」

「くっ……」

弥生はカッとなった。

やあッ！　とおッ！　やあッ！

矢継ぎ早に、左右の突きと蹴りを連発した。飛鳥のごとく俊敏だ。だが男の方も巨軀に似ず速かった。若い女捜査官の連続攻撃を、かわし、流し、払いのけた。そして突きをかわされた弥生の身体が前に泳いだ瞬間、

ズシッ……。

重いボディブローをブラウスの柔らかい腹に叩きこんだ。

「グウッ！」

弥生は眼を見開いたまま床に崩れ落ちた。

「ガハッ……ガハッ……」

まともに息もできない。跪いた全身が苦痛に痙攣した。立とうとしたが、膝が言うことをきかなかった。

「ダンスはおしまいかい、お嬢さん？」

見下ろす男は息も乱していない。

「もう少し楽しめるかと思ったのになァ」

せせら笑うと、クルリと背を向けた。

「今だ！　ふんじばっちまえ！」

「野郎、なめた真似しやがって」

「思い知らせてやるぜ」

ここぞとばかり、三人が襲いかかった。跪いた弥生の腕を背中へ捻じりあげ、手首を交叉させて縄できつく縛りあげた。ドンと背中を突いてうつ伏せに倒すと、鎖で繋がった革の足枷を嵌める。

「ジャジャ馬め。これで暴れられまい」

「さあ立てッ」

拘束された肢体を三人がかりで、抱き起こすようにして立たせた。

「は、はなせッ」

身をよじって抗う弥生に、

「何もんだか知らんが、たっぷりと焼きを入れてやる」

「なますに切り刻んで、あの世へ送ってやるから覚悟しな」

さっきのお返しとばかり、一人が弥生のポニーテールを鷲づかみにした。上向いた美貌にもう一人がサバイバルナイフの刃を当てる。逆上して冷静さを失っていた。あわや、高い鼻梁が削ぎ落とされようかという瞬間、

「やめとけ」

奥へ続くドアを開けながら、立ち去りかけていた巨漢が振り向いて言った。

「痛い目を見たのは貴様らが弱いからだ。その女のせいじゃねえ」

低い声と鋭い眼つきで三人を威圧し、

「女はいつもの通りに扱え。傷をつけたら、俺がお前らを殺す」

そう言って再びクルリと向けたタンクトップの背中に、

「待ってッ」

ぜいぜいと喘ぎながら、今度は弥生が声をかけた。

「どうして……それだけの腕があるのに……どうして悪事の片棒なんか……」

男がどういう経歴の持ち主かは知らないが、先輩の鮎川玲子にも匹敵する格闘技術だと思った。おそらくは長年、血のにじむような鍛練を重ねてきたに違いない。そんな人間がどうして犯罪者などに加担しているのか、若い新人女捜査官にはどうしても納得がいかなかった。

「教えて……どうしてなの？」

問いただす声が悲痛の色調を帯びている。

「………」

男は背を向けたまま足を止めていたが、

「ちっ」

いまいましげに舌打ちすると、何も答えずそのままドアの向こうの闇の中に消えてしまった。

「けっ、偉そうに」

「用心棒の分際で、何様のつもりだよ」

「殺せるもんなら殺してみやがれってんだ」

男たちは憎々しげに床に唾を吐いた。

が、弥生への暴行を再開しないところをみると、どうやら用心棒の男のほうが彼らより格上であるらしかった。

第三章　悪魔の拷問調教

1

意識の闇の中に小さな光りの点が生じ、それがみるみるひろがっていく。

（う、うぅん……）

玲子が重い瞼を持ち上げると、眩い光が目の奥に飛び込んできた。

（こ、これはっ⁉）

飛び起きようとして拘束されていることに気づいた。レザー張りの大きな台の上に大の字の格好で仰向けに寝かされている。両手首と両足首に嵌まった革製の拘束具が頑丈な鎖で台の四隅に繋がっていた。ジャケットはもちろんスカートとキャミソールもすでに脱がされていて、ブラジャーとパンティだけの下着姿――

囚われの女捜査官の熟れきった肢体は、まさに俎板の上の鯉であった。

（まずいわ……）

潜入捜査の過程で縛られたことは何度かある。しかしいずれも縄であった。後ろ手縛りか、もしくは腕ごと胴部をグルグル巻き。どちらにしても縄抜けの技術を身につけている玲子には無駄なことであった。だが今回は違う。どうあがこうと自力で拘束を逃れることは不可能だ。

ガチャガチャと鎖を鳴らしていると、

「フフフ、お目覚めのようだ」

白衣を着た男の顔が三つ、覆いかぶさるように上から覗きこんできた。

「おお、眼を開くとますます美人だね」

「思いがけぬ拾い物をしたな」

「奴らにとっちゃ、怪我の功名ってところですな」

その会話から、三人が自分を襲った連中とは別人だと知れた。今のところ単純な取り違え——たまたま似た女性を松嶋加奈子だと思い込んで連れてきてしまったのだと思っているらしい。ならば十分につけ入る隙がある。訳も分からず拉致された女性のフリをして、こいつらが何者なのか、何が目的なのか、可能なかぎりの情報を収集するのだ。

「ここはどこッ⁉　あ、あなたたち、一体何者なのッ⁉」

玲子はおびえを露わにして金切り声をあげた。潜入捜査官に必要な能力は格闘技術ばかりではない。相手の気をそらさない巧みな話術、敵を信じ込ませる演技の才能も不可欠だった。

「私をどうしようというの⁉　お願いよ、乱暴はしないでっ」

拘束の身を必死に悶えさせるさまは、のたうつ女体の悩ましい色香も相俟って迫真の名演技だ。拘束具の鎖をガチャガチャ鳴らしながら、女捜査官の切れ長のクールな瞳は、覗き込む男たちの顔の特徴、白壁に囲まれた部屋の様子を抜かりなく観察している。窓のない広い部屋には、ガラス棚が一つあるほか調度品などもなく、無機質な雰囲気が病院の手術室を想わせた。実際、白衣の男たちの頭上には手術用の無影灯が輝いていて、さまざまな色のチューブが何本もぶら下がっていた。

「そう怖がることはありませんよ」

胡麻塩頭の男が宥めるように言うと、

「ちょっと痛い思いはするかもしれませんが、なに三日間の辛抱です。あなたの身体を傷つけたりはしませんから安心なさい」

頬のふっくらした黒縁メガネの男も耳元に囁きかけてくる。

一番年下に見える茶髪男だけが、

「どこの誰だか知らないが、美人に生まれてラッキーだったな。ブスだったら今ごろミートチョッパーにかけられてミンチにされてたぜ」

などと物騒なことを言って笑った。

この男一人が少しチャラい感じだが、三人に犯罪者の粗暴さは感じられなかった。だが油断はならない。連続拉致事件の首謀者たちであるのはまず間違いないし、本当のワルというのは存外温厚に見えるものだ。

「しかし見れば見るほどいい身体をしている」

男たちはあらためてマジマジと玲子の身体を観察し、そのパーフェクトな女体美を称賛した。

気を失った状態での、大理石彫刻のごとく静謐な肢体も素晴らしかったが、羞恥と怯えに慄えながら拘束された肉体をクナクナとのたうたせる姿は最高だ。下着は上下とも黒。女っぽい腰部の曲線にきわどく食い込んだ薄いハイレグパンティと、バストの双丘に押し上げられて張ちきれんばかりのハーフカップブラ。妖しいまでの成熟を見せる白い裸身を、シルクの高級ランジェリーが息を呑むほどセクシーに飾って匂い立つ色香である。

「これなら買い手はいくらでもいますね。名の知れた女でなくとも、きっと高値で売れるはず」

「その買い手を探すためにも、ともかく調教して身元を白状させなくては」

男たちの不用意な会話のすべてが、女捜査官のＩＱ１７０の脳にインプットされていく。

(買い手を探す？　どういうことなの？)

男たちは拉致した有名人女性を誰かに売っているというのか？　しかし今のところ失踪した女性たちはみな数日で無事に戻っているのだ。となると……ともかくもう少し探ってみなければならない。

だが怯えを演じつつの冷静な分析のかたわら、玲子はかつて感じたことのない奇妙な感覚に戸惑いを覚えていた。

(熱い……身体が熱いわ)

白衣を着た三人の男に見られながら、大の字に拘束されたブラとパンティだけの肢体をのたうたせているうちに、身体の芯がなぜか熱を持ちはじめたのだ。

（あァ……）

自然と唇が開き、吐息が洩れる。

（どうしたっていうの、一体？）

こんな経験は初めてだ。休職する前の潜入捜査では、クラブのホステスはもちろん男性誌のグラビアモデルになりすましたこともあるので、男に身体を触られたこともあるし、肌をさらすくらいは何でもなかった。

それがどうしたことだろう。拘束され、敵をたぶらかすために下着姿を悶えさせているうちに、疼くような羞恥と昂奮を感じている自分に気づいてしまった。五年間のブランクのなせる業なのか。それとも……。

「ではまず私から――」

他の二人に向かってうなずくと、一番年嵩らしい胡麻塩頭が玲子の黒いブラジャーに手をかけた。慣れた手つきでプッンとフロントホックを外す。

「いやあッ！」

甲高い悲鳴は半ば演技、しかし半分は本当の羞恥の叫びだった。思わず顔をそむけギュウッと眼を閉じてしまった玲子だが、自分で自分の反応に驚いていた。五年前の彼女であれば、胸を見られるくらい、どうということもなかったはずである。

「これはまた見事な乳房ですなァ」

ボリュームもさることながら、たわわな白いふくらみの形の良さ、仰向けになっても崩れない素晴らしい弾力に、男たちは感嘆の目を瞠った。女の裸は見慣れているが、偶然手に入った今回の獲物は極上だ。

男の手が玲子の左の乳房に触れた。量感を確かめるように一度揺らしておいてから、ゆっくりと揉みはじめる。

(くっ……)

夫ひとりのものである自分の身体。柔らかいバストに無遠慮に食い込んでくる中年男の指に、玲子は演技ではない屈辱の呻きを洩らした。

「くうぅっ……」

「うーむ、見た目もいいが、揉み心地も申し分ない」

男は満足そうに言い、右の乳房にも手を伸ばしてきた。

「やめてっ、変態っ」

見ず知らずの五十男の愛撫に、玲子は黒髪を乱して顔を振った。三人の落ち着きが不気味だ。眼を見れば興奮しているのは分かるが、それだけではなかった。

バストを揉みたてる手つきからも、飢えたオスの欲望と共に、商人が商品を値踏みするような冷静さが感じられた。

(やはり人身売買?……)

拉致した女性を売りさばく前に、自分たちでじっくり味見をする。いかにも卑劣な犯罪者たちのやりそうなことだ。だがそのためだけにしては、この拘束具付きの台や無影灯、天井から下がった何本ものチューブが物々しすぎた。一人がさっき口にした「調教」という言葉も気にかかる。いったい何を企んでいるのか。

「い、痛い……ううっ」

節くれだった十本の指で、人妻の白い美乳は容赦なく握りつぶされる。左右とも指の痕が残るほど強く揉まれて、

「も、もう……もうやめて」

玲子のこめかみに汗が流れた。

「フフフ、痛いと言ってるわりには——」

男の指が不意に、乳房のふくらみの頂点——ツンと硬く尖っているピンクの乳首を左右同時につまみあげた。上に引き伸ばしながら、クイッとひねりあげる。

「ヒッ!」

いきなりの強い刺激に、黒いパンティをつけた玲子の腰はピクンッと大きく跳ね上がった。

「い、いやン」

知的な美貌が一瞬にして真っ赤に染まる。演技でできることではなかった。思わず女っぽい声をあげてしまった玲子は、口惜しさと恥ずかしさに唇を噛んだ。この程度のことにうろたえる自分ではないはずなのにと、眉間に慚愧のシワを寄せた。

「う、ううっ」

せりあがった腰が小刻みに痙攣していた。自分の肉体に生じている異変に、玲子の不安はいやがうえにも大きくなっていく。

「フフフ、こんなにオッパイの先を尖らせてるじゃないですか」

乱暴に扱われて感じている証拠ですよ。あなたには少しマゾっ気があるみたいですねェ。そう言って男が笑うと、他の二人もゲラゲラと笑った。

「それとも優しくされるほうがいいですか？　たとえばこんなふうに――」

男はつまみあげた乳首をからかうように数回引き伸ばしてから離し、あらためて指先で乳頭を圧しながら、コロコロと転がすように刺激してきた。

「ううっ、や、やめて……」

乳房全体を呻き声が出るほど乱暴に揉みしだかれた後、うってかわったソフトタッチで優しく乳首を転がされる。変化に富んだバストへの愛撫は、真面目な夫には期待すべくもないテクニックだった。拘束された上でのそんな老獪な色責めに、成熟した女体は嫌でも火照りを増していく。

「こっちも触って欲しいんじゃないんですか？」

片手でじっくりとバストを嬲りながら、男の手は大の字になっている玲子の内腿にも伸びてきた。五本の指を刷毛のように使い、こちらも羽毛のようなタッチで鼠蹊の窪みをなぞりたてる。

「ううっ」

玲子はゴクッと唾を呑んだ。眉間のシワがさらに深まる。首筋や腋下に汗が滲み出すのが分かった。

「フフフ、こらえなくてもいいんですよ」

男は焦らない。よほど女の扱いに慣れているとみえ、あえて中心には触れず、パンティラインに沿って焦らすような愛撫を続けた。片手はじっくりと胸のふくらみをまさぐり、乳首をつまんでクリクリと扱き抜く。

（うう っ、こ、このままでは……）

身体の奥が熱く痺れていた。このまま責め続けられたら、いずれは男たちの前に惨めな痴態をさらすことになる。結婚して感じやすくなった身体が恨めしかった。

「見ろよ、もうパンティを濡らしてやがる」

茶髪の男が下から覗きこんで嘲った。

「こいつ、やっぱりマゾだぜ」

他の二人の言葉遣いは紳士ぶっているのに、この男だけが野卑さを隠さないのである。玲子の黒ハイレグパンティの薄い布地に、被虐の性感を示す染みがひろがり始めたのを目ざとく見つけて嬉しそうだ。

「み、見ないでッ」

玲子は耐えがたげにかぶりを振った。ああ、なんということだろう。卑劣な犯罪者に肌をまさぐられて感じてしまうなんて。だがどんなに恥ずかしく口惜しくとも——いやむしろ恥ずかしく口惜しいからこそ、身体の芯がジーンと痺れて、どうしようもなく妖しい疼きがこみ上げてくる。こんな経験は初めてだった。溢れ出した熱い花蜜は、黒いシルクパンティを尻の方までしとどに濡らしてしまっていた。

「そろそろいいんじゃないですか?」

黒縁メガネの男が注射器を手にして言った。

「そうですな。始めてください」

胡麻塩頭が振り向いてうなずく。

「何をしようと言うのっ!?」

さすがの玲子も注射器を見て肝を冷やした。犯罪者に注射器とくれば、考えられるものは一つしかない。

2

(覚せい剤……)

玲子自身、これまで幾度となく覚せい剤取引の摘発に関わってきた。潜入捜査中、重い中毒症状に陥った気の毒な女性たちを何人も見ている。人格を破壊してしまうその恐ろしさは身に沁みて知っていた。

「ご安心なさい」

黒縁メガネは内筒を軽く押し、注射針からピュッと少量の薬液を飛ばしてみせた。

「これは被暗示性を高める薬です。麻薬のたぐいではありません」

「ウッ……」

玲子の柔らかい二の腕に針が刺さり、透明な薬液が注入されていく。

いったい何が始まるのか。針を抜かれて身を固くする玲子の耳に、

「アグニ、ヤマ、スーリヤ」

謎めいた言葉を囁いて、胡麻塩頭がサッと身を離した。

同時に、壁際に移動していた茶髪男が機械のレバーらしきものを引いた。

ガタンッ!

「キャアアアーッ!」

玲子は絶叫し、拘束されたパンティ一枚の肢体を反りかえらせた。

瞬間、意識が飛んでいた。

「ア、アゥ、アゥ……」

凄まじい衝撃に、うわごとを口走る美人捜査官の眼は焦点を失い、虚空を彷徨っている。

「驚かれましたか？」

帯電して逆立ってしまった玲子の髪の毛を、胡麻塩頭の男が優しく撫でつけながら言った。

「ここに電極パッドが仕込んであるのです」

革の拘束具を指すと、

「電圧はＡＥＤと同じくらいです。スタンガンなどと比べれば、全然たいしたことないレベルなのですよ」

そう説明されても、頭の中が真っ白になってしまっている玲子には何も考えられなかった。

電気ショックを与えられた玲子が茫然自失している間に、

「今度は俺の番だな」

機械のレバーを戻した茶髪男が、玲子の足の拘束具についた鎖の長さを調節し、まだ痙攣の残る白い下肢をＭ字に開かせた。伸びやかでセクシーな美脚の付け根で、感電のショックのせいもあるのだろうか、悩殺的な黒のハイレグパンティは失禁したかと思うほど愛液で濡れている。

「俺はこいつで可愛がってやるよ」

茶髪男の手には肉色のバイブレーターがあった。見るからに卑猥な形をした性具を目の前に突きつけられ、ようやく玲子は正気に返った。

「ほら舐めろ」

ルージュに濡れた唇に先端を押しつけられて、

「いやっ」

玲子は嫌悪に顔をそむけた。

「いいから舐めろってんだよ。ほら、舌を出しな」

男は玲子の髪を引っ張り、無理やりに性具を舐めさせようとする。

(誰が……誰が貴様らの言いなりになるものか)

怒りがふつふつとこみ上げてくる。だがあまり頑強に抵抗を示すと身元を怪しまれかねない。口惜しくとも今は言いなりになったフリをして、敵を油断させておくのが得策だ。遅かれ早かれ拘束を解かれる瞬間がきっと訪れる。その時までの辛抱だ。

(それに——)

と、玲子は思った。

嗅がされた麻酔薬で意識を失っていて、どれくらい時間が経ったのかは分からないが、ともかく二時間が経過すれば相方の倉科弥生が所長に連絡をとる手筈になっている。それまで持ちこたえればいいのだ。

それにしても今の電気ショック、そして先程の注射——一体この男たちは何を企んでいるのか。

「強情な女だなァ。早く舌を出して舐めるんだよォ」

ルージュに濡れた朱唇を割って、硬いバイブの先端を押しつけられた。玲子は食いしばっていた歯列を開き、柔らかいピンクの舌を伸ばした。従順になったフリをし、グロテスクな性具におずおずと舌先を這わせはじめる。

チロリッ、チロリッ……。

「そんなおざなりの舐め方じゃ駄目だ。もっと気分を出そうぜェ。好きな男のチ×ポだと思って、いやらしく舌を使うんだよォ」

「ううっ……」

愛する夫にさえも、そんな淫らな奉仕をしたことはない。だが玲子は屈辱に耐え、舌全体を使って大胆にねぶりはじめた。

ペロリッ、ペロリッ……。

「いいぞ、その調子だ。たっぷりと唾を擦りつけな」

男はバイブを回すように動かしながら、張り出したエラの部分を玲子の舌腹にこすりつけていく。その偏執狂的なしつこさに巻き込まれるかのように、

（ハアッ、ハアッ……）

玲子も呼吸を荒げながら、次第に熱を込めて舌を使いはじめた。

ペロリッ、ペロリッ……ネロリッ、ネロリッ……。

カリのくびれに相当する部位を、舌が痺れるほど延々と舐めさせられた後、

「よおし、今度は咥えろ」

男の横暴な命令に顔を火照らせた玲子は、

「くうっ……」

喉を鳴らして先端を唇に含み、ねっとりと舌を絡めてしゃぶりはじめる。

（くっ……今にみていなさい……）

疑似フェラチオを強いられながら、こらえきれぬ口惜しさを滲ませた美女の凄艶な瞳に睨み上げられ、

「いいぜェ、色っぽいよ、その生意気な顔。ますます苛めてやりたくなるぜ」

茶髪男は声をうわずらせて胴震いしている。ギラついた目つきは、自分のペニスを勝ち気な女に無理やりしゃぶらせているところを想像しているのだ。

「美味いか？　あァ？　どうなんだ？　へへへへ」

笑いながらゆっくりとバイブを出し入れし、玲子の冴えた両頬を交互に内側から突いて膨らませたりする。

いったん性具を抜き去ると、

「後で本物を咥えさせてやるがよ、まずはこいつで狂わせてやる」

バイブレーターのスイッチを入れ、唾液でヌルヌルになった先端を玲子の上気した頬に押しつけた。

ブーン……。

振動が頬から首筋、肩から白い二の腕を経て、汗ばんだ腋の下へと移動していく。

ブーン……ブーン……。

無防備な腋下の窪みを何度もなぞられ、玲子は大の字の肢体をくねらせた。

「や、やめて……」

とてもじっとしていられない。鳥肌立つ感覚に玲子は髪を振って抗った。この異常とも思える肌の敏感さと肉の痺れは、薬のせいだと思いたい。しかし実際には注射を打たれる前から——そう、拘束された下着姿を男たちに晒している時から身体は熱く火照っていたのだ。今までこんなことは一度もなかった。だとすればやはり五年間のブランク——結婚し、夫と愛し合い、子供を産んだ——その過程で体質が変わったのだとしか考えられなかった。それは女として自然な、そして望ましい変化には違いない。だが常に危険と隣り合わせである潜入捜査官としてはどうなのか？　しかし今はそんなことを考えている余裕はなかった。

3

（耐えなくては……くううっ）

歯を食いしばって悶える玲子の肢体は、もうじっとりと汗に湿っていた。バイブの振動はようやく腋下の窪みを離れ、今度はバストの白い丘を這いのぼっていく。男がスイッチを「強」に切り替えると、豊満な乳房全体がブルブルと揺れはじめた。男は何度か乳輪のまわりをなぞっておいてから、先端の強烈な振動を、スッ、スッと軽く乳首に触れさせる。そのたびに玲子は、

「あんッ……あんッ……」

引き結んだ唇を悩ましく開いて、切れ切れの悲鳴を洩らした。

今やくっきりと尖り勃ってしまった乳首を中心に、バイブの振動は円を描きながら汗ばんだ乳房を裾野へとおりていく。眼を閉じている玲子にはその動きが意地の悪い生き物に感じられた。

「んんんんッ……」

時間をかけて脇腹を刺激した後、バイブの先端は縦長のヘソに押し当てられ、そのまま下降してパンティの上から恥丘のふくらみをなぞりたてた。

(そんな……やめてえっ)

男がどこを狙っているのか、火を見るより明らかだった。さっきから女の中心が燃えるように熱い。淫らな振動をその部分に当てられたら、今でさえ崩れそうになっている理性を保てる自信はない。

そんな玲子の焦りを見透かしているのか、男はじわじわとバイブの先端を移動させ、ちょうど玲子の恥ずかしい女の割れ目の上端、最も感じやすい肉のしこりが黒いパンティの上からも分かる位置に振動を押しとどめた。

「んふううッ」

奥歯を食いしばったまま、玲子は汗の光るボディを逆海老に反らせた。拘束されている両手でこぶしを握りしめ、足指をギリギリと内側にねじ曲げた。

(ま、負けない……こんなことくらいで……負けてたまるものですか!)

まとわりつくものを払おうと、玲子は汗ばんだ美貌を振った。

形のいい小鼻がひろがり、熱い息が噴き出る。

「んんッ……んんんッ」

こぼれそうになる喘ぎを懸命に押し殺しても、ビクン、ビクンッと跳ね上がる腰の動きを止めることはできなかった。

「あんッ……んんんーッ」

惑乱していく自分との闘いであった。細眉をたわめ、こめかみを引き攣らせ、玲子は懸命に耐えた。

「ずいぶん頑張るじゃないか」

押しつけたバイブで女の泣きどころをなぞりながら、男は嬉しそうに言った。

感じやすいくせに、たやすく快楽に身をゆだねないところが気に入った。めったにお目にかかれぬほどのハイグレード美人なうえ、この上なくセクシーなナイスボディの持ち主。まったく堕とし甲斐のある女だぜと、何度も何度も執拗にパンティの中心をなぞってやる。

(ああっ、もうっ!)

玲子は限界に達しかかっていた。

（いけない。このままでは……）

淫らな振動を用いた執拗な愛撫に、押しとどめようもないほど自分の身体が開いていくのが分かる。弥生はもう所長に連絡をとってくれたろうか？　救援が間に合わなければ、自分は男たちの前に絶頂の生き恥を晒すことになってしまう。勝ち気な玲子にとって、それは死にもまさる屈辱だ。

「いやっ！」

噛みしばっていた唇を開くと、玲子は不意に大声をあげた。

「いやっ、いやよっ！」

喉を絞って叫び、狂おしくかぶりを振った。

「けだものっ！　やめてっ！」

おびえの演技も捨て去って、茶髪男の顔をキッと睨みつけた。そうでもしないと、淫らな振動がもたらす官能の渦に呑み込まれ、自分を見失ってしまいそうなのだ。

「えらく気の強い女だなァ」

これほど意志の強い女も珍しい。驚きもし感心もしたが、まさか潜入捜査官だとは思いもよらない。

「だがその勝ち気さがいつまで持つかな」

男の顔には自信と余裕がある。

「フフフ、大事なところに直接当ててやろう」

もうグショ濡れになっているハイレグパンティを、茶髪男の指が横にズラした。

「おお、こいつは……へへへ、たまんねえなァ」

手入れをしているかのように綺麗な逆三角形の茂みと、その奥にのぞく秘めやかな割れ目のたたずまいに、男の血走った眼は吸い寄せられた。

他の二人もしゃがみ込んで覗き込み、キラキラと甘蜜の光る肉の花びらに感嘆の声をあげた。

「や、やめなさいッ！」

声が裏返ったのは、見られる羞恥の表れだ。

愛する夫にさえ明るいところで見せたことはない。まして憎むべき犯罪者たち三人に覗かれるなんて――。

「バカな真似はやめ――アアアーッ！」

憤辱の言葉を悲痛な絶叫が掻き消した。いかに強い意志をもってしても鍛えることができない女の急所——繊細すぎるクリトリスの尖りに、バイブの振動がじかに襲いかかったのだ。

「キイッ、キイイッ！」

金属的な嬌声がほとばしり、慎みを忘れて腰が躍った。不意打ちをくらって神経が麻痺していた。何が起こったのか自分でも分からない錯乱の中、

「アグニ、ヤマ、スーリヤ……」

ヒンドゥー教の神々の名を組み合わせた、あの奇妙な言葉を再び耳元に囁かれた。その意味を考えている余裕など玲子にはない。痛みと紙一重の鋭い快感に、たちまち脳の芯まで痺れきった。

ブウウゥウン……ブウゥウゥン……。

女芯を苛む鮮烈な刺激は、腰全体に、さらに四肢の先までひろがっていく。衝撃に全身がバラバラになるかと思われた。

「ヒエエッ！　ヒーッ！　ヒエエーッ！」

絶叫すらもバイブレーションを帯びている。玲子は手足の鎖をガチャガチャと鳴らしながら、レザー張りの台が揺れ動くほど身悶えた。

「ヒイイッ！　ヒイイッ！」

「へへへ。いい声が出てきたぜェ!」

美しい生贄の狂態に、バイブを操る茶髪男は憑かれた眼をしている。

「もっと啼け! もっと腰を振るんだ!」

「ヒエエッ! あわわッ、あわわわわッ!」

嵐のような快感に引きさらわれて、官能曲線が一気に急上昇した。玲子はもう息もできない状態に追い込まれてしまった。頭の中に火花が散り、迫りくるアクメの白い光がたちまち大きくなった。

(ああッ、イクっ!)

胸の内で叫んだ玲子が、のけぞったまま総身をこわばらせた瞬間、バイブの先端がスッと局部から離れた。

「あああッ……」

のけぞっていた肢体が、決着のつかぬままガックリ弛緩した。縦長のヘソを乗せた白い腹が汗に光りながら大きく波打つ。悩ましく半開きになった朱唇は、白い歯並びをのぞかせたままハアハアと熱っぽい息を吐き、満たされなかった情感にワナワナと慄えつづけていた。

「ヘッヘッヘッ、イキそうだったんだろ?」

潤みきった玲子の眼を覗きこんで、茶髪男がからかう。

「ずいぶんと感じやすいんだな。いい身体してるだけのことはある」

「……ううッ……」

言い返そうとしたが、呻き声にしかならなかった。玲子は精一杯の気力を振り絞って男の眼を睨み返したが、相手が甘蜜のしたたるバイブをわざと見せつけると、口惜しげに唇を噛んで顔を横にそむけた。すでに暗示にかかっているのだろうか、ブーンという振動音を聞いているだけで身体が痺れ、抗う気力が萎えていく気がした。

「ふん、今さら気どったって始まらねえよ」

男は指先で玲子の濡れたパンティを横にズラしたまま、開ききった柔らかい内腿にバイブの振動を這わせはじめた。

「い、いやッ」

子宮が待ち焦がれてヒクヒクしているのが自分でも分かる。痺れきった身体をさっきみたいに責められたら、今度こそひとたまりもないかもしれない。

「やめて！　もうやめて！」

懊悩の美貌を右に左に激しくねじりながら、玲子は恥も外聞もなく腰を悶えさせた。淫らな振動は容赦なく太腿の付け根に迫ってくる。鼠蹊の窪みをなぞり、会陰の方から上向きに肉の合わせ目を這いのぼってきた。クリトリスに触れるスレスレのところで止め、意地悪く玲子の反応をうかがう。

「くッ……くッ……くううッ」

こらえようとする玲子は、うなじまで真っ赤に美貌を染めあげている。なめらかな柔肌は、もうオリーブ油を塗りたくったかのように汗にヌメ光って、悶絶にのたうつパンティ一枚の女体を妖しい被虐美に照り輝かせた。

「ああっ、もうッ」

九合目まで昇りつめているのに、とどめを刺してもらえない。こんなふうにジワジワと嬲られるくらいなら、いっそひと思いに犯されたほうがましなくらいだ。玲子は自分でも気づかぬうちにM字開脚の腰をせりあげていた。汗で繊毛をベットリ粘りつかせた恥丘のふくらみを、自ら尻を振ることでバイブの振動に擦りつけようとする。理性は官能の甘蜜となって溶けくずれ、肉欲にただれた花芯が女の性を満開に咲き誇らせていた。使命感すら忘れ去って、美貌の女捜査官は快楽に身を焼き尽くすことだけを願った。

「ああーっ」

振動がダイレクトに女芯に触れ、玲子が身も世もない喜悦を嚙みしめた途端、茶髪男は無慈悲にバイブを離す。

「いやっ、いやっ、ダメえええッ！」

玲子は限界だった。このまま焦らしつづけられたら気がふれてしまう。意識にピンク色の靄がかかって、もう何も分からなくなった。火のように熱い肉の疼き、うねりくる愉悦の波がすべてだった。

「こいつを中に挿れて欲しいんでしょう？」

スッ、スッときわどい所を擦り上げながら、茶髪男の囁きが耳元で誘う。

「い、いやッ」

わずかに残った反発心で拒絶したものの、あさましい腰の動きがその言葉を裏切っていた。横にズラされたパンティの脇からヌルヌルになった膣口がのぞき、甘く匂う蜜を吐いている。そこに振動するバイブの先端をあてがわれるなり、

「ああーっ！」

玲子はあけすけな悦びの声をほとばしらせ、迎え入れるようにM字開脚の膝を外側に開いた。

「あっ、あっ……うううむっ」

濡れた襞肉をえぐり込むようにして、硬いシリコンの筒が沈み込んでくる。あまりの長大さに玲子は呻きのけぞった。息もできぬ拡張感と圧迫感は生身のそれを遥かに凌駕する。焦らし続けられた女の器官は、待ちかねたように妖しい粘着力でその逞しさを迎え入れた。

「うむっ……うむむっ」

苦悶と快美を汗の光る貌に交錯させ、ギリギリと奥歯を噛みしめた玲子は、硬い性具がついに女の最奥に達した途端、

「い、いいっ」

唇を開いて、女の悦びを口にした。

淫らな振動が子宮口をブルブルと震わせると、得も言われぬ快感が身体の深い所で渦を巻いた。この世にこれほどの悦楽があろうとは、一度として思い至ったことがない。身も心もとろける愉悦に、自然と玲子の腰はくねった。

（ああッ、こんな……こんなことって……）

もう自分の身体ではないかのようだ。男が性具を抜き差しするたびに、火のような衝撃が背筋を走った。もう羞ずかしさも嫌悪感もなかった。犯罪者に弄ばれる口惜しさでさえ、燃え盛る性感の炎に油を注いだ。

「ああっ、もうっ……」

「へへへ、嬉しそうに食い締めてやがる。そんなにいいのか？」

右に左に性具を捻じりながら、男はこれでもかと玲子の柔肉をこねくりまわす。打てば響くとはこういう反応を言うのだろう。絹糸を震わせる声で泣き悶えながら、熱くとろけた媚肉は逃すまいとして性具に絡みつき、引き込むような貝類のうごめきを示すのだ。

「ダメっ、ダメええっ」

「こいつはすげえぜっ」

責め苛む茶髪男の額にも、ジットリとあぶら汗がにじんでいる。熟れきった女体の甘い身悶えに引きこまれ、洗脳調教の手順も忘れて性具を動かした。抉られては捲り返される女膣の粘膜が、ヌチャッ、ヌチャッと卑猥な音を響かせ、泡立つ悦びの果汁がピチャピチャと汁音を混ぜた。鬼気迫る女体責めの生々しさに、他の二人も言葉を失って見入っている。

「いいっ、ヒイッ、いいっ、ヒイイッ」

玲子は泣きわめき、狂ったように髪を振りたくった。リズミカルな性具抽送と強烈な振動に、為すすべもなく性感を翻弄されていた。

「ううッ、うッ！　うわあああッ！」

歓喜に震えるヨガリ声はすでに牝のそれだ。両手が自由であったなら、狂女のように髪を掻きむしったに違いない。

「ああっ、狂うわっ、玲子、狂っちゃうっ！」

「そうだ、狂え！　スケベな牝になりきるんだ！」

男が絶叫し、抽送のペースを上げた。

「ヒイイッ！　ヒイイーッ！」

喉を絞り、玲子はかすれた悲鳴をあげつづけた。こんなに深く、こんなに荒々しく突きえぐられた経験はない。白い乳房はゴム毬のように上下左右に弾み、背中はキリキリと弓なりに反り、なめらかな下腹は汗の玉をすべらせながら、喘ぐように大きく波打った。

「アヒイッ、アヒイイーッ！」

「すげえぜ、この女！　たいした悦びようだ！」

バイブをちぎるつもりかいと揶揄されても、もはや牝啼きの声は止まらない。拷問めいた荒々しい性具の抽送に合わせ、玲子は我れを忘れて腰をくねらせている。拘束されたまま被虐の恍惚にのたうつ汗まみれの女体は、あたかも火に焙られて悶絶する一匹の美しい白蛇だ。

「食らええッ！」

男が叫び、とどめとばかりに渾身の力で貫いた。

「あああああッ、イクううううっ！」

玲子は絶叫し、のけぞった肢体を二度、三度、キリキリとアクメの発作に硬直させた。性具を握りしめた男の手に生々しい肉の収縮を伝えた後、糸の切れた操り人形のようにガックリと弛緩してしまった。

4

ハアッ、ハアッ……。

うっとりと睫毛を閉ざし、半開きの唇から熱っぽい喘ぎをこぼす。

ああ何ということだ。任務のためとはいえ、憎むべき犯罪者の手で身体を弄ばれ、手練手管に屈して絶頂に達するという痴態をさらしてしまった。身の置き場もない羞恥と屈辱。捜査官としての情けなさ。愛する夫への申し訳なさ——熱い快美の余韻の中で、さまざまな感情が入り乱れて渦を巻く。

だが感傷に浸っている暇はなかった。

「ヘッヘッヘ、潮を吹きやがった。この好き者が」

茶髪男は振動を続けるバイブから手を離し、昇りつめると同時に玲子がしぶかせた熱い悦びの汁をポタポタと指先からしたたらせてみせた。

伝説の女捜査官をヨガリ泣かせた大人の玩具は、媚肉の強烈な収縮に締めつけられたまま抜け落ちもせず、ブブブッ、ブブブブッとくぐもった振動音を響かせている。

そのバイブの太幹を再び握ると、

「これだけのナイスボディだ。一回イッたくらいじゃ物足りないだろう」

欲情の青い炎を眼の中にゆらめかせながら、熱くとろけた媚肉をゆっくりと突きえぐり始めた。

「ああっ」

つらそうな声と共に、玲子の眉間に縦ジワが寄る。

「もう……もうやめて」

あえぎながらグラグラとかぶりを振った。

潜入捜査官として幾度となく修羅場をかいくぐってきた。だがアクメの余韻も冷めやらぬうちに立て続けに責められるなど、想像したことのない玲子なのだ。鍛えあげられた肉体の持ち主でも所詮は女。気をやらされた直後の心身の脆さは、普通の人妻となんら変わることはない。逐情して熱くとろけきった女壺を、萎えることを知らぬ硬い性具で突きえぐり続けられれば、たちまち我れを忘れて快楽に溺れてしまうのは仕方のないことであった。

「フフフ、知ってるぜ。あんた、こんなふうに乱暴に責められるのが好きなんだろ？」

からかいの言葉を浴びせられ、前にも増した荒々しさで繊細な柔肉をこね回される。乳首もつままれ、乱暴にひねりあげられた。

「強がってみせちゃいるが、本当はマゾなんだもんなァ」

決めつける男の言葉に、

（冗談じゃないわッ）

玲子は胸の内で激しく反発するが、啼きたい気持ちを押しとどめられない。いけないと頭では思っているのに、悦びを刻み込まれた身体が勝手に反応してしまう。振動するバイブで最奥を強く突きえぐられるたびに、官能の芯が熱くざわめいて、子宮が収縮を繰り返すのをどうすることもできなかった。

た。

「あっ、あっ……」

ビクンッ、ビクンッと腰が跳ねた。

ヌプリ、ヌプリと抜き差しされて、汗にヌメる肌がさらに熱い汗を噴きはじめた。

負けまいとして必死に耐える女捜査官の玲子。

もう自分との闘いである。

「くああっ……んんっ、んんっ……あああっ」

「ほおら、またお汁が垂れてきたぞォ」

滲み出る人妻の愛液が、バイブを操る男の手をしとどに濡らす。甘く匂う女の果汁は、まるで失禁したかのような豊潤さだ。振動するバイブの幹を伝い流れるだけでは足りず、見事なヒップのカーブをも濡らして、ポタポタとレザー張りの台にしたたり落ちた。

「またイキたいんだろ？　我慢せずにイケよ。ほおれ、ほれ——ほおれ、どうだ」

（イキたくない！　もうイキたくないのッ！）

あなた助けてッと、胸の内で悲痛に叫んだ。任務中ピンチに陥ったのも二度や三度ではなかったが、いつも自力だけを頼りに切り抜けてきた。他人に救いを求めたのは初めてのことだ。やはり人妻になったことで心が弱くなってしまったのか。

「ああっ、ダメえっ！」

性具の張り出した硬いエラが、玲子の泣きどころを擦りあげてくる。もう感じすぎて気が変になりそうだ。あえぎ声が喉にかすれ、ヒイッ、ヒイッと悲鳴を交えた。眉をたわめた苦悶の表情とは裏腹に、成熟した腰と臀部は悩ましくうねり舞い、貪欲に肉の快美を貪っている。

「フフフ、ここか。ここがいいのか？」

男は集中的に責めたてた。突けば突くほどに感度が良くなるようだと、持てる限りの技巧を用いた。瀬戸際まで追い込んでは、わざと矛先をそらし、勝ち気な女の悶えとすすり泣きを愉しむ。

「いやああッ！」

焦らしに焦らされ、白い肉のうごめきは最高潮に達した。悶え狂うのは、ハイレグパンティをズラされた腰と臀部だけではない。もう玲子は全身をくねらせてヨガリ泣いていた。

「そろそろイカせてやったらどうだ」

横で見ている黒縁メガネが生唾を呑んで言った。

「本当に狂われたんじゃ売り物にならない」

それもあるが、待たされている身は辛い。美しく熟れた女の身体を自分も早く責めてみたかった。

「よし、イカせてやる」

茶髪男はもう焦らさなかった。つまみあげた乳首をグリグリとひねりながら、右手に握りしめたバイブを猛烈に抽送した。

「ほらイケ！ そうそう、その調子だ！ 狂え！ もっと狂えッ！」

息もつかせぬ怒濤のピストンで、ただれた秘肉を仮借なくえぐり抜く。嵐のように最奥を連打されて、焦らし抜かれていた玲子はひとたまりもなかった。

「ああッ、またッ、またイクっ！」

喉を絞ってせっぱつまった声をあげると、艶やかな繊毛も悩ましい下腹を大胆にせり上げ、キューンと全身を収縮させた。一度弛緩するかに見えたが、また背中を弓なりに反らし、

「あうーッ！」

絶息せんばかりに呻きのけぞりながら、咥え込んでいる性具をひしがんばかり

にキリキリと締めつける。

「あぅッ、あぅうッ」

「すげえ！　イキっぱなしだぜッ！」

茶髪男はバイブを引いたが、収縮が強すぎて簡単には抜けない。力を込めてやっとズボッと引き抜くや、玲子の赤く爛れた膣口から勢いよく女潮が吹き出した。

「あうっ……ああっ……」

立て続けに昇りつめた玲子は半ば気を失い、大の字に伸びた肢体をヒクヒクと痙攣させている。だが男たちは容赦なかった。

茶髪男が耳元に、

「アグニ、ヤマ、スーリヤ」

と、例の謎の言葉を囁くと、胡麻塩頭が壁のレバーをガタンと引いた。

うわあああああああああっ！

二千ボルトの電気ショックに、拘束された玲子の身体がバウンドした。官能の余韻すら消し飛んでしまう衝撃に、玲子の頭の中は真っ白になる。

「アッ、アッ……アアッ」

見開いた瞳を虚空に彷徨わせている玲子に、

「僕は道具を使うのはあまり好きじゃなくてねェ」

そう言いながら黒縁メガネの男が迫ってきた。

雪白の肌を際立たせる漆黒の翳りに手を伸ばすと、艶やかな繊毛を掻き分けるようにして、濡れそぼった粘膜のひろがりに指を這わせる。

「あっ」

玲子は我れに返り、ビクンと腰を跳ねさせた。

「い、いやっ」

潮を吹いた膣口を弄られるのが恥ずかしく、真っ赤な顔をイヤイヤと振った。

「おお、これは温かい……」

男は構わず、まさぐりながら言った。

「それにとろけるようだ」

感心したように言いながら、花びらを捲り返し、肉溝の隅々までまさぐり続ける。医者の触診を想わせる丁寧な指の動きは、どうやら玲子の女の構造の形、そして感度の良さを確かめているらしい。柔らかい花襞の一枚一枚に丹念な愛撫をほどこす根気強さは、これが凌辱かと疑ってしまうほど優しさである。

「う、ううんっ……」

茶髪男の荒々しかった色責めとは一転、女の官能を惑乱させ、情感をとろけさせるソフトで狡猾ないたぶりに、人妻である玲子の肉体も先刻と違って甘い反応を示してしまう。

「うんんっ、うんんっ……んああっ」

夫以外の男の指で、ユルユルと女の生命をまさぐられている。感じてはいけないのに、たまらない肉の疼きがこみあげてきて、ジーンと骨の髄まで痺れてしまう。ソフトすぎる男の愛撫はもどかしいほどだった。こんな状態では、仮に拘束を解かれたとしても、男たちを素手で倒せるかどうか心もとない。

(何をしているの、弥生？　早く……早く救援を……)

そんな思いすらも、せつなすぎる肉の疼きに搔き消されてしまいそうだ。

「うーむ、こいつは絶品だ」

うなるように言うと、男は指先を媚肉の割れ目の上端に這わせた。ヌルヌルに溶け爛れた粘膜の中にただ一箇所、コリッと硬く尖っている女のつぼみを探りあて、指先を小刻みに動かして刺激しはじめた。

「ううッ、いやッ、そこはいやッ」

玲子はせつなげな声をあげて悶えはじめた。

性具でなぶられるのとは違った快感、そして屈辱感があった。

「お願い……ねえ……そこはもうッ……」

身を震わせながら昂っていく玲子の反応を窺いつつ、黒縁メガネの男は根気強く指先による陰核愛撫を続ける。みるみる充血してふくらんだクリトリスをおもむろにつまみあげると、薄い包皮をクルリと根元まで剝きあげてやった。

「ああん、ダメ……あああっ」

のけぞって白い喉をさらし、玲子はヒッと息を呑んだ。これほど時間をかけた、これほど手の込んだ愛撫を、夫からは一度も受けたことがない。背筋に電流が走るほど芳烈な快感に、玲子は頭のてっぺんから足の爪先まで痺れきった。

「あああっ、ダメ……」

剝いては被せ、剝いては被せ——リズムを刻みつつ延々と繰り返される包皮嬲りは、どんな貞淑な女でも乱れさせてしまう愛戯だ。成熟した人妻の玲子が、そんな濃厚な色責めを味わわされて狂わずにいられるはずもなかった。

「やめて……いやッ、ああッ、いやああッ」

もうプライドすらも崩壊しつつあった。玲子は声を放って泣きじゃくりながら、浮き上がらせた豊満なヒップを淫らに旋回させていた。このままではまた気をやらされてしまう。狂わんばかりの被虐の快楽を、黒々とした絶望が覆い尽くした。

男の指は肉豆を離れると、とめどなく蜜を吐きつづける膣口にニュルリと潜りこんできた。鉤状に曲げられた二本の指が、玲子の最奥の一番感じるところ、柔らかい膣壁の粒々を搔き出すようにまさぐりはじめる。

「ひいいーッ」

女の身体を知りつくした指の動きに、玲子の身悶えは激しさを増した。

「あんッ、はぁあァ、い、いやァ」

「我慢しなくていいんだよ。イキたければイケばいい。何度でも天国を味わわせてあげるから」

二本の指を使って搔くようにまさぐりながら、男は汗に湿った玲子の黒髪を撫で、のけぞった白い首にねっとりと熱い舌を這わせてきた。

(あうッ、た、たまんないッ……)

思わず開いた玲子の唇は、男の分厚い唇にピタリとふさがれた。抗う暇もなく、ヌラヌラした太い舌で口の中を占められてしまう。舌を搦めとられ、ちぎれるほど強く吸いあげられた。

「んんんっ、んんんーっ」

濃厚なディープキス、膣奥の急所をなぶる指の動きに、玲子は頭の中がうつろになっていく。

（あ、あァ……はああッ）

どれくらいのあいだ唇を吸われていたろう。ハッと気づいた時、すでに男の顔は離れていた。調教の効果を確かめるように、恍惚となった玲子の表情を黒縁メガネの奥からジッと観察している。

（ああ、何てこと……こんなやつに……）

憎むべき犯罪者に唇を奪われたのだ。舌を入れられた時に噛んでやればよかったと悔やんだが、すでに後の祭り。その時は不覚にも情感に溺れてしまっていた。それほどまでに男の愛撫が心地良かった。今も男の指は玲子の最奥を貫いたまま、熱い快楽の源泉をユルユルと刺激しつづけている。それに応えて玲子の腰は悶えていた。男の指に官能のラブジュースを惜しげもなく浴びせかけながら、はしたなく肉のダンスを踊り狂っていた。もう自分の身体ではないかのようだ。

玲子の肉壺を指で巧みに責めながら、男は波打つ白いバストに顔を寄せた。濃厚なキスで人妻を酔わせた唇が、ツンと尖ったピンクの乳首をついばんだ。

「よ、よしてッ」

玲子は叫び、身をよじりたてた。

ついばまれた瞬間、得も言われぬ快感が鋭く背筋を走った。熱く痺れた女体はそれだけで達してしまいそうだ。子宮が収縮し、膣口は感極まったように男の指の根元をキューンと締めつけた。

（ううっ、こんな……こんなことぐらいで）

気をしっかり持つのよ——玲子は何度も自分に言い聞かせた。

上向きに尖って熱く疼く乳首を、男の舌先が転がしはじめた。あやすように優しく転がしておいて、唇に含んでチューッと吸いあげる。

「くっ……あんっ……あああっ」

（た、耐えなければ……）

せりあがる快感に身をのけぞらせつつ、玲子は必死に唇を噛みしばった。

（弥生……早く、早く応援をッ）

すがるような気持ちだった。このまま責めつづけられれば、再び生き恥をかかされるのは時間の問題だ。弱気になり、いっそ快楽に身をゆだねてしまいたくなる。もう感じすぎてとろけてしまいそうなのだ。

（い、いいッ……いいッ）

男の舌は動きつづける。吸われてツンと硬くしこり勃ってしまったピンクの乳首を、コロコロ、コロコロと舌先で上下左右に転がしてきた。女泣かせの愛撫テクニックは夫のそれとは次元が違い、憎らしいほど巧みに官能のツボを突いてくる。剝き出しになった快感神経を直接に舐められている感じなのだ。抗うすべもなく玲子の肉体は昂っていく。

「くううッ……あッ……ああああッ」

「フフフ、おツユがこんなに――ずいぶん敏感なのですねェ」

舌を使いながら、男は上目遣いに覗きあげる。被虐の性感を煽るための言葉嬲りも忘れない。濡らしていることを玲子に思い知らせるように指を動かし、クチュクチュと卑猥な音を響かせた。

「い、いい加減にしてッ」

泣きたいのを必死にこらえ、玲子は精一杯の強がりを見せた。

「フフフ、『もっとして』の間違いじゃないですか？　少なくとも下の口はそう言ってるみたいですよ」

男の言葉遣いは慇懃だ。たっぷりと唾液をまぶした舌の先を小刻みに動かし、血を噴かんばかりに尖り勃った乳首を転がしつづける。膣奥の急所をまさぐる二本指に加え、親指でも玲子のクリトリスを刺激した。

「んっ……んっ……んんっ」

歯を食いしばる玲子の汗ばんだ美貌が、追いつめられた狼狽に歪んだ。

「い、いやッ……んんんッ」

乳首と膣奥とクリトリス。女の官能の源泉を三箇所同時に指と舌で愛撫されているのだ。とても正気を保てなかった。

「あっ、いやッ！　ああっ、いやあッ！」

不意に玲子は大声をあげて背をそらせ、懊悩の貌を振って泣き叫んだ。

「こ、これ以上は……もうこれ以上は……」

気が変になってしまうと思った。夫以外の男の指と舌で悦びを極めるのは罪深いことだ。性具で嬲られて生き恥をかかされるより何倍もつらかった。

「許してッ」

すすり泣きはじめた人妻の耳に、

「フフフ、本当は嬉しいくせに」

「自分の気持ちに素直になりなさいよ」

茶髪男と胡麻塩頭が誘惑の囁きを吹きこんでくる。

「いやあぁッ」

交互に舐め転がされる玲子の二つの乳首は、白いバストのふくらみの頂点で、もうつまめばもげそうなほど大きくなって、男の唾液に濡れ光る鮮やかなピンクの円筒形をフルフルと震わせていた。乳輪全体もプックリと隆起して、心なしか色までも濃くなっている。

「今度はお尻を責めてあげましょう」

どこの誰かはまだ分からないが、成熟した色気といい感度の良さといい、滅多に手に入らない上玉である。売却目的の性調教がてら、前から後ろから楽しめるだけ楽しもうという腹なのだ。男たちは玲子の手足の拘束をいったん解き、三人がかりで台の上に四つん這いの姿勢をとらせた。まさか相手が鍛えあげられた肉体と強靭な精神を持つ女捜査官だとは知らない。執拗な愛撫でこれほどメロメロに感じてしまっている女が、よもや逆襲してくるとは予想だにしなかった。

(今だ!)

玲子の瞳がキラリと光った。

敵は油断しきっている。こちらも骨の髄まで官能に痺れきって、身体が言うことをきくかどうか不安だが、チャンスは今しかない。一か八かやってみるまでのことだ。

男たちが手枷足枷を嵌め直そうとした時、四つん這いの玲子は右肩を落として首を後ろへ捻じりざま、黒縁メガネの男の顔めがけ、思いっきり左の脚を蹴り上げた。

「グワッ！」

メガネが宙に吹っ飛んで、顎を蹴られた男はそのまま後ろの壁に叩きつけられた。

一瞬何が起こったのか分からず立ちすくむ他の二人の目の前で、台上の白い裸身が独楽のように回転し、次の瞬間には脇腹を深々と肘でえぐられた胡麻塩頭が、苦痛に顔を歪めて床にしゃがみこんでいた。

跳ね上がった女捜査官の身体はピタリと茶髪男の背後をとっていた。白い二の腕が後ろから男の首をキリキリとゴムのように締めあげ、喉元には大きな鋏が突きつけられていた。四つん這いにされた時に、台の傍のワゴンにそれがあるのを見てとっていたのだ。

「動かないでッ。喉笛を切るわよ」

女豹の眼光も鋭く玲子は命じた。

一対多の闘いでは、不意をつくこと、そして相手方のボスを人質にとることが基本であり鉄則だ。黒いパンティ一枚の女捜査官の戦術に迷いはなかった。

「答えなさい。あなたたちは何者?」

喉笛に突きつけた大鋏で圧力を加えながら尋問した。いざとなれば相手の喉笛を裂くことも厭わない。揺るぎないその気迫は、目を丸くしてようやく立ち上がった二人にも、後ろから首を締めあげられている茶髪男にも伝わった。

「お、落ち着けよ」

ゼイゼイと喉を鳴らして茶髪男は言った。

「な? 乱暴はしないでくれ。何でも喋るぜ。あいつは……あいつは宮本健ってんだ」

黒縁メガネの男に眼を向けながら、

「心理療法の専門家だ。それからあいつは——」

今度は胡麻塩頭を見て続けた。

「奴は岸田三郎。大脳生理学者で、れっきとした大学教授だぜ」

口の軽い男だ。我が身可愛さにペラペラと仲間の素性を明かしてしまうところなど、推測していたとおり、犯罪のプロではないようだった。思いがけぬ危機に陥って辱しめを受けてしまったが、事件そのものは意外にあっさりカタがつきそうだと玲子は思った。

「で？　あなたは？　あなたは何者よッ？　さっさと言わないと命はないわ。私は気が短いのよ」

「俺かい？　俺はそのォ……しがないヤクの売人よ。あの二人と違って、名乗るほどのもんじゃねえぜ。へへへへ」

「誤魔化さないで正直に言いなさい」

玲子は鋏の先を横にすべらせて迫った。

「血が気管に溢れると窒息するのよ。苦しんで死にたいの？」

「ま、待て！　言う、言うよ！」

案外意気地のない奴で、茶髪男は慄えあがった。

「俺は生島丈治っていって、ひょ、評論家のはしくれだよ。専門はドラッグとか脱法ハーブ——ヤクの売人じゃねえ」

「心理療法の専門家に大脳生理学者、そしてドラッグ評論家。その三人が有名人の女性ばかりを攫って、一体何を企んでるの？」

組織犯罪ではなく、ただの変質者の集団なのか。チンピラや半グレの若者らを金で雇って、容姿端麗で魅力的な有名人女性ばかりを誘拐する。拘束して性的な辱しめを加え、数日間いたぶり抜いた後で解放する。そういうことなのだろうか？　しかし先程たしか、「買い手を探す」と男たちは話していたのだ。それにあの注射と電気ショック、呪文めいた謎の言葉。

（やはり人身売買……）

だがここから先は警察の仕事だろう。

「じっとしてなさい。動くと為にならないわよ」

片手で素早く茶髪男の白衣を肩脱ぎにさせると、真ん中で絞りあげて後ろ手に拘束した。

「携帯は持ってる？」

「あ、ああ……ズボンのポケットだ」

玲子は男のズボンのポケットを探ると、携帯電話を取りあげた。

「あなたたち、床に跪いて手を頭の後ろに回すのよ」

玲子の指示にすぐには従わず、立ちすくんだまま険しい表情でこちらを睨んでいる胡麻塩と黒メガネに、

「お前ら、言われたとおりにしねえか！」

喉元に鉄を突きつけられている茶髪男が甲高い声で命じた。

事務所に連絡をとろうと、玲子が片手で携帯を操作しはじめた時だ。

背後の扉がガタンと開くや、

「そこまでだ」

ドスの利いた低い声が響いた。

振り向いた玲子の美貌が凍りついた。

「や、弥生ッ」

「先輩ッ」

チンピラ風の男三人に囲まれて、パンツスーツ姿の倉科弥生が姿を現した。後ろ手に縛られ、足首には鎖のついた革の足枷を嵌められている。身体の自由を奪われ抵抗できない新米捜査官の柔らかい喉に、後ろの男がサバイバルナイフの光る刃を押しつけていた。

「鼠を一匹見つけました」

「こっそり工場に忍び込んでやがったんで」

「こいつ、たぶん刑事かなんかですぜ。捕まえるのに骨が折れましたよ」

自慢げに報告するチンピラたちは、その場にいない用心棒の手柄を厚かましく横取りした。

美しい顔に無念さを滲ませた弥生が、

「先輩……申し訳ありませんッ」

声をつまらせてガックリとうなだれた。

「よくやった」

部屋の隅で、茶髪男はしてやったりとほくそ笑んでいる。玲子が驚いた隙を逃さず、素早くその腕からスリ抜けていたのだ。

「いいか、お前ら。この下着姿のジャジャ馬がちょっとでも勝手に動いたら、構うこたぁねえ。その若い女の喉を掻っ切ってやれ」

チンピラたちに指示しておいて、

「やいジャジャ馬女、その危ない物をこっちへ放りな」

「くっ……」

口惜しげに呻くと、玲子は鋏を投げ捨てた。

「やれやれ……一時はどうなるかと思ったぜ」

ようやく安堵したのか、茶髪男はゆっくり歩み寄ると、

「そうか。囮捜査ってやつか。松嶋加奈子になりすまし、わざと攫われた。そういうことだな」

尊大な態度で玲子の前に立った。

「あんたら、何者だァ？——いや、それは後回しでいい。フフフ、まだお愉しみの最中だからなァ。さあ、そのムチムチのナイスボディを台の上に乗せて四つん這いになりな。お仲間が見ている前で、腰が抜けてオイタができなくなるまでじっくり可愛がってやるからよォ」

人質をとられて抗えなくなった女捜査官の乳房を手のひらにすくいあげる。形勢の逆転を思い知らせるかのように、重みのある美しいバストをタプタプと楽しげに揺らしてみせた。

5

「その子の……その子の前ではやめてッ」

台の上で四つん這いを強いられて、玲子は耐えかねたように叫んだ。

黒いハイレグパンティ一枚の恥ずかしい格好で双臀をもたげ、鎖の付いた革べルトで手首と足首を拘束されている。

この格好でさっきのような色責めを受けたら……。

後輩の弥生が見ている前であさましい狂態をさらすことになるかもしれない。先輩捜査官として――いや、ひとりの女性としても、それだけは何としても避けなければならなかった。

「なんでも言うことをきくわ。だからその子の前でだけはッ」

だが玲子のそんな必死さが、かえって男たちの嗜虐心に火をつける。痛い目に遭わされた意趣返しもある。美しい女豹を徹底的にいたぶり、さらなる羞恥地獄へ突き落としてやろうと決めていた。

「アグニ、ヤマ、スーリヤ」

茶髪男が耳元に囁き、胡麻塩頭がレバーを引いた。

「うわあああああああああッ」

耳をつんざく絶叫と共に、女豹捜査官の背中が反りかえった。二千ボルトの通電の衝撃は、艶やかなストレートヘアがフワリと宙に浮くほどだ。

「先輩いぃッ！」

弥生も悲鳴をあげた。駆け寄ろうとしたが、足枷が邪魔をし、すぐさまチンピラたちの手で押さえつけられた。

「先輩ッ、先輩いいッ」

身をよじって叫ぶ後輩捜査官に、

「だ、大丈夫よ……」

玲子は唇を開き、ハアハアと喘ぎながら言った。

「これしきのこと……な、なんでもないわ」

汗の光る美貌を弥生に向け、無理に口角を上げてみせる。だが作り笑顔とは裏腹に四つん這いの下着姿はおびただしく発汗し、四肢はブルブルと痙攣している。ショックで空白状態になった頭に、直前に囁かれたキーワードが刻み込まれつつあることに彼女自身まだ気づいていなかった。

「どうせなら特等席でショーを見物させてやれ」

茶髪男が三人のチンピラに命じ、身悶える弥生を四つん這いの玲子の尻側に連れてこさせた。

「いいか、よく見てな」

弥生に見せつけながら、茶髪男は女捜査官のせり上がったヒップを両手で鷲づかみにした。黒い下着からこぼれ出た真っ白な双丘に十本の指を食い込ませ、こねるように揉みはじめた。

「たまんねえケツだろ。ムチムチのプリンプリンだぜ」

むき玉子を大きくして二つ並べたような迫力の双丘。揉みしだく感触は搗きたての白餅。美しい人妻の成熟ヒップほど男の劣情をそそるものはない。汗ばんだ肌の甘い匂いにヒクヒクと鼻をうごめかせながら、茶髪男はじっくりと玲子の美尻を揉みたてる。とくに技巧とてないそんな玩弄にさえ、九合目まで昇りつめていた女体は敏感に反応してしまう。せりあげた双臀の狭間に耐えがたいほどの熱い疼きを感じて、

「ううぅッ……」

玲子は重い呻きを洩らしながら美貌を振りたくった。

「も、もうやめてッ」

「どうした？　ずいぶんとしおらしいじゃないか。さっきの威勢はどこに行ったんだよォ？」

大立ち回りしたのが嘘のような玲子の姿である。

濡れたパンティが股間にピッタリと粘りついて、シルクの薄い布地に恥丘の丸みを強調していた。中心の恥ずかしい縦割れの形までがクッキリと浮き出ている。

閉じたくとも閉じ合わせることができず、ブルブルと屈辱に慄える白い太腿がなんとも肉感的でセクシーだ。

「『あれ』をくれ」

ニヤリと笑って言った茶髪男の言葉に、黒縁メガネがワゴンの上にのせてある器具を手渡した。

電気マッサージ器、いわゆる「電マ」である。先程のバイブレーターといい、この男はよほど性具で女を責めることにこだわりがあるらしい。

いったん弥生の方を向くと、

「こいつをあんたの先輩に使ってやるぜ」

茶髪男はスイッチを入れ、ブルブルと振動し始めた先端のゴムの部分を、チンピラたちの腕の中で悶える弥生の白いブラウスの胸に擦りつけた。

「キャッ！」

ポニーテールが跳ね上がった。弥生は小さく声をあげて伸びあがるように身を反らせたが、男がその器具で玲子をどう責めようとしているかに気づくと、

「そんなオモチャで……そんなくだらないオモチャなんかで、鮎川先輩をどうにかできると本気で思ってるのッ!?」

キッとなって相手を睨みつけた。

「おいおい、こっちも相当なジャジャ馬だぜ」

茶髪男が片頬をゆがめてニヤッとすると、胡麻塩頭と黒縁メガネも顔を見合わせてクスクスと笑った。

「電マをナメちゃいけねえよ」

本来は健康器具なのに、性具であるバイブより遥かに色責めに効果的なのは皮肉だった。風俗嬢の中にも電マを怖がる者は多い。強烈な振動をクリトリスに当てられると、嫌でもイカされてしまうからだ。

「『くだらないオモチャ』かどうか、目ん玉かっぽじってよおく見てるがいい」

男は台上に四つん這いの玲子に向き直り、せり上げた美麗なヒップを包むパンティを片手の指につまんだ。そのまま絞りあげるようにして上に引き、黒いシルク布地を尻割れに食い込ませた。

「い、いやっ」

玲子はたまらず女っぽい声をあげた。

「やめて……ううっ……けだものッ」

細くよじれた布地が敏感な部分に際どく食い込んでくる。むず痒さに羞恥と屈辱を高ぶらせて、玲子は晒された白い双丘をブルブルと震わせた。脳が灼けて身体の芯が痺れる。卑劣な犯罪者どもに嬲られているというのに、熱くなっていく自分の肉体が信じられない。

「ショーを始めるぜ」

茶髪男は嬉しそうに言うと、玲子の見事なヒップの丸みの頂点にスッ、スッと軽く振動を触れさせた。

「うっ……うっ……」

後輩に見られている。声を出すまいとして玲子は奥歯を食いしばった。長い睫毛を固く閉ざし、眉間に縦ジワを深く刻んだ。

「ううっ……くっ……くくっ」

振動が軽く触れるたびに、ビクン、ビクンッと四つん這いの膝が慄えた。たまらず前に逃れようとする動きに、乳首を尖らせたボリュームたっぷりのバストがタプタプと揺れる。

「後輩が見ている前でなぶられる気分はどうだ、ジャジャ馬の女刑事さんよ」

男が電マを離して訊いた。玲子たちのことを刑事だと思いこんでいる。

「こ、これしきのこと……なんともないわッ」

唇を開き、ハアッ、ハアッとあえぎながら男の顔を睨みつけた。状況は絶望的であったが、犯罪者に屈服するのはプライドが許さない。それに自分が気弱なところを見せたら、自分を慕い尊敬してくれている新人の弥生は、きっと心が折れてしまうに違いない。先輩捜査官としても、一人の女としても、弱音を吐くことは絶対にしたくなかった。

「へへへ、いいねえ。女刑事はそうでなくっちゃあ」

簡単に降参されたんじゃあ面白くねえからなァと、茶髪男はさも嬉しそうに言い、電マの振動を今度はしっかりとヒップの丸みに押しつけてきた。

ブブブッ、ブブブブッ……ブブブブブーン。

「ううっ……うむむむっ」

強烈すぎる振動に、弾力を湛えた人妻の尻肉がわななき震える。さざ波立つ皮膚の上に滲み出した熱い汗が玉になり、むっちりしたヒップの丸みにそってツーッと幾筋もつたい流れだした。

「どうだ、すこしはこたえるか？　あァ？」

「ううっ……ぐぐっ……うぐぐうっ」

女捜査官の勝ち気な美貌が苦悶に歪んだ。

何としても耐え忍ばなければならない。いったん崩れだしたが最後、燃え上がった女体は行きつくところまで行かないかぎり収まりがつかないということを、先ほどの責めで嫌と言うほど思い知らされていた。弥生の前で惨めな狂態をさらすことだけはあってはならない。絶対にあってはならないのだ。

「まったく、たまんねえケツしてやがる。美人なうえに感度は抜群だし、刑事なんぞにしとくにゃもったいねえなァ」

ムチムチとして形のいいヒップが、目の前にせりあがってプリプリと左右に振られている。匂い立つ真っ白な双臀のせつなげな悶えに、茶髪男は何度も舌なめずりせずにはいられなかった。

「ここからが本番だぜェ。よおく見てろよ」

電気マッサージ器を逆手に持ち替えると、パンティを食い込ませたヒップの亀裂に振動を押し当て、なぞるように上下に動かしはじめた。

ブブブッ、ブブブブーッ……。

「あッ、あああーッ！」

玲子は大きく眼を見開き、背中を弓なりに反らして悲鳴をあげた。

（ああっ、どうしよう！　そんな！）

とてもこらえきれるものではない。敏感な部分を強烈な振動に舐められ、ビクン、ビクンと腰が跳ね上がるのをどうすることもできない。

「ひッ、ひッ、ひえええーッ」

バイブレーターとは比較にならなかった。花芯はもちろん、強烈な振動は子宮の奥まで揺るがし、苦痛と紙一重の肉悦に腰全体を痺れさせた。もう後輩捜査官の驚きの視線すら意識できない。

「と、止めてッ！　止めてえええええッ！」

尻を振って泣き叫ぶ玲子には、恥も外聞もなかった。頭の中が真っ白になりかけていた。そのまま続けられていたら失神していたかもしれない。一度も味わったことのない凄まじい快感だ。頭の中でパチパチと赤い火花が散った。

「ひッ、ひッ、ひいいッ」

痙攣するヒップから電マを離すと、茶髪男はクックッと笑った。

「おやおや、痙攣が止まらんじゃないか。そんなに気持ちよかったか？」

玲子は四つん這いの裸身を湯気が立ち昇るほど熱く火照らせ、顔に垂れかかる乱れ髪の中でハァハァと荒い息にまみれていたが、コクリと喉を鳴らすと、最後の気力を振り絞った。

「バカなことを……あなたみたいな醜男が相手だと、何をされたって気持ちよくなるはずなんかないじゃない……笑わせないでッ」

息も絶えだえになりながら、精一杯の憎まれ口を叩く。慄える朱唇を引き攣らせ、汗ばんだ貌に冷笑すら浮かべてみせた。

「ちっ……強情な女だ」

負けん気の強さも、ここまで来ると癇に障る。しかも他の女ならともかく、玲子のように並外れた美貌の持ち主から「あなたみたいな醜男」と蔑まれると、尚更のこと腹立たしかった。

「俺を怒らせたこと、後悔させてやる」

こうなったら、とことん牝に堕としてやるしかない。茶髪男は低い声でうなると、細くよじれて尻割れに食い込んでいる玲子のパンティをつかみ、力まかせにビリリッと引き裂いた。

ヌラヌラと妖しい粘液の糸を引いて剝がされた黒い布地。その下には薄桃色の花弁を開いた女の羞恥が、複雑な粘膜の構造をのぞかせていた。むせ返るほど濃厚な匂いが部屋中に立ちこめる。甘酸っぱいその香りが発情した牝の匂いであることは、その場にいる全員に分かった。

「じかに当ててやる」

男は生唾を呑み、電マの振動を女の花園に直接押しつけた。

「んんんんんんッ」

懸命に耐えようとする玲子。だがこらえきれなかった。

「いやッ、ああッ、いやッ、いやあああああッ」

玲子は全身をくねらせて身悶えはじめた。子宮がとろけそうな快楽に、脳の芯まで溶けただれていく。もう恥ずかしさも口惜しさも忘れて痴情に溺れ、腰と尻を淫らにうねり舞わせた。

「ああッ、いやああッ」

「ハハハ、あんまり悦びすぎるなよ、美人刑事さん。弥生とかいう後輩が、おったまげて腰を抜かすぜェ」

茶髪男の目配せで、チンピラたちが無理やりに弥生を引きずった。台の上でのたうちまわる玲子の顔を正面から観察できる位置である。官能の渦に呑まれて狂いおどる女体に、チンピラたちも息を呑んでいた。

「見ないで、弥生、目をつぶってて！」

一瞬だけ我れに返って玲子は叫んだ。もうどうしようもないほどに高ぶってしまっている。犯罪者たちの手で悦びを極める姿を見られたくない。だがそんな気持ちさえも、ゴウゴウと音を立てて渦巻く官能の嵐の中に呑み込まれてしまった。

「あああッ、ああああッ、いやッ、いやッ、あううウッ」

火のような息を吐きながら玲子は腰を振る。うねり舞う双臀はまるで電マの振動に自分から割れ目を擦りつけようとするかのようだ。肉の合わせ目からとめどなく女の甘蜜が溢れ、白い太腿を失禁したかのように濡らしていく。

「ダメっ、ダメっ、あァ、もうッ！」

声がせっぱつまった。

「ああッ、ダメ！　イクうっ！」

ひときわ高い声を張りあげると、玲子はのけぞった美貌に歓喜を噛みしめた。

「いくうううううううううッ」

後輩捜査官が恐怖に顔を引き攣らせて見守る前で、絶頂に達した裸のヒップが、ガクンッ、ガクンッと大きく逐情の衝撃に跳ね上がった。

6

（せ、先輩ッ……）

弥生の受けたショックは大きかった。

凌辱を目撃するのは二度目である。一度目は六年前、伊豆の別荘に侵入してきた二人組の男に妹の葉月がレイプされるのを見せつけられた。そして今夜は、コンビを組んだ相方、訓練生時代から憧れていた先輩捜査官の鮎川玲子が、自分の目の前で血も凍る性的辱しめを受けている。いずれの場合も、弥生は為すすべもなく見ているほかなかった。いやむしろ今回は、自分の失態のせいで先輩は凌辱の憂き目に遭っているのだ。

（私が出過ぎた真似をしたせいで……指示を守らなかったせいで……鮎川先輩、許して……許してください）

汚辱のアクメを極めさせられた玲子は、痙攣する裸のヒップを高々とせり上げたまま、肘を崩して前につんのめってしまっている。落花無残なその姿を見つめる弥生の大きな瞳から、幾筋も無念の涙がしたたり落ちた。

「ヘッヘッヘッ」

電気マッサージ器のスイッチを切ると、茶髪男はぐったりとなってしまった人妻捜査官の髪をつかんだ。

「ジャジャ馬め。満足したって顔してやがる」

上向かされた玲子の貌は恍惚と汗にまみれ、視線も定まらないでいる。

「だが、これですんだと思うなよ。もう許してくださいと泣いてこの俺に頼むまで、徹底的に調教してやるからなァ」

嗜虐心のたぎる目つきを光らせながら、意識朦朧となっている相手の耳に例の言葉を囁いた。

「アグニ、ヤマ、スーリヤ」

茶髪男が手を離すと同時に、黒縁メガネがレバーを引いた。

「うわあああああああああああッ」

弛緩していた女体が棒を呑んだようにピーンと突っ張った。玲子の絶叫に押しかぶせるように、

「ヒイイイーッ」

弥生も喉を絞って悲鳴をあげた。

とても見ていられない。目の前の光景と、妹がレイプされた夜の記憶がオーバ

ーラップして、弥生は気が変になってしまいそうだ。

「薬も追加しておいてやろう」

茶髪男は玲子の二の腕に注射針を刺した。被暗示性を高める違法ドラッグである。

「今度は私の番ですね」

胡麻塩頭が興奮に声をうわずらせて言った。感電と絶頂の連続にヒクヒクと痙攣する四つん這いの女体に近づくと、汗の光る双の乳房を両手ですくい上げる。重たげな白い肉に指を食い込ませ、きしむほどに強く揉みしだきつつ、なめらかな背中のラインに顔を近づけて、汗の溜まった背筋にツツーッと舌先をすべらせた。

「あ、あんッ……」

甘ったるい声をあげ、玲子のくびれた腰がせつなそうにくねった。半開きで喘ぐ唇、濡れ潤んで焦点の定まらない瞳は、正常な神経が麻痺している証拠だ。全身至る所が性感帯になってしまい、わずかな刺激にも悩ましく身をよじりたてて悶えた。

胡麻塩頭は玲子のヒップの前にしゃがみ、両手にがっしりと尻丘をつかんだ。

「なるほど、こいつは見事だ。桃尻とはまさにこのことだな」

四つん這いになると人妻のヒップは豊満さを際立たせた。形と大きさ、素晴らしい弾力を褒めちぎると、男は白桃に似た双丘をパックリと左右に割り、匂い立つ谷間をさらしきった。

「おお、これはまた……」

おちょぼ口のような肛門に眼が吸い寄せられる。桜色のシワを小さくすぼめた美麗なアヌスは、前の割れ目からの花蜜を吸って妖しくヌメり、ヒクヒクと喘ぐような収縮を見せていた。知的な美女のそんな尻穴を見せつけられてしまっては、アナルマニアならずともイタズラをせずにはいられない。

気取りも紳士ぶった態度もかなぐり捨て、胡麻塩頭は斜めに傾けた顔を玲子の深い尻割れに埋めた。

「ヒイッ!」

いきなりチュウウッと肛門を吸引され、玲子は短い悲鳴をあげた。

「あぁッ、そこはいやッ」

ビクンッと腰を引き、とっさに逃れる動きを見せた。が、尻割れに顔を埋めた男の舌が、すぼめたアヌスの柔襞をネロリネロリとなぞり始めると、

「そんな……あッ、うッ、ああんッ」

汚辱感に身を慄わせつつも、甘いすすり泣きの声を洩らして汗の光る腰をセクシーにくねらせはじめた。そんなことをされたのは生まれて初めてだし、おぞましい行為には違いないのだが、官能に肉体をとろけさせてしまった今の玲子に肛辱を拒む気力は残っていない。成熟した女体を燃えあがる絶頂の炎で焼き尽くすことができるのであれば、もうどんな刺激でも構わなかった。

「いやあァ……ああァ……ハアアッ」

熱いあえぎが甘い啼泣に入り混じる。黒髪を振り、腰をよじり、双臀をクナクナと揺すりながら、白い裸身が喜悦にのたうつ。女の性を満開に咲き誇らせて悶えるその姿に、あの凛とした伝説の女捜査官の面影はない。

「ヒクヒクさせてますねェ。お尻の穴も敏感じゃないですか」

男は火照った顔を上げ、からかうように前の肉溝を指の腹でまさぐった。

そこがドロドロになっているのは言うまでもない。

「フフフ、指が火傷してしまいそうですよ」

柔肉が溶鉱炉のように煮えたぎり、まさぐる指に熱い官能の蜜をしたたらせた。

「何十人もの女を調教してきたが、あなたほど尻の穴の敏感な女性は知りませんよ」

美麗な菊坐は、そこが未使用の器官であることを示していた。

感じやすい肛門で、しかもヴァージンとくれば高値が付く。アナルセックスを教えこんでから売るもよし、アナルヴァージンをウリに値を吊り上げるもよし。とにかく昨今アナルマニアは急増している。感度のいい美肛は万金に値した。

「ご覧なさいよ、後輩の美人刑事さん」

割れ目をまさぐっていた指を高く掲げ、囚われの女刑事（二人の美しい潜入者を、彼らはまだ刑事だと思い込んでいる）に見せつけた。

「あなたの先輩、私にお尻の穴を舐められて、こんなにオマ×コをとろけさせちゃってますよ。こんな好き者に女刑事が務まりますかね。フフフ、警察も落ちたものだ」

せせら笑って侮蔑の言葉を投げつける。

（ああっ、鮎川先輩っ……）

ポタポタとしたたる甘美な屈従の証しに、弥生は見てはいけないものを見てしまったかのようにサッと泣き顔をそむけた。六年前のあの日の口惜しさが、昨日のことのように甦った。しょせん女は男の暴虐の前にひれ伏すしかないのか。その身体は男の欲望を満たすための美しい肉の塊にすぎないのか。

「まあ刑事さんだって人間だし——」

むっちりと張ったヒップの丸みをピタピタと平手で叩くと、

「しかもこれほどの熟れ尻の持ち主とくれば、アナルの感度が良すぎたとしても無理からぬことですがねェ」

胡麻塩頭は独り合点してうなずき、再び玲子の尻割れを舐め上げはじめた。優美な恥丘のふくらみから、くすんだ色の会陰を経て、尻の穴の小さなすぼまりまで、ベロリ、ベロリと夢中になって何度も舐めねぶった。

「ひいッ、ひええッ」

玲子の身悶えが激しさを増した。

「あぁうウッ、あぁううウッ」

惜しげもない悦びの声をあげ、汗みどろの女体を波打つようにくねらせる。

「フフフ、まるで洪水だ」

後から後から溢れ出る悦びの汁を口に受け、胡麻塩頭はギュルルッ、ギュルルッと音を立てて吸いあげた。縦横無尽に舌を動かし、唾液と愛液で尻割れ全体をベトベトに汚しながら、手を伸ばして豊満なバストのふくらみを揉みたてた。玲子の肉を骨までしゃぶり尽くそうとする執拗さだ。

「うーっ、たまんねえなァ」

順番を待っているのが辛くなったのか、茶髪男が診察台の上に飛び乗った。白衣の前をはだけてズボンを下ろす。そそり立つ怒張が、臍を打たんばかりの勢いでピーンと跳ね上がって天井を向いた。

「しゃぶってくれよ、刑事さん」

硬い肉棒の先端で、ピタピタと玲子の高い鼻梁を叩いた。

「フェラチオだ。嫌いじゃないだろ?」

歯を立てたら後輩の命はないと思え——そう念を押す必要もなさそうだった。尻の割れ目を舐められて泣き悶える玲子の貌は、もう牝の色香と淫らさを湛えてドロドロにとろけきっている。ねっとりと濡れ潤んだ睫毛を開き、抗いの意志をすっかり放擲した瞳で男のイチモツを見上げると、

「ハアアッ……」

湿った吐息とともに朱唇を開いて、柔らかいピンクの舌を差し出した。

「先輩、ダメっ!」

制止する弥生の悲痛な声も耳に入ってはいない。息を呑んで見つめる後輩捜査

官の目の前で、鮎川玲子の唾液に濡れた柔らかい舌が、

ネロリッ、ネロリッ……。

何度も何度も犯罪者のそそり立つ肉棒の裏側を舐めあげた。

「味はどうだ？　美味いか？」

おのれの勃起ペニスを裸の美女に舐めさせることほど男の獣性を満足させるものはない。征服の熱い興奮に胴震いしながら、茶髪男は玲子の長い髪をつかんでしごきあげた。

「咥えろ。俺様を気持ちよくするんだ」

天井を向いた自分の熱鉄を握りしめると、両手を使えない玲子が咥えやすいように前へ捻じ向けてやった。

玲子は気が変になっている。ルージュに濡れた唇からピンク色の舌をのぞかせたまま、男の太いペニスにふるいついた。中ほどまでをズッポリと咥え込むと、憑かれたように頭を動かし、肉筒を締めつける唇を大きく前後にスライドさせた。

「ムウウッ、ムウウッ」

もう訳も分からなくなって無我夢中で奉仕する。汗ばんで悶えくねるヒップの谷間には、胡麻塩頭が上気した顔を食い込むほどに押しつけ、尻穴のすぼまりに

飽くことなく熱い舌を這わせながら、とろけきった媚肉の割れ目をせわしなく指でまさぐり続けている。その愛撫が不意にピタリと止まるや、申し合わせたように茶髪男も腰を引いた。

「ハアッ、ハアアッ……」

熱っぽくあえぐ玲子の口。そこから抜かれた怒張が、透明なヨダレの糸を吊り橋のように垂らしている。情感に濡れ潤んだ玲子の瞳は、

（そんな……どうして？　どうしてやめちゃうのッ？）

そう問いたげに長い睫毛をしばたたかせた。めくるめく歓喜の瞬間がすぐそこまで迫っていたのだ。ああ、それなのに、どうして——と、恨みがましい気持ちのこもった未練の眼差しが、意地悪く覗きこんでくる茶髪男のからかうような視線とかち合うと、ふと正気に返った玲子は冷水を浴びせられたような戦慄に襲われた。

（ああ、私ったら……何ということを……）

夫以外の男、それも憎むべき犯罪者のペニスを口に含んでしまった。いや、含んだなどという生やさしいものではなかった。深く竿全体を咥え込み、我れを忘れて太幹をしゃぶり抜いたのだ。しかも後輩の弥生が見ている前で。

錯乱していたとはいえ、許されることではない。

(夢よ……これは悪い夢……私はそんなふしだらな女じゃないもの。きっと薬を打たれたせいで幻覚を見ているのだわ)

現実だとは認めたくなかった。だが夢中になってしゃぶり続けたペニスの逞しさと硬い感触が、口の中にありありと残っている。執拗にまさぐられた最奥は柔襞を熱くざわめかせ、舐められ続けた肛門も恥ずかしいほどにとろけてしまっていた。刺激を奪われた腰が物欲しげにくねるのを止めることができない。もう自分の身体ではないかのようだ。

(あぁッ……そんな……)

玲子は女に生まれたことを呪わずにはいられなかった。

「ヘッヘッヘッ」

せせら笑う茶髪男は、玲子の懊悩を見抜いている。

「こいつだろ？　こいつが欲しいんだろ？」

そそり立つ怒張を鼻先に突きつけた。

「正直に欲しいって言えよ。『私は苛められて悦ぶいやらしいマゾ女です。太いチ×ポをオマ×コに挿れて、滅茶苦茶に掻きまわしてください』。色っぽくケツを振りながらそう頼めば、こいつを生でブチ込んでやるぜ」

見せつけるように巨根を揺らしてみせた。

「何を言ってるの……欲しくなんか……欲しくなんかないわ」

目をそむけながら、玲子は喘ぎあえぎ言う。だが拒絶の言葉からはすでに力が失われていた。高々ともたげられた裸の双臀が、男たちに見られながらブルルッ、ブルルッと震える。誰の目にも玲子の高ぶりは明らかだった。

「欲しくなんかないわ──か」

茶髪男は玲子の口真似をしてからかった。

「その言葉、ブチ込まれた後にも言えるかな?　フフフ、言えたら褒めてやるぜ」

茶髪男は四つん這いの玲子の背中を跨ぐようにし、胡麻塩頭が陣取っていた位置に代わった。台の上で膝を曲げて中腰になり、せりあがった玲子のヒップを後ろから抱えこむ。拘束したままバックから貫き犯そうというのだ。

「やめてえッ！」

玲子が叫ぶより早く、後輩の弥生が金切り声をあげた。後ろ手縛りのパンツスーツ姿をチンピラ三人に押さえられながら、狂ったように叫んで身を揉んだ。

「先輩には……鮎川先輩には愛し合っているご主人がいるのッ、お願いだから、それだけは……それだけはやめてッ」

頭の中にあの日の恐ろしい光景がフラッシュバックしていた。父と母、そして姉である自分の目の前で、妹の葉月は二人組の男に数時間にわたって、さまざまな体位で犯されつづけた。もう二度とあんな体験はしたくない。絶対にしたくなかった。

「へぇエ、刑事さん。あんた、亭主持ちかい」

胡麻塩頭が声を弾ませれば、

「だよなあ。人妻でなきゃあ、こんなムチムチの色っぽい尻にはならねえぜ」

感に堪えぬといった表情で、茶髪男は人妻の豊満なヒップの丸みを手のひらで撫でさすりながら言う。

「そうと分かれば、なおのことだ。亭主のことなんぞ忘れちまうくらい、こってりと可愛がってやらなきゃあなァ」

弥生の必死の懇願は、男たちの劣情の火に油を注いだだけだった。下手をすれば逆に自分たちが捕らえられかねなかった危険な女性侵入者——鋭い爪を持つ美しい女豹に夫がいると知って、彼らはますます嗜虐の血を煮えたぎらせた。

「やめてッ、けだものッ！」

硬いペニスの先で牝肉の合わせ目をなぞりあげられ、四つん這いの玲子は首を後ろへ捻じ向けた。何があっても夫への貞節だけは守らなければならない。犯罪者と肉の関係を持つくらいなら死んだほうがましだ。

「そんなこと、絶対に——アヒーッ！」

ピシーンッ！　と、意識が飛ぶほど強く平手で臀丘を叩かれ、玲子の言葉は悲鳴に変わった。

「な、何をするのッ!?　乱暴は許さないわッ」

ワナワナと全身を慄わせた後、キッとなって茶髪男を睨みつけた玲子の眼には、気丈さよりも焦りと狼狽がある。痛みに混じって、得体の知れない甘い感覚がツーンと脳の芯を痺れさせたからだ。

「マゾ女に言うことをきかせるには、こいつが一番手っ取り早いのさ」

言うなり、

ピシーンッ！

二度目の打擲が容赦なく玲子のヒップを襲った。

アヒイイーッ！

悲鳴をあげてのけぞる先輩捜査官の気品ある美貌に、得も言われぬエクスタシーの表情が浮かんだのを、後輩捜査官の見開かれた瞳は見逃さなかった。

（あ、鮎川先輩……）

弥生の頭は混乱し、気持ちは動揺してしまっていた。玲子の唇から迸った悲鳴には苦痛より歓喜のニュアンスが強く感じられ、ビクンッ、ビクンッと間欠的な痙攣を示す肉感的なヒップの動きは、たしかに「女」の反応にほかならなかった。注射と電気ショックが、玲子の不屈の精神と鍛えあげられた身体を蝕んでしまったということなのかもしれない。だとしても、やはり弥生にはショックなのだ。胸の内にあった神聖な偶像が、ガラガラと音を立てて崩れていく。衝撃に膝が慄え、もう自力では立っていることができなかった。

ピシーンッ！　ピシーンッ！

さらに数発、手形が残るほど強烈なスパンキングを加えておいて、

「な？　分かったろ？」

よろめきかけたパンツスーツ姿をチンピラたちの手で支えられている弥生に顔を向けると、

「こうなっちゃあ、もうブチ込んでやるしか収まりがつかねえ。人妻だろうが女刑事だろうが、牝は牝――チ×ポを欲しがる生き物だからな。フフフフ」

茶髪男は笑い、あらためて玲子のヒップを後ろから抱えこんだ。いやあッと叫んで最後の抗いに悶えるヒップの割れ目に、いきり立った剛直の先端を押し当てた。強引に腰を引き寄せ、とろけきった柔肉にゆっくりと灼熱を沈めていく。

「いやッ、ダメっ！　いやッ、いやよッ！　あッ、あああッ！」

懸命に尻を振っても無駄だった。夫のものでない剛直――犯罪者のそそり立つ熱いペニスが、とろけきった秘肉をえぐりながらジワジワと押し入ってきた。

（あぁッ、あなたッ！　あなたあッ！）

愛する夫の面影が脳裏をよぎった。が、それも一瞬のこと。裸の尻をぶたれて被虐の性感を高ぶらせてしまった女体が、串刺しに犯されて理性を保ちつづけられるはずもなかった。

「ううっ、そんな……あぐぐぐっ」

傘を開いた男性が深々と押し入ってくる。夫のある身を犯されているというのに、待ちかねたように肉がざわめいた。

（そんな……ダメ、ダメよッ）

拘束された両手を玲子はきつく握りしめて耐えようとした。早くも快楽に押し流されていく自分を制しようと、長い髪をうねらせて首を振った。

（そ、そんなに深く……アアッ、アアアーッ！）

灼熱の先端が子宮口を押しあげてくる。それだけで意識も飛んでしまいそうな快感だった。これほど深い喜悦は夫との愛の営みでも感じたことがない。玲子は汗ばんだ背中を反らし、

「あううううーッ」

抑えきれぬ悦びの声をあげた。

「こいつは凄え」

茶髪男が唸り声をあげた。

「人妻だけあって、いい締まり具合いだぜ、女刑事さん」

とろけるように柔らかい秘肉はまるで軟体動物だ。妖しすぎる肉壺の収縮に危うく自失してしまうところだった。

「くーっ、たまんねえなァ」

ねっとりと絡みついてきたのを、いったん腰を引いておいてから再度、今度は一気に奥まで刺し貫いた。

アヒイイイイッ！

のけぞった玲子の唇から歓喜の声が噴きあがった。

「ヒイーッ！　ヒイイーッ！」

今にも気をやらんばかりに、貫かれたヒップをブルブルと震わせる。

「へへへ、そんなに悦んでもらえると、犯し甲斐があるぜ」

力強い抜き差しが始まった。喜悦に悶える尻肉を鷲づかみにし、リズミカルに腰を打ちつける。収縮するヌルヌルの肉壺の感触がたまらない。襞の多い果肉のうごめきは、滅多にお目にかかれない名器だった。

「あううっ、いやっ、あうううっ、いやあっ」

女の最奥を深々と抉られながら、玲子は髪を振って泣き叫んだ。大きく傘を張った男性自身が、とろけきった膣肉をえぐっては捲り返し、えぐっては捲り返す。そのたびに身体の芯を強い電流が走り抜け、ただれるような快感に全身が痺れきった。官能の大波が恐ろしい潮位で押し寄せてきて、玲子はたちまち絶頂の瀬戸際まで追い上げられてしまった。

「ヒッ、ヒイッ！　ヒイイッ！」

ヒーッと息を吸って背を反らせたのは、昇りつめそうになったのだ。

（あァッ、イクっ！　イクううッ！）

汗ばんだ裸身を硬直させ、何もかも忘れて愉悦の大波に身をゆだねようとした時、男がピタリと腰の動きを止めた。

（そんなッ……）

「いやああッ！」

玲子はたまらなくなって泣き叫んだ。あさましさも顧みずに腰を悶えさせ、せがむようにクナクナとヒップを揺すりたてた。だがすぐに正気に返ると、

「くうーっ……」

汗の光る美貌を台のレザーにこすりつけ、狂態をさらしてしまった口惜しさにキリキリと奥歯を食いしばる。

「ヘッヘッヘッ」

痙攣しているヒップの双丘を、茶髪男がからかうようにピタピタと平手で叩いた。

「すごい痙攣じゃないか。フフフ、イキそうだったんだろ？」

「し、知らないわッ」

強がる玲子の声は慄えている。負けまいとする心とは裏腹に、溶けただれた牝肉は男の肉筒を締めつけたまま、ヒクヒクと妖しい収縮を繰り返していた。

「無理すんなよ、人妻の女刑事さん」

あざけりの言葉と共に、ピストン運動が再開された。だがさっきまでのリズミカルな抽送とは違う。口惜しがる玲子の反応を窺いながら、ペースを上げ下げし、時には焦らすために動きを止めたりもする。抜き差しの深さや角度にも変化を持たせた。勝ち気な人妻を濃厚なセックスで翻弄し、嫌と言うほど心理的屈辱を味わわせたうえで完全屈服させようというのだ。

「どうだ、つかまえるはずだった相手にバックから突かれている気分は？」

むっちりと張りのある双丘に下腹をぶつけ、パンッ、パンッと音を立てながら突きあげた。

「マゾのあんたのことだ。本当はこうなることを望んでたんだろ？」

「うっ……うっ、うっ、ううぅっ」

声を出すまいと懸命にこらえている玲子だが、反りかえった肉棒の先で膣壁を烈しく擦られているうちに、頭の中がうつろになってくる。淫らな牝の悦びが開花するにつれ、口惜しさと恥ずかしさは薄らいでいく。もう後輩捜査官の視線も気にならなくなっていた。

「ああッ、あはあッ、あはあああッ」

熱い喘ぎにヒイヒイと啼き声が混じった。

男の律動に合わせ、豊かなバストが重たげに揺れはずんだ。

「ああッ、も、もうッ！」

玲子が昇りつめそうになると、茶髪男はまたもやペースを落とす。腰を引き、肉壺の浅い所をピストンした。さんざんに焦らしておいて再びピッチを上げる。だが玲子の身悶えが激しさを増すと、再び突き上げのペースを落とす。何度も何度も寸止めを繰り返した。

「いやああッ！」

玲子は身も世もなく泣き出した。

底意地の悪い焦らしと寸止め——上げ下げを延々と繰り返されるうちに、もう訳が分からなくなっていく。

（もっと……もっと深く突いてッ、ああッ、お願いよッ）

さすがに声には出さなくとも、せがむようにヒップを揺すってしまう。

「ねえっ、ああん、ねえっ」

自分から積極的に腰を使い始めた玲子は、完全に牝に堕ちていた。我れを忘れて尻を振りたくる人妻捜査官の玲子に、男たちがドッと哄笑を浴びせた。弥生を抱き支えているチンピラたちまでが、腹をかかえて爆笑した。だがその下卑た嘲笑の声も今の玲子には聞こえていない。ラストスパートに入った男の律動に合わせ、人妻ならではのしたたかな腰使いで肉悦を貪った。

「いいッ、ああッ、いいッ」

迸る牝啼きの声をもう止めることができない。

痙攣しながら、何度も何度も背を反らした。極めたと思った喜悦の頂点を、さらなる愉悦の波が楽々と凌駕した。アクメに次ぐアクメ。そして最後に、恐ろしいまでの大波がうねりとなって押し寄せてきた。

「ああッ、イク！　イッちゃううッ！」

歓喜が火柱となって噴きあげた。もう玲子は昇りつめるのを知らせることをためらわなかった。

「イクうううッ！」

「ほら、人妻が犯されてイク顔を、若い後輩にも見せてやりな」

茶髪男の手で髪をつかまれ、汗と涙に濡れた美貌を上向かせられた。同時にとどめの突き上げをズシンと最奥に受け、ドッと劣情の熱汁を浴びせられた。

「アヒイイイイィィィィイッ！」

熱湯のようなザーメンの噴出を子宮の壁に感じながら、玲子は全身に断末魔の痙攣を走らせた。

「ア、アウッ……アウウッ……」

後輩に向けて晒された貌は強烈な快美にどっぷりと浸りきっている。誇り高い潜入捜査官の冴えた顔も、良き妻、優しい母親の表情もなく、欲望に汚され、暴虐に屈した哀れな牝の貌であった。

第四章　歪められた記憶

1

「まあ、美味しそう！」

運ばれてきた夕食の皿を見て、倉科弥生は弾んだ声をあげた。

「先輩はお料理も名人なんですね。私、ますます憧れちゃいます」

偽らざる気持ちであった。生ける伝説とも言える優秀な捜査官であるだけでなく、良き妻であり母親である鮎川玲子は女性として尊敬に値する。しかもたぐい稀な美貌と素晴らしいプロポーションの持ち主なのだ。天は二物を与えずと言うが、玲子には惜しみなく三物も四物も与えたようであった。

玲子は白いエプロンをはずすと、

「わざわざ来てもらったのに、こんなものでごめんなさいね」

夫の隣の席に腰掛けながら、すまなそうに言った。

「誕生日にはどうしてもエビフライを食べるんだって、この子が言い張ってきかないものだから」

困ったように眉を八の字にして我が子を見る眼が限りなく優しい。

長く艶やかな黒髪をアップに結い上げ、清楚な水色のワンピースに身を包んだ玲子は、まさに良妻賢母を絵に描いた淑やかさだ。任務中の隙のない厳しい表情、凜々しいスーツ姿の彼女とはまるで別人だった。

テーブルの上には五本のローソクがついた手作りケーキと、ハンバーグとエビフライの皿が四人分のっている。今日は玲子の一人息子・翔太の五歳の誕生日。商社に勤務する彼女の夫も早めに仕事を切り上げて帰宅し、親子でささやかな誕生パーティーを開いた。弥生はその席に招待されたのだ。

「私も大好きなんです、エビフライ」

弥生はにこやかな笑みをたたえ、

「ね、翔太くん。エビフライ、美味しいよね」

隣に座った五歳児に話しかける。

「うん！」

翔太はキラキラした眼で弥生を見返した。今夜が初対面なのに、もうすっかり「優しいお姉さん」になついてしまった様子だ。さっそく好物のエビフライにフォークを刺そうとして、

「お行儀が悪いわよ、翔太」

母親の玲子にたしなめられた。

五本のローソクに火がともされ、皆で誕生日を祝う歌を唄う。ローソクの火が吹き消されて、拍手の後に「いただきまぁす」と手を合わせた。

和やかな夕食。玲子の夫も優しい人で、妻の若い同僚である弥生にさりげなく気をつかってくれる。むろん彼は自分の妻が危険な潜入捜査の仕事をしていることまでは知らず、普通に探偵事務所で調査の仕事に従事していると思っている。数日帰宅せず連絡がとれなくとも、仕事の性質上仕方がないと納得していた。それでも仕事への復帰には反対したのだ。自分の給料だけで親子三人不自由なく暮らしていけるのに、何をわざわざ共働きする必要があるのかと。だが結局、愛する妻のしたいようにさせることにした。

2

「先輩、お手伝いします」

食事が終わって玲子がキッチンで後片付けをしていると、弥生が入ってきて後ろから声をかけた。

「いいのよ。あなたは——」

今日はお客さまなのだから、と言おうとして言葉を止めた。

弥生は自分に話したいことがある——そう直感したからだ。

「ありがとう。じゃあお願いしようかしら」

話したいことがあるのは玲子のほうも同じだった。たとえ真相を明らかにすることで何らかの不都合が生じるとしても、彼女の性格として事をうやむやにはしておけなかった。いったい自分たち二人の身に何が起こったのか。是が非でもそれを知りたいと思った。


そう、五日前のことだ。

ハッと気がつくと、玲子は雑踏の中に佇んでいた。

周囲を見渡し、そこが新宿駅南口であると知った。

しかしなぜそこにいるのか、今まで何をしていたのかが思い出せない。なんだか記憶がすっぽり抜け落ちてしまっている気がした。

（落ち着くのよ、玲子）

パニックに陥らないよう、自分自身に言い聞かせた。いかなる状況であれ冷静さを失ってはならない。keep calm——潜入捜査官に常に、そして最も求められるものはそれであると玲子は信じている。

（そうだわ。女優の松嶋加奈子になりすます囮捜査、あれを進めなければ……）

明日から行うことになっている囮捜査について、相方で新人捜査官の倉科弥生と最終の打ち合わせをする必要があった。

玲子はスーツの胸ポケットからスマートフォンを取り出した。

タッチパネルに指を触れかけて、

（え？……）

怪訝そうに眉をひそめた。

（日付が……）

待ち受け画面に表示されている日付が違っている。

(どういうこと?)

急いでいくつかのサイトを開いてみた。

(!!………)

愕然として血の気が引いた。

驚愕の顔を上げた玲子の目が、駅改札の電光掲示板を捉えた。

そこにもやはり「四月七日・月曜」とオレンジ色の表示が出ている。

(そんな……そんな馬鹿な……)

日付が違っているのではない。自分のほうが勘違いしているのだ。だがあり得ることだろうか。今日が四月七日だとすれば、自分が気づかぬうちに三日間が過ぎていることになる。その間の記憶がまったくないのだから。

眩暈に耐えながら玲子はスマホの画面をタップした。玲子が味わっている動揺は、彼女が捜査している事件の被害女性たちが共通に経験したものなのだが、今の玲子はそのことを知る由もない。

数回のコール音の後に、弥生のひきつった声が聞こえた。

『先輩！　今どこですか?』

切迫した声の感じから、彼女にも異変が起こっているのだと思った。

「新宿駅の南口よッ！」

玲子は叫び返すように答えた。

近くの通行人が驚いたように玲子を見たが、彼女は気にしなかった。

『わ、私も新宿です！　東口にいます！』

「なんですって⁉」

スマホを握る玲子の手は汗ばんだ。

『先輩……私……私……』

「落ち着いて！　とにかくすぐに会いましょう！」

近くの喫茶室で落ち合うことにした。

電話を終え、しばらく指でこめかみを押さえていたが、決意したようにキッと眦を吊り上げて歩き出した。そこで初めて玲子は下半身に違和感を覚えた。

（まさか……）

嫌な予感がする。

さりげなくスカートの腰に手を当ててみた。

不安はさらに高まった。上品なベージュのスカートを盛り上げるヒップのふくらみに、いつも以上に周りの男たちの物欲しげな視線がまとわりついてくる気がした。その熱っぽい眼差しを振り払うかのように、玲子はハイヒールの踵を硬いアスファルトに打ちつけながら、夕暮れの新宿の街を闊歩した。

喫茶室に着くと、コーヒーを注文しておいてすぐにトイレに入った。

嫌な予感は的中していた。

パンティをつけていなかった。

それだけならまだいい。

玲子のその部分から翳りが失われていた。黒々としていた女の茂みを何者かの手で綺麗さっぱりと剃りあげられ、白い女の丘の中心にピンクのクレヴァスが一筋、まるで童女のそれのように真一文字に走っていた。

（なんてこと……）

さすがの玲子もショックで足元がふらついた。

数分して弥生が店に到着した。

「先輩……」

死人のように蒼ざめている後輩捜査官の顔を見て、玲子は悟った。

彼女もまた三日分の記憶を失っていることを。パンツスーツの下に下着をつけておらず、下腹の茂みをツルツルに剃りあげられてしまっていることを。

玲子が洗った皿を弥生は丁寧に布巾でぬぐうと、一つ一つ食器棚に並べていく。

あの日、新宿の喫茶室で話をして分かったことは、二人とも四月四日から六日にかけて三日分の記憶を完全に失ってしまっているということだけだった。前日の四月三日に例の松嶋加奈子になりすます囮捜査についての打ち合わせをしているので、自分たちの身に起こった異変はおそらくその件に絡んでいる。もしかすると犯人によってマインドコントロールされているのかもしれない（二人は、犯人らの手先が囮捜査の網にかかり、松嶋加奈子に変装した玲子を拉致したこと、弥生がそれを車で追跡したことすらも思い出せないでいた）。

所長には、捜査は鋭意継続中とだけ電話で報告しておいた。所長の若林は捜査官としての玲子の力量を信頼し、任せきっている。よろしく頼むとだけ言って何も訊ねてこないのが有難かった。

リビングで仲良くテレビゲームに興じている夫と息子にチラと目をやると、

「あれから何か変わったことは？」

「いいえ、何も……先輩のほうは？」

玲子は弥生に小声で囁いた。

「こっちもないわ……」

玲子は口惜しそうに唇を噛んだ。彼女らには打つ手がなかった。今のところ女優の松嶋加奈子は無事でいるらしく、二人は犯人側がアクションを起こしてくるのを待つしかすべがない。自分たちの身に何が起こったのかも分からぬまま、手がかりを得るためにひたすら待つ——行動的な玲子には相当なストレスだった。

ポピーン——。

玄関のチャイムが鳴った。

(こんな時間に……誰かしら?)

夜の十時である。玲子は濡れた手をエプロンでぬぐうと暗い玄関へ出た。

「まあ、渡辺さん」

「こんばんは」

「こんな時間にどうなさったの?」

言葉遣いは丁寧でも、玲子の美しい眉間に不快感を示す縦ジワが寄っている。

渡辺は若林探偵事務所の副所長だが、女好きで素行の悪い男だ。ICSのスーパーバイザーという立場を利用し、女性捜査官らにちょっかいを出すことで知られている。玲子も結婚前にはずいぶん嫌な思いをさせられた。ただでさえストレスが溜まっているというのに、こんな男の顔は見たくない。

「へえ、エプロン姿がサマになってるじゃないか」

渡辺はいやらしい目つきで玲子のワンピース姿をねっとり眺めた。

「今日は息子さんの誕生日だろ?」

「え……どうしてそれを?」

「どうしてもなにも、僕は君たち捜査官のことは何でも知ってるんだぜ。たとえば君のスリーサイズとかもさ」

玲子のエプロンの腰に視線を粘りつかせ、

「ヒップ九十」

と言ってニヤッと笑った。

「一度お尻に触って、君にビンタをされたことがあったね。あのムチムチした感触、今でも忘れられないよ」

「渡辺さん、酔ってるんですか?」

玲子はゾッと鳥肌立った。もともと下劣なセクハラ男であるが、今日の渡辺は普通でない。態度が露骨なうえに、変に自信たっぷりなのだ。

「ちょっとあがらせてもらっていいかな」

承諾も得ずに図々しくドアの中に足を踏み入れてきたので、玲子はさすがにカッとなった。

「困ります。帰ってください」

立ちふさがり、押し返そうとした。

その手をつかんで引き寄せると、渡辺は玲子の耳元に囁いた。

「アグニ、ヤマ、スーリヤ」

瞬間、アッと叫んで玲子は棒立ちになった。

3

「僕を歓待したまえ」

そう言って覗きこんでくる相手の眼から、玲子は視線をそらすことができなかった。暗示のキーワードを聞かされたのと同時に、奪われていた三日間の記憶——凄まじかった凌辱の記憶が雪崩をうって脳内に溢れかえった。

「あ、あァ……」

卒倒しそうになって、渡辺の腕にがっしりと支えられた。

「ほお、すごい効き目だ」

渡辺の荒い息が首筋にかかった。

「さあ、中へ入ろう。愉しいオールナイトショーの始まりだ」

抱きすくめてくる腕を振り払いたいのに、そうすることができなかった。エプロン姿を抱き支えられるようにして廊下を進みながら、玲子はすべてを思い出していた。後輩の弥生と二人、レザー張りの台に裸身を拘束され、ありとあらゆる性的辱しめを受けた。幾度となく注射を打たれ、電流を流された。二日目の夕方には、拘束を解かれても逃げ出すこともできなくなっていた。キーワードを囁かれると、なぜか男たちの言葉に従ってしまう。命じられるがままに晒した痴態の数々は、思い出すだけで身体の芯が熱く痺れる。通称moguraと呼ばれるICSのことも、知っているかぎりのことを喋らされた。「お前を抱きたがっている男で、お前自身が一番抱かれたくない男は誰だ?」と問われ、渡辺幹雄の名をあげた。

最悪の事態であることが玲子には分かっていた。こともあろうに、自分はその渡辺に買われたのだ。大胆にも連中は、自分たちを捜査しにかかってきたICSの幹部に連絡をとり、玲子を自由にできるキーワードを売りつけたのである。

「あなた——」

リビングに入ると、玲子は精一杯の平静を装って夫に声をかけた。

「探偵事務所の渡辺さんよ。翔太の誕生日だからといって、わざわざ寄ってくださったらしいの」

「おお、それはそれは！」

不意の訪問に夫は驚いた様子だが、すぐに満面の笑顔を見せた。

「いつも家内がお世話になっております。ささ、どうぞどうぞ」

入ってきた渡辺にソファーをすすめ、

「玲子、水割りを作ってくれ。あと何かツマミになるものをな」

そう言って渡辺の隣に腰をおろした。

「おやおや、倉科くんも来ていたのかい」

キッチンから顔をのぞかせた弥生を見て、渡辺は嬉しそうな顔をした。

「そいつは——」

そいつは好都合だと言いかけてやめ、ニタニタと笑った。

五歳になった翔太はテレビゲームの手を止め、キョトンとした表情で突然の訪問者の顔を見ている。

「坊や、お誕生日おめでとう」

渡辺に声をかけられると、

「ハイ、ありがとうございます」

ハキハキした声で礼儀正しく挨拶した。

「どういうことでしょう？　なんであの人が？」

キッチンに戻ってきた玲子に、弥生が怪訝そうな顔で訊ねたが、玲子はショックに顔をこわばらせたまま何も答えられなかった。

玲子が用意した小鉢料理を肴に、招かれざる訪問者は酒を飲みはじめた。

半時間ほど過ぎた頃、

「鮎川くん、ちょっと」

キッチンに入ってきた渡辺が玲子を手招きして呼び寄せ、

「旦那にこれを——」

弥生に聞こえぬよう耳打ちすると、そっと粉薬の入ったパラフィン紙を握らせた。

（睡眠薬……）

玲子には推測がついたが、命令に逆らうことはできなかった。

（何を？　私は一体何をしているの？）

そう自問しつつ、玲子は追加の料理をこしらえている弥生の隙を見て、夫の水割りのグラスに粉薬を入れて掻き混ぜた。心が抗っても身体は完全に操り人形であった。

睡眠薬の効果があらわれるのに三十分とかからなかった。

「パパ、ねえ、パパってばァ」

酔いつぶれたようにソファーに寝転がってしまった父親を、息子の翔太が揺り起こそうとするが、まったく目を覚ます気配がない。

「坊や、パパは寝かせておいてあげなさい。それより、おじさんと楽しいことをして遊ばないかい？」

「楽しいこと？」

「そうだとも。さあ、こっちおいで」

翔太を膝の上に抱きかかえると、

「玲子、こっちへ来い」

渡辺はいきなり人妻を呼び捨てにした。

驚いたのは倉科弥生である。

（な、何なの、あいつ⁉）

だが、呼ばれた玲子が、まるで主人に呼ばれた召使いのようにそそくさとリビングに向かうのを見て、なおさらビックリした。

「先輩？」

自分もあわてて玲子の後を追う。

「服を脱いでもらおうか」

五歳の翔太を膝の上に乗せたまま、渡辺が命じた。

直立した玲子が美貌をこわばらせたままエプロンを外したのを見て、

「あ、あの……先輩？」

何が起きているのか分からず、弥生は呆然となった。

「倉科、お前も脱ぐんだよ」

渡辺に声をかけられ、憤りに顔を紅潮させた。

「ふざけないでください。あなた一体――」

食ってかかろうとした時、

「チャンドラ、ラクシュミー」

渡辺が呪文のような言葉を口にした。

「アッ！」

「フフフ、倉科弥生、今日からお前も僕の性奴隷だ。さあ、玲子と並んで服を脱げ。素っ裸になって何もかも僕に見せるんだ」

「ア、アアアッ」

瘧にかかったように慄えながら、弥生はすべてを思い出していた。

囮作戦が上手くいき、犯罪者たちのアジトを突きとめることができたこと。攫われた少女を救い出そうとして思いがけず手ごわい相手に遭遇し、無念にも捕らえられてしまったこと。玲子と二人、三日間にわたる凄まじい性調教を受け、それが済むと車で新宿駅に連れていかれたこと。雑踏の中で催眠を解くキーワードを囁かれたこと。

（いやああッ！）

絶望的な事態だった。三日間で脳の奥に刻み込まれた催眠のキーワードを、男たちは渡辺に売りつけたのだ。それはつまり、玲子と二人、よりによって一番嫌いな男の性奴隷にされることを意味する。

慄えながらジャケットを脱ぎはじめる弥生を見て、

「や、弥生、あなたまでッ？……」

玲子が悲痛な声をあげた。

何ということだ。あの卑劣な三人の犯罪者たちは、自分ばかりか弥生も渡辺に売りつけたのだ。

「弥生ッ、駄目よッ！　言いなりになっては駄目ッ！」

そう叫びながら、だが玲子自身すでにワンピースの肩紐をはずしていた。意志とは無関係に身体が動いてしまう。どんなに抵抗しても無駄だった。

「先輩ッ、身体が……身体が勝手にッ」

弥生はすでにジャケットを脱ぎ終え、白いブラウスのボタンをはずし始めていた。黒目がちの眼が恐怖に見開かれている。毛嫌いしている男の前で、自分から服を脱いでヌードをさらそうというのだ。悪夢というほかなかった。

「ママっ、どうしたの？　ママっ」

ソファーに尻を沈めた渡辺の膝の上で、息子の翔太がおびえた声をあげた。五歳になったばかりでも、母親の様子が只事でないのは分かる。

「パパっ、ねえっ、パパっ」

救いを求めるように父親に呼びかけるが、大量の睡眠薬を盛られた玲子の夫は昏睡状態だ。イビキさえかかず、死んだように眠りこけている。

「あの連中と取り引きしたのね！　裏切り者ッ！」

玲子は渡辺を睨みつけて叫んだ。しかし同時に水色のワンピースをハラリと床に落とし、悩ましく熟れたピンクベージュの下着姿をさらしてしまう。

「最低よッ、最低だわッ、この卑怯者ッ」

弥生も口を極めて罵倒したが、こちらもパンツスーツの下をおろすと、パステルイエローのランジェリーに包まれた美しい肢体を、なすすべもなく渡辺の前に披露してしまうのだ。

「二人とも真っ直ぐに立て。そう、それでいい。フフフ、たまんねえな。たまんねえ身体してやがる。おっとと、ヨダレが出てきちまった」

渡辺は充血した眼をギラつかせ、溢れ出るヨダレを手の甲でぬぐった。

スラリと上背のある身体にむっちりと白い脂を乗せ、成熟した官能美をムンムンと匂わせる三十二歳の人妻の肉体。

スリムでありながら凹凸に恵まれ、ミルク色の美肌にピチピチと若さを弾けさせるうら若き二十四歳の乙女の肢体。

およそこれ以上は望めない美肉の取り合わせを前にして、渡辺の股間のイチモツは破裂しそうだ。想像していたとおり、いや、想像以上の身体だった。相手方の要求は二千万と高額だが、この二人を性奴隷にできるのだと思えば高過ぎはしない。

「は、恥を知りなさい！」

直立を強いられたまま、玲子が気力を振り絞って叫んだ。

「ふふん」

玲子の一人息子の頭を撫でながら、渡辺は鼻で笑った。

「そうガナリたてるなよ。ガキが怯えてるだろ？　それに俺がその気になれば、そんな憎まれ口を叩けなくすることも簡単にできるんだぜ。だがそれはしないでおく。どうせなら、勝ち気なあんたを嬲るほうがずっと楽しいもんなァ」

正体不明の男から交渉の電話がかかってきた時、最初は悪質なイタズラか詐欺の類だと思った。だが相手がＩＣＳのことを知り過ぎている。囮捜査に入っているはずの鮎川玲子と倉科弥生から連絡が来ないのも不思議だった。半信半疑のまま後払い契約で男から「キーワード」を買った。相手を不可抗力にしてしまうそのパワーに、いま渡辺は感嘆している。

4

ブラジャーをとった玲子と弥生は、胸を隠すことも許されず、パンティ一枚の白い裸身を直立させている。

渡辺はソファーに深々と尻を沈め、膝の上に玲子の一人息子を乗せたまま、恥辱に腰をもじつかせる二人の姿態を愉しんでいた。

「どうだ坊主、久しぶりにママのオッパイを吸ってみるか」

問われた翔太は泣きそうな顔を横に振った。子供ながらに何か異常なことが起こっているのが分かる。ママがリビングで裸になったことはない。初めて会ったこのおじさんに苛められているのではないかと心配なのだ。

「いらないのか。あんなに大きくて美味しそうなオッパイなのに」

渡辺はいやらしい視線で玲子のバストのふくらみを舐めまわした。

白くて豊満な乳房は子供を生んだことで重みを増し、ピンクの乳暈の粒々が人妻のエロスを感じさせる。鷲づかみして強く搾りあげてやれば、先端の尖りからミルクを噴きそうなほど張りがあった。

「もったいないなァ。じゃあ代わりにおじさんが吸わせてもらおう」

あわてることはないと思いつつも、渡辺は舌なめずりせずにはいられない。

「よし、二人ともパンティを脱げ。色っぽく腰をくねらせながら下着をおろしたら、脱ぎ捨てずに足首に絡ませておくんだ」

思うがままになると思えば、いきおい指示も細かくなる。美しい二人の性奴の肉体を、骨までしゃぶり尽くしてやるつもりだった。

玲子と弥生は同時にパンティのゴムに手をかけた。噛みしめた唇の慄えが、味わわされる羞恥と屈辱を物語っている。

「ううっ」

「くううっ」

二人は重く呻きつつ、女っぽい腰の曲線をセクシーにくねらせながら最後の一枚をなめらかな太腿にすべらせていった。人妻の玲子はピンクベージュの高級シルクパンティを、若い弥生はパステルイエローのナイロンショーツを、それぞれ足首までおろすと、再び直立の姿勢に戻りはしたものの、さすがに羞恥に耐えかねて太腿の付け根を両手で隠してしまう。

「くっくくっ」

渡辺は笑いをこらえることができなかった。

見逃すはずもない。二人の股間の秘毛が綺麗さっぱり剃りあげられていることは、電話の男から聞いて知っていた。

「隠すな。両手を頭の後ろで組むんだ。奴隷はご主人様に何もかもお見せしなくてはならんのだぜ」

「ううーっ」

「くううーっ」

玲子と弥生の美貌が真っ赤に染まった。股間を押さえていた手がおずおずと左右に分かれ、慄えながら上へ上がっていく。両手が頭の後ろに組み合わされると、

「もっとよく見せろ。ケツを引き締めて、腰を前に突き出せ」

渡辺が追い討ちをかけるように命じた。

「ゆ、許さないわッ」

恥辱に耐えながら、玲子は目を閉じたまま絞り出すように言ったが、腰は勝手に前にせり出していく。小さく丸まったパンティを足首に絡みつかせたまま、無毛の恥丘と、その中心に刻まれた肉の合わせ目を渡辺の目にさらしきった。

「おおーっ、すごいじゃないか！」

渡辺はわざと大袈裟に驚いてみせた。

「自分で剃ったのか？　君らにそんな趣味があったとはな。二人そろってパイパンとは、コンビだけあって仲のいいことだ」

せりあがった小高い恥丘を見比べる。弥生のそこは処女だけあって（彼女がヴァージンであることは電話で男から聞いていた。高く値をつけるために、調教も処女膜を傷つけないよう行われたのだそうだ）、刀で斬ったように縦長の切れ込みが潔い。玲子の恥丘は土手高で、全体にふんわりと柔らかみが感じられた。外からの見た目にこれほど差があるのだから、秘められた媚肉の色や形も違うだろうし、ブチ込んで抜き差しする感じも違うのだろう。今から楽しみで仕方がない。

「後ろを向くんだ。尻を見てやる」

思うがままに動かせる二人に命じる。まだまだこんなのは前座の余興だ。玲子の夫には相当量の睡眠薬を盛ってやったので、朝まで目を覚ます気遣いはない。たっぷりと時間をかけ、三十二歳と二十四歳の美人捜査官の肉体を愉しむつもりだ。

丸まった小さなパンティを足首に絡ませたまま、玲子と弥生はヨチヨチと向きを変える。

「いいぞ、そのまま尻をこっちへ突き出せ」

「ううっ！」

「くううっ！」

切れ込みも鮮やかな無毛の丘に続いて、今度は裸の尻を見られる口惜しさに、二人の女捜査官は歯を食いしばって呻いた。後頭部に手を組み合わせたまま、背中を反らすようにしてヒップを渡辺の方へ突き出していく。

（くーっ、二人ともたまんねえケツしてやがるぜ）

手の甲でぬぐう先からヨダレが溢れ出た。

子供を生んだ玲子の尻はむっちりと大きく、驚くほど臀丘の頂きが高い。深い尻割れからムンムンと女のフェロモンを匂わせていた。

男を知らない弥生のヒップはキュンと形良く引き締まって、スベスベの白い双丘がむき玉子を連想させた。

いよいよ彼女らの秘部を見てやる時が来た。渡辺はゴクッと生唾を呑むと、

「坊主、面白いものを見せてやるぜ」

膝の上でガタガタと慄えている玲子の息子に声をかけた後、言いなりの奴隷たちに命じた。

「オマ×コだ。指でオマ×コをパックリ拡げて、何もかも僕に見せるんだ」

「そんな！　いやッ！」

「そんなこと、できるわけないわッ！」

美しいヒップの双丘を突き出したまま、弥生と玲子は激しく首を振った。だが身体がいうことをきかない。頭の後ろに組み合わせていた手が離れ、慄えながらゆっくりと腰の方へ移動していく。

「駄目ッ、ああッ、駄目ッ！」

「いやああッ！」

どんなに抗っても無駄だった。ほっそりした白い指を突き出したヒップの丸みに食い込ませると、白桃の双丘を大胆に割り拡げて亀裂の奥をさらけ出した。

「ひいッ、いやあッ！」

「見ないでえええッ！」

信じられない。翳りを奪われてツルツルになった女の丘。その中心に刻まれた肉のクレヴァスを自分の手で割り拡げ、虫唾が走るほど嫌いな男に秘めやかな粘膜の構造を見せている。気も遠くなる羞恥と屈辱に、桜色の小さなアヌスまでもがキュウッとシワを寄せてすぼまった。そのせつなげな収縮すらも渡辺のいやらしい欲情の視線にさらされている。

「へへへ、見てやったぜ」

翔太を膝に抱きかかえたまま、渡辺はソファーから身を乗りだすようにして二つの女性器を見比べた。ほっそりした白い指で剝きくつろげられた媚肉は、どちらも美麗な薄桃色にしっとりと濡れ光り、観察される恥ずかしさに妖しい構造をヒクつかせている。花弁はやはり人妻なだけに玲子の方が肉厚な感じで、クリトリスもこころもち大きめだった。男の熱い欲情の視線に刺激されてヒクリヒクリと粘膜をうごめかせるたびに、包皮から顔をのぞかせた珊瑚色の宝石が口惜しげに震える。いかにも敏感そうな二つの女貝は甲乙つけがたいが、気のせいか玲子の秘肉は早くも潤みとヌラつきを増しているようにも見えた。そういえば電話の男が彼女にはマゾっ気があると言っていた。辱しめられることで情感を燃え上がらせてしまうタイプなのだと。本当ならなおさら面白い。

「坊主、見えるか？　お前はあのヌルヌルした穴からオギャーと生まれてきたんだ。信じられないだろ？　ほら、よく見ろ」

「嫌だ。僕、見たくない！　見たくないよッ！」

よほどショックを受けたらしく、翔太は顔を歪めてシクシクと泣き始めた。なぜかは理解できなくとも、大好きなママと優しいお姉さんがおじさんに苦しめられていることだけは分かる。無性に悲しく、泣きながら、「パパ、パパ」と眠りこけている父親に救いを求めた。

「見るんだよ。お前のパパが硬くなったおチン×ンをあの穴に入れて、夢中になって腰を振ったんだ。きっとママも悦んで、お尻を揺すりながらヒイヒイ啼いたんだぜ。そんでもって、お前が生まれたってわけさ」

「や、やめてッ！」

玲子は悲鳴をあげた。

「どうして子供にそんなことを……翔太、お部屋へ戻りなさい！　もう寝る時間よッ！」

夫以外の男の前に裸の尻と媚肉をさらし、それを幼い息子に見られている。悪夢のような現実に、玲子は気が狂いそうなのだ。

「翔太、お部屋に戻るのよッ！」

熱い媚肉を剝き拡げたまま叫ぶ玲子に、

「かまわんじゃないか、玲子」

暗示にかかった人妻が自分の命令に逆らえないと知っている渡辺は、さらに陰湿なイタズラを思いついてほくそ笑んだ。

「息子に言うんだ。『まだ寝なくていいから、ここにいてママがおじさんにおチン×ンを挿れられるところを見ていなさい』と。ほら、言え」

「そんな！　ううッ……」

玲子は瞠目し、哀願するように渡辺の顔を見た。

だが渡辺は許さない。

「どうした？　言えよ。さあ言え」

「くううッ……」

言うものかと玲子は血が滲むほど唇を噛みしばった。キーワードの魔力に抗おうと眦を吊り上げ、イヤイヤと黒髪を振りたてた。

だが催眠暗示のパワーは強力だ。声帯を絞るようにして、

「しょ、翔太……まだ寝なくてもいいわ……ここにいてママが……ママがおじさんにおチン×ンを……おチン×ンを挿れられるところを見ていなさい……」

言葉をもつれさせながら、玲子は気持ちと反対のことを口にしてしまう。

「やめろ、渡辺ッ！」

玲子に代わって後輩の弥生が叫んだ。

「恥を知りなさい、この卑怯者！」

憤りに頬を染めているが、玲子同様にヒップの亀裂を割り拡げ、尻穴のすぼまりと男を知らぬ瑞々しい初花を見せたままなのだ。そんなぶざまな格好のまま正義の怒りを爆発させたところで、相手の失笑を買うだけだということは弥生自身もはっきりと感じている。どうしようもない口惜しさと怒りが頂点に達して、足首にショーツを絡めた長い美脚がブルブルと慄えた。

「新人の分際で、上司を呼び捨てにするとは怪しからん奴だ」

そう言いつつも、渡辺は嬉しそうだ。

すっかり無抵抗になられてもつまらない。嫌がり反抗する女を好き勝手に弄ぶのが凌辱の醍醐味なのだ。

「倉科、お前はこう言うんだ。『渡辺さんを心からお慕い申しあげています。あなたの大きなおチン×ンで、どうか私の処女膜を破ってください』とな」

今度は玲子が喚く番だった。

「けだものッ！」

瞳を嗔(いか)らせ、悲痛な声をあげた。

「そんなこと、私が許さないわッ」

コンビを組んで日は浅いが、慕ってくる美しい後輩のことを彼女は妹のように感じはじめていた。弥生の純潔が渡辺に奪われるなど、絶対に許すことはできない。自分の身を挺してでも、それだけは防がなければならない。

だが弥生は黒目がちの瞳を大きく見開いたまま、

「渡辺さんを……渡辺さんを心からお慕い申しあげています……あなたの……あなたの大きな……お、おチン×ン」

そこまで言って、一度コクリと喉を鳴らすと、

「お、おチン×ンで……どうか私の……私の処女膜を破ってください」

言い終えるなり、嗚咽と共に大粒の涙をこぼしはじめた。

「弥生ッ……」

後輩の口惜しさが痛いほどに分かる。

ギュウッと閉じ合わせた睫毛の間から、玲子も涙を流しはじめた。

「ハッハッハッ」

渡辺は高笑いした。

「パックリ開いたオマ×コを見せつけられたうえ、そこまで言われたんじゃあ仕方がない。順番に挿れてやるから尻を振れ。僕のチ×ポがそそり立つまで、二人並んで色っぽく尻を振りつづけるんだ」

そう言う渡辺の股間は、むろんとっくに痛いほど勃っていて、先走りの汁を噴きこぼしているほどなのだ。

「僕の手拍子に合わせて尻を振りながら、『私のオマ×コに先にブチ込んで』と言い続けろ」

翔太を膝の上に乗せたまま、渡辺は手拍子を打ちはじめた。

その音に煽られるように、突き出された二つのヒップが左右に揺れはじめる。白い脂肪をむっちりと乗せて匂い立つ大きな人妻の熟れ尻と、ピチピチと若さを弾けさせる処女の引き締まった美尻が、手拍子に合わせてクリッ、クリッと誘うように左右に振られるのだ。

「私の……私のオマ×コに……ああン」

「私の……私のにッ……ハアッ、ハアアッ」

裸の尻を振りたて、あえぎながら何度も何度も口走るうちに、二人とも錯乱状態に陥っていく。特に被虐の性感を刺激された玲子の乱れようは激しかった。

(あ、あなた……こんなことをする私を許して)

目の前には愛する夫がソファーの背にもたれて眠りこけている。手拍子に合わせて振りたくる裸のヒップの後ろからは、渡辺の膝の上に抱かれた我が子のすすり泣く声が聞こえてくる。そんな異常な状況なのに——いや、異常な状況なればこそ、人妻である玲子の性感はどうしようもなく高ぶってしまう。

（どうして……ああ、どうしてこんなに……）

死ぬほど恥ずかしいのに、どうしてこんなに身体を熱くしているのか。口惜しくてたまらないのに、どうしてこんなに溢れさせてしまうのか。こみあげる熱いうずきに柔肌が汗ばみ、さらなる辱しめの予感に女の貝柱がヒクヒクとうごめく。ジクジクと滲み出る甘蜜がツツーッと内腿をつたい流れ、足首に丸まって絡みついているピンクベージュのパンティを湿らせた。弥生と二人並んで恥辱のヒップダンスを踊り狂いながら、催眠に操られる玲子はめくるめく被虐の官能に溺れていく。

「ああッ、ああッ」

もう未解決の事件のことも、相手が大嫌いな渡辺であることも忘れて尻を振る。さっきまで幸せな団欒の場であったリビングは、牝に堕とされた二人の女捜査官の柔肌と汗の匂い、そして甘酸っぱい淫臭でむせかえらんばかりだ。

5

「よしよし、余興はそれぐらいにして、そろそろ本番といこうか」

見ている渡辺も、もう我慢の限界なのだ。焦らずじっくり楽しむつもりだったが、これほど興奮させられてしまったのでは、さすがに一発抜いておかないことには身が持たない。さてさて、どちらを先に味見してやるとするか。

仮にどちらか一人を選ばなければならないとしたら、迷うことなく玲子をとるだろう。勝ち気で美しい人妻の熟れきった双臀の魅力に勝るものはない。だが今の渡辺は両手に花なのだ。まずは若くてピチピチした新人捜査官、二十四歳の倉科弥生を女にしてやるのも悪くない。後輩捜査官の処女膜を破り、生温かい破瓜血にまみれた肉棒で人妻捜査官のヴァージンアナルを串刺しに貫く。それがいい。よしそれに決めた！

「坊主、そこにいろ」

翔太を床におろして立たせると、

「二人ともこっちを向いてパンティを脱げ」

有無を言わさぬ命令で、女たちの足首に絡みついた下着を脱ぎ捨てさせる。二人の隷従ぶりに比例して、渡辺の支配者ぶりも板についてきた。

「倉科、こっちへ来い」

「い、いやですッ」

弥生はポニーテールを振って抗うが、美脚は勝手に渡辺の方へ向かった。

「処女膜を破って欲しいと言ったな。望みどおり犯してやるから、僕のズボンと下着を脱がせろ。自分から跨ってくるんだ」

「ああーっ」

弥生は絶望の声をかすれさせた。渡辺の足元に裸身をしゃがみこませると、慄える手でズボンのベルトをはずし、下着ごと引きおろしにかかる。いっそ気を失ってしまえたら——弥生はひたすらそれを願った。渡辺の言いなりにならずにすむ方法はそれしか思いつかなかった。

「渡辺さん、お、お願いよッ」

声をたかぶらせる玲子の瞳に必死さが滲んでいる。

「何でもあなたの言うことをきくわ。私は何をされても……だから弥生には……弥生にだけは手を出さないでッ」

懇願する彼女の視界の中で、ブリーフをおろされた男の肉棒が力強く跳ね上がった。エラを張った怒張は肉幹に太い静脈を浮き上がらせている。裏筋を見せた巨根は目をそむけたくなる醜悪さだ。

「まだ分からんのか」

渡辺は半ば嬉しそうに、半ば憐れむように玲子を見た。

「どのみち君は僕の言いなりなんだ。交渉権などないのだよ。だが自分の順番がくるのを待ちきれないというのなら——」

陰湿な眼をギラッと光らせた。

「そこに尻を落としてオナニーしていろ。息子の前で自分を慰めて、派手に気をやるところを見せてやるんだ。いい性教育になる」

その悪辣な思いつきに興奮したのか、そそり立った肉棒のカリが漲りを増した。

玲子の形相が変わった。端正な頬からみるみる血の気が失せていく。

「お願い……そんなみじめな真似だけはッ」

かすれた声で哀願しながら、玲子は早くも美しい裸身を床にしゃがませていた。

何も知らずに眠っている夫の前で、そして泣き腫らした眼で自分を見守る息子の前で、恥ずべき自瀆行為をさせられる。人妻として母親として、これほどみじめなことはない。玲子は冷たい床にペタンと尻をつけ、大きくM字に膝を開きな

がら、

「いやッ、そんなことさせないで！　いやああッ！」

重たげな乳房を左右に揺らし、激しく恥辱に身を揉んだ。

「いやッ、いやあッ！」

かぶりを振って泣き悶えつつも、両手で豊満なバストをすくい上げ、白いふくらみを絞るように揉みしだく。

「あうっ、あううっ」

たちまち勃起してツンと上向きに反りかえる二つの乳首。マニキュアを塗った指先でそっとつまみあげると、硬くなった薄紅色のしこりをコリコリとしごきながら引き伸ばしはじめた。

「うっ、うっ……あぁん、ダメ……あっ、あっ……あはあああッ」

こらえきれぬ快感に、唇が開いて喘ぎ声がこぼれる。のけぞった美貌は官能の汗に光って色っぽく紅潮し、形のいい鼻孔からフンフンと熱い息を吹いた。寝る間も与えられない三日間の過酷な性調教によって、人妻の成熟した肉体は極端なまでに刺激に脆くなっている。とろけるように柔らかく、しかも弾力に満ち満ちた双乳をタプタプと両手で揉みしだきながら、フローリングの床につけた双臀をくねるように妖しく悶えさせた。

「あぁん、いや……こんな……こんなことって……あぁん、いやあァ」

甘い声をあげて尻をくねらせる自分が信じられない。驚きの目を見開いた我が子の視線が玲子をさらに高ぶらせた。乳首を弄んでいるだけなのに、骨の髄まで熱い愉悦に痺れていく。もう全身がドロドロに溶けただれてしまいそうだ。

「ガキが見てるからって遠慮するな。下の方も触っていいんだぜ。触りたいんだろ？　オマ×コに指を入れてグチョグチョに掻きまわしたいんだろ？」

誘いかける渡辺の言葉に、

「ああーっ！」

玲子は絶望の声をあげた。

（そんなこと……そんなことは絶対に……）

長い睫毛をギュウッと閉じ合わせたまま、必死の抵抗に首を振る。そんなあさましい姿を我が子に見せるわけにはいかないという母性と、いっそ何もかも忘れて自瀆の愉悦に溺れてしまいたいという牝の欲情が、胸の内で相食んで争った。

「うぐッ、うぐぐうッ」

指が乳首を離れ、汗の溜まった鳩尾を経てヘソの下へ移動していく。まさに恥

丘の優美なふくらみに到達する寸前で、

「ダ、ダメっ！」

意志の力がその動きを阻んだ。

「ううッ、負けないわッ……くううッ！」

暗黒のパワーに屈しまいと、玲子は奥歯を食いしばって耐える。葛藤に慄える指先が行きつ戻りつを繰り返した。

「ウググッ……ウググググッ」

意志と催眠の限界を超えた闘いに、玲子はもう発狂寸前だ。全身の毛穴から熱ロウのように熱い汗が噴き出し、せり上がったヒップが上下に躍り狂った。そんな母親の異常すぎる狂態を、息子の翔太は息もできずに見つめている。恐ろしさに金縛りになり、全身を硬直させていた。

「ヒイッ……ヒイイッ……」

玲子の喉が嗄れ、金属的な音を擦れさせた。

「キイッ……キイイッ……」

息づまる争闘に決着をつけたのは渡辺の言葉だ。

「自分の置かれている立場が分かっていないようだな。よおく聞くがいい。僕は君に自分の息子を殺すよう命じることもできるんだぜ」

玲子は稲妻に打たれたようになった。

（あぁッ！）

一撃で意志の力が潰えた。母親である玲子にとって、それこそがまさに最大の弱点なのだ。愛する我が子を手にかけるくらいなら死んだほうがましだ。だが催眠暗示に操られる彼女には、自ら命を絶つ自由すらなかった。

（もう……もうダメッ……）

こわばっていた裸身からガックリと抗いの力が抜けた。

左手で身体を支えたまま、玲子は右手を汗ばんだ下腹へ這わせた。尻を高々と浮かせて女の丘を前へせり出し、ツルツルに剃りあげられたデルタの隆起を指先でなぞりはじめる。

「翔太、見てはダメ……ママを見ないでッ」

あえぎながら、そう言うのがやっとだ。こらえにこらえていただけに、崩壊ぶりも凄まじかった。

「う、うむッ……」

（ああッ、いいッ、いいわッ）

薄桃色の割れ目に中指を沈めると、浮き上がったヒップを上下させながら、花蜜に濡れた柔らかい粘膜をまさぐりはじめた。

（あぁッ、た、たまんないッ……）

身も心もとろけてしまう快感だった。拘束され、三人がかりで弄ばれた感覚を、肌が——女膣がまざまざと覚えていた。その恥ずかしい感覚を追い求めるかのように、玲子はおのれの肉をまさぐり続けた。円を描くように膣口の周辺を愛撫すると、熱い花蜜が滾々と溢れてくる。せわしない指の動きに粘膜がよじれ、ピチャピチャと卑猥な汁音を響かせた。

「ああうッ、ああうぅッ」

玲子は獣じみた唸り声をあげ、あさましいオナニーの快感に身悶えた。眠りこけている夫の存在はもちろんのこと、もう我が子の視線さえ気にならない。中指を膣口に根元まで潜り込ませると、とろけきった襞肉を狂ったようにまさぐり続けた。

「あううッ、い、いい、あうううッ」

「フフフ、あの鮎川玲子がねェ。まさかここまでヨガリ狂うとは」

渡辺にとっては嬉しい驚きだ。

「アググ……アググゲ……」

揶揄されても、どっぷりと官能に浸りきっている玲子にはもう反発の気力すら残っていなかった。うねり狂う腰の動きが愉悦の深さを物語っている。我れを忘れて牝の快楽をむさぼる美貌は、あぶら汗に光って凄艶そのものだ。気品ある顔立ちなだけになおさら淫らだった。

「いいぞ、その調子だ。イクまで続けろ」

渡辺はそう命じておいて、ショックのあまりしゃがみこんだまま動けないでいる弥生に再度告げた。

「望みどおり僕が女にしてやる。脚を開いて、ここに跨るんだ」

対面座位で弥生の処女を奪うことを宣言し、自分の膝の上を指差した。

（ああっ、助けて、先輩っ）

弥生はイヤイヤとポニーテールの頭を振りながら、白く清らかな裸の肢体を立ち上がらせた。

六年前の恐ろしい体験から、ただでさえ性行為に恐怖がある弥生なのだ。大嫌いな中年上司にヴァージンを捧げなければならない恐怖と嫌悪に、シミひとつない処女尻を粟立てた。だが催眠暗示の力には逆らえない。

「いやっ、許してっ、いやあっ」

清楚で初々しい美貌を涙で濡らしたまま、ソファーに座って待ちかまえる渡辺の膝に跨っていく。玲子に助けを求めても無駄だった。後ろから聞こえてくるのは、指が秘肉をまさぐるクチュクチュという妖しい音と、ますます高ぶっていく淫らな牝啼きの声ばかりだ。我が子を人質にとられている玲子は、すでに自慰の悦楽にどっぷりと浸りきっていた。

「ほおら、これが男だ。この太いのをオマ×コにズッポリと咥え込むんだぜ」

渡辺は片手で屹立の根元を握りしめ、片手で弥生のヒップを引き寄せた。引き締まった二十四歳のヒップは、見た目よりムッチリして重みがある。我慢汁に濡れた先端で割れ目の中心をゾロリとなぞり上げてやると、「ヒッ」と引き攣った声をあげて尻肉がこわばった。いよいよ弥生の純潔を奪うのだと思うと、渡辺はそれだけで暴発してしまいそうだ。

「僕にしがみついて尻を落とせ。痛くても絶対に抜くんじゃないぞ」

「いやっ、そんなのいやですっ」

弥生は泣きながら男の首にしがみついた。こわばってブルブルと慄える白いヒップを、意思に反してゆっくりと下へ沈めていく。火のように熱い男性の先端が

女の亀裂に潜りこみ、色の薄い花弁を巻き込みながら容赦なく最奥へ進んでくる。引き裂かれていく感覚に、

「いやああああああああああぁッ!!」

弥生はつんざくような絶叫をほとばしらせた。

6

(や、弥生……あァ……)

めくるめく官能に薄れた意識で、玲子は弥生の絶叫を聞いた。うっすらと睫毛を開くと、桃色のヴェールに霞む視界の中に、弥生の白いヒップがおぼろに浮かんで上下に揺れている。むき玉子のような光沢のある双丘の狭間に、生温かい破瓜血に濡れた男の逞しい肉杭が、欲望のリズムを刻みながらヌプリヌプリと花芯へのむごたらしい出入りを繰り返していた。失われた純潔の証しである赤い鮮血は、ペニスの根元から睾丸、さらに会陰へと垂れ流れ、ベージュの革ソファーに途切れることなくしたたり落ちていた。

痛い、痛いと弥生は少女のように泣いていた。ヒクリヒクリと窪まる尻エクボ

が、その辛さを物語っている。にもかかわらず渡辺の首にヒシとしがみつき、相手の顔に美乳を押しつけながら大きく腰を揺すりたてているのは、催眠暗示に操られているからにほかならない。

（許して、弥生ッ）

可愛い後輩を守ってやれなかった。

（許して……あァ）

だがそんな後ろめたささえも、うねりくる官能の大波の前には無力だった。催眠に操られている玲子の指は、とろけきった媚肉を深々と穿ち、女の急所——快感の源泉とも言うべきGスポットを狂おしくまさぐっている。鉤状に曲げた指の先が膣壁の粒々を擦りあげるたびに、気も遠くなる愉悦が脳を痺れさせた。

「ああッ、いい！　いいわッ！」

惜しげもなく悦びの声を放ちながら、玲子はせり上げたヒップを悩ましくうねり舞わせた。ドッと熱い愉悦が最奥から溢れ出て、自らを辱しめる指を甘い果汁の中に浸した。構わず掻きまわしつづけると、ギュボッ、ギュボッという卑猥な音と共に飛沫が散る。

「あああーッ！」

左腕で体重を支えたまま、玲子は尻を上げて弓なりに裸身を反らせた。のけぞった美貌は快美を食い締めている。今にも昇りつめんばかりの激しい乱れように、長い髪が床の上を掃くようにのたくった。

「た、たまんねえぜッ」

対面座位で新人の女捜査官を犯しながら、ソファーの上の渡辺は肉のパラダイスに酔い痴れていた。張りつめた若いヒップを両手でしっかり支え、顔面にはミルク色の美しい双乳を息も詰まるほど押しつけられている。怒張を締めつける処女肉の収縮、生温かい破瓜血のヌラつきがたまらなかった。痛みもかなり軽減したとみえ、すすり泣きながらも上下に弾ませる腰の動きに媚びるような女っぽさが感じられる。電話の男も、「処女のくせに、えらく敏感ですよ。おたくの調教次第で素晴らしい牝に生まれ変わります」と請け合っていた。

目を脇へ転じれば、床の上で素っ裸の人妻が白く肉感的な太腿を大きく開き、尻を浮かせてオナニーにヨガリ狂っている。まさかあの鮎川玲子の自慰行為を見物できる日が来るとは思わなかった。一度スカートの上から尻を触って、意識が飛ぶほど強烈な往復ビンタを食らわされた。その意趣返しというわけではないが、勝ち気で気位の高い美女を思うがままに辱しめるのは痛快の極みである。二千万支払っても悔いはなかった。

「ああんっ、ああんっ」

弥生の腰の動きが粘っこさを帯びてきた。すすり泣きの声が鼻にかかりはじめると共に、キュッ、キュッと甘美に膣肉を締めつけてくる。恐怖と苦痛の涙に濡れていた美貌に、ときおり微かな愉悦のニュアンスがよぎった。年齢もすでに二十四歳で、三日ものあいだ寝ずの性調教を受けている。処女喪失と同時に男の良さを知ったとしても不思議ではなかった。

「どうやら感じてきたようだな」

乳首を軽く吸ったり舐めたりしながら、渡辺は上目遣いで言う。

「遠慮することはないぜ。お前の尊敬する先輩だってあのザマだ。お前も好きにしていいのさ。ほら、もっと腰を振って、深くチ×ポを咥え込めよ」

「ううっ、いやあァ」

弥生は泣き声を慄わせて首を横に振った。言われるがままに腰を使いながら次第に気が高ぶっていくのをどうすることもできない。逞しい男性の矛先が子宮口に当たるたびに、妖しい痺れが腰から背筋へと走り、声を放って啼きたくなる。優しく舐められる乳房の先端が熱く疼いて、もう気が変になってしまいそうだ。

官能の渦に巻き込まれ、弥生は知らず知らずに腰の動きを大きくしていた。

「いやッ、ああッ、いやッ」

濡れた朱唇を開いてハァハァと熱っぽく喘ぎながら、より深く渡辺を咥え込もうと双臀を振りたくる。引き締まった美麗なヒップの大胆な躍動は、催眠暗示によるものなのか、あるいは目覚めきった女の欲情のなせる業なのか、泣き悶える弥生自身にも分からなくなっていた。

「いいぞ、倉科。女にしてやったついでに、たっぷりと中に出してやる」

渡辺も強く突き上げはじめた。

「いやッ、それだけはいやッ、いやああッ」

狂おしく左右に首を振りたてるあまり、栗色の髪を結った白いリボンが緩んでしまった。清楚なポニーテールがハラリと解けて、艶やかな乱れ髪が汗ばんだ額や頬にベットリと粘り付いた。

「中はダメっ、中はダメええっ」

しがみついたまま腰をバウンドさせ、凄艶な貌を振りたくる新人捜査官に、渡辺はますます興奮を高ぶらせた。高ぶりの中でさらなる非道を思いついた。

「おい坊主、ママのあそこを舐めてやれ」

渡辺の恐ろしい言葉は、立ちつくした五歳児には聞こえていないようだ。母親を含む大人たちの異常な振舞いに、幼い翔太は茫然自失している。

「玲子、息子にお前のオマ×コを舐めるように言うんだ」

弥生と呼吸を合わせるように腰を突き上げながら、渡辺は人として許されない行為を命じた。

（な、なんですって！）

玲子の受けたショックは大きかった。だがその衝撃を言葉にするには、もう官能の渦に呑み込まれすぎてしまっていた。

「あぁううぅッ！」

切迫の度合いを増していく牝の喘ぎに、哀しい響きが混じっただけだ。

「言うんだ、玲子！」

渡辺は諦めなかった。腕利きの捜査官としての鮎川玲子、良き妻であり優しい母親である鮎川玲子、どちらの玲子も徹底的に辱しめ、踏みにじり、消し去ってやろうと思った。残るのは自分に仕える美しき性奴としての玲子だけでいい。

「あァおおッ、あァおおおおッ」

玲子は傷ついた獣のように呻き、狂おしい指使いでおのれの美肉を拷問のように責め苛んだ。狂乱の域に達したそのあさましすぎる振舞いは、肉の悦楽に全身全霊没入することで、自分を操る渡辺の恐ろしい命令を感知すまいとしているのだ。

だが渡辺の方が一枚上手だった。

もっとケツを振れと弥生のヒップを平手でビシビシ叩きながら、

「そうかい。それだけ頑固なのは、どうやら自分の手で息子をあの世へ送りたいってんだな?」

思いつくかぎりの最も残酷な言葉を、渡辺は悪魔的な悦びを噛みしめながら玲子に投げつけた。

「あああッ」

玲子は全身を地獄の炎に包まれた気がした。渡辺が命令を下せば、自分は愛する息子を手にかけてしまうかもしれない。もがき苦しむ我が子の華奢な首に自分の十本の指がギリギリと食い込んでいく感触を、玲子は自慰の熱い愉悦の中でも生々しく想い描くことができた。その恐ろしい悲劇を避けるためなら、たとえそれが人倫に悖る獣の所業であろうとも拒むことはできない。

「翔太……翔太……ここを舐めて」

恥肉を指でえぐりながら、玲子は喘ぐように言った。

「ママのここを……ここを舐めるのよッ」

深い愛情ゆえに、女としても母としても忍びないことを息子に強いる。地獄の業火に灼かれる玲子の凄艶な表情と言葉に、

「マ、ママ……」

こわばった翔太の足が一歩、また一歩と前へ進んだ。

玲子の開かれた太腿の間に膝をつくと、せり上がった女の丘をまじまじと覗きこむ。ほっそりした指で剝きくつろげられた女の花は、複雑な粘膜の重なりをしとどの甘蜜に濡らし、子供心にもゾッとするほど妖美だった。翔太はしばし声を失い、息を呑んで母の羞恥に見入っている。

「坊主、よく聞け。割れ目の上の方に固い豆がある。その豆を舐めてやると、ママは尻を振って悦ぶぞ。親孝行だと思って、しっかり舐めてやるんだ。ママが感じすぎてオシッコを漏らすまで舐めてやれ。ハハハハ」

荒々しく腰を振って弥生の肉壺を責めたてながら、渡辺はゲラゲラと笑った。五歳の男の子に美しい母親をクンニさせ、クリトリスを責めさせて狂わせる。鬼畜の所業は自分でもさすがに異常すぎやしないかと思った。興奮のあまり気が変

になっているのかもしれない。

「ママ……ママ……」

「しょ、翔太ッ」

ひざまずいて覗きこんでいる頭に、玲子は慄える右手をそえた。

（翔太、許して！　あなたを守るには、こうするしかないのッ）

コクリと唾を呑み込むと、断崖絶壁から身を躍らせる覚悟で我が子の顔を下腹の上に押しつけた。

「舐めてッ」

「ママあッ」

子供の舌が動きはじめた。

小さな頭を動かしつつ、ネロリネロリと恥丘の中心を舐めあげる。最初はおずおずと小陰唇の上から、だが次第にコツをつかむと、舌先で柔らかい肉溝の内側をこそぐように強めになぞりたてた。そこはもう熱い潤いで溢れんばかりだ。舐めるだけではとても間に合わず、翔太は唇を吸い付かせてジュルルッと啜りあげた。官能の甘蜜は少年にとっても限りなく美味だ。それが母親の願いだと信じてもいるので、無我夢中で舐めねぶった。

「ああーっ」

幼い我が子のクンニリングスに、玲子はのけぞった裸身をおののかせた。背徳感がもたらす戦慄に、M字に開いた下肢がワナワナと慄える。

（ああっ、ダメよ、翔太！　そんなとこ……そんなとこを舐めちゃダメっ！）

気持ちは強く拒絶しているのに、

「いいわ、翔太。上手よ。あァ、もっと……もっと舐めて……ママを気持ちよくしてちょうだい」

催眠暗示に操られた声帯を震わせ、心にもないことを口走ってしまう。心にもないこと？　はたしてそうなのだろうか？

（翔太……ダメ……あァ、翔太……翔太あァあ）

両手を床について体重を支えたまま、玲子は伸びあがるように背筋を反らし、浮きあがらせた豊満ヒップで宙空に円を描いた。甘く匂う女の秘貝にピタリと吸いついた我が子の唇。熱くとろけた粘膜を小さな舌でナメクジのように舐められているうちに玲子は骨の髄まで倒錯した肉悦に溶けただれていく。生温かい舌のうごめきが女芯の肉豆に軽く触れるや、

「アヒイイーッ！」

たまらず歓喜の声を放って息子の頭を弾き飛ばさんばかりに腰を跳ねさせ、あたかも熱病の発作に襲われたかのようにワナワナと全身を痙攣させた。

（マ、ママ？……）

翔太は驚いて一度顔を上げはした。だが母親ゆずりの賢い子だ。喜悦を噛みしめて汗ばむ玲子の赤らんだ貌を見て、今しがた舌先に触れた硬いしこりの感触こそが母を喜ばせる秘密の宝石なのだと思い定めるや、もはや迷うことなくその一点に唇と舌の愛撫を集中させ始めた。充血したルビー色のクリトリスを夢中になってチュウチュウと吸い、一心不乱にレロレロと舐める。

「あッ、あッ、翔太ッ……そんな……あはあッ、あはああッ」

小賢しい技巧や駆け引きのない、ただ一途に母親を喜ばせようとする健気な息子の舌使いが、玲子の性感を異常なまでに刺激して、未だかつて経験したことがないほど熱い官能の昂りをもたらした。

「翔太、あぁん、翔太ッ、ねえッ、ねえッ！」

玲子は甘い鼻声で啜り泣き、せりあげた女っぽい下半身の曲線をせがむようにくねらせつづける。

（あぁッ、いい！　いいッ！　あああぁッ！）

我が子に味わわされる禁断の悦楽。許されざる背徳のエクスタシーに惑溺し、錯乱した頭の中がうつろになっていく。腰を妖しくくねらせて快美をむさぼる玲子の貌はすでに母親のそれではない。

「ひいッ、ひッ……ひいッ、ひッ」

小さなアクメに幾度となく身を震わせながら、

（ああッ、イク！　イッちゃううッ！）

めくるめく官能の頂点を目指して昇りつめていく人妻は、張りのある豊満なバストとヒップを狂おしく悶え揺すりたてて、まさに発情した牝の姿である。

「ひいッ、ひッ……あああッ！」

ついにその瞬間が訪れると、

「アッヒイイーッ！」

玲子はひときわ高い声を張りあげ、汗まみれの裸身をキリキリと硬直させた。

「あッ、あッ、あわわわッ……」

のけぞったまま白目をむき、口に白い泡を噛んで激しく悶絶する。歓喜を極めても弛緩することなく、幾度も幾度も総身を収縮させた。

「あッ、あッ……あうッ……あわわわわッ」

絶頂の大波が寄せては返す。息も止まる峻烈な喜悦が身体の芯を走り抜け、燃え盛る一本の火柱になった。うねり迫る肉悦の波浪に翻弄され、もう呼吸すらもできなくなった。

その狂態に煽られたように、

「うおおッ、出すぞおッ」

渡辺が吠えて、ラストスパートに入った。

「それっ、どうだ、それっ。お前もあんなふうに狂ってみろ」

対面座位でしがみついている弥生を猛烈に突き上げる。気合いの入った腰ピストンに、頑丈なソファーがギシギシときしんだ。

「ヒイッ、許してッ！　ヒイッ、ヒイイッ！」

身体が飛び跳ねるほど大きく揺すりあげられ、弥生は悲鳴をあげて泣き悶えた。処女を失ったばかりの彼女には、あまりに苛烈すぎる抽送だ。抉り抜かれる粘膜が火になって灼けただれ、ドスンドスンと最奥を叩く衝撃に、華奢な腰骨が砕けてしまいそうになる。

「死んじゃうッ！　もう死んじゃううッ！」

泣き喚いて振りたてる赤らんだ美貌。ほっそりした首に栗色の髪が乱れ散り、中心を貫かれているヒップの双丘から、汗の雫がポタポタとしたたり落ちた。

「ああッ、もう！」

「もうダメえっ！」

二人同時にのけぞり、同時に歓喜の喉を絞った。

「アヒイイーッ！」

「ヒエエエーッ！」

緊縮し、激しく痙攣を続ける二つの女体。

玲子は熱い悦びの飛沫を我が子の顔にドッとしぶかせ、弥生は子宮の奥に放たれた男の灼熱の溶岩を感じながら、共に黒々とした意識の闇の中へ真っ逆さまに落下していくのだった。

7

玲子はバスルームで全裸の肢体にシャワーを浴びている。

顔を上向かせて瞳を閉じ、水に濡れた漆黒の美しいストレートヘアを何度も何度も後ろへ掻きあげた。

自分でも信じられない狂態をリビングで演じてから、まだ二十分ほどしか経っておらず、頭はどうにか正気を回復したものの、激しすぎた絶頂の余韻に気分は甘い疼きを引きずったまま、身体は重苦しいけだるさに包まれていた。

今、あの裏切り者の渡辺は弥生と寝室にいる。感じすぎて腰が抜けてしまった玲子が立ち上がれなかったため、

「三十分だけ待ってやる。気付けにシャワーでも浴びてこい」

そう命じて、完全に気を失ってしまった弥生を背負うと、夫婦の寝室がある二階へ上がっていったのだ。夫婦の神聖な愛の褥で、あらためて玲子と弥生の美しい肉体を3Pで愉しもうという腹に違いなかった。

ザーッと柔肌にかかるシャワーの水が冷たい。しかしその冷たさをもってしても、息も止まる我が子のクンニに禁断の悦びを燃え上がらせてしまった玲子の肉体を冷ますことはかなわなかった。

ザーッ……。

円筒形に勃起した乳首に水流がかかると、

「……ああっ……くううっ！」

驚くほど感じやすくなってしまった人妻は、翳りを失った女の丘を挟みつける

ように白い太腿を擦り合わせ、クウーッとせつなげな呻き声を洩らした。鮮烈な快感がズキンとこみあげるのと同時に、最奥からドクッと溢れ出てくるものがある。

（い、いやあッ）

うなじまで赤く染めあげ、玲子はバスルームの床にしゃがみこんだ。

（どうして？……どうしてこんなに……）

軽いアクメに、ブルブルと腰が震えている。玲子は火照った顔を両手で覆ったままイヤイヤとかぶりを振った。これほど感じやすくなっている身体を、これから渡辺の思うがままに嬲られるのだ。どんな恥ずかしいことを強いられても抗うことができないのだと思うと、嫌悪と屈辱——そして妖しい昂奮に身体が熱くなる。

（あァ……どうすればいいの？）

眩暈に耐えつつ何とか立ち上がると、玲子は浴室を出て、濡れた肌をバスタオルで丁寧に拭った。渡辺から渡されていた極薄の黒ストッキングを左右の脚に通すと、艶めかしい黒レースのガーターベルトで吊り、姿見の前に立った。

伸びやかな玲子のプロポーションは、ノーパン・ノーブラの白い肢体を黒のガーターストッキングで飾ったことで、妖艶なまでの官能美を強調している。ガーターベルトの精緻なレース模様の下で、白々とした恥丘のふくらみが何とも蠱惑的だ。

そんな高級コールガールもどきの格好で廊下を進みつつ、玲子はついチラとリビングを覗かずにはいられなかった。

何も知らない夫は、相変わらずグッタリとなってソファーの上で眠りこけていた。あれだけの量の睡眠薬だから、おそらく朝まで目を覚ますことはあるまい。

（あなた……許してッ）

優しい夫を裏切ることになる。催眠暗示をかけられているせいだとはいえ、夫婦の寝室で他の男に身をまかせるのだ。決して許されることではなかった。息子の翔太が自分の部屋に戻されたのがせめてもの慰めだ。

二階に上がった玲子が寝室のドアノブを回すと、中は間接照明のムーディーな光に満ちている。柔らかい光に照らされたダブルベッドの上に、全裸の渡辺が手足を伸ばして仰向けに寝そべり、その顔の上にオールヌードの弥生がせわしなくヒップの谷間をこすりつけていた。

「あァん、いやあァ……」

先輩捜査官の驚きの眼差しを感じて、顔面騎乗を強いられている弥生は消えも入りたげな、だがどこか甘ったるい声をかすれさせた。

(や、弥生……)

玲子には正視する勇気がない。汗でヌルヌルの肌、ゼイゼイという苦しげな息づかいから、弥生がそのあさましい格好のまま媚肉を舐められ、気をやる寸前であったことが知れた。負けないで、と励ましてやるべきなのだろうが、我が子にクンニされて昇りつめた自分にそんな資格があるとは思えなかった。

「フフフ、来たな」

弥生に命じて顔面騎乗のヒップを浮かさせると、渡辺は玲子のセクシーなランジェリー姿を見てほくそ笑んだ。

「黒がよく似合ってるぜ、鮎川玲子」

黒ストッキングの縁をピッチリと喰い込ませた太腿が、素晴らしい弾力をたたえて美しく熟れた人妻のボディを際立たせている。象牙色の艶やかな肌には、磨きあげた大理石の光沢と滑らかさがあった。ツルツルに剃りあげられた下腹の白いふくらみに黒レースのガーターベルトがよく似合って、なまじ全裸よりもずっと色っぽい。

仰向けのまま、渡辺は手短に命じた。

「這え」

「玲子、お前はここに跨るんだ」

反りかえって腹についたペニスを握ると、輪投げの棒のように垂直に勃ててみせた。弥生の処女を対面座位で奪った時のように、玲子の貞操も自ら受け入れる形で奪い去ろうというのである。無理やりに向きを変えられた屹立は毒々しい色の肉傘を大きく開き、鬱血して怒張を漲らせた。太い肉筒はまだ弥生の破瓜血に濡れたままだ。

(ああっ……)

強い眩暈を覚えながら、玲子は黒いランジェリー姿を床に這わせた。キーワードには催淫作用もあるのだろうか、見るもおぞましい男性自身からどうしても目が離せない。心臓の鼓動が激しくなって、女の最奥が疼きはじめた。玲子は惨めな四つん這いのままダブルベッドによじ昇ると、熱くなった女体を渡辺の腰に跨らせた。

「いいぞ、挿れろ」

弥生の尻の割れ目を舐めてやりながら、渡辺は無造作に命じた。いきり立つ怒張を片手でしっかり握って支えている。いよいよ念願叶って、あの鮎川玲子の媚肉を味わえるのだ。しかも顔の真上には、第二の鮎川との呼び声が高い新人捜査官・倉科弥生の引き締まった美しいヒップの谷間が迫り、男を知ったばかりの女の羞恥が熱い官能に濡れた口を開いている。甘い汗が匂い、牝の体臭にむせ返る美肉の3P狂宴。これこそ男のパラダイスにほかならなかった。

「ああッ、いやああッ」

玲子は悲痛な声をあげて背中を反らせた。

顔面騎乗を続ける弥生と向かい合い、渡辺の腰を跨ぐ格好で膝立ちになっている。変わらぬ夫婦愛を確かめ合うダブルベッドの上で、ついに渡辺と肉の関係を持たされるのだ。嫌悪と罪悪感で全身が鳥肌立っているというのに、豊満なヒップが慄えながら下がっていく。黒いガーターベルトに飾られた腰を妖しくくねらせながら、玲子は真上を向いたペニスの矛先に膣口を触れさせると、

「ひいッ、いやッ、いやです！　あなた、助けてッ！」

救いを求めて叫びつつ、むっちりと熟れた双臀をさらに沈めた。

「あむむッ……ヒイッ」

熱い剛直のたくましさに、のけぞって黒髪を振りたてる。尻を完全に落としき

ると太い肉杭の先端は最奥まで届いた。文字通り串刺しに貫かれてしまった人妻捜査官は灼けるような感覚に正気を蝕まれていく。

「あううっ……い、いやっ」

「ううっ、これが鮎川玲子の……おおおっ、たまんねえ!」

肉壺が収縮しながら吸いついてくる。妖しすぎる貝類のうごめきに、渡辺は胴震いせずにはいられない。弥生の中に出していなかったなら、あっと言う間に自失してしまったことだろう。

「いいぜ、玲子。腰を使え。弥生、お前ももっと尻を振るんだ」

渡辺の命令で、二人は向かい合ったまま腰を振りはじめた。

「ああッ、いやッ」

「んんんッ、いやあああァ」

玲子は貫かれたまま白い双臀を大きくバウンドさせ、弥生は引き締まったヒップを前後にスライドさせて肉の割れ目を擦りつける。二人とも両手を渡辺の胸板について身体を支えているため、互いの汗ばんだ美しい顔を突き合わせる格好だ。

「いやッ、ああッ、いやッ」

自らの動きで花芯を深くえぐられながら、玲子は淫らな律動に狂っていく。肉杭が最奥を押し上げるたびに、爪先から頭のてっぺんまで熱い愉悦に痺れきった。それを渡辺に知られるのは口惜しい。反応だけはすまいと渾身の力を振り絞るが、操られる腰の動きを抑えることはかなわない。

(ダメっ、感じてはダメっ。耐えるのよッ)

懸命に自分に言い聞かせても、

「ああうッ、ああううッ」

恥ずかしい牝啼きを止めることができなかった。

夫婦のベッドの上だというのに——愛する夫が階下にいるというのに——いやむしろそのことがかえって貞淑な玲子の性感を刺激し、被虐の官能を炎と燃え上がらせてしまう。

それを見透かしたかのように、

「フフフ、嫌だ嫌だと言いながら、その嬉しそうな腰使いは何だ？」

顔面に擦りつけられる弥生のヒップの谷間にねっとりと舌を這わせながら、渡辺は身悶える玲子をからかう。

ヒクヒクと口惜しげに収縮しつつも、とろけるような柔らかさで剛直に絡みついてくる玲子の肉壺。瑞々しいピンク色の粘膜をのぞかせて、甘く匂う花蜜をジクジクと滲ませる弥生の肉溝——味わいの異なる媚肉を口と下腹で同時に堪能しつつ、渡辺はめくるめく肉の快楽に酔い痴れた。

「人妻なんだぜ。フフフ、そんなにいやらしく腰を振って、亭主に申し訳ないとは思わないのか?」

「だって……だってこれは……」

(私の意思じゃない……こんなふしだらな……こんな恥ずかしいこと……)

兆しきった貌を横にそむけて自分自身に言い訳しながら、玲子の腰の動きは妖しい悩ましさを帯びていく。いけないと懊悩しつつも、身も心もとろける騎乗位の快楽に高ぶっていく自分をもうどうすることもできない。夫以外の男の肉筒を濡れた女壺でキリキリと締めつけながら、玲子は背中からヒップにかけての曲線をクネクネとS字にくねらせて身悶えた。

「あぁああッ、あぁあああッ」

「亭主とも毎晩こんな感じでハメるのかい?」

破瓜血の混じった若い分泌液をギュルギュルと啜りながら、渡辺は下品な問いかけを続けた。弥生の腰のグラインドに合わせ、割れ目に沿ってクリトリスからアヌスのすぼまりまで舌でなぞり上げる。

「ううッ……いやッ……あううッ、あうううッ」

生まれて初めて味わうクンニリングスに、弥生はすすり泣きの声を高ぶらせつつも破廉恥な顔面騎乗を止めることができないでいる。向かい合って白い裸身を悶えさせる二人の美女は、まさに快楽の生贄にされた肉人形にほかならない。

「どうせ毎晩この部屋で亭主のチ×ポを咥え込んで、ひいひいヨガリながら腰を振ってるんだろう。どうなんだ、玲子？　違うか？」

「ち、違うわ、違います……」

応じる必要のないプライベートな質問にも、口が勝手に動いて答えてしまう。玲子は騎乗位で黒ガーターの腰を揺すりながら、めくるめく快楽の渦に押し流されてしまっていた。

「あァ、毎晩だなんて、そんな……そんなああッ」

「ふん、どうだかねェ。じゃあ週に何発やるんだ？」

「ううッ……くううッ」

「答えろよ、奥さん」

玲子を苦しめるために、渡辺はわざと「奥さん」などと呼びかけた。催眠暗示の力と肉の悦びに惑乱して、玲子はすっかり従順になっている。

「に、二回……週に二回くらいです」

翔太が生まれてから夫婦生活はそのペースだった。ここ最近は体調不良を理由に断っている。犯罪者たちの手に落ち、弥生と共に辱しめを受けたあげく秘毛を剃りおとされてしまったからだ。自分の妻は探偵事務所で普通の調査業務をしていると思っている夫に、そのことを知られてはならなかった。

「体位は？　体位はどんなだ？　バックからハメてもらったりもするのか？」

「そ、そんなことは……あああッ」

悩殺的な腰使いを続けながら、玲子は狂おしく首を横に振った。犯されながら夫婦の性生活を告白させられる。羞恥と屈辱、そして被虐性の異常な高ぶりに、玲子の喘ぎ声はますます熱と湿り気を増していく。

「へぇ、そりゃあもったいないことだ。鮎川玲子の尻をバックから責めないとは、亭主の気が知れない」

馬鹿にしたように渡辺は言い、

「だが奥さんが上に乗っかることはあるんだろ？　こんなふうによォ」

ぶしつけな質問で嬲りながら、玲子の腰使いに合わせて下腹を突き上げはじめた。

「ヒイッ、ヒイイッ」

玲子の身悶えが一段と露わになった。

「そんな……ああん、ああんッ……た、たまんないわッ！」

最奥がドロドロに灼けただれる。傘を開いた亀頭に子宮口を打ち抜かれ、沸騰した情感が一気に溢れかえった。ゴウゴウと音を立てて渦巻く官能の奔流。気も遠くなる快楽に自制心は完全に麻痺してしまった。

「どうなんだ？上に乗って腰を振るのか？そうなんだな？」

「は、はい……時々……時々は……ああんッ、ああんッ」

あえぎ声がせっぱつまり、ヒップのバウンドがますます大胆になっていった。深く腰を落とし、反動をつけて伸びあがるように背筋を反らし、形良く張りつめた双乳を前へ突き出してブルルンと揺らす。

「あううッ、も、もうッ……ひッ、ひいッ」

ヨガリ啼きがかすれはじめた。振りたてる双臀の狭間で、貫かれた膣口が喘ぐようにヒクヒクと収縮する。めくるめく歓喜の瞬間が目の前にあった。

「フフフ、時々か。時々は奥さんが上になるんだな。ガキを寝かせた後で、上になったり下になったり、フフフ、お楽しみなことだ」

盛んに舌を動かして弥生の秘部を舐めねぶりながら、渡辺はニヤッと頬を緩めた。

「これから亭主とは、週一回だけにしろ」

いけ図々しく命令すると、

「週に六日は僕がこの身体を愉しませてもらう。もちろんオマ×コだけじゃなく――」

せわしなくバウンドする尻肉を鷲づかみにし、持ち上げるようにしてペニスを抜き去った。

「こっちの穴もな」

ああッと哀しげに泣いて躍り狂う人妻のヒップを前にズラし、

「こっちの穴はヴァージンなんだろ？ 今度はアナルに咥え込んでくれよ。鮎川玲子の尻の穴はどんな味をしてるのか。フフフ、こいつは楽しみだぜ」

渡辺はギョロリと眼をむくと、充血してふくらんだ弥生のビラビラにベチョッと音を立てて唇をふるいつかせた。

8

「いやあッ！」

玲子は金切り声をかすれさせた。

渡辺の口から出た「尻の穴」という言葉に、紅潮していた頬がみるみる青ざめた。

「そんなこと……そんなことできるわけがないわッ」

排泄器官で男と交わるなど獣の所業だ。いかに快楽に溺れているとはいえ、そんな恐ろしいこと、できようはずがない。それなのに……。

「そんな……ああッ、駄目ッ」

ムチッと張った双臀を渡辺の手に支えられたまま、玲子の右手は男のペニスをしっかりと握ってしまった。

「いやッ、お尻でなんて……それだけはいやッ、いやよおッ！」

泣き叫んで長い髪をうねり舞わせながら、玲子は自らの愛液でヌルヌルになっている逞しい漲りに指を絡め、綺麗な桜色のシワを収斂させた小さな菊蕾へと導いていくのだ。

「ああッ、いやああッ」

怒張した肉傘がすぼまりの中心に触れると、

「ヒイイッ」

さすがに恐ろしさに身をすくませたが、やはり催眠暗示の力には抗えず、硬直してブルブルと慄えるヒップをゆっくりと沈めていく。

「ああッ、けだものおッ」

玲子はのけぞって天を仰いだ。メリメリと汚辱の穴を押しひろげながら、灼熱した剛棒が押し入ってくる。おぞましさが戦慄のように身体の中心を走り抜け、脳の芯を焼き焦がした。

「うわあああああッ」

ペタンとヒップを落としきるや、玲子は絶叫して伸びあがるように背中を反らせた。剛直を根元まで深々と咥え込まされた美肛は、ゴム輪のように伸びきってシワも見えなくなるほど拡張されてしまった。火のように熱い肉杭は喉元に届いているかと錯覚された。

「いいぜ、玲子ッ」

渡辺が声をうわずらせる。

キリキリとペニスの根元を締めつける強烈な収縮。だが奥はとろけるように熱く柔らかい。

「最高のアナルだッ」

危うく劣情を洩らしかけて、

「尻を振れ、玲子ッ」

渡辺は叱咤するように叫び、自らも腰を突き上げはじめた。

（いやっ、もういやっ）

凄まじい圧迫感に、玲子はもう言葉も出せなかった。それでも命じられたとおり、あえぎながら必死に腰を振りはじめる。

「ううッ、ぐううッ、ぐぐぐッ……」

内臓を絞るように呻き、玲子は汗まみれの豊満なヒップを上下させた。知的で高貴な美貌も汗に濡れ、肛交の苦悶にゆがんだ。

「うぐッ……うぐぐうッ」

「おおぉ、たまんねえぜ」

熱ロウのような弥生の甘いしたたりをペロペロと舐めあげながら、渡辺は興奮に体を熱くした。勝ち気な美女の肛門を無理やりに犯す快感は、媚肉を犯すのより何倍も大きい。硬い蕾の緊縮を押し拡げ、楔を打ち込むように荒々しく腰を使って抜き差ししてやると、悪魔的な嗜虐心が紅蓮の炎となって燃え上がる。しかもその尻穴は初物ときている。夫にさえも許していないヴァージンアナル——人妻捜査官・鮎川玲子の尻の穴を奪ってやったのだ。

「あぁあッ……うむッ……あぁあッ」

「フフフ、だいぶ気分が出てきたようだな。尻の穴がとろけてきたぜ」

「い、いやァ……」

からかわれて、腰を振りながら玲子は髪を揺すりたてた。

全身があぶら汗に光って、肛交の凄まじさを物語っている。だが成熟した女体の哀しさと言うべきか、奪われた汚辱の器官が確かに渡辺に馴染みはじめていた。

「いや……許して……お尻はいや……あぁあッ、いやあァ」

息さえもつけなかったのが、抗いの声を発することができる。うめき声が喘ぎ声に変わり、喘ぎ声に啜り泣きが混じる。その啜り泣きも甘く艶めきはじめた。

「もっと気分を出させてやる。おい弥生、玲子とキスしろ」

残酷な渡辺は、女捜査官同士の絆さえも変質させようとした。

「玲子もだ。弥生の口を吸って舌を絡めるんだ」

「あァ、駄目ッ」

「そんな……いやああッ」

向かい合ってせわしなく腰を振りながら、二人の女捜査官は眦を吊り上げる。

だがもちろん抗うことはかなわない。

「せ、先輩ッ」

「弥生ッ」

汗の光る美貌を近づけ合い、互いに濡れた唇を開いた。朱唇と紅唇がピタリと密着し、クナクナと擦り合わされる。先に舌を入れたのは玲子のほうだ。弥生の柔らかい舌を搦めとると、貪るように吸った。

「ン、ンンンッ……」

お返しとばかり今度は弥生が舌を入れた。もう二人とも錯乱状態だ。互いに舌を絡ませ、口腔を隅々まで舐め合い、鼻を鳴らして甘い唾液をすすり合う。その間も腰の動きは止まらない。弥生のヒップは渡辺の顔に秘裂を押しつけてスライドし、玲子のヒップは上下に弾んで肛辱の悦楽に溺れていく。

（先輩……玲子先輩ッ）

（弥生、あァ、弥生ッ）

憧れの先輩と舌を絡め合いながら、開ききった弥生の秘肉はとめどなく蜜を吐いている。玲子もまた、肛門を深くえぐられるたびに前の割れ目からドッと悦びの貝汁を噴いた。渡辺の口の周りはベトベト、下腹の陰毛も女の粘液でヌルヌルになってしまっている。狂乱の3P――破廉恥さを競い合うヒップの躍動はどれくらい続いたろうか。ついに渡辺が限界に達した時、玲子と弥生も官能の頂点へ昇りつめた。

「ウオオーッ!」

渡辺が背中を反らせて吠える。

「アアアーッ!」

「ヒイイーッ!」

玲子と弥生も唇を離して絶叫した。かたや男の顔面に、かたや男の腰に――大胆に跨った二つの双臀が、喜悦の発作に美しい丸みをブルブルと震わせた。

「オオウッ、オオウッ」

渡辺は腰を痙攣させながら射精している。

「アッ、アッ……アアアアッ」

劣情の熱い噴出を腸腔に浴びせられながら、初めて味わう肛門アクメに玲子は失神しかかっていた。

「アッ、アッ、アアッ！　ヒイイイーッ！」

妖美な尻穴の収縮を渡辺に伝えつつ、黒ガーターの腰がガクンガクンと跳ね上がる。のけぞった美貌は恍惚として汗に光り、一段と深い肉の愉悦にキリキリとほつれ毛を噛みしめていた。

第五章　穢された正義の心

1

拉致され洗脳調教された他の女性たちと同様、鮎川玲子と倉科弥生は二つの異なる現実——意識状態を生きていた。

一つはまだらに記憶を喪失してしまっている状態。もう一つはすべての記憶を正常に保持している意識状態である。

通常は前者——まだら記憶喪失の状態にあるのだが、あるキーワードを囁かれると、それを解除する別のキーワードを聞かされるまでの間、後者、すなわち正常な記憶を保っている状態に引き戻された。記憶の一貫性という点では後者のほうが正常であっても、その間は意思の働きが麻痺しており、キーワードを口にし者の状態にある時にはまるで思い出すことができないのだった。しかもその間に起こったこと——郊外の廃業した食品工場内で受けた過酷な洗脳調教や、渡辺による淫らな凌辱体験——を前者の状態にある時にはまるで思い出すことができないのだった。

思い出さないほうが幸せとも言える。犯されながら晒した自分のあさましい振舞いに恥じ入りつつ、しかも新たな痴戯に耽ることを強いられる後者の苦しみは、まさに地獄——逃れられぬ性の蟻地獄にほかならなかった。

今、玲子と弥生は後者の状態にあった。

場所は南青山にあるビルの3F。若林探偵事務所の副所長・渡辺幹雄の執務室だ。

全裸でどっかりとソファーに尻を落としている渡辺は、真っ昼間からブランデーのグラスの縁をちびちびと舐めながら、床の上でうねり舞う白い女体の絡みを愉しんでいる。

玲子は先日と同様に、刺繍レースの黒ガーターに黒ストッキング、対照的に弥生は白いガーターベルトに白のストッキングをつけていた。高級白磁を想わせる玲子の肌には悩ましい黒が、伸びやかで若さの弾ける弥生の肢体には清楚な白がよく似合っている。むろん二人ともパンティとブラジャーはつけるのを許されておらず、形のいい上向きのバストと豊満なヒップ、剃りあげられた蒼白いヴィーナスの丘を晒しきっていた。ガーターに吊られた極薄のストッキングが、妖しい光沢のぬめりで二人の成熟した下半身の魅力を強調している。

そんなセクシーすぎる格好で、二人の女捜査官はいま、向かい合って床に腰を落としていた。両腕で体重を支えながらヒップを浮かせ、白と黒のストッキングに包まれた美脚を交叉させている。互いの濡れた秘貝をピタリと密着させ、腰を動かして擦り合わせていた。

「先輩……玲子先輩……はあァ……」

弥生が情感に潤みきった瞳で玲子を見つめれば、

「弥生……あァ、弥生ぃィ」

玲子も呼吸を弾ませながら、ますます激しく腰を揺すりたてた。

二人共もう二時間以上渡辺に弄ばれているので、全身が疼き火照ってどうしようもない状態だった。

熱く濡れた粘膜が摩擦し合うクチュクチュという淫らな響きにうっとりと官能をとろけさせていきながら、

（このままでは、弥生も私も駄目になってしまう……あァ、なんとかしなければ……）

身を焙るせつない疼きの中で、玲子はジリジリと焦燥していた。

三日前の息子の誕生日の夜、不意に自宅を訪れた渡辺にキーワードを囁かれ、玲子は後輩の弥生と二人、血も凍る辱しめを受けた。明け方近く、我れに返るとガーターにストッキングというあられもない格好で、全裸の弥生と二人ベッドに倒れ伏していた。何者かが鼻歌を唄いながら階段を降りていくのが分かったが、痺れきってタガが外れたようになっている身体はしばらく動けなかった。ようやく起き上がって服を着、恐るおそる階下に降りてみると、夫がソファーで眠りこけていた。

一体何があったのか、何も思い出せずに玲子はパニックに陥った。弥生に訊いても青い顔をして「分からない」と言う。もしかすると息子の翔太が何か知っているのではないか？　玲子は息子の勉強部屋に行き、それとなく誕生パーティーの話題で水を向けたが、翔太は大きく目を見開いたきり、

「知らないよ。僕、何も知らない」

その一点張り。なにか大きなショックを受けたらしく、ガタガタと身を慄わせはじめたので、それ以上の追及は諦めた。

いま玲子はなにもかも思い出している。昨日も、そして一昨日も、彼女は電話口でキーワードを囁かれ、この部屋に呼び出されて弥生と共に深夜まで渡辺のおもちゃにされたのだ。きっと今夜も渡辺が凌辱に飽きると、服を着せられ夜の雑踏の中へ連れていかれて、そこで別のキーワードを聞かされ記憶を奪われてしまうのであろう。

「今日はこいつを使ってみろ」

渡辺が手にしたのは長さが三十センチほどもある双頭のディルドウだった。肉色のゴムでできていて、手の中でユラユラと揺れ弾んでいる。両端が亀頭の形をしているのはもちろんのこと、太い胴部には女膣を刺激するためのイボイボが付いていて見るからに卑猥だった。

「いやッ、そんなものッ」

「ううッ、どこまで嬲りものにすれば気がすむのッ」

おぞましい性具を差し出されて、玲子と弥生は紅潮した顔をそむけた。だが命令にそむくことは不可能なのだ。

「ヘッヘッ、オマ×コからおツユをこぼしながら嫌がってみせても、まるで説得力がないぜェ」

渡辺は余裕たっぷりにせせら笑った。買い取ったキーワードを囁くだけで、二人にどんな恥ずかしいことでもさせられるのを知っている。ただ犯すだけでは満足できず要求はどんどんエスカレートしていくのだった。

「僕が挿れてあげるよ。さあ、四つん這いになってケツを突き合わせな」

「うーッ、卑怯者おッ」

「くううッ、絶対に許さないわッ」

歯噛みしつつ、玲子と弥生は丸いヒップを突き合わせて床に這う。

渡辺の手で二つの割れ目にディルドウの両端があてがわれた。

「そおら、挿れるぜ」

「うむむむうッ」

「あッ、あああッ」

呻き泣く声とは裏腹に、熱く濡れてとろけきった二つの秘貝は、やすやすと粘膜のあわいにゴムの性具を呑み込んでいく。カリのくびれにあたる部分が没すると、さらに深く呑み込んでトロリと甘蜜をこぼした。イボイボの付いた胴部を感極まったようにキュウッと締めつける。

「ヒイイッ」

「アウウッ」

のけぞって、せつなげな表情を見せてしまう玲子と弥生。

「ふん。なんのかんの言って美味そうに咥え込んだじゃないか。マン汁の匂いも半端じゃないぜェ」

匂い立つ牝の性臭に渡辺は鼻を鳴らした。十センチほど間をおいて太いディルドウで繋がっている二人の美人捜査官の双臀を、満足げにピタピタと叩いた。

「このままケツをぶつけ合うんだ。お前たちはコンビなんだから、息を合わせて一緒に気をやってみろ」

「ううーッ」

「くうーッ」

屈辱に頬を染めつつ、二人はせりあげたヒップを揺すりはじめた。

「あッ、あッ……」

「ダ、ダメッ……」

弥生はたちまち崩れた。玲子は虚しい抗いに首を振る。

「よしよし、その調子だ。仲良く気をやることができたら、褒美に本物を咥えさせてやるからな」

「ふ、ふざけないでッ……くううーッ！」

恩着せがましい言い草に玲子は憤るが、動きはじめた腰を止めることはできない。弥生も同じだ。せりあげたヒップの双丘を、呼吸を合わせて近づけては離し、近づけては離す。そのたびにディルドウの先端に最奥をえぐられ、胴部のイボイボで膣壁を擦られた。

「せ、先輩ッ、あぁッ」

「弥生ッ、あああッ、弥生いいッ」

背中が反ってヨガリ声が溢れる。離すまいとして肉壺が収縮する。まるで粘着力を競い合うかのように、互いに押し、互いに引いて肉悦をむさぼりはじめた。

「先輩ッ、もっと……ああん、もっとおッ」

「弥生ッ、私も……私もたまらないわッ、ああッ、あああッ」

硬くて太い棒が花芯を貫いて律動する。峻烈な快美に脳が痺れ、意識さえも遠のいていく。言語中枢が麻痺してしまい、ろれつが回らなくなった。

「ひぇんふぁい……あわわっ、ひぇんふぁいいっ」

「やよひいっ、やよひいいいっ」

堰を切った腰の動きは、もはや催眠暗示によるものではない。玲子と弥生はペタンペタンと餅つきのような音を響かせながら、互いの子宮を突き破らんばかりに豊満なヒップをぶつけあった。我れを忘れて快美をむさぼるその姿は、まさに発情した二匹の牝犬——渡辺も予想し得なかった、あさましい二人の狂いようである。

「ひぇんふぁい、ひぐっ！　ひゃよひっ、ひぐうっ！」

「わらひも、わらひもひぐぅ！　ひゃあーっ、ひぐううううっ！」

ゴム毬のようにぶつかり合う美しい双丘。汗に光る肉尻をつないだ太いディルドウの中心部から、女の悦びがポタポタとしたたり落ちる。

「オオウッ、オオウッ」

「オオオッ、オオオッ」

喉を絞って獣じみた唸り声を数回放った後、まるで申し合わせたかのごとく最後にピターンとひときわ大きな破裂音を響かせてヒップをぶつけあった。

「ヒイイイイイイッ！」

「ヒエエエエエエッ！」

押し寄せる快楽の津波に、硬直した二つのヒップがさざ波立つ。折れ曲がらんばかりに反りかえった背中にも痙攣が走っていた。女の悦びの頂点を示す膣肉の強い収縮に、ゴムのディルドウがキュウウウッと軋む音を立てた。水面に上がった鯉のごとく口をパクつかせる二人の女捜査官は、もう正常な意識があるとも見えなかった。

2

信号待ちで停まった玲子の赤いクーペの右側に、ガンメタリックのスポーツカーが不自然なほどに幅を寄せて停車した。

助手席のウィンドウが下がるのを待ちきれぬように、

「よお、ネエちゃん、カッコいいじゃねーか！」

キザったらしい髪型をしたアロハシャツの若者が身を乗りだし、手をメガホンの形にして叫んだ。が、ハンドルを握った玲子が濃いサングラスの似合う美貌をチラと向けると、

「な、なんだよ……オバサンじゃねえか」

まだ少年らしさの残る目にたじろぎを見せ、「おい、行こうぜ」と慌てて運転席の仲間を促した。

いい女がいると思って、いつものようにからかい半分のナンパだったのだが、相手を間違えていた。玲子の冴えた美貌が醸しだすエレガントな大人の雰囲気に圧倒され、口ごもりながら捨てゼリフを吐くのがやっとだった。

逃げるように右折していったスポーツカーには目もくれず、玲子はひたすらに赤いクーペを走らせる。

あれこれ理由をつけ、もう二週間ほども夫婦生活を拒んでいた。息子の翔太は口数が少なくなり、勉強部屋に閉じこもりがちになっていた。このままではいずれ自分も弥生も破滅してしまう。渡辺の口から出た今回の命令は、恐ろしいものではあったが事態を打開する糸口になるのかもしれなかった。そうでなかったとしても、どのみち拒否はできないのだ。キーワードを囁かれてしまった以上は。

車は都心を抜け、さらに北へ向かった。行く先はすでに決まっている。女優の松嶋加奈子になりすました玲子が囮になって拉致された際、追跡していた弥生が車のナビに場所を登録していたからだ。

一時間ほど走って目的地に到着した。

T字路を曲がって車を停めると、玲子は素早くジャケットを脱ぎ、ベージュのスカートを下ろした。

エレガントな大人の装いの下から現れたのは、ノースリーブの黒いラバースーツだ。しっとり濡れたエナメルの光沢が、妖しいばかりに成熟した玲子の肢体にピッチリと貼り付いて悩殺的だった。ヒップの丸みを包み込んだ黒のショートパンツは、ここぞという時にハイキックの妨げにならないためだ。芸術的に美しい脛と白いふくらはぎに黒ブーツを履くと、黒革の手袋を嵌めて車を降りた。

（あそこね……）

周囲を畑に囲まれている工場らしき建物を見た。

今回のミッション（渡辺から下された命令をそう呼ぶことができるのかは疑問だが）は、潜入捜査ではなく相手を斃すことだ。やるかやられるか、失敗はおそらく死を意味する。文字通りの「勝負服」に身を包んで敵のアジトへ乗り込む玲子の姿はまさに黒い女豹であった。

馬原フーズ――。

朽ちた看板が傾きかけている工場の入口に鍵はかかっておらず、見張りの人影もなかった。中に忍び込むと、埃をかぶったベルトコンベアーや浄水槽に蜘蛛の巣がかかっている。煤けた蛍光灯が点滅する薄闇の奥に白い観音扉が見えた。音をたてぬよう用心深くそれを開けると、玲子は暗い通路を猫足で進んだ。

角を曲がると通路が急に狭くなった。さらにもう一度曲がると、突き当たりに部屋があった。ドアの隙間から灯りが細く漏れ、人の気配がする。玲子は身を低くして近づき、そっと中を覗きこんで息を呑んだ。

(ああっ……)

窓が一つもない白壁に囲まれた無機質な部屋の感じに覚えがあった。間違いない。ここに弥生と二人、三日間拘束されて血も凍る辱しめを受けたのだ。

(ううッ……)

ズキンッと子宮が疼いた。たまらずしゃがみこんだ玲子の黒いラバーショートパンツの中で、純白パンティにみるみる恥ずかしい染みがひろがっていく。すべてはこの部屋から始まったのだ。今ではキーワードを囁かれたとたん、居ても立ってもいられぬほど発情してしまう身体になっていた。慄える膝小僧、生温かい湿りで重くなっていく下着を感じながら、玲子は屈辱に唇を噛みしめた。

(でも負けるわけにはいかない……絶対に)

今こうしている間にも、後輩の弥生は若い肢体を渡辺に弄ばれている。彼女を救うためにも、自分自身のプライドのためにも、肉体と精神に刻み込まれた牝の快楽に身をゆだねるわけにはいかなかった。

「イカせてッ！　もうイカせてぇッ！」

身も世もない女の絶叫が、玲子をハッと我れに返らせた。一瞬自分が叫んだのかと思ったほど、その声は彼女自身の内面とシンクロしていた。せつなすぎる肉の疼きに耐えながら立ち上がった玲子は、濡れ潤んだ瞳を声のするほうへ向けた。

無影灯の眩い光が、台の上に大の字に拘束された美しい女体を照らしだしている。黒縁メガネが女の乳房を揉み、胡麻塩頭がバイブで責めたてていた。女はモデル出身の若手女優、佐々木郁子であった。拉致されて三日目なので、もう調教が進んで半狂乱の態である。

ブーツに仕込んであったアイスピックを手にすると、玲子は壁につけた左手の甲に尖端を当てて眼を閉じた。奥歯を食いしばってグッと押し、黒い革手袋ごと貫いた。

（クウウウッ！）

灼けるような痛みが官能の疼きを吹き飛ばす。次の瞬間にはアイスピックを引き抜いた玲子のブーツの踵が床を蹴っていた。

視界の隅を横切った黒い影に気づいた時、胡麻塩頭はすでに背後をとられていた。振り返る暇もなく、細い針金のようなもので喉首を締めあげられた。

「グギョオオオッ！」

数秒のあいだ激しく悶え、やがて白目をむくと痙攣しながら崩れ落ちた。

「なッ!?……」

小太りの黒縁メガネは、一瞬何が起こったのか分からず立ちつくしていたが、崩れ落ちた胡麻塩頭の後ろから現れた玲子の顔を見るなり、

「ああッ、お前はッ！」

ヒイッと息を呑み、度胆を抜かれた顔を真っ青にした。咄嗟にキーワードを唱えようとするが思い出せない。玲子と弥生を催眠調教した後、さらに二人の女を拉致して調教し、佐々木郁子が三人目だった。どの女にどのキーワードを刻んだか、パソコンのデータには入っていても、すでに記憶は曖昧だった。

「い、生島ああッ」

この場にはいない茶髪男に救いを求め、慌ててドアの方へ駆けだしたところを玲子に襟首をつかまれ、グイと引き戻されるなり、うなじの中心にグサリとアイスピックを突きたてられた。

「ガッ……」

ほとんど声もあげずに全身を硬直させると、黒縁メガネはドサリと床に倒れた。

凶悪犯相手にやむなく実力行使することは珍しくないが、さすがの玲子も人を殺めたのは初めてだ。キーワードの力で操られているとはいえ、決して気持ちのいいことではなかった。だが斃さねばならない敵がもう一人いる。仲間内でジョーと呼ばれていた茶髪男。三人の中で一番若く、しかもリーダー格である生島丈治はどこにいるのか？

『俺を探しているのか？』

部屋のどこからか声が響いた。

見回すと、天井の隅に監視カメラとスピーカーがあった。声はそのスピーカーから聞こえてくる。茶髪男はどこか別の場所にいて、この部屋の様子をモニターで見ているらしい。

『二人片付けるのに二十秒とかからなかったな。さすがは名うての女捜査官。見事な腕だ。感心したよ』

仲間が斃されたのに、声に少しも動揺が感じられない。玲子はふと、茶髪男の罠に嵌まったのではないかと思った。

（すくなくとも、この建物の中にいるはず……）

逃がしてなるものか、と思うのは渡辺に操られているからだけではない。卑劣な犯罪者を許しておけないという正義感、そして辱しめられた口惜しさからである。

「すぐに助けてあげるわ。ちょっとだけ待ってて」

全裸拘束のまま驚きに目を見開いている若い女優に声をかけると、玲子は部屋から飛び出していった。

3

逃がすものか……焦燥が玲子の額に玉の汗をにじませる。

キーワードを囁かれたら終わりだ。相手の不意を突き、一瞬で勝負を決めなくてはならない。いざとなればさっきのように自分の身体を傷つけ、痛みで感覚を遮断するしかなかった。

入り組んだ通路を行きつ戻りつし、玲子は敵の居場所を探した。片っ端からドアを開けるが、どの部屋にも人の気配はない。時間だけが刻々と過ぎていき、黒革の手袋を嵌めた玲子の左手からは赤い血がしたたり落ちた。

（ここだわ！）

錆びた鉄扉の前に来てそう思ったのは、経験に裏打ちされた直感である。玲子はドアノブを握った。たとえ罠だとしても引き返すことはできない。ゆっくり回して、勢いよく開けた。

煌々と照明の眩しい部屋に飛び込んで、玲子はハッと息を呑んだ。十メートル四方の広い空間に、背もたれ付きの椅子が三脚、部屋の中心を囲むように据えられていた。恰幅のいい背広姿の男が三人、それぞれの椅子にどっかりと腰を掛け、じっとこちらを睨んでいる。険のある彼らの顔に玲子は覚えがあった。やはり罠だったのだ、と咄嗟に思った時、

「アグニ、ヤマ、スーリヤ」

一人が手に持った紙片に目を落として言い、他の二人も復唱した。

動くな、と言われて玲子のブーツは床に張りついてしまった。

「ほお……本当に効いたな」

最初にキーワードを口にした男が、口髭を撫でながら感心したように言った。

あの恨み骨髄に徹する女捜査官・鮎川玲子を言いなりにすることができると聞かされた時、他の二人と同様に半信半疑だったのだ。

「どうして？……どうしてあなたたちがここに？……」

喘ぎながら玲子は訊ねた。頭が混乱していたが、最悪の事態に陥ってしまったのだということだけは分かった。

三人は広域指定暴力団の幹部だった。仁龍会の鮫島、山南組の黒岩、西関東連合の工藤——三人とも玲子の潜入捜査によって犯罪の証拠を暴かれた男たちだ。逮捕され刑務所送りになっていたのが、数年の刑期を終えてシャバに舞い戻ってきていたのである。

「僕が説明しよう」

壁にもたれていた白衣の男が、腕組みを解いて口を開いた。玲子が探していた敵のリーダー、茶髪男の生島丈治だ。

「お三方とも、君を売却する相手として候補に挙がっていてね。最終的にあの渡辺って男に譲り渡したわけだが、なにせ公安とも繋がっている男だ。万が一の用心にこちらも手を打っておいた」

もし渡辺がこちらに危害を加えようとした時には連絡するように、あらかじめ弥生に催眠暗示をかけておいたのだと言う。

「彼女は命令に忠実だったよ。そうそう、君がここに来ることを報せる電話を受けたついでに、渡辺を始末するよう命じておいた。もう今頃はお陀仏だろう。君たち捜査官の実力は、さっきモニターで確認させてもらったからねェ。奴にしてみれば犯罪者と取引した弱みを消し去りたかったのだろうが、キーワードで君を操って我々を抹殺しようなんて、まったく呆れかえったワルだよ。天網恢々、疎にして漏らさず。部下の手にかかって命を落とすのも自業自得と言うほかない」

「ワルというなら、あなたのほうがずっと上手だわ」

動かない身体に苛立ちながら、玲子は切れ長の瞳で茶髪男を睨みすえた。

「弥生からの電話のことも、私が今日ここに来ることも、あの二人に伝えなかったのよね。そんなに彼らのことが邪魔だったの？　それとも人身売買のお金を独り占めしたかったのかしら」

「ふふん、さすがだな、鮎川玲子」

計略を見破られて、茶髪男はニヤッとわらった。

「まあ方針の違いってやつかな。学者ってえのは、どうもプライドばかり高くて融通が利かない。催眠の技法を開発するには必要だったが――」

「用済みってわけ？」

「そういうことだ」

「下衆ッ」

「何とでも言え、鮎川玲子。お前のキーワードはここにいるお三方に転売した。新しい御主人様がたにたっぷりと可愛がってもらうことだな――では皆さま、ご存分にお愉しみください。終わりましたら、この足枷を女につけて、そこの鉄パイプに繋いでおいていただけますか？　綺麗な薔薇には棘があると申します。ご存じのとおり危険極まりないジャジャ馬ですからねェ」

「待ちなさいッ」

憤る玲子の声を無視して、茶髪男は悠々と部屋を出ていった。若い女優の性調教の仕上げをするために。

「久しぶりだなァ、玲子」

仁龍会の鮫島が低い声で言った。

「本名は鮎川って言うのかい？　俺の秘書を務めた時は川村だったな。まんまと一杯喰わされたよ」

「うちの店で働いてた時は、山本だったぜ」

「うちじゃあ村田だ。ちっ」

黒岩と工藤も歯ぎしりし、唸り声をあげた。

「そこに立て」

鮫島が命じると、今までどんなに頑張っても剝がれなかったブーツの底がフワッと床から離れた。意志とは関係なく足が勝手に動いて、玲子を椅子で囲まれた部屋の真ん中に立たせた。

「結婚したんだって？」

「人妻か……どおりで一段と色っぽくなったわけだ」

「ちっ、俺たちがムショで臭い飯を食っている間に、自分だけ幸せな奥さまになって旦那と乳繰り合ってたのかい」

三人とも五十代半ばで男盛り。見るからに頑丈な身体つきは、高級スーツの上からも精力絶倫であるのが窺い知れた。潜入捜査で自分たちの懐に潜り込んできた玲子の気品ある色香に迷い、ついつい気を許して極秘の情報を漏らしてしまった。なんとか彼女をモノにしようとあの手この手を使ったが、いつも巧みにかわされてキスすら許してもらえない。あげく手下もろとも逮捕され、組に大きな迷惑をかけてしまった。可愛さ余って憎さ百倍とはこのことだ。今は人妻になった玲子を好きにできるとなれば、仕返しもできて一石二鳥。ひとり一千万ずつ出して飽きるまで三人で共有するのは悪い話ではなかった。

「おいこら、黙ってないで何とか言ってみろ」

ついに玲子を抱ける――熱い欲望を疼かせながら、鮫島は顎をしゃくった。

「懲りない連中ね」

絶体絶命のピンチにもかかわらず、玲子はクールに言い放った。

「好きにすればいいわ。その代わりタダではすまなくってよ」

だが冷ややかな態度とは裏腹に、冴えた美貌がバラ色に紅潮しているのを男たちの眼は見逃していない。生島という男の話だと、彼女にはマゾっ気があるということだ。すぐに犯すのではなく、じっくり時間をかけてジワジワと羞恥責めにかけてやれば、じきに狂って自分から腰を振りだすとのことだった。そんな鮎川玲子のあさましい姿を何としてでも見たいと彼らは思った。

「まず下を脱いでもらおう」

玲子の黒いラバースーツに舐めるような視線を這わせながら、鮫島の声は興奮にうわずった。

光沢のある薄いエナメル生地が肌に密着し、悩ましい凹凸の輪郭をくっきりと浮き立たせている。ブラジャーは着けていないのか、鳩尾（みぞおち）まで開いた胸元のファスナーが豊かな白いふくらみの谷間をのぞかせていた。充実した太腿は匂い立つほどに肉感的で、艶やかな肌は磨きあげた大理石のように滑らかだ。人妻になったことでますます官能味を増した玲子の女体である。見ているだけで男たちの股間は火のように熱くなった。

「聞こえないのか。下を脱げと言ったんだぜ」

重ねて命じられ、玲子は長い睫毛を伏せた。

（こんな奴らに……）

そう思うのに、手が勝手に動いていく。

（くうう……）

血がにじむほど唇を噛みしめつつ、慄える指をショートパンツのファスナーにかけ、ゆっくりと押し下げていく。

（ああッ、いやあッ）

耐えきれず、眼を閉じた美貌を横にそむけた。

三方からの卑猥な視線にさらされたまま、玲子は黒のショートパンツを脱ぎ捨てた。

「ひょおおッ！」

「出た出たッ！」

「とうとう見てやったぜ！」

下着一枚になった人妻捜査官の下半身に、貫禄ある組織の重鎮たちも眼を輝かせ、子供のようにはしゃぎだした。シンプルなデザインの純白パンティは、むっちりした玲子のヒップを包み込むには小さすぎて、頂きの高い豊満な尻丘が半分以上露出していた。

「ムチムチのプリンプリンじゃねえか。たまんねえな」

「九十センチはありそうだ。むっちりして責め甲斐のある尻だぜ」

黒岩と工藤が身を乗りだし、涎を啜りあげた。

少しでも股間を隠そうと玲子は片肢をくの字に曲げている。そんな人妻のパンティの中心のふくらみに、鮫島の視線は吸い寄せられた。

「下着が濡れてるじゃないか」

ぶ厚い唇を舐めながら鮫島は言った。

「どうした。俺たちに見られて感じちまったか？　それとも早くハメられたくて仕方ねえってことかい？」

「ふ、ふざけないでッ」

玲子はヒステリックに叫んだ。

これから耐え忍ばなければならないであろう色責めを想うと、異様なまでに身体が熱くなる。耳たぶまで桜色に染まった女捜査官の美貌に、さきほど啖呵を切った時のクールさは失われていた。

「それも脱げよ」

玲子のパンティの染みを凝視したまま、鮫島は命じた。

「そんなに濡らしたパンティを穿いてると、オマ×コが風邪をひくぜ」

下品なジョークに、黒岩と工藤がゲラゲラと笑った。

「脱いでスッポンポンの尻を見せるんだ。気に入ったらハメてやる。どうした？さっさとやれ」

「ううっ……」

羞恥と屈辱に灼かれつつ、玲子はパンティのゴムに手をかけた。まろやかなヒップのカーブに薄い布地をすべらせると、かがみこむようにして太腿へ、さらに膝下まで下げていく。片足のブーツから抜いたところで鮫島が止めた。

「それでいい。真っ直ぐに立て」

玲子は前屈みのまま、懸命に抗おうとした。

（くううっ……）

疼くような恥辱感に、腰の慄えが止まらない。あえて下着を完全には脱がさせない鮫島の意図は分かっている。愛液に湿ったパンティを意識させることで、玲子の被虐心を刺激しようというのだ。

（誰が……誰がお前の思いどおりになんか……絶対に……）

胸の内で拒みつつも、膝が勝手に伸びていく。黒いエナメルブーツの足首に小さな純白パンティを絡みつかせたまま、ついに玲子は何もつけていない裸の下半身を——白桃に似た大きなヒップと、翳りを失ったヴィーナスの丘を、男たちの熱い劣情の前に晒しきった。

（いやああッ！）

正面からは鮫島の血走った視線が、左右の斜め後ろからは黒岩と工藤の鋭い視線がキリキリと裸の下半身に突き刺さってくる。目も眩む恥ずかしさに、「見ないでェ」と叫びたくなるが、潜入捜査官としての矜持がそれを許さない。亀裂に潜り込んでくる視線の矢に息も止まりそうになりながら、直立した玲子は白い彫像となって両手で顔を覆った。

「こいつは驚いた……」

鮫島が息を呑んで眉根を寄せたので、

「ん？　どうした？」

玲子の斜め後ろに座り、むしゃぶりつかんばかりに人妻の熟れたヒップを凝視していた黒岩と工藤が訝しんだ。

こっちを向けと命じられた玲子が従うと、二人ともオーッと感嘆の声をあげた。

「自分で剃ったのか」

「あんたにそんな趣味があったとはねェ」

茶髪男から聞いていなかったとみえ、男たちの声は意外そうだ。だが驚きの表情はたちまち淫らな笑みに変じていく。若い娘っ子と違い、玲子ほど成熟した大人の女性のツルツルの恥丘には、なんとも言いようのない倒錯的な妖しさが感じられた。

「剃られたのか？　あの変態どもに」

頂きの高いヒップの双丘に舌なめずりしながら鮫島は言った。変態どもというのは茶髪男、胡麻塩頭、黒縁メガネの三人のことだ。

「剃られたんだな。正直に答えろ」

「そ、剃られたわ」

せつなそうに太腿を擦り合わせながら、玲子は端正な頬を火に染めた。

「剃られながら感じたか？　どうなんだ？」

「………」

「答えろ、玲子」

「ううっ」

全身の毛穴から熱ロウのような汗が滲み出た。

悪夢の三日間の出来事を、今はなにもかも思い出すことができる。剃毛は三人がかりだった。胡麻塩頭の指で小陰唇を剥きひろげられ、黒縁メガネがT字剃刀を丁寧に粘膜の縁まで滑らせた。その最中にも茶髪男の指先は小刻みに動きつづけ、ルビー色に輝く玲子のクリトリスをなぶり抜いた。拘束されている玲子は泣き叫びながら豊満なヒップを狂ったように上下させ、女芯をなぶる茶髪男の指に幾度となく熱い喜悦の飛沫を浴びせたのだった。

「か、感じたわ……」

蚊の鳴くような声で答えた。

恥ずかしい記憶に身体の芯がジーンと妖しく疼きだす。潤んだ瞳を虚空に彷徨わせながら、玲子は翳りを失った太腿の付け根を擦り合わせた。くびれたウエストが自然に悩ましくくねりだした。

そんな姿を見せつけられて、男盛りの三人が我慢できるはずもない。

「俺が最初に味見してやる」

腰を浮かせた他の二人を片手で制すると、鮫島はズボンのジッパーを下げ、黒ずんだ巨根をつかみ出した。

「来いよ、玲子。自分から跨ってくるんだ」

腰が抜けるまで可愛がってやる、と言いながら、からかうようにユラユラとペニスを揺すってみせた。

4

(いやよ！ 絶対にいやっ！)

玲子は胸の内で叫んでいた。

卑劣な犯罪者に体の関係を強いられる。それも自分から相手に跨るのだ。そんな破廉恥なことは絶対にしたくない。捜査官としても人妻としても、決して許されることではなかった。

ああ、それなのに……。

純白のパンティを黒いエナメルブーツに絡めたまま、玲子は吸い寄せられるように歩を進めていく。椅子に座った鮫島の前まで来ると、長い美脚を開きながら膝に跨っていった。

「ううっ」

上向きの硬い男性が割れ目の中心に当たっていた。ドクドクと脈打つ怒張が今にも押し入ってきそうで、もう玲子は生きた心地もしなかった。

「フフフ、どうした玲子、怖いのか？」

「だ、誰が……誰があなたのことなど怖いものですか！」

悪を憎む心は誰にも負けない玲子なのだ。どんな恥ずかしい目に遭わされようと、絶対に屈したりするものかと、慄える唇をきつく噛んだ。

「ふふん、そうでなくっちゃなァ。簡単に屈服されたんじゃあ、嬲り甲斐がない」

至近距離で睨みつけてくる女豹の美貌にゾクゾクしながら、鮫島は彼女の白い首筋に顔を押しつけ、フンフンと鼻を鳴らした。背中までかかる艶やかなストレートヘアから何とも言えず上品なフレグランスが漂い、柔肌の甘い匂いと入り混じって鮫島を酔わせた。

「人妻になったあんたが、俺たち三人に輪姦されてどこまで突っ張っていられるか、フフフ、愉しみだぜ」

ラバースーツの胸元をまさぐると、屈辱を噛みしめる表情を愉しみつつ、ゆっくりとファスナーを押し下げていく。露わになっていく白くなめらかな肌を、蒸れた汗が水滴となって濡らしていた。鮫島は両手を腋下へ差し入れると、ノーブラのたわわなバストをすくい上げるように摑んだ。

「や、やめて！　ううッ、けだものッ！」

敏感な乳首をつまみあげられ、コリコリとしごき抜かれて玲子は狼狽した。

「犯したければ、さっさと犯せばいいでしょ！　い、いやらしい真似はやめてッ」

抗いの声を高ぶらせる玲子に、三人のヤクザは顔を見合わせてほくそ笑んだ。

「ふん、聞けばあんた、伝説の女捜査官とか呼ばれてるそうじゃないか？」

たわわで重たげな、それでいて張りつめた形のいいバストに指を食い込ませながら鮫島は続けた。

「ずいぶんと修羅場も潜り抜けてきたはずのあんたが、ちょっとオッパイを触られたくらいで、そんなにうろたえることもないと思うがねェ――それとも何か？あんたには変わった性癖でもあって、それを俺たちに暴かれるのが怖いのかい？たとえば尻を叩かれて感じてしまうとかさ」

ニヤニヤと覗き上げる鮫島に、玲子の美しい顔がこわばった。

「く、くだらないことを……ああッ、もうやめてッ」

左右の乳首を交互に引き伸ばされて、憤辱に赤らんだ顔をそむける。

「フン、嫌がってみせてるわりには、乳首がビンビンにおっ勃ってるじゃないか」

硬くなったピンクの乳頭を、鮫島はからかうように指先で圧した。グリグリと圧し潰しておいて指を離すと、ピョコンと円筒形に勃起した。そこにすかさず唇をふるいつかせ、チューッと強く吸ってやる。

「ヒイーッ！」

玲子は悲鳴をあげてのけぞった。

「ああッ、あううッ」

「へへへ、えらく敏感だなァ、玲子」

たっぷりと唾液をのせた舌で、鮫島は執拗に人妻の乳首を舐め、乳房のふくらみを吸いたてる。

「いやッ、いやッ、いやあああッ」

おぞましさとくすぐったさの入り混じった感覚に、玲子は狼狽の悲鳴を高ぶらせるが、催眠暗示にかかっている身体は逃れることができない。豊満な乳房を芯が熱くなるまで揉みしだかれても、尖り疼く乳首を焦らすように舌先でコロコロと転がされても、拒むすべはなかった。

「たまんねえオッパイしてやがる」

円筒形に勃起した薄紅色の乳首を存分に吸い、さんざんに玲子のハスキーな悲鳴を絞りとると、

「いいぜ、玲子。しがみつきな。オッパイを俺の顔にこすりつけるんだ」

むっちりしたヒップの双丘を両手で抱え上げるようにして鮫島は命じた。

(そんな……い、いやよッ)

胸の内でかぶりを振りながらも、玲子は白い腕を鮫島の首にまわして抱きついた。憎むべきヤクザ者の顔にたわわな乳房の実りを押しつけ、相手の鼻や口元に勃起した乳首を擦りつけて刺激しはじめた。

「ああっ、ああんっ、ああっ、ああんっ」

唇が開いて甘い声がこぼれてしまう。男の手のひらに双丘を乗せたヒップも、自然とセクシーに悶えはじめた。自分の身体の成り行きが玲子には信じられない。淫らで恥知らずな振舞いはまるでヤクザの情婦だった。脳に刻み込まれたキーワードは行為を操るだけでなく、時間が経つにつれ人格にも浸潤していくものなのか。

「欲しいんだろ、玲子？」

汗ばんだ胸の谷間に顔を埋めたまま、鮫島は勝ち誇ってせせら笑う。豊満なヒップを割り拡げると、割れ目の中心に怒張した肉棒を押しつけた。

「いいぜ、咥え込めよ。自分でチ×ポをオマ×コに挿れるんだ」

「い、いやァ……」

玲子は弱々しく首を振ったが、もう声もか細かった。全身が火のように熱くなって身体の芯がドロドロに溶けていく。ここまでくると、もう催眠暗示のせいばかりとは言いきれない。心がいくら抗っても、深い悦びを知った女体が男の逞しい突き上げを欲していた。

「あァ、ん……んんんッ」

灼熱した男性の先端に粘膜を擦りつけると、玲子は自ら尻を落としていく。

「アアウーッ！」

圧倒的な逞しさで鮫島が押し入ってきた。傘を開いた先端が子宮口に届くと、途方もない愉悦が脳天を突き上げた。

（ああッ、いいッ！）

思わず口走りかけ、懸命にこらえはしたものの、もう肉体は快楽の虜になりりかかっている。

「あふうッ、あふううッ」

鮫島の太い首にしがみついたまま、玲子はまろやかなヒップを前後にグラインドさせた。長大なペニスの存在感は信じられないほどだ。硬い灼熱が最奥でうごめくたびに、得も言われぬ快感に全身が総毛立った。

「ヒイッ、ヒイッ……いやぁァ」

ツルツルの恥丘を男の粗い毛叢に擦りつけながら、玲子は足の爪先まで快美に痺れきってしまう。もう情婦めいた腰の動きを止めることはできず、悲鳴まじりの喘ぎをこらえることもできない。熱いエクスタシーに細胞の隅々までピンク色に染め抜かれながら、それでも常人では考えられない精神力で、

「ゆ、許さないわッ」

屈しまいとして、精一杯の罵詈を鮫島に浴びせた。

「あなたなんか……あなたなんか人間のクズよッ。一生刑務所に入ってればよかったんだわ……くうううッ」

「ハッハッハッ、まったく口が減らない女だ。だがそんなに色っぽくケツを振りながら、『許さない』と言われてもねェ」

このスケベな腰使いは、やはり人妻ならではだよなァ——そう言ってゲラゲラと笑う鮫島の揶揄に、血走った眼をギラつかせて順番を待つ他の二人も、

「へへへ、まったくだ」

「言ってることとケツの動きが、ちぐはぐ過ぎるぜ」

追い討ちをかけるように腹を抱えて哄笑した。

「こ、これは……だってこれは……」

玲子は口惜しさで涙目になっていた。

「あ、暗示のせいよ……あなたにそうしろと言われたから……」

言い訳をしかけて、玲子はハッとした。惑乱の中でも自分の勘違いに気づき、頬を少女のようにバラ色に染めた。

その動揺を見透かした鮫島がすかさず、

「誰が言ったって？　へえェ、俺が言ったかい？　本当にそうかい？」

したたかに腰を弾ませながら、人妻の狼狽をからかった。

「俺は挿れろと言っただけだ。腰を振れなんぞと命令した覚えはないぜ。いやらしく尻を振ってるのは、あんた自身の意思だ。そうだろ？」

「あぁッ」

指摘され、羞ずかしさで玲子の双臀は火になった。それでも腰の動きを止めることはかなわない。止めるどころか——。

「はぁあっ、うふぅん、はぁあっ、うふぅん」

花芯を貫かれたままのセクシーな腰のグラインドに、大胆すぎるヒップの上下運動が加わった。跨いだ腰をリズミカルにバウンドさせながら、濡れた肉壺でキュウッ、キュウッと巨根を締めつけている。淫らな反応は媚肉と女尻だけではない。たわわなバストをプルンプルンと重たげに揺すりつつ、玲子は硬く勃起した乳首で男の顔面を嬲りつづけている。

「はぁううッ、はぁううッ」

漆黒のストレートヘアを跳ね乱しながら、玲子はもう息も絶えだえだ。鮫島の逞しさは夫や渡辺の比ではなかった。硬い肉茎に粘膜をえぐり抜かれ、開ききった肉傘で最奥を打ち抜かれた。

(ああッ、駄目！　こんな奴に負けては駄目ッ)

脳裏をよぎるそんな思いも、高まる官能のうねりの前では無力だった。

「ひいッ、ひいッ、ひえええッ」

ズシン、ズシンと衝撃が脳を揺らし、関節が外れるかと思うほど腰骨を軋ませる。嵐のような抜き差しに玲子は我れを忘れた。

（た、たまんないいッ！）

もうどうなっても構わない。淫情の炎に身を焦がし尽くすまで滅茶苦茶にされたい。肉悦の溶鉱炉に投げ込まれ、跡形も残らぬまで溶けただれてしまいたい。

「ダメっ、ああっ、もうっ！　あああっ、もうっ！」

荒ぶる腰のバウンドには、もはや自制心のかけらもなかった。

「ダメっ、もうっ、もうダメえええっ！」

恐ろしいまでの昂りに、喉を絞って何度も屈服の言葉を叫んだあげく、ついに玲子は歓喜の頂点に昇りつめた。

「イクうううううッ！」

対面座位の腰に生々しい痙攣が走る。真珠色の爪を男の逞しい背中にキリキリと食い込ませて、美しき女豹は淫情に果てた。

5

（ん……んんッ……ハアアッ）

舌と舌をねっとり絡め合いながら、玲子はうっとりと夢見心地だった。まだ絶頂の余韻も冷めやらぬまま、鮫島と熱いディープキスを交わしていた。法悦に酔い痴れて忘我の状態であったが、時間の経過と共に正常な自意識が蘇ってきた。

「お熱いねえ、へへへ」

「妬けるぜ、へへへへ」

男たちのからかいの言葉が耳に入ると、

(んんんッ!?)

玲子はあわてて唇をもぎ離し、上気した美貌をこわばらせた。

「ひ、卑怯者ッ」

暴力団幹部と唇を重ねていたと知り、屈辱の顔をサッと横にそむける。だが「俺にしがみつけ」という命令が生きているため、肌身を離すことはできない。まだ逐情の痙攣を残す豊満な尻を相手の膝に乗せたまま、跨って深々と貫かれているのも変わりはなかった。

「おやおや、自分からキスをせがんどいて、卑怯者よばわりはないだろう」

鮫島は玲子の耳たぶを甘噛みし、まろやかなヒップを撫でまわした。

「自分からだなんて……う、嘘よ、そんなこと」

嘘に決まってるわッと、玲子は口惜しさに唇を嚙んだが、先ほど自分が示した狂態のあさましさを思い返すと、絶対に違うとも言いきれないのだった。

「つれねえなァ、玲子。さんざんケツを振って自分だけ気をやったら、相手のことはどうでもいいのかい?」

愚痴をこぼすフリをしながら、鮫島の顔は満足にゆるんでいる。その瞬間の玲子の生々しすぎる呻き声がまだ耳の奥に残り、妖美な肉の収縮がペニスの芯を熱く疼かせていた。極道のプライドにかけて吐精をこらえたが、これほどの女体を味わったのは初めてだ。

「次は俺の番だぜ」

山南組の黒岩はすでにズボンを下ろし、自慢の抜き身をそそり立てていた。太さもさることながら長さが凄かった。優に二十センチを超えるペニスはカリ高で黒ずみ、ドクンドクンと脈打っている。その根元を片手に握りしめると、

「床を這ってこっちへ来な」

指揮棒を振るように揺すりたてて玲子に命じた。

鮫島の足元に崩れ落ちた玲子は、重くけだるい四肢を励まして、ハアハアと喘ぎながら四つん這いの姿勢をとった。

活を入れるように、鮫島が裸のヒップをピシッと叩いた。

「さあ行け」

「うっ」

屈辱に呻いて背を反らすと、玲子は振り返ってキッと相手を睨んだ。切れ長の瞳に理知の光が戻っているが、やはり暗示の力には逆らえない。椅子にふんぞりかえって待ちかまえる黒岩の方へ、まるで従順な飼い犬のように這い寄っていった。

「さてと——まずは詫びを入れてもらおうか」

気品ある目鼻立ちに無念さをにじませる女捜査官の美貌を、黒岩は恨みのこもった眼で見下ろしながら言った。経営する会員制高級クラブに新人ホステスとして潜入した玲子に麻薬密売の証拠をつかまれ、四年間もブタ箱に入っていなければならなかったのだ。

「土下座して頭を下げ、『黒岩さまこそ、まさに男の中の男にして俠客の鑑。あなたのようにご立派な殿方を、ケチな小細工を弄して陥れましたること、わたくしの不徳の致すところで、まことにお詫びのしようもございません。衷心よりの猛省の証しと致しまして、もしお許し願えるのであれば、この身体でもってケジメをつけさせていただきたく存じあげます』と、そう挨拶してもらおう」

何をバカな――と玲子は憤った。どんな拷問を受けようと、いや、たとえ殺されたって、こんな悪党に頭を下げるつもりは断じてない。

ところが、

（ああッ、くううーッ！）

四肢の筋肉は勝手に動いて、言われたとおり床に額をこすりつけて土下座の姿勢をとってしまう。

「く、黒岩さまこそ……男の中の男……侠客の……鑑」

何かが乗り移ったかのように、声帯が震えて言葉を発した。

「……お許し願えるのであれば、こ、この身体で……ケジメを……」

ようやく言い終えると、玲子は床に頭をつけたまま口惜しさに落涙した。

「よしよし、次はこうだ」

せり上げた玲子のヒップを眺めながら、赤ら顔をニヤけさせた黒岩は次に言うべき口上を教える。それがどんなに卑猥なものであっても、玲子は従わざるを得ない。

「チ、チ×ポ……」

眩暈をおぼえながら玲子は口ごもった。

「チ、チ×ポを……どうか玲子に……黒岩さまのチ×ポ……チ×ポをおしゃぶりさせてくださいませ」

内心の葛藤に、全身が瘧にかかったように慄えだした。

「いいだろう。そんなにまで言うんなら仕方ない。しゃぶらせてやる」

恩着せがましく言うと、床に額をこすりつけている女捜査官の頭を革靴の踵で軽く蹴った。

「ほら、お前の大好きなチ×ポだ。しゃぶれよ、鮎川玲子」

フルネームで呼ばれ、玲子は屈辱に火照った顔を上げた。目の前に長大なサオが裏筋を見せて反りかえっている。にじり寄って顔を寄せると、熱気とホルモン臭が凄かった。

玲子は唇を薄く開き、歯列の間からピンク色の舌をのぞかせた。サオの根元に高い鼻梁を押しつけるようにして柔らかい舌腹を密着させると、こみあげる吐き気をこらえながら、ゆっくりとなぞりあげた。

「おおっ、いいぞおっ」

黒岩は胴震いした。

フェラチオは美人に限る。特に玲子のように理知的で勝ち気な美女に無理強いするのが最高だ。征服感で欲望が煮えたぎり、ムスコがビンビンに奮い立つ。本番の前に口唇奉仕は欠かせない。

「眼を閉じるな。俺の顔を見ながら、心を込めて舐めるんだ」

玲子は両手と両膝で這い、黒岩の顔をみつめたまま屈辱の奉仕を続けた。怒張して反りかえった肉茎の裏側を、伸びあがるように背を反らせながら何度も何度も舐めあげた。熱く硬い肉柱に奉仕しているうちに、またもや身体の芯から妖しいものがこみあげてくる。

ハアッ、ハアッ……ハアッ、ハアッ……。

切れ長の眼をネットリと情感に潤ませ、ピチャピチャと唾液の音を立てて舌を使いつづける人妻捜査官の玲子。

「へへへ、色っぽい顔で舐めやがる」

うなじまで桜色に染まった気品ある美貌に、もう黒岩の我慢も限界だ。

「咥えろ。歯を当てるんじゃないぞ」

釘を刺しておいて怒張を握り、しゃぶりやすいように前へ捻じ向けてやる。

「ハアアッ……」

玲子は舌を出したまま、吸い寄せられるように顔を近づけた。すでに吐き気は消えていた。理性が鈍麻し、抗いの気力も萎えていた。

「ムグウッ……」

首を伸ばしてパクリと咥え込む。根元を握っている男の手が離れると、怒張は口の中で力強く跳ね、玲子の上顎をグイと押し上げた。

「おおうっ」

黒岩が感嘆の声をあげた。

「たまんねえぜっ」

玲子の頭を両手でがっしりとつかむと、椅子から尻を浮かせ、ゆっくりと腰を使いはじめた。ズブズブと押し入れ、ニュルルーッと引き出す。もうそれだけでジーンと快感に痺れきった。

「眼をつぶるなと言ったはずだ。ちゃんと俺の顔を見ていろ」

叱責すると、閉じかかっていた玲子の睫毛が開いた。口腔一杯に怒張を含まされたまま、勝ち気な美貌がつらそうに見上げてくる。妖しく濡れた紅唇がOの字になって自分のイチモツを咥え込んでいる様子は、胴震いがくるほど刺激的だ。

「アググッ……アグググッ」

玲子は顎が外れるのではないかと思った。それほどに逞しい黒岩の男性自身である。逃げられぬよう頭をつかまれたまま、剛直の先端でゴシゴシと上顎の粘膜を擦られ、破れそうなほど左右の頰を突かれた。もう人間扱いではない。玲子は性の玩具にされていた。それなのに不思議と口惜しさを覚えなかった。むしろ支配され隷従することに恍惚めいた気持ちすら覚えていた。

「しゃぶりたいんだろ」

少しずつ抜き差しのピッチを上げながら、黒岩がうわずった声で促す。

「いいぜ。好きなだけしゃぶれよ。サオに舌を絡めて吸いまくるんだ」

そんなこと、したいはずがないと玲子は思った。

だが四つん這いで裸の下半身をさらし、熱くて逞しい男性自身に口腔を犯されているうちに、股間の疼きは耐えがたいまでになっていた。

中腰になっている黒岩の脚にしがみつくと、玲子は自分から前後に頭を振り、積極的なフェラチオに没入しはじめた。

「ムウッ、ムウウッ」

熱い唇でピッチリと肉筒を締めつけ、磨くようにスライドさせる。頭を振りたてる玲子と、腰を振る黒岩の動きが一致して、抜き差しの振幅が大きくなった。

深く押し入ってくる剛直に喉奥を押し拡げられ、

「ムググウーッ！」

玲子は絶息せんばかりの呻きをくぐもらせた。それでも憑かれたようなマラ吸いをやめようとはしない。息もできない狂熱の中、異様な高ぶりが玲子を襲った。カリのくびれに絡みつく舌の動きを止めることができない。ズッポリと咥え込み、吸いながらしゃぶり返す。隷従の興奮に全身の血がグラグラと沸騰した。すさまじい喜悦が噴き上げてきて、

「ムウーッ！　ムウーッ！」

玲子は喉奥で悲鳴をあげた。

「こいつはすげえ」

言いなりのレベルを超えた玲子の狂いように、黒岩は舌を巻いた。あさましすぎる乱れぶりは、催眠暗示の効果だけとは言いがたい。キーワードをきっかけに、理性が抑えていた人妻の豊潤な性が堰を切ったのだ。

「こんなフェラチオ初めてだぜ。まるで淫乱女だ」

「ムウッ、ムグググッ……」

言葉でも貶められて、官能のうねりが恐ろしいまでに高まった。玲子は舌の動

きに熱を込め、まるで男の精を吸い尽くそうとするかのように吸引を強めた。無我夢中で頬張りながら、露出したヒップをセクシーにくねらせた。

「へへへ、こいつ、やっぱりマゾだぜ」

誰かが発した侮蔑の言葉が耳に飛び込んでくる。

そうなのかもしれない。いや、きっとそうなのだと玲子は思った。そうでなければこの異常な高ぶり、異様な振舞いを説明できなかった。

(ああ、見透かされている)

恥の意識が胸を締めつけると同時に、官能はさらに大きくふくれあがった。なにもかも剥ぎとられてしまったのだと思うと、とめどなく涙があふれる。ゆがんだ視界の中に男の勝ち誇った顔があった。

(あァ、もう……)

骨の髄まで汚されたいと玲子は願った。男の熱い劣情を一滴残らず呑み下したい。さもなくば、アクメに呆けた顔面に白いドロドロのマグマを浴びせられたかった。

それなのに……。

スポーンとコルク栓を抜いたような音と共に、唇から剛直が引き抜かれた。

（あぁっ、どうしてっ⁉）

玲子は悲鳴をこぼしそうになった。

6

そそり立つペニスを呆然と眺めている女捜査官の顔を、黒岩は勝ち誇った眼で見下ろしている。

「あいにくだったな。いま、イキそうだったんだろ？」

チ×ポをしゃぶりながら自分だけイク女なんて聞いたことがないぜ。人妻のくせにどんだけ淫乱なんだよ、と嘲った。

「そう簡単にイカせはしないぜ。今度は俺がサービスしてやろう。さあ、舐めてやるから、その大きなケツをこっちへ向けな」

「ううっ……」

おのれの痴態を意識させられ、玲子はいたたまれない。うなだれて四つん這いのまま向きを変え、熱く火照る双臀を椅子に腰掛けた黒岩に向けた。

「よく見えねえな。もっと脚を開け。膝を伸ばしてケツを持ち上げるんだ」

要求されたポーズは相撲の立ち合いの姿勢に近い。ストレートの長く美しい髪を床に垂らして、玲子はみじめさに唇を嚙んだ。膝を伸ばして開いた両脚の間に自分の濡れた股間が見え、その後ろに黒岩の巨根が逆さまの威容を誇っている。あの逞しいもので後ろから貫かれるのだと思うと、カアッと全身が熱くなった。

黒岩は首を伸ばし、もたげた玲子のヒップに顔を寄せた。双丘をがっしりと両手でつかむと、親指を尻たぼに食い込ませ、パックリと臀裂を割った。

「ああッ、ど、どこを見ているのッ⁉」

玲子はたまらず声を高ぶらせた。知りたくはないのに訊かずにはいられない。二本の親指が食い込んでいる位置がアヌスの真横なのだ。では黒岩が「舐めてやる」と言ったのは、もしかすると……。

「いやッ……いやァ」

玲子は髪を揺すって啜り泣いた。

玲子は勝ち気な女性である。勝ち気であるだけに、尻穴を見られるのはたまらない屈辱だった。ヒクヒクとすぼまる桜色のシワがその口惜しさ、恥ずかしさを物語っている。

「フフフ、綺麗なアヌスだ。気に入ったぜ、玲子」

妖美なすぼまりに鼻をつけんばかりにして、黒岩はしげしげと眺めた。顔の綺麗な女はいくらもいるが、オマ×コの美しい女性はそう多くない。まして魅力的な肛門の持ち主となると稀少なのだ。

「たまんねえなァ」

唇からヨダレがしたたり落ちる寸前、黒岩は玲子の尻割れにむしゃぶりついた。

「ヒイーッ！」

玲子の唇から絶叫がほとばしった。

「ヒイッ、いやッ、お尻はいやッ！　ヒイイッ、やめてええッ！」

高々と双臀をもたげたまま、玲子の背中が弓なりに反りかえる。

「いやッ、いやよッ！　お尻はいやあッ！」

総身に悪寒が走って、冷たい汗が滲み出た。床に這った両腕が、膝を伸ばした美しい両脚が、口惜しさと恥ずかしさにブルブルと慄えた。夫にはクンニですら許さない玲子である。肛門を舐められるおぞましさにはどうしても慣れることができない。

「いやああッ！」

「へへへ、敏感そうな尻の穴しやがって。嬉しそうにヒクヒクさせてるじゃねえか」

おちょぼ口に似たアヌスを吸引し、さんざんに玲子に悲鳴をあげさせると、黒岩は顔を上げてニターッと笑った。好色さを物語る分厚い唇が唾液にヌメっている。

「あ、あああっ……」

床に垂れた長い髪を揺らし、玲子はせつなそうにハァハァと喘いだ。黒エナメルのノースリーブが捲れあがり、弓なりの背中に脂汗が光っていた。

渡辺にも毎日のように臀裂を舐められている。だが彼には排泄器官への偏執はない。黒岩のアナルに対するこだわりは異常だった。親指で窄まりを剝き拡げ、中身を吸い出そうとするかのようにバキュームしてくる。

「ヒイイーッ!」

ベチョッと音を立てて、またもや唇が吸いついてきた。

「ヒイッ、いやあァ」

とてもこらえきれるものではない。蛭のような唇で吸いつかれ、ナメクジのような舌で舐められる。必死にすぼめるシワの一筋一筋を、尖らせた舌の先でくすぐるようになぞり上げてくる。

「い、いやッ、もういやッ」

息継ぎに顔を上げると、黒岩は右手を高く振り上げた。

「ヘッヘッ、美味だぜ」

パチイイィン！

目から火花が飛びそうな強烈な平手打ちを、いきなり玲子のヒップに浴びせた。

「ヒイーッ！」

玲子は甲高い悲鳴をあげ、あやうく膝を崩しかけた。

ジーンと腰骨に痛みが染み入ってくる。玲子は首を後ろへ捻じって、

「な、何をするのッ⁉」

苦痛にゆがんだ顔で黒岩を睨んだ。

「へへへ、あんたみたいな女には、こいつが一番効くんだよ。そうだろ？」

パチーンともう一発、強烈な尻打擲で悲鳴をあげさせておいて、黒岩は再び尻割れに顔を埋めた。

「ううっ、変態っ」

ネロリネロリと舐めつづけられ、玲子は惑乱していく。すぼまったシワの数を確かめるような舌の動きに、全身の神経が一点に集中した。

「ううっ、くううっ」

汚辱感に脳が灼けただれる。必死に菊坐をすぼめようとするのだが、尖らせた舌先で円を描くように舐められると、ついつい収縮をゆるめてしまう。そこを狙いすましたように中心をくすぐられ、

「あっ、あっ」

玲子は狼狽を露わにし、何かを払いのけるかのように首を振った。エナメルブーツの中で汗に蒸れた足指を内側に曲げ、「ウウッ」と声に出してイキみ、むっちりした裸の双臀をもどかしげに揺すりたてた。

「フフフ、まんざらでもなさそうだな」

すぼまりがとろけだしたのを舌先に感じて、黒岩はニタリと笑った。

悶える人妻の豊満な尻を、叱咤するようにピシーンッと叩いた。先程みたいな強い打擲ではないが、それで十分だった。玲子の尻はビクンッと跳ね、感極まったようにプルプルと震えた。まさに打てば響く感度の良さだ。すかさず分厚い唇をふるいつかせ、とろけはじめたアヌスに再び舌を這わせる。

「ううっ、ダ、ダメっ……もうお尻は」

玲子は赤らんだ顔を振り、カチカチと歯を嚙み鳴らした。

裸の双臀をぶたれるたびに、女の情感がとろけていく。おぞましさの泥沼の中からじわじわと肉の花が蕾を開きはじめる。

(あァ、怖い……あなた、玲子怖いわッ)

凶悪なヤクザの恫喝にも動じないはずの玲子が、自分の中にうごめきだした得体の知れぬ感覚には怯えきっていた。このままでは本当に堕ちきってしまう。男たちに尻を打たれ、甘い声をあげて悦ぶマゾ牝に堕ちてしまう。なんとかしなければ……なんとか……だがどうやって？

ピシーンッ！

「アヒイイッ！」

ピシーンッ！

「アヒイイイッ！」

玲子のヒップは汗を飛ばし、肉を弾ませて躍り狂った。

「ヒーッ、許して！　もう許してッ！」

延々と続く打擲とアナル舐めの連続に、あの気丈な玲子が声を放って泣きじゃくっていた。もうほとんど錯乱状態だ。

「嬉し泣きかい？　ヘッヘッヘッ」

とろけきった尻穴を舐めあげてやりながら、黒岩は前の割れ目にも指を這わせた。そこはもう、しとどの甘蜜でヌルヌルだ。まさぐる指先にヒクヒクと肉の悦びを伝えながら、粘っこく吸いついてきた。

「下の口も嬉し涙を流してやがる。へへへ、あんまり焦らすのも気の毒だ。そろそろブチ込んでやるか」

黒岩は腰を上げ、もたげたまま痙攣している双臀を抱え込んだ。

「ああッ、そ、そこは……」

とろけきったアヌスに硬い矛先を感じて、玲子が哀しげな声をあげた。予期していても、やはり恐ろしい。獣の行為には慣れることができなかった。アナルを犯されるのだと思うと慄えが止まらない。

「お願いよ、黒岩さん……前で……前でしてッ」

声を慄わせてヤクザに哀願する自分を意識して、玲子は涙をあふれさせた。

「へへへ、あいにくと俺はこっちにしか興味がないんでね」

「そ、そんなッ……ああっ、ダメっ」

玲子は悲鳴をあげ、懸命に尻の穴をすぼめようとした。だがとろけきったアヌスはやすやすと男を受け入れてしまう。エラの張った肉傘をズブズブと菊坐の中心に埋め込まれ、唾液に濡れた美麗なシワが内側に巻き込まれていった。

7

「ううむッ……うむむッ」

四つん這いで高々と尻をもたげたまま、玲子は顔を真っ赤にして呻いた。

埋め込まれる衝迫に押し出されるように、全身の毛穴から汗が噴き出す。

「うぐぐぐッ……」

膣と違って腸腔には行き止まりがない。おそろしく長い黒岩のサオを根元まで挿れられて、玲子はもう呼吸すらまともにできなかった。

「うむッ……ヒ、ヒイイッ」

深く埋め込まれたかと思うと、ズルズルと引き出される。肛門の擦れる異様な感覚が、玲子の脳を灼き、神経を焙りたてた。

「ああぁッ……うむむッ……うわあああッ」

ゆっくりと埋め込まれ、ゆっくりと引き出される。埋め込まれる時は先端が喉から飛び出てくるのではと錯覚させられ、引き出される時には腸管が一緒に引き抜かれる気がした。

「うぐぐッ……ヒイイイイッ」

「いいぜ、玲子。最高の尻の穴だ」

ゆっくりした抽送で心ゆくまで人妻捜査官のアナルを味わいながら、黒岩は感に堪えた表情をしている。数えきれぬほど多くの女の尻穴を掘ってやったが、これほどの美肛を味わったのは初めてだ。まるで別の生き物のように吸いついてくる括約筋の緊縮。妖しいざわめきを示しながら肉筒を包み込んでくる熱い腸腔。うっとりと閉じた眼を開けば、むっちりして形のいい双丘の狭間に、おのれ自身の黒ずんだ太い肉杭がゆっくりと出入りしている。引き締まったウエストから豊満なヒップへと至る流麗な女体曲線は、きめ細かな肌の色艶も相俟って見事の一言に尽きた。垂涎ものの腰つきと、まさにバックから犯されるためにあるかのごとき極上の尻とが、悩ましい呻き声と共に悶絶にのたうつのだからたまらない。腸液の分泌も潤沢で、抜き差しするサオを濡らしてポタポタと床にしたたり落ちている。

「嬉しそうに締めつけるじゃないか。そろそろ気分が出てきたようだな」

確かな肛肉の手応えに、黒岩はピッチを上げていく。

「ああッ、あうッ、あううーッ」

絶息せんばかりの重い呻きに、湿った喘ぎ声が混じりはじめた。汚辱の排泄器官を貫いてギシギシと腰骨を軋ませる強靭な律動に、暴かれたばかりの玲子の被虐願望が刺激され、官能の熱い疼きとなって膨れあがっていく。

(あ、熱い……)

玲子は喘ぎながら、黒革の手袋を嵌めた手で床を掻きむしった。

(熱い、熱いわッ……ああッ、お尻が熱いッ)

パワフルなストロークに総身を揺すられ、艶やかな黒髪がザワザワと乱れる。黒のラバースーツはすでに肩脱ぎにされ、わずかにウエスト部分を締めつけているだけだ。白い双乳が汗に濡れて光り、突き上げられるたびにプルンプルンと揺れ弾んだ。倒錯の肛門セックスがもたらす暗い愉悦に、玲子の手足は爪の先までジーンと甘美に痺れきって、もう四つん這いのポーズを保てているのすら不思議なほどだ。

(ダ、ダメっ)

黒い愉悦の渦に呑まれかけて、玲子は胸の内で叫んだ。

尻穴で悦びを極めるのは、屈辱以外の何物でもない。かつて自分の手で罪の報いを受けさせた犯罪者にアナルセックスを強いられ、脆い女の性をさらすことだけはしたくなかった。

(耐えるのよ、玲子ッ！)

哄笑する彼らの足元には屈したくない。玲子の正義感がそれを拒んでいた。黒岩もそれを知っていればこそ、遮二無二なって責めたてる。

「粘るじゃないか、玲子」

高ぶりを示す熱い喘ぎ、狂おしく躍る白いヒップ、ヒクヒクと締めつけてくる肛肉の収縮からも、玲子が昇りつめる寸前で必死に耐えていることが知れた。

「痩せ我慢は体に毒だぜェ。自分に素直になれよ」

フィニッシュだとばかり、黒岩は猛然と腰を使った。

「ほれ、ほれほれ——どうだ、玲子。我慢するな。たまんないんだろう？　イキたいんだろう？　ほれほれ、ほれほれっ」

「ダ、ダメえええッ！」

「イケっ、ほれほれ。いいんだぞ。尻の穴で気をやってもいいんだぞ。お前は淫乱なマゾ女なんだから、それがお似合いなんだよ。ほれほれっ」

「いやッ、いやッ、いやあッ！」

玲子は狂ったように泣きわめいた。

深くえぐられるたびに、男の剛直の先から熱い愉悦のエキスが噴き出しているように感じた。それは玲子の腸腔を灼き、腰骨を溶かし、全身の細胞に染みわたると同時に思考を麻痺させた。

（あぁッ、イクっ！）

息も止まる快感に目が眩んだ次の瞬間、貫かれていない前の割れ目から玲子は盛大に潮を噴いた。

（アヒイイイッ！）

何もかも放擲して歓喜に輝く牝の貌に、熱い飛沫が浴びせられる。まるで男の射精発作のように、ドクンッ、ドクンッと屈服の牝汁は噴き出し続け、自分の股間を覗きこむように四つん這いになった玲子の美貌をビショ濡れにしていく。

「ア、アアアッ……」

玲子は白目をむいたまま痙攣していた。気品ある高い鼻梁や薄く開いた紅唇から、ポタポタと花蜜のしずくが垂れ落ちた。歓喜に痺れきった意識には、男たちの哄笑すらも聞こえていない。めくるめく肛悦のエクスタシーに朦朧となりながら、貫かれている双臀を小刻みにわななかせた。

8

待ちくたびれた工藤は、すでに服を脱ぎ捨てて素っ裸だった。

「やっと俺様の出番だな」

「来い、玲子。たっぷりと礼をさせてもらうぜ」

刑務所に入っている間、玲子のことを思わぬ日とてなかった。恨みと言うより単純な欲望である。娑婆に戻ってからも諦めきれず、手をつくして捜しまわったが見つけ出せなかった。だがいつか必ず……そう思っていた矢先に正体不明の男から組に電話があり、「あんたをハメた女捜査官を買わないか」と持ちかけられた。出鱈目な話ではない証拠としてFAXが送られてきた。驚いたことに写真に写っている女はまぎれもなくあの玲子だった。レザー張りの台の上に黒の下着姿で拘束されている見事な肢体を見て、工藤はビタ一文値切ることなく商談に応じたのだ。

「来いよ、玲子」

二度呼ばれても玲子は起き上がれなかった。黒岩に尻の穴を犯され、凄絶に果てたまま、うつ伏せで床に倒れている。たて続けに二人の逞しいヤクザ者の相手をさせられて、心身ともに消耗しきっていた。

「しょうがねえなァ。まだまだ序の口だってのによォ」

工藤は立ち上がると、グッタリした玲子の腰に手をかけた。

「お姫さま抱っこ」して自分が腰掛けていた背もたれ付きの椅子まで運ぶと、浅く尻を乗せて座らせた。

「も、もう……許して」

宙を見つめる玲子の眼は霞んでいて、焦点が合っていない。薄く開いたままの紅唇といい、汗に光って重たげな乳房といい、もう堕ちきって毀れる寸前といった風情が何ともそそった。

そんな玲子の婀娜っぽい姿に、工藤は嗜虐の欲情をグツグツと煮えたぎらせる。

「股を開けよ」

命じてブーツの美脚を大きく開かせ、膝の後ろを自分の手で抱き支えさせた。

「もっとだ。もっと拡げろ」

「ああッ、いやッ」

強いられた卑猥なポーズに、麻痺しかかっていた羞恥心が蘇った。あさましすぎるM字開脚の股間を男の鋭い視線の矢に射抜かれた玲子は、秘貝がほとばしらせた潮でビショ濡れのヒップをせつなそうに椅子の上でもじつかせた。

「いい格好だぜ、玲子。へへへ、たまんねえな」

生唾を呑んで覗きこむ工藤の股間には、黒光りする傘を張ったペニスが腹を打たんばかりに反りかえっている。ギラギラと輝く眼は、薄紅色の綺麗な小陰唇をわずかにのぞかせた人妻の割れ目に釘づけだ。

「そのままだ。そのままじっとしていろ」

脚を開いた玲子の前にしゃがみこむと、割れ目の左右に親指をあて、グイと乱暴に剝きくつろげた。

「ヒッ」

熱くただれた粘膜を外気にさらされ、玲子の尻が跳ね上がる。

「見ないで……見てはいや」

上気した美貌を横にそむけ、かすれた声で哀願した。繊細な粘膜の重なりに工藤の鼻息がかかるのを感じて、割れ目の上端に尖る肉の芽がヒクヒクとうごめく。

「へへへ、見てるぜ。何もかもなァ」

刑務所の硬いベッドの上で夜ごと夢に見た玲子の媚肉だった。子供がいるとは思えないほど美麗で瑞々しい二枚の花びら。鮮やかなピンク色の膣口は透明な甘蜜に濡れ光って妖しい。オスを狂わせる甘酸っぱい匂いにジーンと痺れながら、工藤の股間は今にも破裂しそうだ。

「舐めて欲しいか？」

「い、いやッ」

「正直に言うんだ。舐めて欲しいんだろ？」

工藤は赤い舌を出し、舐めあげるジェスチャーをしてみせた。

「ああッ」

玲子の腰が慄えだす。ドクンッと熱いものが子宮から溢れ出た。

「舐めて……舐めてください」

正直に言えと命じられ、口をついて出た言葉がそれだった。それが自分の本心なのだと思うと、玲子は真っ黒な絶望におおわれていく。

「どこだ。どこを舐めて欲しいんだ？」

とろみのある粘液が椅子の座面をネットリと濡らしていくのを凝視しながら、工藤はさらに追い討ちをかけた。

「言うんだ、玲子」

「あァん、知ってらっしゃるくせにィ」

思いがけず唇からこぼれた甘ったるい言葉に、玲子自身が一番驚いていた。行為や言葉だけでなく、人格の深いところ——芯の堅い部分まで催眠暗示に侵されつつある証拠だった。

（そんな……ダメ、ダメよっ！　こんな奴に媚びてはダメっ！）

意識の片隅に追いやられた正常な自分が警告の叫びを発している。にもかかわらず玲子は自分からヒップをせり上げ、

「オ、オマ×コよッ。玲子のいやらしいオマ×コを舐めて欲しいのッ」

自棄になったように叫ぶと、工藤の指で肉の花園を剝きくつろげられたまま大きく腰をグラインドさせはじめた。

「舐めて。ねえ、舐めてェ」

「ひょおお、こいつはたまげたぜ」

豹変した人妻捜査官の狂態に驚きつつも、工藤はその弾力に満ちた太腿の付け根に引き込まれるように顔を埋めた。熱い媚肉のひろがりに口を押しつけると、割れ目にそって夢中で粘膜を舐めあげる。

「へへへ、洪水じゃないか」

後から後から花蜜が噴きこぼれてくる。舐めるだけでは間に合わなくなると、

秘口に唇を吸い付かせ、ズズズーッと啜りあげた。

「ひいッ、いやああッ」

玲子は声を放って泣き叫んだ。舐められるたびに鮮烈な快感が背筋を走る。腰が跳ね上がって双臀が慄えた。子宮がとろけそうな愉悦に身体の芯が収縮し、抱え上げた足の爪先がブーツの中で反りかえった。

「ああーん、いいーッ！」

淫乱な玲子が背筋を反らせて悶えれば、

「や、やめてええッ！」

もう一人の玲子が悲鳴を高ぶらせる。

「へへへ、舐めてくれって頼んだのは、玲子、お前のほうだぜ」

口のまわりをベトベトにして工藤は笑った。

これほど責め甲斐のある女に出逢ったことはない。舌の使い方に少し変化を持たせただけで、うめき声が喘ぎに、喘ぎ声が悲鳴に変わる。

「ああん、もっと！　もっとしてェ！」

狂おしくヒップを揺すりたて、せがむようにヴィーナスの丘を顔に擦りつけてくるかと思えば、次の瞬間には、

「いやッ、いやああッ」

甲高い悲鳴をあげ、腰を振りたててクンニから逃れようと暴れる。心と身体の矛盾した反応が、この上なく男の嗜虐心をそそるのだ。

舌の根が痺れきるまでベロベロと舐めまくり、熟れた人妻の女体から甘美な蜜と汗をさんざんに絞り抜いたあげく、

「どうだ、玲子。もう舐められるだけじゃ物足りないだろう?」

ヨダレを拭いながら工藤が訊ねた。

(い、いやッ! いやよッ!)

心で泣き叫びながら、玲子はガクガクと首を縦に振ってしまっていた。それが催眠暗示のせいなのか、それとも自分の淫らな本性が露呈したものなのか、惑乱している玲子にはもう分からなくなってしまっている。ただ高ぶりきった肉が、このままでは収まらないことだけは確かだった。

「じゃあどうして欲しいんだ? フフフ」

訊ねながら工藤は腰を浮かせ、股間のイチモツを玲子に見せた。反りかえった巨根はすでに鈴口から熱いカウパーを噴いている。

「ああッ」

大きく股を開かされたまま、玲子はブルルッと身震いした。

「な、舐めるだけじゃいやッ。挿れて……それを挿れてください」

あえぎながらせがむと、もどかしげにヒップを揺すりたてた。クンニに狂わされ、正常なほうの玲子は意識から消滅しつつあった。

「挿れてッ、工藤さんのおチン×ン、玲子のオマ×コに挿れてぇッ」

「よしよし、挿れてやるとも」

言いつつも、工藤はすぐにはインサートしなかった。右手に握った肉棒の先端で、玲子の開ききった媚肉を焦らすようになぞりたてる。粘膜同士を擦り合わせ、淫水を掻きまぜるように捏ねまわした。

「いやッ、いやッ」

泣き声が高ぶる。

「意地悪しないでッ」

秘肉がうごめく感覚に、玲子の尻はカーッと燃えた。

「お、お願いよッ」

「へへへ、まるでアワビの躍り食いだな」

濡れてうごめく貝肉を工藤はからかった。挿れるフリをして摩擦し、とことん焦らし抜いてから体を重ねた。体重を乗せて腰を割り入れると、肉の感触を味わいながらゆっくりと挿入した。

9

（い……いいッ……）

あまりの深さに、玲子はのけぞって白目をむいた。

「あああーッ」

とろけきった媚肉が待ちかねたように工藤に絡みつくのが分かった。火柱が身体の中心を貫いて一気に燃え上がった。一撃で玲子は達しかけていた。

「あわわッ、あわわわわッ」

濡れた唇のわななきが、さんざんに焦らされたあげく与えられた快美の深さを物語っている。

深く底まで貫いておいて、工藤は命じた。

「俺にしがみつけ。足を絡めるんだ」

「あ、あああッ……」

まともに返事もできぬまま、玲子はガクガクと首を縦に振っていた。

開いていた脚を男の赤銅色の腰に巻きつかせる。太い首に白い腕ですがりつく玲子の動きは、強制された者のそれではなかった。腰と腰を密着させて抱き合った二人を、知らぬ者が見れば、熱烈に愛し合う恋人同士に見えたかもしれない。

「へへへ、締めつけてきやがる」

絡みついた手と足に負けないくらい、玲子の女性自身に強く締めつけられていた。甘美で熱い収縮は、まさに火に焙られる貝肉だ。ちょっとでも気を緩めようものならたちまち自失してしまいそうだった。

「くーっ、最高だぜ、玲子」

たわわな肉の弾力がたまらない。むせかえる柔肌の匂いに陶然となりながら、むちむちの双臀を手のひらに乗せると、工藤はドッコラショと腰を上げた。背中の刺青も逞しい仁王立ちの駅弁ファックに、鮫島と黒岩が手を叩いて喝采した。

「どうだ、玲子。亭主とじゃこんな真似はできまい」

工藤は言い聞かせ、のっしのっしと歩きはじめた。

「もっと早く俺の言うことをきいていりゃあ、毎日こんないい思いができたんだぜ。お前の熟れきった身体を満足させるのは、素人の男にゃ無理なんだよォ」

熊のように部屋の中を徘徊しつつ、しがみついた人妻を大きく揺すりあげる。

「あうッ……い、いいッ……ああぁッ」

バウンドする玲子の髪がザワザワと乱れた。

「あううッ、い、いいッ、あうううッ」

自分自身の熟れた肉の重みで、容赦なく女の最奥をえぐられる。赤く灼けた鉄棒で内臓を突き上げられ、ぐちょぐちょに掻きまわされる感覚だった。揺すりあげられるたびに脳が愉悦に痺れきる。嵐のような駅弁ファックは玲子の肉も骨も溶かしきって、総身がバラバラになるかと思うほどだ。

「ああッ、壊れるッ」

ヒップを跳ね上げられながら、玲子は泣きわめいた。

「壊れるッ、玲子、壊れちゃううッ！」

壊されたいと玲子は願った。燃え盛る火のような悦楽——官能の渦に呑まれていく玲子は、それ以外何も感じなかった。工藤が耳元で囁いているが、何を言っているのか分からない。沸騰した淫欲だけがすべてを呑み込んでいた。貫かれて一分と経たぬうちに、

「あううッ……も、もうッ」

かすれた声で屈服を告げ知らせると、絶頂に達する予兆にカチカチと歯を噛み鳴らしはじめた。

「どうした？　だらしねえぞ。もう降参か」

工藤はピタリと突き上げを止めた。

もともとスケこましで名を売った工藤である。女を悦ばせるテクニックなら誰にも負けぬと自負していた。ハメちまえばこっちのもの。どんな気丈な女だろうとヨガリ狂わせる自信があった。一気に追い上げる必要はない。

「昔のあんたはこんなにヤワじゃなかったぜ。だが所詮は女か」

正体を隠し工藤の店にホステスとして応募してきた玲子を思い出していた。非の打ちどころのない美貌と見事なプロポーション、水商売の女たちにはない理知と気品に工藤はぞっこん惚れ込んだ。なんとかモノにしようと手を尽くしていたら、ある日いきなり警察のガサ入れを食らったというわけだ。

「俺をたらしこんだ報いだ。そう簡単にはイカせねえ」

「いやッ、いやいやッ……いやああッ」

しがみついて泣く玲子は女の脆さを露呈している。さんざんに焦らされ、ようやく串刺しに貫かれたと思ったら、今度は瀬戸際での寸止め——熟れた肉体を燃えあがらせてしまった人妻には、拷問も同然の仕打ちだった。

工藤は膝を曲げて床に尻を落とし、玲子をしがみつかせたまま仰向けに寝た。

「イキたきゃあ自分で腰を振りな」

汗にヌメる玲子の尻の丸みを撫でさすり、ピタピタと叩いた。

「ほらやれよ、玲子」

「あぁッ……」

玲子はためらわなかった。

男の厚い胸板に手をついて上体を起こすと、あさましさもかえりみず騎乗位で腰を揺すりはじめた。

「うふぅん……うふぅうん」

甘ったるい鼻声はまるで別人だ。

玲子は「の」の字を描くように腰をまわしていた。

「あァ、いい……感じる……玲子、感じるわ」

陶然とした美貌を上向かせ、濡れた唇を熱い喜悦にあえがせていたが、それでは物足りなくなったのか、今度は上下にヒップをバウンドさせはじめた。

「あぁッ、いい！　いいわッ！　あああッ！」

汗も飛び散る双臀のバウンドに、張りつめた乳房がタプタプと揺れ弾む。

「ああッ、死ぬ！　死んじゃう！　死ぬううッ！」

玲子はもう訳が分からなくなっていた。自分がなぜここにいるのか。この男たちは何者なのか。いや、自分が誰なのかすら、もうどうでもよかった。めくるめく恍惚と快感――こみ上げる性の悦びに身を焼き尽くすことだけをひたすらに願った。

「もっとッ！　ああッ、もっとよ！　滅茶苦茶にしてえええッ！」

「マラ一本じゃ足りないのか？　そうなんだろ、玲子？」

「ああッ、そうよッ！　もっとッ！」

狂乱も極まって玲子の声はかすれた。上下にバウンドしてはヒップを深く落とし、円を描くように結合部を捏ねまわす。のけぞった美貌はエクスタシーを噛みしめて凄艶だ。

「欲しいのッ！　もっといっぱい！　玲子、もっといっぱい欲しいのおッ！」

喉を絞ってあられもない言葉を叫んだ。自分でバストをつかんで揉みはじめた。白い乳房のふくらみを荒々しく揉みしだき、先端のつぼみをつまんで引っ張る。もはや正気の沙汰ではなかった。

「なら、あの二人におねだりしてみろ」

「あうッ、ああうッ、お、お願いッ……」

淫情に溺れきって、もう言葉も出ない有り様だ。嬉々として尻を振る騎乗位セックスに、背中からヒップへかけての優美なラインを波打たせ、玲子は火のような喘ぎをこぼして悶えつづけた。

鮫島と黒岩が立ち上がった。待っていたかのように二人とも服を脱いで全裸である。我れを忘れてヒップを振りたくる玲子の前に鮫島が、背後に黒岩が仁王立ちになった。女捜査官の玲子を三人がかりで輪姦そうというのだ。

「フフフ、奴隷にこんなものは要らないぜ」

鮫島がファスナーを押し下げて黒ラバースーツを引き剝がせば、黒岩が左右の足からエナメルブーツを脱がせた。仰向けの工藤が腰をせりあげるようにしたので、全裸にされた玲子は彼にしがみつき、犯されたまま高々と双臀をもたげる格好になった。その尻を後ろから黒岩が抱えこんでくる。

「あッ」

淫情に狂い悶えていた玲子も、

「い、いやッ」

さすがに狼狽して泣き声をあげた。

「そんな恐ろしいこと……ああッ、いやよッ！」

前後の恥ずかしい穴で同時に男を受け入れるなど、考えるだけでも身の毛がよだつ行為だ。玲子は尻を振って逃れようとするが、工藤の剛直で深々と前を貫かれていて為すすべがない。追い討ちをかけるように、

「二本じゃないぜェ。こいつもいれて三本だァ」

エラの張った亀頭で鮫島が玲子の顔をなぶった。

「ほら、舐めろよ」

（いやああッ！）

胸の底で悲痛に泣き叫びつつ、玲子はピンク色の舌を伸ばし、黒ずんだ男根の裏筋を舐めはじめた。どんなに心が抗おうとも、身体は催眠暗示の力に逆らえない。怯えに見開いた眼で鮫島の顔を見上げたまま、玲子は舌の上に泡立つ甘い唾液を、そそり立つペニスの幹に何度も塗りつけていく。

「へへへ、嫌よ嫌よも好きのうちってね。サンドイッチで責めてやるぜ」

菊坐のすぼまりに先端をあてがうと、黒岩はゆっくりと腰を進めた。

「うわあああッ」

絶望の悲鳴とは裏腹に、前からの汁を吸ってヌルヌルになっている玲子のアヌスはほとんど抵抗なくズブズブと黒岩を受け入れてしまった。

「ヒイイーッ」

子宮口を押し上げてくる工藤の剛直。根元まで捻じ込まれた黒岩の肉杭。前後の穴を裂けんばかりに拡張されて、玲子の肢体は石のようにこわばった。苦悶の汗が熱い蒸気となって毛穴から噴き出す。全身の筋肉が攣ってブルブルと痙攣が止まらない。絶叫をほとばしらせる唇の前には、鮫島のペニスが勝ち誇ったように隆々とそそり立っている。

黒岩と工藤が腰を揺すりはじめた。玲子を文字どおり上下からサンドイッチにし、呼吸を合わせて容赦のない腰ピストンを繰り出した。

「キイーッ、キイイーッ！」

玲子は全身に異様な痙攣を走らせながら、金属的な悲鳴をあげつづけた。凄まじい肉の圧迫感に、もう呼吸すらまともにできない。工藤が前の穴を突き上げれば黒岩が引き、黒岩が後ろに突き入れれば工藤が引く。二本の剛直は薄い粘膜を隔てて互いを擦りながら、競い合うように玲子の柔肉を掻きまわした。

「アヒイイイイーッ！」

血も凍る汚辱の中でも、燃えさかる淫情は玲子を狂乱に追い上げていく。

「ヒエエエエーッ！」

火柱が噴き上がって脳天を焦がした。もう苦痛なのか快楽なのかも分からなかった。怒濤のようにうねりくる波に呑まれて「ああッ」と声を放った瞬間、口の中に硬くて熱いものが押し入ってきた。

「ムグググウーッ！」

鮫島だった。

喉奥まで一気に貫かれ、ズボッ、ズボッと抉られた。

「ムーッ！　ムーッ！」

息のできぬ玲子は白目をむいた。肉傘を開いた三本の灼熱が、嵐のような抜き差しで玲子の牝肉を蹂躙する。仮借ないストロークはまさに性拷問だ。穴という穴を突きえぐられて悶絶する玲子は男たちにとって肉の玩具だった。玲子自身もおのれを肉の塊――淫虐に灼きつくされる肉の塊としか感じなかった。

「ムグウッ、ムググッ！」

悲鳴という出口すら失って、狂熱が体内に籠った。頭の中で火の玉が炸裂し、真紅の火花を飛び散らせた。目も眩む閃光と共に、身体の深いところから大波がせり上がってくる。意志とは関係なく、肉の芯が強い収縮を繰り返す。

「ムグググググッ……」

尋常でない玲子の硬直と痙攣に、今こそとどめを刺す時だと男たちは知った。

「出すぞッ！」

「よおしッ！」

「ヌオオオオオッ！」

渾身の力で、玲子の口を、秘肉を、肛門を突きえぐった三人は、人妻捜査官の肉の奥深くめがけ、ドッとばかりに灼熱のマグマを吐き出した。

「ムウウウウウウウッ！」

溢れる熱汁に喉奥を塞がれてしまった玲子には、「イクっ」という言葉を叫ぶことすら許されなかった。肉の芯を悪寒めいた戦慄が走り抜けるや、三穴——喉と女膣と肛門——を同時に収縮させてキリキリと三本の男根を食い締め、ブルルルルッと痙攣しながら絶頂のあぶら汗を絞り抜いたのである。

第六章　復讐の女豹

1

全身が鉛を呑んだように重いのに、肉の火照りは容易におさまらなかった。冷え冷えとした床に玲子は独り、汗に濡れた白い肢体を素っ裸で横倒しに転がされている。逃げられぬよう後ろ手に拘束され、片足を革の拘束具に付いた鎖で壁の鉄パイプに繋がれていた。暴虐に乱された黒髪の中に切れ長の眼を光らせて喘ぐさまは、まさに傷ついた瀕死の女豹である。

自分の置かれている状況が絶望的であることが、賢い玲子に分からぬはずもない。凶悪な三人のヤクザに金で買われ、キーワード一つでどんな要求にも応じる性奴隷として共同所有されているのだ。もしかすると夫にはもう会えないかもしれない。息子の翔太を抱きしめてやることも二度とできないかもしれなかった。被虐に脆い女体を骨の髄までしゃぶりつくされ、飽きられたらシャブ浸けにされ、マゾ女として香港に売り飛ばされる……救いのない未来をまざまざと想い描くことができた。

そんな絶望の状況下で、なおも玲子の美しい瞳から光が消えていないのは、渡辺の命令があるからだ。キーワードの影響下で下された命令は、命令した当人以外は削除できない。渡辺の指示がない以上、玲子には自分が死ぬか、さもなくば三人のうちの残り一人——茶髪男の生島丈治を抹殺するほか道がないのだった。

コツコツと足音が響いてきた。鮫島たちが戻ってきたのだろうか。玲子の中に大量の精を注ぎ込んだ三人は、食事をとると言い連れだって出ていったのだ。精力絶倫の彼らである。戻ったら再び壮絶な色責めにかけられることは分かりきっていた。

だが足音は一人だけだった。

重みのある床の響きから、三人のうちの誰かではないし、茶髪男でもないと玲子は判断した。

（？……）

ドアを開けて入ってきたのは、長身の逞しい男だ。

茶髪男の手下だろうか。黄色いタンクトップに迷彩色のカーゴパンツ。盛り上がった筋肉と隙のない眼つきは、ボディガードか何かだと思われた。

椅子の背もたれに無造作に掛けられた鮫島の上衣をつかむと、男はポケットを探って小さな鍵を取り出した。倒れている玲子の傍にしゃがむと、その鍵を使って手足の拘束を解いた。そのあいだ一言も喋らない。

「あなた、いったい何者？」

用心深く男を見据えたまま、玲子は身を起こして訊ねた。相手の真意が分からないうちは油断できなかった。

「どうして私を助けてくれるの？」

「助ける？　ちっ、冗談はよしてくれ」

男は日焼けした頬を皮肉に歪めた。

「あんたはここで俺と闘う。そして負け、またこいつに繋がれるんだ」

頑丈な革の拘束具を持ち上げて示した。

「分からないわ。なぜそんなことを――」

言いながら玲子は立ち上がった。身体の節々がひどく痛んだ。床に落ちたショートパンツを拾い上げて長い脚を通すと、頂きの高いヒップの双丘をエナメルの黒ラバーがピッチリと包み込んだ。下着をつけていないため、せり上がった恥丘のふくらみにくっきりとクレヴァスの縦筋が浮かびあがる。

「あんたがあの弥生って娘の先輩だからさ。あの娘、女にしちゃあ相当の遣い手だった。その娘が褒めそやす鮎川玲子って捜査官の腕がどれほどのものか、試してみたくなったまでのことだ」

三日間の調教中、催眠暗示にかかった玲子と弥生は自分たちの素性を含め何もかも洗いざらい白状させられた。その情報を男は何らかの形で聞き知ったらしい。そして伝説の女捜査官と呼ばれる玲子に興味を持った。戦士として、強い相手と力を競い合いたいと思うのは格闘家の本能だ。

「始めようぜ。連中が戻ってくる前に決着をつけよう」

男は立ち上がってボキボキと指を鳴らした。

「女だからって容赦はしねえ」

「嫌だと言ったら？」

「ここを通さねえ」

「…………」

玲子は着ようとしていたラバースーツの上衣を投げ捨てた。

「仕方ないわ。相手してあげる」

玲子は左右の手を開くと、右斜めでふんわりと上段に構えた。青蓮の構え——ゆったりした中に一撃必殺の鋭さを秘めている。

「変わった構えだな。ベースは何だい？」

訊ねる男はオーソドックスなボクシングの構えだ。玲子の武術キャリアの基本——おおもとの土台を訊いたのである。低い声だが、頼もしい敵と相対してワクワクしているのが感じられた。

「柔術よ。天地神明流」

「俺はムエタイ——いくぜっ」

男が体を左右に揺すりながら間合いを詰めてきた。ジャブでフェイントをかけるが玲子は青蓮の構えのまま微動だにしない。静かな眼光に一瞬で勝負を決めようとする気迫がみなぎっていた。先刻あれほど狂い弾んでいたのが嘘であるかのように、白いたわわな双乳が陶器の冷たい光沢を放って静止している。

ブゥンッ！

空気を震わせて男の右フックが飛んできた。弥生の腕を衝撃で痺れさせたその硬い拳は、玲子の開いた手のひらに吸い込まれフワリといなされた。払うのではなく流すのだ。玲子のしなやかでバランスのとれた全身の動きが、男の打撃の威力を柳に風と受け流した。

「むうっ！」

懐に飛び込んできた玲子の髪が男の胸を掃いた。しまったと思った瞬間、

「グワッ！」

下から伸びてきた掌底に、男の顎は鋭く突き上げられていた。

脇をすり抜けざま、玲子の柔軟な肢体は蔦のように絡みついた。動けぬよう相手の片足に左脚を絡みつかせ、背後をとりながら右足の膝裏を強く蹴った。男はアッと叫んでバランスを崩し、玲子を背中に乗せたまま巨木が倒れるように床に崩れ落ちた。

ゴキッ——鈍い手応えがあった。

「う、うむッ……」

気絶するほどの激痛を、男は格闘家の矜持で耐えた。だがこめかみには冷たい汗を滲ませ、蒼い静脈をピクピクと浮き立たせた。横倒しのまま左足の脛と踵を押さえる。踵骨腱を断裂させてしまったのだ。

冷ややかに言う玲子は、すでに立ち上がっていた。

「……のようだ」

苦痛に顔をゆがめながら男は苦笑いした。無理に立ちあがって闘いを継続させたとしても、この状態で勝てる見込みはゼロであろう。

「俺の負けだ。完敗だよ」

本音を言えば、たわわな乳房の美しい形に魅せられ、わずかながら集中力を欠いたのが致命的だった。あのピンクの乳首さえなきゃあなぁ……と、痛みをこらえつつ臍を嚙むが、それを言えば負け惜しみになるので口にはしない。相手側も疲労困憊した状態で闘いに臨んだのだから、条件は五分と五分、負けは負けだ。

「あんた強いな」

痛みをこらえて、なんとか上体を起こした。

「俺に本気を出させたのは、鮎川さん、あんたが最初だ」

「あなたもね。八十パーセントも力を使ったのは、私も初めてだわ」

男はチッと舌打ちしてニヤリと笑い、

「三田村だ。フランスで傭兵をやってた」

胡坐座りのまま握手の手を差し出した。

その大きな手をしっかり握り返すと、

「じゃあ行くわ」

玲子は黒のショートパンツ一枚のまま、ドアの方へ進んだ。

「待てよ、鮎川さん」

思い出して、ヤクザの上衣のポケットに拳銃が入っていることを伝えた。使い方は分かるかい？と訊ねた後で、ああ、愚問だったなと笑った。

「油断するな。奴は狡賢い」

「ありがとう、三田村さん。また会えるといいわね」

手に入れた三十二口径コルトに弾がこめられているのを確認すると、玲子はドアを開けた。

その優美な背中に向かって、

「あ、もうひとつだけ訊いていいか？」

と、三田村。

「さっき言った『八十パーセント』って、ありゃあ本当かい？」

「嘘――いっぱいいっぱいいっぱいだったわ」

振り返った玲子が初めてニッコリした。

「そうか――だろうな」

三田村は満足そうにうなずくと、グッドラックと親指を立ててみせた。

2

ギュウ詰めの地下鉄の車内で、澤村は相変わらず狐につままれたように怪訝な顔をしている。

正面には若い女捜査官の倉科弥生、そして彼女の後ろには、澤村と前後から彼女を挟む形で、探偵事務所の副所長・渡辺幹雄がいた。

潜入捜査は時間がかかる。だからすぐに結果を求めるわけではないが、上への報告の都合上、あらましだけでも進捗状況を聴きたいと事務所を訪れたのが半時間ほど前。たまたま外出していた所長に代わって応対した渡辺が、

「そういうことでしたら、潜入中の鮎川に直接会って報告させましょう」

と、不可解な笑いを浮かべ、鮎川玲子の相方である倉科弥生を呼びつけて三人で出かけることになったのだ。

何となく奇妙だった。どこへ行くのか訊ねても、「行けば分かりますよ」と渡辺はにべもない。そもそも肝心の鮎川玲子に連絡をとらなかった。現地に着いてから電話するつもりかもしれないが、手順がおかしい気がする。目の前にいる女捜査官・倉科弥生の表情も、初対面の時と違って、どこか浮かない感じだった。

「あ、暑いですわね……」

弥生が身をよじって、ハンドバッグからハンカチを取り出した。白い布でこめかみを拭う先から、ジンワリと新たな汗が滲みだしてくる。

「本当ですね……まだ四月なのに……冷房入れて欲しいくらいです」

澤村はドギマギして答えた。

弥生の服装は純白ブラウスに紺色のスカートスーツだ。ポニーテールの似合う清楚な美貌にお堅い服装がマッチして、就活中の女子大生にも見えた。そんな二十四歳の娘と満員の地下鉄で体をピッタリ密着させているのだから、若いキャリア警察官が緊張するのも無理はない。

(なんで電車なんだよ……それもよりによって、こんな混み合う時間帯に)

では僕の車で——と澤村が申し出たのを渡辺が断り、わざわざ議事堂前から満員の地下鉄に三人で乗り込んだのだ。学生時代も電車通学していたので圧し潰されることには慣れている。慣れてはいるが……。

ガタンと電車が揺れた。カーブにさしかかり、乗客全体がひとかたまりとなってバランスを崩した。弥生の身体がこちらへ凭れかかり、ブラウスの胸のふくらみをワイシャツの胸に押しつけてくる。

「す、すみません」

申し訳なさそうに俯く弥生の顔が赤面している。

「い、いいえ……」

澤村は動悸で心臓が破裂しそうだ。バストのふくらみをムニュッと鳩尾の辺りに押しつけられて、どうしていいか分からなくなった。

（弥生さん、オッパイ、大きいんだな……）

清楚な外見からは想像できない乳房の豊かさだった。ピーンと勃ってしまった股間を気づかれまいとして、澤村は吊革を握ったまま、へっぴり腰でスラックスの尻を後ろへ突き出すようにしている。不自然な体勢を維持しているのは骨が折れたが、弥生の柔らかい前髪を顎に感じ、蒸れた肌の甘やかな匂いに鼻腔をくすぐられるのは何とも言えず心地良かった。

だが澤村は気づいていない。弥生の顔が汗ばんで赤いのは、同年代の青年と身体を密着させていることへの照れからではなかった。

後ろにいる渡辺の手が、さっきから彼女のタイトスカートの下に潜り込み、引き締まった太腿や、まろやかなヒップをいやらしく撫でまわしているせいなのだ。

（や、やめて……いやあァ）

青年の胸に顔を埋めたまま、弥生は胸の内でかぶりを振った。

痴漢プレイは今日が最初ではない。普通のいたぶりに満足できなくなった渡辺は、奴隷にした玲子と弥生を外へ連れ出し、さまざまな場所でおぞましい変態プレイを強いてきた。満員電車の中、映画館の暗闇、公園の公衆トイレ、ホテルのプールの水の中――ありとあらゆる場所で媚肉と尻の穴をなぶられ、気をやるまで犯された。だが今日のように知り合いがいる前でイタズラを仕掛けてきたのは、最初に玲子の自宅で辱しめられて以来のことだ。それだけ渡辺の狂気の度合いが増している証拠だった。

（やめて……気づかれてしまうわ……お、お願いよッ）

薄いパンストの繊維越しに、渡辺の手のひらの脂ぎった感じがまざまざと伝わってきて、弥生は双臀と太腿をこわばらせた。ナチュラルカラーのパンストの下に下着をつけることを許されていない。パンストフェチなのか、ノーパンの下半身をパンティストッキングの上から鑑賞したり愛撫したりすることを渡辺は好んだ。

今もまた——。

サラサラのパンスト生地越しにじっくりとヒップのふくらみを触ると、渡辺の指は尻割れにそって後ろから太腿の間に潜り込んできた。

（ああっ、ダメっ）

弥生はたまらず胴震いした。

男の中指の腹が恥ずかしい部分に密着し、センターシームの上からゆっくりと前後にまさぐってくる。いやらしいと心では嫌悪しているのに、被虐に馴染まされた若い肉体は、たちまち敏感に反応してしまうのだ。

（い、いやッ……ううううッ）

最奥が熱く滾りだした。膣肉がうごめいてジクジクと甘蜜を滲ませる。溢れだした喜悦はパンストの繊維を尻の方までグッショリと湿らせ、ギュウ詰めの車内に官能の甘い芳香を漂わせ始めた。弥生はスカートの尻をもじつかせずにはいられない。ジリジリと灼かれるようだ。

（じっとしてな。気づかれたら恥ずかしい目をみるのはお前だぜ。パンティを穿いてないことを知られてもいいのか?)

焦らすような愛撫がそう告げている。恥丘のふくらみをゆっくりとまさぐる指は、しとどの牝汁に濡れて、ポタポタと熱い雫をしたたらせ始めた。羞恥が異様なまでの昂りを生む。わずか二週間で、すっかり開発されてしまった弥生なのだ。

「しかし混むなァ」

動揺を悟られまいとして、澤村は愚痴をこぼすことで平静を装った。バストの頂点に乳首の硬い尖りを感じるのは、ブラジャーをつけていないせいだと気づいた。ノーブラのバストを弥生がグイグイと押しつけてくるたびに、勃起した肉棒にむず痒さを覚える。下手をするとスラックスの中に射精してしまいかねなかった。

駅に停車すると、ドッと人が乗り込んできた。その混雑にタイミングを合わせて、渡辺の手がパンストのゴムにかかった。

「ひいッ、いやあッ」

膝下まで捲り下ろされて、弥生は悲鳴をあげた。

「だ、大丈夫ですか?」

あわてて庇おうとする澤村は、まさか相手がノーパンのヒップを副所長に痴漢されているとは思わない。てっきり混雑に怯えたのだと思い、清楚なスカートスーツ姿の細い肩を抱き寄せて、ますます動悸を激しくした。

(お願い……これ以上は……)

弥生は生きた心地もしなかった。

必死に閉じ合わせる太腿の隙間に渡辺の手が押し入って、左右に割り拡げる動きをみせた。言葉にせずとも、それは命令だ。脱がされたパンストが膝下でピーンと伸びきるまで弥生は脚を開かなければならなかった。

(う、ううう……)

弥生は唇を噛んで懸命に耐えた。

渡辺のいやらしい指が直に秘部をまさぐってきた。どこをどうすれば弥生を泣かせることができるか、すでに十分知り尽くしている指だ。濡れ潤んだ肉溝をユルユルとまさぐると、固くなったクリトリスを巧みに転がした。膣口に中指を入れ、熱くたぎった肉壺をクチュクチュと掻きまわす。

(ダメっ……声が、声が出ちゃうっ)

弥生は何度も生唾と共に、こぼれそうになる喘ぎを呑み込んだ。立っていることもつらくなり、自然と正面の澤村にしがみついてしまう。

（そんなッ……ああッ、許してッ）

指に代わって硬いものを押しつけられて、うつむいた美貌がうなじまで紅潮した。もう幾度となく体験させられているので、それが玉子型ローターであることはすぐに分かった。膣口に含まされ、指で奥まで押し込まれた。

ブゥウゥウゥン……。

淫らな振動が始まった。

（ああッ、止めて！　止めてえええええッ！）

弥生は絶叫したかった。もう十分にとろけきった肉体を、さらに快感で刺激される。タイトスカートの腰を動かさずにいるのは拷問に等しかった。パンティストッキングを伸びきらせて開いている太腿がブルブルとわななく。だが色責めはそれで終わりはしなかった。

（あッ、いやッ！）

渡辺の指を恥ずかしいアヌスに感じて、弥生は血の気が引いた。

（ダメっ、ダメですっ！　ああっ、そこはいやっ！）

一体どこまで辱しめれば気がすむというのか。満員の地下鉄の車両の中、顔見知りの若い男性と身体を密着させているというのに、秘部にローターを挿入されたままでお尻の穴にイタズラをされている。二十四歳の女捜査官が迷い込んだ悪夢の迷宮には終わりがない。

（許して！　もう許してッ！）

必死にすぼめる菊蕾を、円を描くようにまさぐられる。

ブゥゥゥゥゥン……。

最奥を揺すぶる淫らな振動に、噛みしめた弥生の唇が開いた。

（ダメっ、ああっ、ダメっ）

たまらず髪を揺らして首を振った。

どうしました？　と青年が訊ねてくる。

「な、なんでもありませんわ」

弥生は朦朧とした頭で答えた。

前の振動がもたらす甘美な疼きが、なぶられる尻穴さえも狂わせていく。ヒクヒクとせつなげにうごめきながら、弥生のアヌスは水を含んだ真綿の柔らかさを示していた。とろけるようになった菊坐のすぼまりに、渡辺が指を突き立ててきた。根元まで沈めると、回転を加えながらゆっくりと抽送する。

ヌプッ、ヌプッ……。

（あ、あんまりだわッ……くうッ）

カァーッと脳が灼けただれた。

ブブブッ……ブブブッ……。

溢れ出る悦びの果汁にまみれて、ローターの振動さえもくぐもる。

（も、もう……もうダメっ）

青年にしがみついたまま弥生が気をやろうとした時だ。

渡辺の指が引き抜かれ、代わって何やら硬質の、細い管のようなものを肛門に刺し込まれた。

チュルルッ……。

情感に熱く滾る弥生の身体に、冷たい液体が注ぎ込まれた。

（!?………）

何をされたのか咄嗟には分からず、ピクンと双丘を震わせた裸のヒップは、たちまち襲ってきた灼けるような感覚にこわばった。

（ま、まさか……まさかそんな……い、いやあああッ！）

弥生はヒイッと息を吸った。驚愕が大きすぎて声も出せない。電車の中で浣腸をされるなんて、いくらなんでも……。

空になったプラスチック容器を床に落とすと、渡辺は二個目の浣腸を手にした。浣腸責めを思いついたのは昨日のことだ。三人の「犯罪者」抹殺の任務を終えて玲子が帰ってきたら、彼女にも浣腸してやろう。人妻である玲子の大きなヒップには、浣腸くらいでは物足りない。特大のガラス製浣腸器を突きたててヒイヒイ泣かせてやらずばなるまい。

そんなことを考えながら、渡辺は興奮に汗ばんだ手で、とろけきっておちょぼ口のようになった新米捜査官の尻穴に、立て続けに三個の浣腸を注入した。それから指先で入念に肛門を揉み込んでやる。もうアナル責めに夢中だった。

三人はS線に乗り換えるため新宿で地下鉄を降りた。雑踏の中、連絡通路を歩く弥生の額には、懊悩のあぶら汗がタラタラと流れている。降りる寸前に渡辺の手でパンストを引き上げられたが、最奥には振動するローターが入ったまま——そして早くも便意の切迫が新米捜査官を追いつめていた。

S線もやはりギュウ詰めだった。ローターの振動がもたらす愉悦と、便意の衝迫の板挟みになって、弥生はもう口もきけなかった。そんな弥生に追い討ちをかけるように、タイトスカートの中に潜り込んだ渡辺の手は片時も休まない。からかうようにピタピタと尻丘を叩くかと思えば、肛門のすぼまりに指を押し当ててユルユルと刺激を加える。先刻と同様に脚を開かせると、股間に差し込んだ手のひらをパンストの上から恥丘に押し当て、ローターの強烈な振動を愉しんだ。

「あ、あううッ！」

ついに弥生はこらえきれなくなった。

美しい眉間に縦ジワを刻むと、澤村にヒシとしがみついて声を放った。

「あううーッ！」

「倉科さん、ど、どうなさっ……アワワッ！」

弥生の異変に驚いた澤村の、気遣う言葉は途中で途切れた。清楚な女捜査官の妖しい悶絶にオスの淫欲を刺激され、ついにスラックスの中で若い肉棒を暴発させてしまったのだ。

「す、すみません……僕、ちょっと急用が……本当に、本当に申し訳ないのですが、次の駅で降りさせてください。報告は今度で構いませんから」

平謝りに謝りながら射精の発作が止まらない。電車が駅に着くや、澤村は人を掻き分けて下車し、転びそうになりながらホームの階段を駆け下りていった。

渡辺も便乗して下車すると、人気のないホームの端へと弥生を連れていった。

「お、おトイレにッ……」

消え入るような弥生の懇願は切迫感に慄えている。もうとっくに我慢の限界を超えてしまって、立っているのがやっとだった。

「漏らしそうなのか。なら僕が栓をしてやろう。ここなら監視カメラの死角になっているし」

公安出身だけに、その辺の事情には詳しい。円柱の陰で弥生に四つん這いの姿勢をとらせ、ズボンを下ろした。タイトスカートを捲り上げてパンストをビリビリと裂き、裸の双臀を抱えこむ。必死にすぼめる菊坐の中心に亀頭を押しつけ、ズブズブと埋め込みはじめた。

「うわあああぁーッ」

尻をもたげたまま弥生は絶叫した。耐え忍んでいた便意が、貫かれたことで堰を切った。出口に殺到する衝迫を押し戻しながら、渡辺の剛直が押し入ってくる。狂わんばかりの異様な感覚だ。

「うわあッ、うわああッ」

「おおっ、こいつはいい」

渡辺は狂喜し、力強く腰ピストンを打ち込みはじめた。

「やっぱりケツの穴は浣腸して犯すに限る。ううっ、たまんねえぜ」

「ひいッ、いやッ、ひいいッ、いやあッ」

弥生は髪を振って泣きわめいた。情け容赦ない抜き差しに、拡張された肛門粘膜が擦り切れてしまいそうだ。

「ひいッ、おおおッ、ひいッ、おおおおッ」

叫び、喚き、獣のように吠える。駅のざわめきすら圧倒しそうになって、渡辺の手で口を塞がれた。

「ムウウッ！　ムウウウッ！」

（イクっ！　ああっ、イクうっ！）

串刺しにされて揺すりあげられ、肉も骨もドロドロにとろけさせてしまった弥生には、もうそれが苦痛なのか快感なのかも分からなかった。だが錯乱と狂熱の頂点でも弥生の脳の一部には電話で指示された茶髪男の命令がしっかりと刻まれている。

いわく、「渡辺幹雄を消せ」。

（あァ、玲子先輩……）

渡辺に辱しめられながらではあっても、美しい玲子と肌を重ねて絶頂に昇りつめることが、今の弥生には至上の喜びになっていた。渡辺を屠ることは、その喜びを永久に失ってしまうことになる。それでも電話の向こう側から囁かれたキーワードは絶対だった。

特急列車が入ってきた。

プオオオーッ——。

警笛が鳴り響いた。この駅には停まらない。

「ヌオオオッ」

渡辺が射精した。弥生はこれを最後と肛門をすぼめ、名残を惜しむようにキリキリと肉棒を食い締めた。それから反動をつけ、ドンと思いきりヒップで突き飛ばした。

「おっとと……」

ズボンを足首に絡ませている渡辺は、バランスを失って線路の方へとよろめいた。たたらを踏み、ホームの縁で危うく持ちこたえた時、とどめを刺すかのように弥生の肛門から濁った薬液が迸った。断末魔の悲鳴を聞くまいと、弥生は咄嗟に両手で耳を塞いでいた。

3

生島丈治――茶髪男――は自室として使っている部屋でソファーに座ってゆったりとコーヒーを飲んでいた。人気若手女優・佐々木郁子の調教を終え、売却先である芸能事務所幹部との交渉も上手くいって、満ち足りた気分だった。最後の記念に女優の美しい肉体を心ゆくまで楽しんだのは言うまでもない。知性と気品を売りにしている彼女の獣じみた乱れようを思い出すと自然と笑みがこぼれた。岸田と宮本を女捜査官が片付けてくれたので、これからは金も女も独占できる。洗脳調教の効果的な手法を確立するためには、大脳生理学者と心理療法のプロの協力が不可欠だったが、今となってはもう奴らは用済みなのだ。

（さて、遺体をどこに隠すか）

工場の敷地は広い。埋めてしまえば、まず見つかる心配はなかった。だが二人分の穴を掘るのは面倒だ。

（あいつらに頼むという手もあるな）

あの三人のヤクザ者のうちの誰かに依頼すれば、適当に運んで処理してくれるかもしれない。女捜査官の代金を少し値引きしてやれば、引き受けてくれるのではないだろうか。

（餅は餅屋というからな、フフフ）

今頃あの色っぽい人妻捜査官は、絶倫の男たちに輪姦されてボロキレのようになっているのだろう。腕利きの潜入捜査官などといったところで所詮は女。太いチ×ポを何本もブチ込まれたら、ヒーヒー泣きわめいて腰を振るしか為すすべなし。なんとも哀れなもんだぜ。

そんなことを思いながらニヤついていると、スーッと正面のドアが開いた。

まったく足音も気配もしなかったことに驚いた。

黒ラバーのショートパンツ一枚で、上半身裸の美女が立っていた。伝説の女捜査官鮎川玲子その人だ。

「お、お、お前っ……」

自分の目が信じられなかった。だがすぐにヤバいと気づき、キーワードを叫ぼうとした。

「アグニ、ヤマ――」

ガァーン！

耳をつんざく銃声が木霊し、男の発した言葉を掻き消した。

「うわわッ」

硝煙がユラユラと立ちのぼる。

拳銃の銃口をこちらへ向けたまま迫ってくる女豹に、茶髪男はうろたえた。腰を抜かしそうになりながら壁際へ逃れると、泣きそうな声で再度、

「ア、アグニっ、ヤマっ——」

ガァーン！

再び銃声が響いた。

今度も弾は外れた。いや、外れたのではなく外したのだ。玲子は男の言葉を聞こえなくするためにトリガーを引いたのである。

壁際に追いつめられた茶髪男の額に、三十二口径コルトが突きつけられた。

「さあ、言ってごらんなさい。私を操るキーワードを」

「へ、へへへヘッ、じょ、冗談言うなよ……」

男の引き攣った笑みは醜かった。恐怖のあまり眼球がこぼれ落ちそうなほど飛び出している。

「お、俺が言い終える前に、あんた、引き金を引くつもりなんだろ」

「ふふ、そうよ。お利口さんね」

「そ、そんなことをすれば、あ、あんただってタダじゃすまないんだぞッ」

苦しまぎれに脅しをかけた。だが無駄だった。

「そうかしら？　私が暗示をかけられてること、知ってるでしょ？」

玲子は妖艶に微笑んだ。

「刑法第三十九条『心神喪失者ノ行為ハ、コレヲ罰セズ』。そうよね？」

「そ、それは……」

「暗示って怖いわ」

女豹はためらわなかった。

人妻捜査官【全員奴隷】

序章　失踪した女

1

目を瞠る女体だった。

たわわな重みのある、それでいて少しのたるみも感じさせない豊満なバスト。驚くほどに細くくびれた美しい腰のカーブ。白桃のようにむっちりして、中心の亀裂からムンムンと女のフェロモンを匂い立たせる大きなヒップ。羞恥に閉じ合わせた太腿がなめらかな白い下腹と交わる魅惑のY字ゾーンには、艶やかな漆黒の繊毛が逆三角形の翳りを妖しく盛り上げている。晒された左右の蒼白い腋窩も熱い汗の玉を光らせて悩ましい。

非の打ちどころなく熟れきった裸体は、両手首をロープできつく縛られ、ガランとした巨大倉庫の天井から下がった鎖によって真っ直ぐに吊るされていた。爪先立ちになったハイヒールの足もとには、無理やりに脱がされたスカートスーツの上下、引きちぎられた黒いブラジャーとパンティが落ちている。

絶体絶命の窮地にもかかわらず、女は乱れた長い髪の間からランランと光る女豹の眼光で目の前の男を睨みすえ、

「卑怯者ッ」

歯ぎしりしつつ罵った。

「女一人捕まえるのに子供を攫うだなんて。仮にも紅竜会の会長を名乗る男が、恥ずかしいとは思わないの⁉」

女の名は鮎川玲子。

知る人ぞ知る、プロの潜入捜査官である。

「翔太を返してッ」

息子の翔太は小学校にあがったばかり。母の玲子に似て賢く気丈な子ではあるが、下校途中に路上で拉致されて、今ごろどんなに怖い思いをしていることだろう。百戦練磨の凄腕捜査官であっても玲子は母親。裸に剝かれて吊るされている我が身より、愛する息子のことが気掛かりだ。

「フフフ、慶子――いや本名は玲子だそうだな。まさかお前が人妻――それも子持ちの人妻だったとは……」

ステテコ一枚の男は葉巻を片手に、たるんだ腹を揺すりながら、ゆっくりと玲子の裸身のまわりをめぐり歩く。

「心配するな。ガキはすぐ家に帰してやる」

その言葉にホッとしたのも束の間、

「お前がおとなしく調教を受け入れたらな」

いきなり後ろから裸の双臀に触れられ、

「あッ、いやッ！」

玲子はビクンッと爪先立ちの裸身を反らした。

「や、やめて！　汚い手で触らないで！」

カッとなって首を後ろへねじると、憤怒の眼差しで相手を睨みつけた。

潜入捜査では「女」を武器にするし、必要とあれば男に肌をさらすことも厭わない。だが触れられたり愛撫されたりすることには常に抵抗があった。自分の身体は愛する夫だけのもの。悪人たちの手で弄ばれたくはない。玲子に限らずＩＣＳの人妻捜査官たちは皆そう感じている。

尻の丸みをユルユルといやらしく撫でまわしてくる男の手に、

「やめてッ、この変態ッ！」

玲子は憤りの声を高ぶらせた。

「いやッ、ああッ、いやよッ！」

声をうわずらせ、いやらしい愛撫から逃れようとして白い双丘をクリクリと揺すりたてる。

「やめなさい、益田！　すぐにやめないと、タダじゃすまないわよッ」

「ふん、この状況で俺を脅すのか。相変わらず気が強いな」

狂乱して振りたてる人妻捜査官のたわわな尻肉を、益田は鷲づかみにして荒々しく揺すぶった。

「だがそこがいい。お前みたいに負けん気の強い美人の人妻を串刺しにして、許しを乞うまでヒイヒイとヨガり泣かせる。それこそ極道冥利に尽きるってもんだ。それにお前にはいろいろと借りがあるしな。このムチムチに熟れた尻に、その借りをきっちりと返してやるぜ」

しっとりした絹のような肌。そして張りのある見事なヒップ。これに俺はたぶらかされてしまったのだ。ああ、どんなにこの日を待ちわびたことか。ついにこの極上の肉体を手に入れたぞと、益田は疼くような嗜虐心の発作に股間を熱くしていた。

益田耕次は五十五歳。広域暴力団・紅竜会の会長だ。

女なんぞはただの肉穴。顔とスタイルが良ければ誰でもいい。ケツ持ちをしているクラブで新人ホステスの玲子（加藤慶子という偽名を使っていたが）に出逢うまではそう思っていた。未婚で一人住まいだという彼女にぞっこん惚れ込んでしまった益田は、やらせてくれそうで意外にガードの固い女をなんとか口説き落とそうと悪戦苦闘するうち、いつの間にか組織の裏事情をあれこれと打ち明けていた。

ある日、組の幾つかの事務所に警察の一斉摘発が入り、幹部の半数近くが逮捕されてしまった。検挙理由のいずれもが、益田がホステスに話したことと関係していた。すぐさま店に乗り込んだが、女はすでに行方をくらましていて、益田はハメられたことを知った。

あれから三年、近年急速に勢力を拡大しつつある「蠍尾」という中国系マフィアから手を組まないかという話を持ちかけられた時、益田は相手側に出した諸条件の中に「ある女の身元を割り出して欲しい」という要求を入れた。

「蠍尾」は日本国内で人身売買の事業を拡張しようとしており、紅竜会などとは比べものにならぬほど優れた情報網を有していた。偽名と写真、クラブに残されたわずかばかりの私物から、二ヶ月と経たぬうちに「鮎川玲子」の所在をつきとめた。

そうなれば後は楽勝だ。益田は玲子の息子を誘拐し、玲子をおびき出して監禁した。

「どうかね、李さん？　言ったとおり、いい女だろう」

吊られた裸身をよじりたてる玲子の双臀を撫でまわしながら、益田は傍に立つもう一人の男に話しかけた。

「ええ、これほどの上玉は久しぶりです。私も仕事のし甲斐がありますよ」

男は中国訛りの日本語で答えた。こちらもステテコ一枚で五十がらみ。痩せぎすで異様に眼光が鋭い。玲子は知らないが、李国明（リーグオミン）は〝闇の調教師〟と呼ばれて、その筋では有名な男だ。

「彼がお前をここで性調教にかける。それを金持ちのヒヒ爺いどもに見物させ、競りにかけて買い手を決めるのさ。フフフ、高値がつくよう、せいぜいこの色っぽいケツを悶えさせてくれよ」

屈辱にこわばった人妻の双臀を手のひらでピタピタと叩いた。

玲子と益田、そして調教師の李、三人のまわりには彼らを囲む形で幾重にもパイプ椅子が並べられている。そこに招待客らを座らせて、淫虐の儀式を見物させる手筈になっているのだ。

「あなたの思いどおりになんかならないわッ」

裸の尻を撫でまわされる屈辱に、玲子は高ぶった声をあげ、日本人離れした美しいヒップを揺すりたてた。それが益田を喜ばせることになると分かっていても、虫唾の走る愛撫にとてもじっとしていられない。

「お披露目は何時からだい？」

益田の問いに、

「十時からです。二時間ほど調教を見せて、深夜から競りにかけます」

調教師の李が答えた。

「まだ時間があるな」

ロレックスの腕時計に目をやり、益田がニヤリと笑った。

客たちがやってくるまでまだ少し時間がある。美味しい御馳走を前に、指を咥えている手はない。

嫌がって振りたてる双臀の形を手のひらでじっくりと味わうと、益田は玲子の前にしゃがみこんだ。

「フフフ、いい生えっぷりだ。どこからどこまで俺好みだよ」

目の前には漆黒の繊毛が、白い肌と鮮やかなコントラストをなして萌えている。こんもり盛り上がった艶やかな毛叢を指先につまみあげると、擦り合わせるようにしてシャリシャリ感を楽しみながら、益田は下から覗きあげて勝ち気な女捜査官の顔色を窺った。

（クウウッ……）

玲子は首を横にねじって屈辱に耐えている。こんなふうにネチネチいたぶりを受けるくらいなら、いっそ一思いに犯されてしまったほうがマシなくらいだ。だが玲子はまだ知らない。このあと数ヶ月間、女に生まれたことを後悔するほどの辱しめを受け続けなければならないのだということを。

「や、やめてッ」

玲子は背中までかかるストレートロングの髪を振り、片肢をくの字に曲げて抗った。益田の両手が太腿にかかり、ピタリと閉じ合わせた太腿を割り開きにかかったからだ。

「いやッ、いやよッ」

「くそっ、強情なやつめ」

「いやあッ」

玲子は必死だ。開脚させようとする益田の狙いは明らかである。玲子の最も大切で最も恥ずかしい所を弄ぶつもりなのだ。

「いやああッ！」

「ぐわッ！」

益田は頓狂な声をあげて尻餅をついた。

暴れる玲子を押さえつけようとして、いきなり顔面に膝蹴りを食らったのだ。普通なら鼻の骨が折れていてもおかしくはなかった。が、玲子が爪先立ちのため、蹴りの威力が半減したのが益田にとっては不幸中の幸いだった。

「くッ……このアマぁ」

不様に尻餅をついたまま、益田は鼻を押さえた。ジクジクと鼻血が出て、押さえた手のひらを生温かくヌラつかせた。

「とんだジャジャ馬ですね」

李の顔がニヤついた。

「手伝いましょうか?」

「いや、その必要は無い」

益田は立ち上がってタオルで鼻血をぬぐうと、スマートフォンを手にし、どこかへ電話をかけ始めた。

「工藤か。ガキはそこにいるな。声を聞かせろ」

電話の向こうにいる部下に命じると、用心深く玲子の斜め後ろに近づき、その耳にスマホを押し当てた。

『ママっ、ママっ』

「しょ、翔太ッ!」

愛する我が子の声に、

「翔太、無事なのッ!?」

玲子が我を忘れて叫んだのと同時に、その耳から益田はスマホを離した。

「よく聞けよ、工藤」

わざと玲子の正面に立ち、その青ざめた美貌を観察しながら電話し続ける。

「俺はいったん電話を切る。もしも二時間以内に俺からまた電話がかかったら、出る必要は無いから、ガキを始末しろ――ああ、そうだ。そういうことだ。やり方はお前に任せる。好きにしていい」

そう言って電話を切ると、メニュー画面からリダイヤルをタップした。番号の表示されたディスプレイを玲子に示し、

「ワンタップだ、玲子。ワンタップで、お前の息子はあの世行きってわけだ」

と、ディスプレイに触れるジェスチャーを見せて脅した。

「工藤ってのは少しばかりイカれた野郎でね。サディストっていうのかなあ。他人が苦しむのを見るのが大好きなんだ。相手がガキだろうと関係ねえ」

「やめて……」

さすがの玲子もワナワナと慄えはじめた。

「私はどうなってもいい。でも子供に罪はないわ……そうでしょう？　お願いだからそんな酷いことはしないで……」

「さあねえ。フフフ、お前次第だな」

益田はふてぶてしく笑うと、もう一度玲子の足元にしゃがみこんだ。もう蹴られる心配は無い。正直、人妻と知った時には少しガッカリした。だが今は逆にそれが幸いしたと思っている。子供を使って脅すことで、勝ち気な人妻捜査官にどんなあさましい振舞いでも要求できそうだ。

「脚を開きなよ、玲子」

漆黒の繊毛をつまんで弄びながら命じた。

「売り物になりそうかどうか、オマ×コをチェックしてやる」

「ウウッ」

玲子にはもはや拒むという選択肢は無かった。我が子を救うためには、たとえ地獄の責め苦であろうと受け入れるほか無いのだ。

「あああッ」

絶望の喘ぎとともに、ピタリと閉じ合わされていた太腿に隙間が生じる。

「ウムムムッ……クウッ」

ただでさえハイヒールの爪先立ちである。脚を横に開くと本当の宙吊りになってしまい、全体重が縛られた手首にかかった。キリキリと手首に食い込んでくる縄。玲子が鍛えあげられた捜査官でなかったなら、いかに母の愛が強いとはいえ到底耐えられるものではない。

「ウグググッ……」

「もっとだ。もっとパックリ開くんだよ、玲子」

「クウウウーッ」

玲子のこめかみに汗が光る。歯を食いしばった凄艶な美貌と、筋を浮かせて開いていく鼠蹊の付け根を交互に見比べながら、

「フフフ、恥ずかしい割れ目が見えてきたぜ」

益田は興奮の声をうわずらせた。

漆黒の飾り毛がもつれ合う恥丘の下端に、美麗なピンクをにじませた縦長の割れ目がのぞきはじめた。ピッチリ閉じ合わされた秘貝は、卑猥な肉のビラビラを外にハミ出させることもなく上品で、とても七歳になる子を持つ女とは思えない。尻や乳房が豊満に熟れきっているだけに、その部分の瑞々しい清らかさが際立った。

「もっとだ。肉ビラがハミ出るまで、もっと大きく股を拡げろ」

「アアアッ」

もう玲子の長い脚は九十度以上も開き、ハイヒールの爪先は完全に床から離れている。人の字に吊られて開脚している白い裸身は、まるでバレリーナか女子体操選手を裸にして跳ねさせ、ストップモーションにしたかのごとくである。

「フフフ、それでいい。チェックが済むまで、閉じるんじゃないぞ」

釘を刺しておいて、ついに無防備に晒された人妻の股間に片手を差し入れた。

指先でじっくりと、割れ目にそって秘貝をなぞる。普通ならシャブを打って愛撫してやるのだが、この女に限ってはそれをしたくなかった。それに「蠍尾」側も、あまり強い麻薬は使わない方針とのことだ。女をヤク中にしてしまえば扱いは簡単になるが、商品としてはどうしても価値が下がってしまう。いい女を健康のまま高く売る——それがこの中国マフィアのやり方らしい。

「やめてッ！　いやッ！」

大きく脚を開いたまま、玲子はくびれた腰を左右に振った。女の最も大切なところを、夫以外の男、それも憎むべきヤクザ者の指で弄られている。恥ずかしさと口惜しさで、弄られる秘部を中心に全身が熱くなっていく。それでも脚を閉じるわけにはいかない。一人息子の命がかかっているのだ。

「いやッ、ああッ、いやッ！」

開いた美脚が小刻みに痙攣し、鼠蹊の筋がピクピクと攣った。玲子は長い髪をうねらせて何度も首を振り、食いしばった歯をカチカチと噛み鳴らした。縄の食い込む手首の痛みすら忘れるほどの恥辱である。だがそれでもまだ序の口なのだ。

時間をかけて割れ目の上をじっくりと指先でなぞると、益田は両手の親指で肉土手を圧し、

「そうれ、ご開帳だ」

言いながら、ゆっくりと左右に剝きくつろげる。

「うわあああッ！」

繊細な粘膜を外気にさらされていく感覚に、玲子は喉を絞って叫んだ。

2

これ以上は無理というほど剝き拡げられてしまった。こんな破廉恥な行為は夫にも許したことがない。複雑な女の構造をすべて露呈してしまっているのを感じ、玲子はカーッと脳を灼かれた。

ううッ、けだものッ――そう罵ったつもりだが、衝撃が大きすぎてカチカチと歯を嚙み鳴らすばかりで、呻き声にしかならない。

「へへへ、ついに拝ましてもらったぜ。ありがたい観音様をよォ」

益田はわざと玲子に聞かせるために言う。サーモンピンクの粘膜のひろがりに鼻を近づけ、妖美な肉の構造を夢中で覗きこんでいる。とうとう玲子の女性自身を見てやったぞと、興奮に胴震いが止まらない。

「とてもガキを生んだとは思えねえ。色も形も綺麗なもんだ」

女の陰部など飽きるほど見てきたはずの益田だが、しっとりと濡れた貝肉の妖しさに、まるで初めて女の秘密を知った少年のように興奮していた。ゴクリゴクリと何度喉を鳴らして呑みこんでも、後から後から唾液が湧き出てくる。ペニスは痛いほどに勃起してステテコを突き破りそうだ。すぐにでも貫いて奥を掻きまわしてやりたいが、この後に公開調教と競りが控えている。今は我慢して、見るだけにとどめておこう。

「脚は閉じるな。そのまま開いてるんだぜ」

スマホを示して脅すと、益田は玲子の背後にまわって再びしゃがんだ。

「ヘッヘッヘッ、まったく、たまんねえケツしてやがる」

目の前にキュンと引き締まって盛り上がった人妻のヒップがある。腰の位置の高さが日本人離れしていた。ハイヒールを宙に浮かせたセクシーな両脚が斜め横に大きく開かれていても、むき玉子を想わせる左右の臀丘が尻割れでせめぎ合っているため、そのままではアヌスを拝むことができない。益田は弾力に満ちた白い双丘を鷲づかみにすると、パックリと割って中心の谷間を晒しきった。

「おおッ、いいぜッ」

淫熱を孕んだ益田の声に、

「いやあぁッ」

どこを見られているのかを嫌でも思い知らされて、玲子は半泣きの声を昂らせる。息がかかるほどの至近距離から汚辱のすぼまりを観察される恥ずかしさに、おちょぼ口に似たアヌスがキュウと中心にシワを集めて収縮する。それが益田にはたまらない。ゴクリと生唾を呑み下すと、

「そのままだぜ。そのまま動くなよ、玲子」

うわずった声で言いきかせ、美麗な菊坐にピタリと指先を押し当てた。

ヒッと玲子は息を呑んだが、開いた脚を閉じ合わせることはできない。背筋を走る冷たい戦慄に、吊られた裸身を弓なりに反らせたまま、キリキリと奥歯を噛みしめてそのおぞましすぎる感覚に耐えた。

「ここを使ったことはあるのか、玲子」

ユルユルと指先で揉み込まれ、

「く、くううッ」

玲子は髪を振り、身をよじり、開いた美脚を痙攣させる。

「ククク、その嫌がりようだと、初めてかな? だが、それにしちゃあ敏感すぎ

るぜ」

ヒクヒクと窄まる動きが、男の倒錯した欲情を刺激する。益田は夢中になって指を使いつづけた。勝ち気で美しい人妻の尻の穴。これほど男の淫心をそそるものは無い。

「い、いい加減にしてッ！　ううッ、変態ッ！」

最も触れられたくない箇所を揉み込んでくる男の指に、玲子の引き攣ったこめかみに冷たい汗がタラタラと流れる。

「感じるか？　どうだ、玲子」

「バ、バカなことを……ううッ、やめなさいッ」

どこまでしつこいのだ。指先で円を描く執拗な揉み込みは、どうやら辱しめて楽しんでいるだけではなく、本気の執着が感じられる。女性のアナルに異常な興味を示す益田が信じられない。だが開いた脚を閉じることは許されなかった。一人息子の翔太は玲子の宝物。夫との愛の結晶だ。命に代えても守りぬかなくてはならない。

「感じてるじゃないか。いい感じにとろけてきたぜェ」

「う、嘘よッ」

ヘラヘラと笑われ、玲子は赤らんでいく顔を狂おしく振った。まさぐられる肛門が火になっている。おぞましさに気が遠くなりそうだ。

「嘘なもんか。フフフ、その証拠に——」

「あッ……な、何を⁉……ああッ、いやッ！」

うろたえた悲鳴と共に、玲子のヒップの双丘がこわばった。すぼまりの中心を益田の指がゆっくりと圧し始めたのだ。

「バ、バカな真似は……うッ、ダ、ダメっ！」

尻穴に指を入れられる。信じられない屈辱だった。玲子は括約筋を収縮させて必死に拒もうとするが、執拗な愛撫にジーンと痺れきってしまったアヌスには指の侵入を防ぐだけの力が無かった。

「ダメっ、ダメっ……ああッ、いやあァ！」

「フフフ、尻の穴は嫌がっていねえさ。ほれ、どんどん入っていくぜ」

とろけるような感触がたまらない。第一関節——第二関節——益田は太い中指を右に左にねじりながら、どんどん奥へ進め、ついに根元まで貫いた。

「くあああッ……」

「ククク、熱いぜ、玲子。指がとろけちまいそうだ」

ゆっくりと指を回してヌルヌルした禁断の感触を味わいながら、益田は何度も生唾を呑む。ピッチリとゴムのように締まった入口が強く指の根元を締めつけてくるが、奥はとろける柔らかさだ。女膣以上にそれは秘肉という感じがした。この熱い秘壺にビンビンのチ×ポを埋め込んでやったら、さぞかし極楽だろう。

「フフフ、ほれ、どうだ。こういうのは好きか」

指をねじりつつ抽送し、鉤状に曲げた指先で腸壁を掻いてやると、

「ううッ、やめて……ああッ、いやッ」

開いたままブルブルわななく玲子の下肢の先から、白いハイヒールが左右とも脱げ落ちてしまった。

「やめてッ……も、もう……あああッ」

美しい素足が悶絶にキリキリと爪先を内側にたわめている。アナルを貫き、直腸をほじりたててくる男の指。排泄器官を責め苛まれる異様な感覚に、玲子はもう狂わんばかりだ。吊られた裸身が脂汗に光り、ブルルッ、ブルルッと痙攣し始めた。

その姿をじっと観察していた李は、

「これだけ熟れた身体をしているんですからね。尻の穴を責められて感じないわ

けはありませんよ」

満足げな笑みをたたえて、玲子の前にしゃがんだ。

「どれ、確かめてみましょう」

と言いつつ、開いた太腿の付け根——艶やかに繊毛をもつれさせた恥丘をいかにも慣れた手つきで左右からつまみあげ、割れ目の奥の秘貝を剝き身にさらした。

「ああーッ！」

悲痛な声をあげ、憤辱にうなじを反らせた人妻潜入捜査官の汗ばんだ美貌を下からチラと覗き上げると、李はすぐに視線を手元に戻し、

「うむ、こいつは上物だ」

これから調教にかける女肉の構造を、感心したようにつくづくと眺めた。

「形といい色艶といい、とても子持ちの女とは思えない。フフフ、後は濡れ具合い、そして締まり具合いですね」

「ううッ、け、けだものッ」

見られる屈辱に、玲子はますます気が高ぶっていく。たまらない羞恥がこみあげて、ほじられる尻穴はむろんのこと、拡げられた媚肉もカーッと熱く灼けただれた。その灼熱の中からツーン、ツーンと妖しい疼きが生じてくるのを感じ、

（い、いけない……ああッ、そんな……）

玲子は歯を食いしばって艶やかな黒髪を振った。

（やめて……い、いやッ……ああッ、いやッ）

熱い疼きが快感に変じていく。女膣との境の薄い粘膜。そこを男の節くれだった指でユルユルとまさぐられることで、触れられていない女の花園からジクジクと熱い蜜が滲み出てくるのが自分でも分かった。

（ううッ……ど、どうしてッ⁉）

卑劣な犯罪者たちに変質的な辱しめを受けているというのに、たやすく濡らしてしまう自分の肉体が信じられない。だがその理由として思い当たるフシが無いわけではなかった。二年前の囮捜査で、玲子は後輩捜査官の倉科弥生と共に犯罪者グループに監禁され、三日間にわたって容赦の無い性調教を受けた。その時の強烈すぎる体験によって、彼女の中では何かが毀れたままなのだ。

「濡れてきましたよ。これほどアナルが敏感な女も珍しい。期待できそうです」

透明な果汁のしたたりを手のひらに受けると、李は握りしめるように指を折りつつ捏ねまわした。愛液の粘り気を確かめて、「よし」と独りごち、手のひらに顔を近づけフンフンと鼻をうごめかせる。

「うむ、匂いも素晴らしい」

思わずウットリした顔になった。美女の甘酸っぱい牝臭は男を狂わせる。うっかり気をゆるめると、彼自身も仕事を忘れてのめり込んでしまいそうだ。

「あッ、も、もうッ」

玲子が髪を振り乱し、せっぱつまった声をあげた。

色づいた柔肌と、その上をつたい流れる玉の汗。脚を開いたままブルブルと慄える腰つきを見れば、プロ調教師の李ならずとも玲子が気をやりそうになっていることは分かる。

「フフフ、イキそうなのか、玲子?」

「だ、誰がッ……うぐぐッ」

「こんなに濡らしてるくせに。フフフ、強がりも大概にしたらどうだ?」

後ろから責める益田の目にも、李の指で開かれた玲子の割れ目から粘っこい花蜜がしたたり落ちているのが見える。とどめを刺される瞬間を待ち望むかのように、濡れ光る秘肉がサーモンピンクの柔ヒダをヒクつかせていた。人妻の性を満開に咲き誇らせて身悶える玲子の凄艶な色香に、益田は一気に追い上げてやりたい衝動に駆られたが、どうにかそれをこらえた。

「フフフ、あいにくだな、玲子。ずいぶんと下の口がヨダレを垂らしているが、イカせてやるのはもう少し後だ」

ピッチリと自分の中指を締めつけている肛穴を見ながら、益田は底意地の悪い笑みを浮かべる。

「どうせなら、大勢が見ている前で派手に気をやってもらおう」

そろそろ時間だと言って腕時計を見た益田の耳に、鉄扉の向こうに集まりだしたゲストらのざわめきが聞こえてきた。

3

四、五十人はいるだろうか。

玲子と益田、李の三人を囲んだパイプ椅子に、ゲストの男たち全員が座り終えた。みな常連の客らしく、天井から吊られた玲子の裸身を見ても、「ほお」と感嘆の声を発しただけで、さほど驚いた様子もない。数人は仮面舞踏会で用いられるようなマスクをつけているが、大半のゲストたちが平然と素顔をさらしているのは、主催者である人身売買組織に信頼を置いている証拠であろう。身なりがよく、かなり社会的地位の高い者ばかりと思われた。

照明が落とされ、用意されたライトが三人を照らしだすと、

「皆さま、ようこそお越しくださいました」

どこに控えていたのか、背広姿の男が現れ、ゲストらに挨拶の口上を述べ始めた。落ち着いた物腰と、中国訛りはあるがなかなか流暢な話しっぷりから、もう幾度も公開調教の進行役をしていると思われるその男は、調教師の李と同じく「蠍尾」の人間だ。簡単に挨拶を済ませると、

「お手元のパンフレットにございますように、今宵の出品は子持ちの人妻、玲子です。まずはゆっくりと調教をご覧ください。競り落とせなくとも、足をお運びいただいたことを後悔はさせません」

と、自信たっぷりに言った。

脚を閉じることを許され、吊られたまま爪先立ちに戻った玲子の髪を李が荒々しくつかみ、恥辱に赤らんだ顔を上向かせた。そのまま360度回転させ、知的で勝ち気な美貌をゲストらに見せつけていく。

以前は調教を済ませてからオークションにかけていたのだが、性調教の途中過程を公開したほうがスケベじじいたちの欲望をそそり、商品に高値がつくことが

分かったため、現在はそのやり方で統一している。公開調教の翌日から、会員だけがアクセスできるネットオークションが始まり、予告なく締め切られる。その時点で最高額を提示した会員に、調教を済ませた商品を自由にできる権利が与えられる。商品の管理（監禁）やプレイのお膳立て等は実費で主催者側が引き受けてくれるうえに、不要になった商品の処分もしてもらえるので、会員の負担は非常に小さい。そのぶん落札価格は安くなく、最低でも八桁には達していた。玲子クラスだと九桁に届くかもしれない。それだけの財力のある者しか会員になれなかった。

さすがに超のつく富裕層だけあって、素っ裸の美しい人妻を見ても騒ぎ立てたりすることはない。それでも李が今度は位置を変え、玲子のヒップを晒したままゆっくりと一回転させると、むっちりと張った双丘の見事さにどよめきが生じた。その興奮も冷めやらぬまま、ショーを兼ねた性調教が始まった。

ステテコを下ろした益田に前から腰を抱えこまれ、吊られている玲子はのけぞってヒッと短い悲鳴を洩らした。

爪先立ちの下肢を抱え上げられ、長大な肉棒で股間をなぞりあげられて、

「いやッ、何をするのッ!?　ああっ、やめてッ！」

金切り声をあげ、熱い矛先を逸らそうと腰を揺すりたてて抗った。まさかいきなり犯しにかかってくるとは予期していなかった。

「へへへ、何をするかって、奥さん？　オマ×コさ。奥さんとオマ×コするところを皆さんに見てもらうんだ」

大勢の見物人の前で玲子を辱しめることに益田は異様な興奮を覚えていた。ただでさえ逞しいペニスが痛いほどに勃起している。玲子のことを奥さんと呼び、オマ×コだよオマ×コと何度も卑語を口にしつつ、人妻の下腹の茂みを怒張の先でいやらしくなぞりあげた。

「ああッ！　ああッ！　い、いやあああッ！」

挿入を許してなるものか。玲子は死にものぐるいで身をよじって抗った。夫への操立てはもちろんだが、いま犯されたら自分がどうなってしまうか——それを考えると恐ろしい。指を使った先刻の肛門責めで全身が熱く燃え上がって、女壺もドロドロに溶けただれてしまっている。この状態で花芯を深々と貫かれたら——相手が素人ならともかく、極道というのは女のあしらいに長けている。今の玲子には、犯されて正気を保てる自信は無かった。いや間違いなく狂わされてしまう。

「やめてッ、許さないわッ」

髪を振りたてる玲子の必死の抗いに、

「ここはそうは言ってないようだぜ、奥さん。へへへ、こんな濡らしちまってよう」

益田は玲子の両膝をすくいあげたまま、

「ほうれ、挿れるぞ。ぶっといのをオマ×コにブチ込むぞ」

脅しながら、女の濡れた花園を怒張の切っ先で何度もなぞりあげた。

玲子が潜入捜査官であることは、あえて客たちには明かしていない。そうと知れば興味を示す客もいる一方、不安を抱く者も出るであろう。ここはさしあたって普通の人妻、セレブの美人妻として調教を披露したほうがよい。

「ダメっ、ダメっ！　ああッ、いやああッ！」

玲子がひときわ高い声を張りあげ、ググッと背中を反らせた。

「お、おおうッ！」

腰を密着させながら、益田が喜悦の呻きをあげる。

「あああッ、いやッ、いやあッ」

「おおうッ！」

美しい人妻が極道のペニスに貫かれたことが、誰の目にも明らかだった。ゲストの全員が生唾を呑み、手に汗を握って椅子から腰を浮かせた。今夜のショーはいつにも増して興奮させられる。何といっても商品の女が絶品だ。

「あぁッ……うぐぐッ」

白目をむくほどの深い挿入に、汗の光る玲子の美貌はギリギリと奥歯を噛みしめている。手首を縛った縄の先で、結婚指輪を嵌めた指がきつく握りしめられ、犯された人妻の死なんばかりの屈辱を物語っていた。それを見守る男たちは凄艶すぎる色香に圧倒され、息をするのも忘れている。

「すげえよ、奥さん、すげえ締まりだ」

自分の女を自慢するかのように、益田は声をうわずらせて言った。

「こんなに気持ちいいオマ×コ、俺は初めてだぜ」

実は今回のオークション、〝出来レース〟なのだ。益田はこの人身売買組織から既に玲子を買っていた。わざわざ公開調教にかけたのは、玲子を貶め、恐怖と屈辱を存分に味わわせるためにほかならない。

ああ、たまんねえぜ奥さん、最高だよ——唸るように言いながら、益田は腰を使いはじめた。期待どおり、いや期待していた以上の秘肉だった。とろける感触の女壺は処女のような窮屈さで、無数の微細な襞をざわめかせて剛直を締めつけてくる。名器とはまさにこれだと感嘆しつつ、ゆっくり抜き差ししてやると、声をあげまいと歯を食いしばっている玲子の女体は悶絶にのたくった。

「へへへ、そんなにいいのか、奥さん」

横にねじった悲痛な美貌を眺めながら、焦らすようにゆっくりと挿れ、ゆっくりと引いてやる。打てば響く反応がたまらない。今はまだ心まで屈してはいないが、この感じようからして崩れるのは時間の問題だ。花芯のざわめきはもちろんのこと、全身をヒクヒクと痙攣させて悶えている。

「ずいぶん感じてるじゃないか。フフフ、あんたの亭主が見たら何と言うかな?」

リズミカルに揺すりながらからかってやると、

「か、感じない……感じてなどいないわッ」

玲子はカチカチと歯を嚙み鳴らして口惜しがる。

「無理すんなって。これだけの身体だ。亭主一人で満足できるわきゃあねえ。ほれ、ほれほれ。遠慮せずに、自分でも腰を振って狂いな」

言葉とは裏腹に絡みついてくる柔肉を、益田は突き上げ、揺すりたて、捏ねまわす。女の弱点を知り尽くした腰使いは裏社会の人間ならではだ。夫とは比べも

のにならぬパワーとテクニックに圧倒された玲子は、たまらず噛みしばっていた朱唇を開き、

「あッ、あああッ」

と、湿った喘ぎ声をこぼした。

(ううッ……こ、このままでは……)

こみあげる肉の疼きを振り払おうと、長い髪を幾度も振りたてる。

(負けないッ、こんな犯罪者なんかに……負けてたまるものですか！)

身体は汚されても、心までは——と、ギュウッと拳を握りしめる。

だがそんな気持ちすらも雲散霧消してしまいそうなほど、玲子は肉情を高ぶらせてしまっていた。有能な捜査官である前に、成熟した女なのだ。

「ククク、思ったとおり、なかなか調教し甲斐のあるジャジャ馬ですね」

ではそろそろ私も加えさせていただきましょうと、今まで見物にまわっていた李がニヤリと笑った。何やら光るものを手にして、玲子の宙に浮いたヒップの後ろにしゃがみこんだ。

目の前のむっちりと成熟した双臀は、汗でヌラヌラと光って弾力を感じさせ、平手で叩くとパチッと弾き返されそうなほどだ。狭間の割れ目に益田の剛直が出

没を繰り返すたびに、甘く匂う花蜜がジクジクと滲み出ている。

調教師の李が手にしているのはガラスの棒だった。マジシャンがやるような仕草でその細長い棒をまずゲストの男たちに示しておいてから、先端を玲子の丸いヒップの中心の尻割れに這わせた。

「アッ！」

と、玲子が叫んで双臀をこわばらせたのは、恥ずかしい尻穴に冷たい感触を覚えたからだ。

「ヒイッ！」

それが何であるかは知らないが、肛門をなぶられると知って慄然とした。

「いやッ、お尻は……お尻はもういやッ」

益田の指でまさぐられた疼きがまだ煮えたぎったままなのだ。前をえぐられながら後ろの恥ずかしい穴にいたずらされたら……。

（ダメっ、ダメよッ）

白桃のようにむちっと張ったヒップの双丘をよじりたて、玲子は懸命に逃れようとする。だが野太い肉杭に深々と貫かれてしまっている尻が、菊坐の中心を縫ってくるガラス棒を防げるはずもない。

「い、いやあああッ」

泣き声をあげながら、玲子は尻穴深くガラス棒を受け入れていく。

「ああッ、いやッ、いやッ、抜いてッ」

吊られた裸身を反らしたまま、狂おしく髪を揺らした。

「ククク、奥さんみたいなジャジャ馬には、なんたってこいつが一番効くのさ」

愉しくってたまらないというように李はガラス棒を動かす。ほじるように抽送しておちょぼ口の肛穴を刺激するかと思えば、先端で円を描いて腸腔を捏ねまわすようにする。ガラス棒を使ったアナル責めは彼の十八番。これをされて狂わない女はいない。

「やめて……ああッ、やめてッ」

玲子はワナワナと腰を慄わせ、熱っぽく喘ぎだした。

ヌプリ、ヌプリと最奥を突き上げてくる反りかえった剛直。尻穴を陰湿にほじってくる細いガラス棒。異なる感覚の二つの抽送が、玲子の中でもつれ合い絡み合って、女の官能を狂わせていく。

（こんな……ううッ、こんなことって……）

めくるめく官能の渦の中、敏感なまでに益田の逞しさを感じとってしまう。玲子はもう我を忘れて泣きじゃくった。身体の芯がひきつるような収縮を繰り返し、妖しくざわめきながら男の抽送に絡みついていく。

（いいッ、いいわッ、あああああッ！）

後から後から押し寄せる喜悦の大波に、もう見守るゲストらのことも、愛する夫や捕われの身の我が子のことも頭に無かった。脳を溶けただれさせる快感に、熱い喘ぎを止められない。吊られた裸身をよじりたて、身も世もない嬌声を放って甘い身悶えをみせる人妻捜査官は、男がわざと腰の動きを止めて焦らすと、

「あッ、いやッ、いやあッ」

恥も外聞も忘れ、自らせがむようにヒップを揺すりたてた。

（く、口惜しいッ）

一瞬プライドが甦りはしたものの、おぞましい肛穴を縫ってクルリ、クルリと腸管で回転するガラス棒のもたらす感覚に、たちまち正常な理性を麻痺させてしまう。

（ううッ、た、たまらないッ）

あさましすぎる腰の動きを益田と李にからかわれたが、もう何を言われたかのかも分からない。燃え盛る肉情の炎に包まれて、ゲストたちの興奮のどよめきも

気にならなかった。

（あァッ、狂うッ！　狂うわッ！）

最後の瞬間に向けて肉体を暴走させていく玲子は、官能味あふれる両脚をいつしか男の躍動する腰に巻きつけ、ゲストの男たちが驚くほど大胆に双臀を弾ませていた。それはもうひたすらに快楽を貪る牝の動きだ。正義感は官能のうねりに呑み込まれ、羞恥心は肉情の炎に焼き尽くされていく。

「ヒーッ、ヒーッ！」

惜しげもなく悦びの声を放って悶える官能ボディーに、益田のストロークも勢いを増した。

「中に出してやる！　食らえッ、玲子！」

「ああッ、も、もうッ！」

尻穴をほじられながらの猛烈なラストスパートに、玲子の女体は一気に頂上へ昇りつめた。

「ダメっ、ダメっ！　ああぁッ、イクうううッ！」

噴きこぼれる男の熱い樹液を子宮に浴びながら、玲子はガクッ、ガクッと腰を跳ね上げた。壮絶な崩壊を食い入るように見つめ続ける男たちの鼻腔を、気をやった人妻の甘い体臭が満たしていく。髪の毛の先まで痺れる喜悦に、紅潮した肌をブルブルと痙攣させている玲子は、「あうッ、あうッ」と余韻の甘い喘ぎをこぼしながら、スーッと意識を遠のかせていくのだった。

第一章　人妻捜査課

1

事務所のドアを軽くノックする。

「どうぞ」

品のいい女性の声が中から聞こえた。

「失礼します」

弥生は薄くドアを開け、中の様子を窺ってから、すべりこむように部屋へ入った。

素早く左右へ目を配ると、

「倉科です」

正面のデスクに座った人物に向かって頭を下げた。

ＩＣＳ（Infiltration Crime Squad・通称mogura）の潜入捜査官になって二年あまり。その間ずいぶんと危険な目にも遭い、用心深さが習性になっている。その部屋がかつて所属していた部署の事務所であっても、決して気をゆるめたりはしない。

そんな若い女捜査官の様子を、課長の藤森いずみはデスクの向こう側に座ったままじっと観察している。

（倉科弥生――悪くないわ）

伸びやかでスレンダーな肢体に紺色のパンツスーツがよく似合っている。黒目がちの大きな瞳が特徴の清楚な美貌に、初々しいポニーテール。ピーンと張りつめて隙の無い雰囲気をのぞけば、リクルートスーツに身を包んで就職試験を受けにきた新卒の学生でも通りそうだ。結婚したばかりだということだが、新婚のうわついた感じなど微塵も無かった。

この娘は使えそうだ。

そう直感したいずみは、試してみようと思った。

「ようこそ、捜査一課へ」

椅子から腰を上げ、デスクをまわって弥生の前に立つと、

「課長の藤森よ。よろしくね」

さりげない笑顔と共に、スッと握手の手を出した。

それに応じて差し出された若い捜査官の手を、彼女が握るフリをして逆手にとろうとした瞬間、相手の手はスルリとその罠を抜けて、逆にいずみの方が逆手をとられてしまっていた。

（あっ……）

驚く女上司の手をすぐに離すと、

「失礼しました」

弥生は顔色一つ変えぬまま、一歩後ろへ退いた。

忘れもしない、二年前。ベテラン女捜査官・鮎川玲子とこの部屋で初対面の握手を交わした際、今と同じシチュエーションで見事な投げ技を食らい、背中から床に叩きつけられた彼女である。

どんな時にも相手から目を離してはならない——その時に玲子から言われた言葉を、弥生は片時も忘れてはいなかった。

それともう一つ。いずみが身に着けている上品なベージュのスカートスーツが、

あの時の玲子を想い起こさせた。挨拶代わりに投げを打ってくる——そう直感し、反射的に防御措置をとったのだ。

呆気にとられたいずみの顔に、「してやられた」という笑みがこぼれた。

「気に入ったわ」

満足そうにうなずくと、

「玲子とコンビを組んでいただけのことはあるわね」

再び椅子に腰を下ろしたいずみは三十四歳。話し方にも立居振舞いにも、大人の女の落ち着きとエレガントな色気がある。ストレートロングの鮎川玲子に対し、いずみはショートカットだが、理知的で勝ち気な顔立ちが似ていた。「玲子」と呼び捨てにするところから、昔馴染みなのだと推察できた。

「鮎川先輩はお元気でしょうか?」

渡りに舟だと、弥生は訊ねた。

先輩の鮎川玲子とは一年間コンビを組んで仕事をした。その後ICSに組織改編があり、南青山にあるこの本部が捜査一課として、女性——それも既婚女性だけの部署として独立したため、独身だった弥生は関西の二課に異動となり、ここ最近は忙しさに紛れて連絡もとっていなかった。今回またこの古巣に戻るように辞令を受けて以来何度かメールを送っているのだが、返信が無いので気になっていた。

「それなんだけどね……」

いずみの知的な美貌が少し曇った。

「実は捜しているところなの」

「え？」

「あなたに来てもらったのはそのためよ。一緒に仕事をしていたあなたなら、なにか手がかりが摑めるんじゃないかと思って」

「どういうことです？」

弥生が怪訝そうに眉をひそめた時だ。

「失礼いたします——」

ドアの外で鈴を転がすような声がした。

「お茶をお持ちしました」

茶菓の載った盆を捧げ持ち、和服姿の美しい女性が入ってきた。

「ああ、文乃さん。ちょうどよかったわ」

いずみがもう一度立ち上がって言った。

「こちらは細川文乃さん。この方は倉科弥生さん。今日からこちらで働いていただくことになったの。ペアを組むこともあると思うから、仲良くしてあげてくださいね」

「倉科です。よろしくお願いします」

弥生が挨拶すると、

「細川です。お噂はかねがね伺っておりますわ。どうぞよろしくお願い致します」

文乃と名乗った女性はたおやかな物腰でお辞儀をし、応接セットのガラステーブルに二人分の茶菓を並べはじめた。

「文乃さんは、とある著名な方の奥さまなのよ。本当はこんな雑用をしていただくのは心苦しいのだけれど——」

ご本人がやらせて欲しいと言い張るものだから、といずみが苦笑する。

なるほど、と弥生もうなずいた。

長い睫毛に翳る切れ長の瞳。気高さすら感じさせる美しい鼻梁。品の良い微笑みを絶やさない、花弁のような赤い唇——﨟（ろう）たけた、とでも表現したくなる和風美人だ。しっとりと落ち着きのある藍色の縞友禅に、紅葉をあしらった名古屋帯があでやかさを添えている。決して華美ではないが、飾り気のない事務所には不釣り合いなほどの艶美さだった。

令夫人とも言うべき文乃がなぜ危険極まりない潜入捜査などやっているのだろうかと興味が湧くが、ＩＣＳでは職員同士の個人的交際は御法度だ。玲子と弥生の密接な関係はかなり例外的なもので、それが許されていたこと自体、鮎川玲子が特別な存在であることの証しでもあった。

文乃が丁寧にお辞儀をして部屋を出ていくと、弥生といずみは革ソファーに向かい合って座った。

「捜しているって、どういうことです？　鮎川先輩が行方不明なのですか？」

彼女にとって鮎川玲子は、尊敬する先輩というだけではない。潜入捜査官としての初仕事で、裏切り者の上司に二人とも催眠暗示をかけられ、数日間にわたって淫らな性奉仕を強いられたのだが、その中で濃厚なレズプレイをも演じさせられた。今でもその時のことを思い出すと、羞恥で全身が熱くなってしまう弥生であった。

弥生は胸騒ぎを禁じ得ない。

「ええ、そうなの」

いずみは不安を包み隠そうとはしなかった。

「連絡が絶えてもう一週間よ」

「一週間……」

ただごとではない、と弥生は思った。「警察へは？」と訊きかけて口をつぐんだ。警察庁の委託を受けて裏組織に潜入、関係者と接触して犯罪の決定的証拠をつかむのが任務のＩＣＳは、存在自体が非合法である。囮捜査の過程で捜査官が被害を被ったとしても、警察は表立って動いてはくれない。ＩＣＳ内で処理するほかないのだ。

玲子の一人息子・翔太が誘拐され、二日後に一人で自宅に戻った。経緯から考えて、子供の身の安全と引き換えに玲子は何者かに捕えられたのだ。おそらくは過去に彼女の手で悪事を暴かれた犯罪者の、恨みによる犯行とみてよいだろう。

もちろん玲子を無事救い出さねばならない。だがそれと同時に看過できないのは、正体不明の相手方に玲子の身元が割れていたという事実だ。潜入捜査官の個人情報が犯罪組織側に洩れるようでは、彼女たちの身辺は常に危険にさらされることになってしまう。

今回の件は、よほどの情報収集力を持つ組織が関わっているのか、それとも内部に裏切り者がいるのか、そのどちらかであると考えられた。

「今、玲子が摘発した組織犯罪のリストを作らせているの。ちょっと進み具合を訊いてみるわね」

いずみはガラステーブルの上の電話に手を伸ばしかけたが、

「あ、せっかくだから、一緒に上の階に行きましょう。皆に紹介するわ」

と言い、上品なベージュのスカートスーツ姿を立ち上がらせた。

2

二人が部屋へ入ると、各自パソコンの前で作業していた三人の女性が一斉にこちらを見た。

一人は先程お茶を運んできた細川文乃――艶っぽい和服姿でノートパソコンのキーボードを叩いている姿は何ともそぐわなすぎる。その隣には、グラマラスというべきか、金色に髪を染め、半袖Tシャツから日焼けした逞しい二の腕をのぞかせた大柄な女性が座っているが、ちがう意味でこちらもパソコン作業が似合っているとは言い難かった。

ただ一人、文乃の真向かいの机についている前髪を切り揃えたショートボブの小柄な女性だけが、黒縁眼鏡の奥にキラリと光る眼に、いかにもPCに精通した雰囲気を醸し出している。驚いたことに、彼女は入ってきた弥生を注視しつつ、キーボードを叩く手を止めていない。

「彩芽。ミッキー。こちら、倉科弥生さんよ」

いずみの言葉で、大柄な金髪女性とショートボブの小柄な女性が座ったまま弥生に会釈した。すでにプロフィール等は伝えられているらしく、二人とも特に表情を変えはしない。

「彼女が吉田美貴。強そうでしょ。見かけ倒しじゃないわ。オリンピックの女子レスリング代表に選ばれたこともあるの」

自称「全女性中で最強」なのだといずみがジョーク混じりに紹介すると、ミッキーと呼ばれた金髪の大柄女性は目尻の下がった顔をほころばせ、もう一度頭を下げた。どうやら見た目と違って人懐っこい性格のようだ。

「それから、彼女は伊藤彩芽。情報収集のスペシャリストってとこね、あ、もちろん結婚しているわ」

わざわざそう付け加えたのは、小柄でショートボブの似合う童顔の彩芽が女子中学生くらいにしか見えないからだ。会釈を返しながら弥生はふと、吉田美貴が童話に出てくる気持ちの優しい巨人族の女で、その肩に乗る可愛いホビットの少女が伊藤彩芽ではないかと空想した。

「えっと……春麗(チュンリー)は？」

もう一人のメンバーがいないのに気づいて、いずみが問うと、

「とにかく一番怪しいやつを教えてくれって言われて、紅竜会のデータを渡したんです。そしたら——」

彩芽は手のひらを上へ向け、肩をすくめるジェスチャーをした。

「行っちゃったのね……ホントにあの子ったら……」

困ったわ、というようにいずみは眉をたわめ、弥生に向き直って言った。

「春麗って子がいるの。中国人とのハーフ。切れ者なんだけど、せっかちって言うのかしら。向こう見ずな行動が多いのよ」

半年ほど前に結婚し、ここ捜査一課に配置換えになった。幼少期は上海で暮らしていたらしいのだが、経歴に不明な点が多い。功夫(クンフー)の遣い手で、妙にウマの合う玲子とよく技の掛け合いをやっていたとのことだ。勝手な行動が多くともマメに連絡報告をしてくれればまだよいのだが、春麗はそれも怠りがちとのことだった。

首を横に振って小さく溜め息をついたいずみは、

「で？　彩芽。リストは出来た？」

気をとりなおして訊いた。

「あと少しです。二時間もあれば仕上がります」

「そう……」

壁の時計に目をやり、

「じゃあ四時から会議ね」

空いている二つの机——玲子の机と春麗の机に目を移すと、

「弥生——」

いずみは親しみを込めて新しい部下を呼び捨てにした。

「ちょっと外に出ない？　コーヒーの美味しい店があるの。あなたのこと、もっと詳しく知りたいわ」

3

中国語で狩人のことを「獵人（リエレン）」と言う。

春麗はまさに腕利きの「女獵人（ニュリエレン）」だった。

ＩＣＳの人妻捜査官五名が、行方不明の仲間を捜索するための会議を行った日も、次の日もその次の日も彼女は南青山のビルに戻らなかったが、四日目には紅竜会会長益田耕次を乗せた黒塗りのメルセデスの後部座席で、青いチャイナドレスに包まれた柔らかい肢体を益田の太った体にしなだれかからせていた。

「ねェ会長さん。さっき話してた女の人、そんなに素敵なの？」

喉元過ぎれば何とやら、抜けるように白くしなやかな女の手を膝に置かれて耳元に甘く囁かれると、

「ああ、そうだとも。そりゃあ若さでは美雪、お前には敵わん。だが色っぽさとなると、ククク、もしかしてお前以上かもだな」

だらしなく鼻の下を伸ばしている益田は、甘い香水の芳香と混じった若い女の肌の匂いに、三年前も同じようにして玲子に手玉にとられたことをすっかり忘れてしまっているかに見える。美雪という源氏名の新入りホステスのスリムな腰に手をまわしたまま、この十日間寝る間も惜しんで犯し続けた人妻捜査官の熱く濡れた肉壺の感触を思い出してニタニタと笑った。

「やだァ、会長さん。ニヤけちゃってェ」

「何だ、妬いてるのか？」

「知りませんッ」

一度すねてみせてから、春麗はせがむように男に身をすり寄せた。

「ねえ、私、その女を見てみたい。会わせて」

「あァ？　これからか？」

「そう、今すぐ！　だって、会長さんを骨抜きにするほどの女なんでしょ？　本当に素敵な女なのかどうか、この目で確かめてみたい。いいでしょ？　会わせて！」

「うむ……そうだな」

少し思案した後、益田はジャケットの内ポケットから携帯をとりだした。

「あ、紅竜会の益田だ。今から手配できるかな。場所は──ああ、それでいい。急ですまなかった。よろしく頼む」

電話の口調は、威厳を保ちつつも、決して居丈高ではない。相手方は紅竜会の人間ではないな。紅竜会と同格、あるいは格上の組織なのかもしれない。そう考えながら春麗は、

「会わせてもらえるの？」

ただの無邪気な好奇心に見せかけて、切れ長の眼を輝かせる。

「美雪の頼みとあっちゃあ、仕方あるまい。だがいろいろと支度がある。二時間

ほど待たせることになるが、いいかな？」

「会長さん大好き！」

春麗は男の太い首にしがみついた。

彩芽から紅竜会のデータを受け取った彼女は、その日のうちに、会長の益田耕次の行きつけのクラブに新人ホステスとして入店した。翌日には益田のグラスに酒を注いでおり、今夜は今夜で、彼の女性の趣味に関する話題を振ることで、最近モノにしたという美しい人妻についての自慢話を聞きだしていた。その「奴隷みたいに何でも俺の言うことを聞く美人」は、失踪した同僚捜査官・鮎川玲子に違いない。そう春麗は確信したが、まだ課長のいずみに報告は入れていない。作戦会議などというまだるっこしいことが嫌いだし、ぎりぎりの瀬戸際まで自分の流儀で仕事を進めたかった。

支度が済むまで馴染みのバーで時間をつぶそうと益田が店の名を告げると、運転手をしている舎弟の若者は、春麗のチャイナドレスのスリットからのぞくスレンダーな太腿をルームミラーでチラと見てから、アゴを突き出すようにして、

「へえ」

と情けない声を出した。

女の甘い体臭に、さっきから股間がむずむずして仕方ないのだ。

4

脇の甘すぎる益田だが、まるで学習していなかったわけでもないらしい。

都内を抜けたメルセデスが横浜の関内に入ると、

「疑ってるわけじゃないが、まあ用心のためだ」

と言い、黒い布きれで春麗に目隠しをほどこした。

「ひどいわ、会長」

春麗はダダをこねてみせたが許されなかった。

車が停まり、目隠しのまま手を引かれ、ようやく布きれを外されると、そこは暗いスタジオめいた室内だ。五メートルほど先の床が円卓のような丸いステージになっていて、首輪を嵌められたオールヌードの女が犬のように這いつくばわされている。

顔を伏せていても、ひと目で玲子だと知れた。

予期はしていたが、さすがに春麗はドキッとした。

動揺を気取られぬよう、

「これって、まさか誘拐とかじゃないですよね、会長?」

単純に怖がっているだけに見せかけ、小声で益田に耳打ちした。自分がいることを今は玲子に勘づかせないほうがいいだろう。玲子だって、こんな姿を仲間に見られるのは辛いはずだ。

「ああ、もちろんだ」

益田はステージを眺めてニヤついている。

「ただのショーさ。作り事だ」

女には亭主と一人息子がいる。逆らったり逃げようとしたりすれば、ちっとばかしヤバい連中が彼らを傷つけるかもしれない。それが怖いので言いなりになっている。そういう設定のSMショーだ。怖がらなくていい、と言って葉巻を口に咥えた。

(この外道がッ……)

こみあげる怒りを抑えつつ、春麗はマッチで火をつけてやりながら、

「そのヤバい連中って、もしかして会長が雇ってるんですか?」

さりげなく核心に探りを入れていく。

「だからさ。設定だよ、設定。そんなことより、見てみろ。話したとおり、すんげえ美人だろ？」

自慢げな益田の言葉で、玲子の横に立って首輪に付いた鉄鎖の端を握っているステテコ姿の男が、彼女の長い髪をつかんでグイと美貌を上向かせた。

箝口具を噛まされた玲子の白い顔が歪んでいる。まばゆいライトを当てられているため、こちらの暗闇は見えていないようだ。やつれて蒼ざめた貌を見れば、この十日ほどの間に彼女が味わった恥辱の大きさが想像できた。凄艶な被虐の色香は、同性の春麗がゾクッと背筋に戦慄が走るのを感じたほどだ。益田が夢中になってしまうのも納得がいく。

（もう少しの辛抱ですよ、鮎川さん。必ず救い出しますから）

四つん這いに這わされた玲子の姿を見て気が変わった。至急課長に連絡をとって、玲子の家族をどこか安全な場所へ匿わせよう。そしてそのことをどうにかして玲子に伝えるのだ。夫と息子の身の安全さえ保証されれば、凄腕の玲子のことだ。相手方の隙をついて、きっと自力で脱出できるはず。

方策を考えながら、

「でも少し残酷すぎません？」

春麗は小声で益田の耳元に囁いた。

「女性にはもっと優しくしないと。ねえ、あの口に嵌めているもの、外してあげて」

「優しくしてるさ。あんなふうにされるのを女が望んでいる」

益田はそう言って、痩せぎすのステテコ男に合図した。

男は玲子の箝口具を外すと、スイッチを入れた電動バイブを彼女に手渡した。

口惜しさをにじませた顔をこちらへ向けたまま、玲子は裸のヒップを床にペタンと落としてM字開脚のポーズをとった。そのまま片手を後ろへついて体重を支え、さらに大きく脚を開きながら腰をせり上げていく。大胆に恥丘を晒しきってクウウーッと辛そうに呻くと、ブーンと振動する張形の先端を股間の黒い茂みに押し当てた。

（ああああッ……）

玲子はのけぞり、キリキリと歯を食いしばった。

（クウウウッ！）

淫らな振動が女芯を——そして腰全体を痺れさせ、カアッと脳を灼いた。

何度やらされても耐えがたい屈辱だった。益田に見られながらの強制自慰。しかも今夜はどうやら連れもいる。愛人だろうか。黒く細いシルエットが益田の横にあって、ときどき彼に何か囁きかけているようだ。

（ハアッ、ハアアッ）

こらえようとしても呼吸が荒くなっていく。振動するバイブの先端で、玲子はゆっくりと割れ目に沿ってなぞりたてた。破廉恥な格好で行うあさましすぎる行為。だが愛する我が子を守るため、今はこらえるしかない。

ブーン、ブブブブッ……ブウゥーン、ブブブッ……。

（ううッ、こんなッ……あああッ、ダメえぇッ）

振動のもたらす刺激がたまらない。死なんばかりの羞恥と屈辱とは裏腹に、腰骨がとろけるかと錯覚するほど甘美な愉悦に、玲子は恥ずかしい声をあげずにはいられなかった。

「ああッ、いやッ……もういやッ……ううッ」

すすり泣きに似たヨガリ声をこぼしながら、成熟したヒップを上下に揺すり始める玲子。

「ああッ、いやッ、ああッ、あああッ」

もうこらえきれない。「ああーッ」と絹糸を震わすような声をあげると、濡れ光る花唇の狭間にバイブの先端を突き立て、ズブズブと秘壺に潜り込ませていく。

「あ、あうううッ！」

のけぞった背中がさらに大きく弓なりにたわんで、玲子の肢体は体操のブリッジのように反りかえった。ブルブルと痙攣する肉体の中で、バイブをつかんだ右手だけが憑かれたように抽送の動きを続けている。振動する太筒のせわしないピストン運動に、サーモンピンクの粘膜がえぐり込まれては捲り返され、そのたびにジクジクと甘蜜が滲み出て、会陰をつたい流れ、ヒップからポタポタと床にしたたり落ちた。

（いいッ、ああッ、いいッ）

口惜しいが気持ちいい。溶け爛れた果肉を掻きまわされ、煮えたぎる最奥を淫らな振動に揺すぶられる。もう見られていることさえ忘れ——いや、見られていればこそなおさらに情感を燃え上がらせて、玲子は恥辱の自慰に悶え泣いた。汗に濡れた裸身を悩ましくくねらせ、せりあげたヒップをセクシーに旋回させる。

「あううッ、あううッ」

女の性を満開に咲き誇らせ、身も世もない悦びの声をあげる玲子に、

（あ、鮎川さんッ……）

春麗がたまらず目をそむけた。

そんな彼女の様子を若い娘の羞じらいと勘違いした益田は、

「どうした？　フフフ、ちと刺激が強すぎたかな？」

腕を彼女の腰にまわすと、チャイナドレスの薄い布地越しに尻や太腿を撫でさすってやる。ホステスの自己申告など当てにはならないが、最初にテーブルについた夜、二十四歳になったばかりだと言っていた。見た目はスリムでも、付くべきところにはしっかりと肉が付いている。美形なだけでなく、青いチャイナドレスの似合うエキゾティックな雰囲気を持っていた。若鮎のようにピチピチしたこの身体を、今夜のうちにモノにできそうかな？　いやいや、そう焦ることもない。俺くらいの大物になればそんなにガツガツしたりしないものだ——などとそんな余裕が持てるのも、毎日玲子の素晴らしい肉体を心ゆくまで堪能しているからなのだ。

「おおうッ、おおうッ」

せりあげた腰をうねり舞わせつつ、玲子は生々しい咆哮をあげていた。

抜き差しのペースが速まるにつれ、ブルルッ、ブルルッと腰の震えが大きくなっていく。高ぶりが最高潮に達しているのが益田の目にも分かった。絶頂の瞬間が迫っている。

「イ、イクっ」

アクロバティックなまでに腰を高くせりあげ、玲子は絞り出すような声をあげた。もう自分で自分を抑えられないのだろう。我と我が身を苛むように小刻みにバイブを動かしている。

「ああッ、イクっ！　玲子、イクうッ！」

イク時はちゃんと教えるように仕込んできた。調教の成果があって牝らしくなってきている。調教師の李の話だと、数ヶ月もすれば夫のことも息子のこともどうでもよくなり、セックスのこと以外考えられなくなるのだそうだ。

「イクううううッ！」

身体の深部を鋭い快感に貫かれて、玲子は収縮する裸身をガクッ、ガクッと激しく痙攣させた。スポーンとバイブを抜くと同時に、ピュウーッと歓喜の汁を噴いた。

「あうッ……あうッ……」

痙攣しながらの熱い喘ぎ、さざ波立つ肌にヌメ光る汗が、彼女の味わっている喜悦の深さを物語っている。

「興奮したのか、美雪」

鼻息を荒げつつ、益田はチャイナドレスのスリットから差し入れた手を春麗の内腿へ這わせていく。心なしか肌が熱くなっているようだ。ひょっとして下着を濡らしているかもしれないと期待した。

「私、おトイレに行きたいわ」

春麗は巧みに身をよじり、やんわりと男の手を押さえて耳もとに囁いた。ＩＣＳの人妻捜査官は皆その辺りに熟達している。男の欲望をいなす術は格闘技の技巧以上に彼女らに求められた。

「そうか——ドアを出て左手だ」

やはり興奮してやがったな、と益田はほくそ笑みつつ教えた。これだけ感じている同性の姿を見せられて、むずむずしてこない女はいないはず。女はみなスケベな牝だ、というのが彼の持論だ。ハンドバッグを手に薄暗がりをドアへ向かうチャイナドレスの尻を凝視しながら、益田はいきりたったズボンのテントを慰撫した。やはり今夜だ。今夜ハメてやる。あのキュッと持ち上がったセクシーなケツに、このギンギンに硬くなったイチモツを生でブチ込んでやる……。

春麗はあたりに目を配って女子トイレに入ると、ハンドバッグからスマートフォンを取り出した。連絡先はもちろん課長の藤森いずみだ。

「もしもし、春麗です——」

小声で囁くいなや、

『春麗！　あなた、何やってんの！』

自分勝手な行動は慎むようにって、何度言えば分かるのよッ、と電話の向こうの、いずみの声は怒気を含んでいる。

「すみませんが、いま言い訳をしている時間は無いんです。鮎川さんを見つけました。ええ、そうです。それがちょっと分からなくて——GPSをオンにしますから、位置を確認してもらえますか？　それと、彼女の家族をどこかへ——そう、そういうことです。はい、分かってます。また連絡します」

早口で用件だけ伝え、一方的に電話を切った。

ふーっと息を吐いてから、何食わぬ顔でトイレを出た春麗は、ギョッとしてその場に立ちつくした。

玲子の傍に立っていたはずの、あの瘦せぎすの中年男が、ステテコ姿のままで通路を塞いでいた。

「お前、日本人じゃないいな」

「なにそれ？」

春麗はとぼけ、首をかしげてみせてから、

「ああ、これのこと。これはお店から借りている仕事衣装よ」

チャイナドレスの裾をつまんでから言った。

「私は斉藤美雪。れっきとした日本人です」

「ごまかすなよ、〝楊春麗（ヤンチュンリー）〟。芝居はそこまでだ」

ニヤリと口元を歪めて彼女を本名で呼んだ相手に、春麗の顔からサッと血の気が引いた。

ヤバい。これは本当にヤバい——一瞬でそう判断した。

保護しなくてはならないのは玲子の家族だけではなかった。自分の身元が知られているということは、おそらくＩＣＳのメンバー全員の素性が割れている。すぐに対処しなければ、取り返しがつかないことになる。

（こいつ、一体……）

糸のように細い男の眼を凝視したまま、春麗は数歩後ろへ退いた。

「お前の仲間たちの中で、お前の身元が一番分かりにくかったぜ。だが一つだけ分かっている。父親は上海出身の実業家。母親は日本人。お前は中国人とのハーフだ」

いずれそっちから飛びこんでくるのは分かっていたが、思ったより早かったな、と言って、李はパチンと指を鳴らした。

どこに隠れていたのか、男たちがわらわらと現れて身構えた。思い思いの与太っぽい格好をしているが、ひとつだけ共通点がある。みな中国人だ。紅竜会の男たちではない。

(中国マフィアか?)

腰を低く落として構えた春麗のこめかみに、冷たい汗が流れた。

「やれ!」

李の指示で、ハーッと男たちが声をあげて飛びかかってきた。

サッと身をひるがえして一人の突進を受け流すと、春麗の足は男の膝を横から蹴っていた。アッと叫んで崩れかかった相手の背後をとり、重し代わりにして身体を宙に一回転させるや、電光石火の蹴りでもう一人の顎にハイヒールの踵をめり込ませた。

「ツァオ!(くそッ)」

「ツァオニイマ!(くそったれ!)」

男たちが血相を変えた。

騒ぎを聞きつけ、さらに数人が加わった。サバイバルナイフを手にした者もいる。

「タァマァダ！　ダァスゥニ！（てめえ、ぶっ殺す！）」

いきりたち、わめきちらす男たち。

だが春麗はひるまない。青いチャイナドレスのスリットから成熟した白い腿を露出し、股間に食い込んだハイレグパンティがのぞくのも構わぬハイキックを矢継ぎ早に繰り出して、屈強な男たちを相手に大立ち回りを演じた。

「グアッ！」

「ゴフッ！」

「グエエッ！」

ある者は脳震盪を起こし、ある者は反吐を吐き、男たちは次々と床に倒れた。

残った者は数名。しかも腰が引けている。

「リークァイン！（そこをどきなさい！）」

切れ長の眼で彼らを睨みすえ、数歩前へと進んだ春麗は、ふと首の後ろに熱い刺激を感じてハッとした。うなじに手をやると、（しまった！）と思った。

振り向きざまに裁縫の縫い針のような細いものを引き抜き、キッとなってステテコ男を見た。

吹き矢の筒を手に、李がニッと笑った。

(毒針……ちッ)

春麗は眦を吊りあげて駆け出したが、

(あッ)

二つ目の角を曲がったところで、足をもつれさせて転倒してしまった。毒針に塗られていた痺れ薬が早くも運動神経を侵していた。

(足が……くそッ)

立ち上がろうとしたが無駄だった。毒はすでに全身にまわっており、意識さえも朦朧としてきた。

(いけない……何とか……何とか皆に連絡を……)

捜査官全員、そしてその家族の身が危ういのだ。必死に這い進もうとする彼女の前に、ピカピカに磨きあげられた男の革靴があった。

虚ろになりかかった眼で見上げると、益田の青ざめた顔が見下ろしていた。

トイレに立った春麗が戻るのを益田は暗いスタジオで待っていたのだが、外で騒ぎが起こると妙に胸騒ぎがした。まさかと思って来てみたが、やはり……。

また騙されるところだったと知って、さすがに表情をこわばらせている。コツコツと向こうから歩いてくる李に向かって、

「李さん……その……何と言ったらいいか」

面目を失った形の益田は、ひきつった顔に気まずい笑みを浮かべて言い訳をしようとする。

「まあ、お気になさらずに」

李はフンと鼻で笑うと、

「結果オーライというやつですよ。だがこの女はあなたのもとには置いておけない。鮎川玲子の方も、moguraの女狐どもを引き寄せる餌として、しばらく我々のほうで預からせてもらいます。よろしいですね」

抑揚の無い声で冷たく言い、すでに意識を失ってしまった潜入捜査官の肢体を爪先で嬲るように軽く蹴った。

5

携帯の着メロが鳴り出した。

ホストの手越達哉はスマホのディスプレイを確認すると、眉をひそめた。

「すみません綾乃さん。すぐ戻りますんで」

立ち上がって客の人妻に頭を下げ、店内の喧噪を避けて裏口から路地へ出た。チッといまいましげに舌打ちしてから、カールさせた茶髪のかかる耳にスマホの受話口を押し当てた。

「手越っす」

言葉遣いも外見どおりの軽薄さ。だがイケメンには違いない。顔立ちが整っているだけでなく話術も巧みで、女心をつかむことに長けていた。今の店も入ってまだ二ヶ月足らずだが、すでにナンバーワンホストの呼び声が高い。

『どうだ達哉。いいスケは見つかったか』

電話の向こうの低い声には中国訛りがある。

「ええ」と言いかけて、達哉はその言葉を唾と一緒に呑みこんだ。

頭の中には今しがた相手をしていたばかりの人妻の和服姿がある。彼女のバッグが京都の老舗織物屋に特注で作らせたものであることも、その名古屋帯が店で一番高いシャンパンの価格に匹敵することも知りはしないが、数日おきに来店して上品に遊んでいくその艶っぽい女が、相当家柄の良い、つまりはセレブな生活をしている人妻であることは疑いなかった。

「いえ、まだこれといったのには……いい女がいたら、すぐにこちらから連絡しますんで……」

言いながら、声がうわずっているのを自分でも意識した。あの綾乃という女は絶好の金づるになる。いや本音を言えば、金のことより、人妻の品のいい色香に逆に達哉のほうがゾッコン惚れ込んでしまっていた。これほど魅かれる年上女に出逢ったのは初めてで、電話の相手に渡してしまうのが惜しかった。せめて一度は抱いてみたい。自慢のテクニックでヒイヒイ泣かせてみたい。売り渡すのはそれからでも遅くはないはずだ。

『ククク、達哉。つまらない気を起こすなよ』

電話の向こうの声は小馬鹿にしたように笑った。

『お前がいま相手している女、名前は何と言った？』

「えッ……」

『髪を結い上げた、三十代半ばくらいの色っぽい和服の女だよ』

「あ、あ……綾乃さんのことっすか」

達哉は慌てて誤魔化そうとした。

（くそっ、監視してやがったのか……）

人身売買のヤバい組織――それ以外に相手方の正体は何も分からぬまま、言いなりに動いている。美人の客に気がある素振りを見せ、誰にも知られぬようこっそり店外デートを約束する。店に知られると困るので、などと理由をつけて人気のない場所を待ち合わせに指定しておびきだす。後は彼の知ったことではない。行方不明事件が発覚した時には、すでにアパートを引き払って別の店で働いている。数週間後にかなりの額が彼の銀行口座に振り込まれる。その繰り返しだった。

『綾乃と言ったか。それは本名じゃない』

「へえ……で、何者なんです？」

偽名を使っていることにはちっとも驚かない。亭主に内緒でホストクラブ通いをしている女にはよくあることだ。だが今回に限って組織側が異常なこだわりを見せているのが解せなかった。

『何者でもいい。とにかくお前の手に負える相手じゃない。いいか、言うまでもないことだが、女に余計なことを喋るな』

「そりゃもちろん……」

『お前はいつもどおりにやれ。仕事が済んだらすぐにズラかれ。今回の報酬は特別にいつもの三倍出す。その金で半年くらい国外に出ていろ』

「………」

『おい、聞いてるのか、達哉？』

「は、はい……おっしゃるとおりにします」

達哉は電話を切ると、

「ちッ、偉そうに。中国ヤクザが」

罵って、足元にあった空き缶を力一杯蹴とばした。

6

数人の若いホストらに囲まれて雑談に興じるフリをしながら、文乃は達哉が出ていったドアの方をチラチラと見ている。本当は他のメンバーたちと一緒に玲子の捜索に加わりたかった。が、すでに始まっていた潜入捜査を中断することは許されなかった。重要な手がかりとなる男、手越達哉(店では「龍我」で通っていたが)を見つけていたので尚更である。

「お待たせしてすみませんでした」

達哉が戻ってきた。頭を下げ、隣に座る。

何の電話だったのだろう。ミラーボールの光に映えて、色白の横顔が少し紅潮しているのが分かる。

「誰からの電話?」

文乃は身を寄せながら訊ねた。

「何でもないっす」

達哉は作り笑いをし、トングで氷をつまんでグラスに入れた。

「ダチっすよ。中学ん時の」

「ウソ——」

文乃がイタズラっぽい目をした。

「あててみましょうか」

人妻の艶然とした笑みに、達哉は股間が熱くなった。

(いつもどおりに仕事をしろだと? 冗談じゃない!)

今の電話で、ますます人妻に神秘的な魅力が加わった。連中とこの令夫人の間に何があるのかは知らないが、こんないい女に指一本触れずに渡せだなどと、無理無理、俺には絶対無理。

（ぜってえ一発はハメさせてもらうぜ）

特にこの女の尻――和服の上からも形の良さが分かる、人妻らしくむっちりと成熟した双臀を、バックから抱えこんでズボズボと突き入れてやったらさぞかし気持ちがいいだろうと思う。

（「手に負える相手じゃない」とか抜かしやがったな。ふん、この手越達哉様を見くびってもらっちゃ困るぜ。まあ見ていな。腰が抜けるまで可愛がって、メロメロにしてやるさ）

実は今までだって、さほど律儀に連中との約束を守ってきたわけではない。連中が拉致を実行する場所へ女をおびきだす前に、自宅アパートやラブホにしけこんで姦りまくったのは二度や三度ではない。それでも咎められたことはなかった。つまり暗黙の了解というやつだ。今回だって何も変わりはしないはず。そうとも。かまうものか。

「カノジョからでしょ」

「違いますよ」

グラスを勧めながら達哉は言った。

「カノジョいるでしょ。龍我くん、モテそうだもの」

「今はいません。本当ですよ」

達哉は真剣さを装って首を横に振った。

「そんなことより綾乃さん、メアド交換してもらってもいいですか？」

落とすのに時間をかけていられない。連中が急かしてくる前に、この美しい令夫人をモノにしなければ。

うおっ、積極的ィ——今夜はやけにガンガン行くじゃないか龍我——なら俺もアドレス交換してもらいたいなあ——などと周りのホストたちが騒いで座を盛り上げる。

「いいわよ」

人妻は簡単に請け合い、高価そうな西陣織のバッグからスマートフォンを出した。

その数時間後、文乃は若者のアパートの部屋にいた。

「ふうん、男の子の部屋にしては、綺麗に片付いているわね」

勧められた座布団の上に正座して、令夫人の文乃は物珍しそうに部屋の中を見回している。

タクシーを呼んでもらって帰宅する途中、いま店で別れたばかりの龍我——手越達哉からメールが来た。うちに来ませんか、という誘いのメールである。もちろん承諾した。相手が指示したとおり、都内を一時間ほど走らせてから戻り、ホストクラブのある通りの二つ目の交差点を左に折れたビルの陰に車を停めさせて待った。

しばらくして、達哉が息を切らせて乗り込んできた。

「運転手さん、すぐに出して」

かなり慌てている様子だ。

「そこを右」

「次を左」

「そこも左に」

後ろを振り返りつつ、何度も右左折を繰り返し、自宅アパート前に着いて、ようやく若者は落ち着いたようだった。

「酔い醒ましにコーヒーでもどうですか？　美味しいのを淹れてあげます」

達哉は狭い台所に立った。ミルで挽いたコーヒー豆に熱湯を注いで蒸らしながら、気づかれぬようこっそりとカップに白い粉末を注いだ。強力な睡眠薬だ。最初は気まぐれの遊び半分でやってみただけなのだが、意識を失った女を素っ裸に剝いて全身を愛撫するという変質的行為がもたらす興奮に、すっかり病みつきになってしまった。時には縄で縛り、猿轡を嚙ませて、目覚めたところを電マで責めることもある。女のほうも嫌がるのは最初だけで、すぐにヒイヒイと尻を振ってヨガり始める。どのみち人身売買組織に攫われる女だ。存分に犯し抜かなければ損だった。

「旦那さんのほうは大丈夫なんですか？」

「ええ、忙しい人でね。滅多に家には戻らないのよ」

熱いコーヒーをすすりながら、文乃は板についた演技をする。ITオタクで情報処理担当の伊藤彩芽が調べたところ、頻発する人妻失踪事件のほとんどに、身元不明の一人のホスト男性が絡んでいるらしいことが分かった。男は調達役のコマに過ぎず、足がつかぬようホストクラブを渡り歩いている可能性が高いという課長・藤森いずみの推理で、文乃は新人ホストに焦点を絞ってあちこち探りを入れていた。顔写真までは分かっていたので、十日前に「龍我」がテーブルについた時には、「見つけたわ」と心が躍った。

すぐに警察に連絡する手もあるのだが、彼がただのコマ――何も知らされていない末端の調達役にすぎないという課長の推理が正しければ、捕えたところで何の解決にもなりはしない。ここはあえて敵方の懐に飛び込む潜入捜査で、背後にある犯罪組織の正体を暴く必要がある。少々のリスクは覚悟の上だ。

そんな文乃も、まさかその若者を使っている裏組織が、仲間の捜査官、鮎川玲子の失踪に関わっているとまでは想像していなかった。

「あァ、私、なんだか……」

テーブルの前に正座したまま、文乃はうつろな眼をしばたたかせた。

「眠くなってきたわ」

ユラユラと和服姿の上体が揺れている。

「大丈夫ですか？　だいぶ飲まれましたからね。よかったら横になってください」

「いえ、大丈夫よ……ご心配なく」

あァ……と気怠い溜め息をつくと、人妻はアップに結った豊かな黒髪を若者に向け、テーブルに顔を突っ伏してしまった。

綾乃さん、綾乃さんと、達哉は何度か相手の名を呼んだ。それから肩に手をかけ、少し揺すってみた。

反応は無い。

（やった……）

達哉はゴクリと生唾を呑んだ。

もう何度かここで同じことをしている。だが今夜の興奮は格別だ。これほど美しくこれほど艶っぽい女とは姦ったことがない。おそらくこれからも無いだろう。まるで心臓が股間に下りてきたかのごとく、硬くなった肉棒がズキズキと脈動していた。

立ち上がると、人妻の身体を支えて畳の上に仰向けに寝かせた。熟れた肉の重みと甘い白粉の匂いに、もう縄掛けする手間ももどかしく、達哉は文乃の加賀友禅の着物の半襟を摑むと、白い長襦袢ごと力任せに肩脱ぎに剝いだ。

（おおっ、凄え……こいつは凄えや）

美しく豊満な双乳の丸みに血走った眼を吸いつかせた。抜けるように白い肌と相俟って、ツンと尖った乳首のピンクが鮮やかだ。乳暈の粒々も、いかにも成熟した女を感じさせ、見ているだけで口の中にヨダレが溜まってくる。これほどそそる乳房にはお目にかかったことがないと、達哉はしばらく息をつめて見つめて

いたが、

「ちくしょう、もうたまんねえや」

あお向けの文乃に馬乗りに跨ると、見事な張りを示す豊満な双乳を両手に鷲づかみにし、中心に寄せ合わせるように揉みしだきはじめた。

「ああ、こいつはいい……最高だ、最高っすよ、奥さん」

シミひとつ無く、スベスベでなめらかな美しい肌。揉みたてる指を弾き返すような素晴らしい肉の弾力。うっとりと夢見心地になってしまうほど甘い体臭。これこそが本当の女の身体——男たちが求めてやまない真の女体であって、今まで彼がそうだと思って抱いてきたのは粗悪なまがいものにすぎなかったと、そう思ってしまうほどに見事な令夫人の乳房であった。

気がつくと、夢中になって白いふくらみにむしゃぶりついていた。痛いほどの股間の猛りを感じながら、固くしこり勃った乳首を舌でレロレロと舐めあげ、唇に含んでチュウチュウと吸いたてる。歯を立てて軽く噛んでやると、よほど感じやすいとみえ、気を失っているはずの人妻の肢体はピクピクと痙攣した。

（ウッ！　ああッ、くそッ……俺としたことが）

ズボンの中にドッと劣情を漏らしてしまい、達哉は舌打ちした。まだ乳房を味わっただけで、挿入はおろか、相手を裸に剝いてもいないのだ。

生温かい樹液に濡れた下着とズボンをいそいそとおろして、下半身だけ裸になった。白い粘液にまみれた若いペニスは、美しい人妻を犯す期待に頼もしく怒張したままで少しの衰えもない。

「奥さん、素っ裸にしてあげますよ」

そう口に出して言ったことで、ますます淫らな気持ちが高ぶった。興奮に汗ばんだ手で人妻の着物の帯締めをほどき、帯揚げを抜いた。スケコマシを自認する達哉だが、和服姿の女を脱がせるのは初めての経験だ。

(こいつは厄介だぜ)

名古屋帯を解くのがひと苦労だった。ぐったりした文乃の肢体を抱き支え、ハアッハアッと荒い息を弾ませながら、一巻きずつ解き剝いでいく。白い長襦袢も脱がせ、ついに素っ裸にしてやった。

(おおッ……おおッ……)

熟れきって脂の乗った女体を前に、達哉はもう言葉もない。フリチンをおっ勃てたまま、透きとおるように白い肌のそこかしこにチュッ、チュッと情熱的なキスを浴びせかけた。乳房のふくらみをやわやわと揉みたて、先端のつぼみをつまんでグリグリと扱きながら、薄く浮いた肋骨の畝にそってツーッと舌をすべらせていく。悩ましく窪んだヘソの穴にも舌先を潜り込ませ、時間をかけて入念にくすぐってやった。気を失っているあいだにたっぷりと愛撫をほどこされた女は、意識が戻っても全身を官能に痺れきらせてしまい、抵抗できずこちらのなすがままになるものなのだということを経験から知っている。

(見せてもらいますよ、奥さん)

達哉は文乃の膝を抱えてM字に脚を開かせ、おおいかぶさるようにして股間を覗きこんだ。

ムンムンと生温かく盛り上がった漆黒の茂みの奥に、かすかに口を開いた女の秘唇がのぞいている。入念な愛撫の効果であろう。妖しく息づくピンクの粘膜が、僅かに濡れているのが分かった。

(た、たまらんッ)

中の構造を見てみたい。いきり立つものを捻じ込んでやる前に、指で奥をまさぐって、女膣の感触を確かめてみたかった。

ハアッ、ハアッと息を荒げながら、達哉は艶やかな繊毛のもつれを梳きあげると、震える指で女の花びらをつまみあげ、中の熟れた果肉を完全に晒しきった。

7

綾乃さん、綾乃さん、と偽名を耳元で囁かれた。

肩に手をかけられ、軽く揺すられた。

コーヒーに混ぜた睡眠薬がしっかり効いているかどうか確かめているのだ。

文乃がグッタリしたフリをしていると、達哉が立ち上がった気配がした。背後から抱き支えるようにして仰向けに寝かされた。

少し吸収してしまったのか、軽い眩暈を覚えているが、意識を失ってしまうほどではない。若者が淹れたコーヒーを飲み干した後すぐにトイレを借り、水を流して音を消しながら吐いた。潜入捜査官には必須のテクニックである。

その後に起こることも大方は想定できるし、事実、予想どおりだった。バッと着物を肩脱ぎにされ、胸を露出させられた。

夫のある身だ。恥ずかしくないといえば嘘になる。だがこれしきのことで怯むようでは、この仕事は務まらない。嫌なことにはちがいないが、女性潜入捜査官たるもの、男に肌をさらすくらいは職務の内と考えなくてはならない。文乃は意識を失っているフリをし続け、じっと耐えた。

胸のふくらみと先端の乳首に、若者の淫らな視線を感じた。ひどく興奮しているらしく、ハアッ、ハアッと熱い息づかいが聞こえる。

「ちくしょう、もうたまんねえや」

うわずった声と共に、着物の腰に体重がのしかかってきた。

(うッ……)

いきなり双乳を鷲づかみにされ、文乃は思わず眉間にシワを寄せた。

ムニュッ、ムニュッと強く揉みたてられる。指を食い込ませて芯まで揉みしだいてくる荒々しさが、相手の昂りようを物語っていた。この様子ならば、気を失っているフリをしていることに気づかれる心配は無さそうだ。

「ああ、こいつはいい……最高だ、最高っすよ、奥さん」

耳元に熱い息を吹きかけられたかと思うと、乳房の先端にヌラリと不気味な感触を覚えた。

(ヒッ……)

たまらずビクンッと身体が慄えた。

(しまった!)

バレたかと思ってヒヤリとしたが、大丈夫だったようだ。若者は夢中になって交互に左右の乳首を舐めあげてくる。唇に含んで強く吸いながら、乳房ごと引き伸ばすように持ち上げたりもする。

（うッ……うッ……くううッ）

文乃は内心焦りはじめていた。

ナンバーワンホストというだけあって女の扱い方を知っている。憎らしいほど巧みに官能のツボを突いてくる愛撫は、二十代の若者とは思えない老獪さだ。ねっとりといたぶられて尖り勃った乳首をガキガキと甘嚙みされた時には、思わず「ああッ」と嬌声を洩らしそうになってしまった。

幸い、「ウッ」と声をあげたのは達哉のほうだった。

舌打ちの音の後、ゴソゴソと何やら音がする。噎せかえるほど強い栗の花の匂いが漂いはじめたことで、相手が射精したことを文乃は知った。これで終わってくれればと願ったが、

「奥さん、素っ裸にしてあげますよ」

独り言を言う若者の声は高ぶりきっている。

上体を抱き起こされ、帯が解かれはじめた。脱がすのにかなり難儀している。

だがハアハアという荒い息づかいからして、諦めそうな気配はない。艶やかな紫

の訪問着と長襦袢を引き剝がされ、薄桃色の湯文字の紐を解かれて、とうとう文乃は三十七歳の熟れきった女体を、白い足袋以外一糸まとわぬ素っ裸にされてしまった。

（あぁッ、いやッ……）

あお向けに寝かされた身体が羞恥に火照るのをどうすることもできない。

いざとなれば意識を失っているフリをやめ、若者を捕えることは簡単だ。だが彼がただの調達役——何も知らされていない使い捨てのコマであれば、捕えて警察に引き渡したところで何の解決にもならないばかりか、かえって相手方を警戒させ、今後の捜査を難しくしてしまうことになる。勘づかれずに首謀者に近づいてこその潜入捜査官だ。今にきっと組織の人間が現れる。それまでは何とかこらえなければならない。それにしても——。

（ううッ、なんてしつこい子なのッ）

敏感になってしまっている柔肌に、ベチョッ、ベチョッと音を立てて吸盤のように唇が吸い付いてくる。肩、首筋、腋の下、乳房——性感帯という性感帯に、痕が残りそうなほど熱烈なキスを受けた後、文乃はうつ伏せに転がされた。今度は肩甲骨から背筋に沿って、やはり情熱的なキスの雨を好き放題に浴びせられてしまう。むっちり盛り上がったヒップの頂きにも、若者の唇は遠慮なく音を立てて吸い付いた。それからまた仰向けに戻されると、乳房を揉まれ、乳首を摘まれながら、肋骨の畝の浮いた脇腹を舌先でくすぐるようになぞりたてられた。

（まだ？　まだなのッ？）

白足袋の中で、文乃の爪先がせつなさに反りかえる。

早く敵方の黒幕が現れてくれないと、このままでは……あァ、このままでは……。ナンバーワンホストの濃密な愛撫に、身体の芯にジーンと甘い痺れが生じ、それが官能の渦となって全身にひろがり始めていた。若者の淫らな舌は彼女の縦長のヘソへと迫り、円を描くように窪みの周囲をなぞり始める。同時に、摘んだ乳首をグリグリと指で扱きたてられた。

（そんな……ううッ……あああッ！）

執拗な色責めに、子宮がキューンと収縮し、声を洩らしそうな快感を覚えた。若者の舌先はヘソ穴に潜り込み、チロチロとくすぐってくる。

（ダメっ、本当にこれ以上はッ……うぐぐぐッ）

最奥で愉悦の塊が弾けて、熱いものが溢れるのが分かった。文乃は弓なりに裸身を反らし、悦びの呻きを必死に噛み殺した。相手が顔を伏せていなければ、泣きそうに歪んだ顔を見られてしまうところだった。

（やめて……もうやめてッ）

胸の内でかぶりを振った。もう骨の髄まで快美に痺れきっている。気を失っているフリをするのも限界だ。できることなら声をあげて腰を揺すりたかった。

（あッ、あッ……あああッ！）

伸ばした美脚の膝を折り曲げられ、下肢をM字に立てて割り拡げられた。十年以上潜入捜査をしているが、ここまで恥ずかしいポーズをとらされたのは初めてだ。真っ赤に染まった顔を両手で覆い隠したかった。どこを見られているのかは言うまでもない。その部分が火のように熱かった。

「へへへへ」

淫らな笑い声と共に、若者の手が下腹の茂みに伸びてきた。柔らかい繊毛を摘んで擦り合わせるようにしばらく弄ぶと、火のように熱くなった局部に指先をあてがい、大きく割れ目を剝きくつろげてきた。

（いやッ、見ないで！　見てはいやあぁッ！）

夫にさえもここまであからさまに見られたことはない。きっとそこは濡れているにちがいないと思うと、すさまじい羞恥に脳が灼けただれていく気がした。大きく左右に開かされた令夫人の白い内腿は、ブルルッ、ブルルッと衝撃にうち震えている。

（いやあああッ）

鼻息がかかったかと思うと、繊細な粘膜に若者の指が触れてきた。

（あああッ）

指は上向きに割れ目をなぞりあげた後、花蜜をまぶすようにしてグリグリと女芯のしこりを揉み込んでくる。

（あッ、あッ……そこは……そこはダメっ）

悲鳴をあげる代わりに、白足袋の中で土踏まずが弓なりに反った。小憎らしいほど的確な愛撫に反応し、みるみるクリトリスが肥大していくのが自分でも分かる。疼くような快感にヒクヒクと子宮が収縮し、ドッと熱いものを噴きこぼした。割りひろげられた太腿から双臀にかけ、まるで感電したように激しく痙攣している。

指は下へと移動し、熱い蜜を吐く膣口からヌルリと秘壺へ潜り込んだ。襞肉を擦りながら奥まで進むと、人妻の恥骨の裏側——女の急所とも言うべきGスポット地帯を鉤状に曲げた指で強めにまさぐり始める。

「うッ……うッ……はうううッ」

文乃はこらえきれずに声をあげた。ブルブルと腰部を震わせながら、畳の床に爪を立てて掻いた。

「くうううッ」

睡眠薬が切れかかっていると思ったのだろう。達哉はそのまま責め続ける。女を支配するには、とにかくまずイカせることだ。生き恥を晒してしまった女は心のガードが脆くなる。そうなれば半分は落ちたも同然だ。

（イ、イキそおッ！）

もう耐えきれないと文乃は思った。せっかくのチャンスを逃すことになってしまうが、これ以上なすがままにされていたくはない。犯罪組織の手先になるような軽薄なホストに気をやらされることは、令夫人のプライドが許さなかった。

（い、いい加減に……）

不様に開かされている脚を閉じ合わせようとしたその時だ。

ポピーン——ポピーン——。

アパートの玄関ドアのチャイムが二度続けて鳴った。続けて、

「達哉、開けろ」

男のドスの利いた低い声がした。

「さっさと開けないか。ドアを叩きこわすぞ」

急かすようにドスン、ドスンとドアを蹴っている。どうやら数人いる気配だ。

「はっ、はいッ！」

達哉が跳び上がって、ひきつった声をあげた。

（来たッ）

ドキリとした文乃は、脚を開いたまま意識を失っているフリをし続けた。

ついに待ちに待った組織の人間が現れた。そいつらがこのまま自分を拉致してくれれば、潜入捜査の第一段階は成功だ。できることなら西陣織のハンドバッグも持っていってもらいたい。中に入っている携帯のＧＰＳで彼らのアジトを特定できる。

「ちょ、ちょうど良かった。いま連絡しようと思ってたとこです。み、見てください。いい女でしょう。こんないい女は、そう滅多に手に入るもんじゃない。ここへ連れてくるのに苦労しました」

達哉が焦って、早口でまくしたてている。

「ふん……」

入ってきた男たちはフリチンで言い訳する若者など相手にせず、白足袋しか着けていない人妻の裸体を囲んでジロジロと観察した。

太腿を開いたまま、文乃はグッタリ弛緩してみせている。若者の指で辱しめられていた秘部を晒しきっているのは恥ずかしいが、そうすることで男たちの注意をそちらへ向けることができる。危惧されるのは彼らに輪姦されてしまうこと。だが達哉のような半端者と違い、プロの人間ならそんなことはしないはずだ。

「たしかにな。これならいい値がつくだろう」

男の声に中国訛りがあった。

誰かが文乃の上体を起こし、後ろから抱き支えるようにした。

文乃が驚いたのは、いきなり口に布きれを押し当てられたからだ。

(えッ!?)

鼻をつく刺激臭は麻酔薬。まさかと思って全身をこわばらせた時、耳元で男の囁き声がした。

「あいにくだな、細川文乃。全部お見通しだぜ」

(なッ!?)

しまった！　こちらの正体を知られている！

「ムーッ！」

文乃は眼を見開いて懸命にもがいたが、すぐに麻酔の効き目が現れて手足の自由がきかなくなった。

「ムムムムッ……」

いけない。このままでは皆の——他の捜査官らとその家族の身に危険が及ぶ。

そう思う気持ちさえ、スーッと意識の闇の中へ沈んでいった。

気を失った文乃の裸身は男たちの手でグレーのボディバッグに納められた。それが運び出されていくのを為すすべもなく眺めながら、

「あの……金は……三倍出るんですよね」

しんがりのスーツ姿の男に、達哉はおずおずと訊ねた。

が、男が振り向くなり、

「グハッ！」

達哉は体をくの字に折り曲げて床に崩れ落ちた。

フリチンの股間をいきなり蹴りあげられたのだ。

「アググ……アググッ……」

充血した眼球がこぼれ落ちそうなほどに目をむいて、達哉は畳の上を転げまわ

る。

そんなホストの若者には目もくれず、

「勝手な真似しくさりやがって。後でケジメはつけてもらうぞ」

低い声で言うと、男は後ろ手にドアを閉めて去った。

ようやく息が出来るようになると、達哉は痺れきった下半身を引きずるように這い進み、残された薄桃色の湯文字を摑んだ。傍にはあでやかな紫の訪問着と白い長襦袢が乱れ、高価そうな西陣織のハンドバッグもある。

（畜生、あいつら俺の住所まで調べてやがったのか）

こんなことになるのならラブホにしけこむのだったと悔やんだが後の祭りだ。

股間の疼痛よりも、そしていずれ加えられるであろう制裁への恐怖よりも、いまは人妻の身体を奪われてしまった口惜しさのほうが大きかった。

（あァ、くそッ、姦りてえなァ……）

達哉は摑んだ湯文字を鼻に押し当て、人妻の甘い残り香を胸一杯に吸い込んだ。

第二章　双獣マワシ地獄

1

ポピーン、ポピーン……。

何度も玄関チャイムを鳴らしたが、応答が無い。

一人は髪を金髪に染め、Tシャツにジーンズというラフな格好。もう一人はきっちりしたパンツスーツ姿で、大きめの黒縁メガネをかけている。対照的な見た目の捜査官二名は、眉をひそめて互いの顔を見合わせた。

見合わせたといっても、元レスリング選手のミッキーこと吉田美貴と、身長百五十センチの小柄な伊藤彩芽の二人である。かたや見上げ、かたや見下ろす形になってしまう。

玄関の表札には、中村浩・玲子・翔太、と親子の名が仲睦まじく横に並んでいて、幸せな家庭生活がうかがえた。鮎川というのは玲子の旧姓なのだ。

「翔太くん、まだ学校から帰っていないのかしら？」

「…………」

二人の表情が険しいのは、事情が事情だからだ。単独捜査をしていた春麗からの連絡を受け、玲子の一人息子を自宅から安全な場所へ匿うよう、課長のいずみから指令が下ったのだ。

玲子の夫が出張中なのは不幸中の幸いだった。のんびり屋の彼は、妻が小さな探偵事務所で事務のアルバイトをし、人手不足の時に探偵の真似事をしたりすることもあるだけだと信じている。その点、七歳になる一人息子の翔太の方がよほど賢かった。以前事件に巻き込まれてしまった経験から、自分の母親に何か重大な秘密があることを子供ながらに察知し、変わった出来事があっても母親の許可なくそれを父親に話したりすることはなかった。ここ数日、朝と夕方に訪れて世話を焼いてくれる彩芽にも、見知らぬ男の車に無理やり乗せられて知らない場所へ連れていかれたことをしばらくは明かさなかった。

「あ？」

引いてみたドアがスッと開いた。鍵がかかっていない。

何か妙だ。二人は頷き合い、音を立てぬように中へすべりこんだ。

窓シャッターが全部下ろされていて、家の中は真っ暗だ。

美貴と彩芽は用心しながら摺り足で進んだ。

居間のドアをそっと開け、美貴が片手を差し入れて入り口付近の壁にあるであろう照明スイッチを手探りした時だ。

「ヒイッ！」

バチバチッと指先に青白い火花を散らして美貴が悲鳴をあげた。

反射的に引っ込めようとした腕を何者かに摑まれ、彼女は部屋の中に引きずりこまれた。

体格と体力に恵まれた彼女でなければ、今のスタンガンの一撃で気を失っていたに違いない。バランスを失ってよろめきこそしたものの、すぐさま相手の手を振り払い、なにくそとフローリングの床に立ちとどまった美貴に、腕を引いた男が、「おっ？」と意外の声を発した。

「てめえッ！」

逆上した美貴が男の胸ぐらを摑んだのと、

「ミッキー！」

彩芽が叫んで、照明スイッチを入れたのが同時だった。

「うわッ」

パッと明るくなった室内で、美貴に投げを食らったスーツ姿の男の体が逆さに宙に舞っていた。そのまま部屋を対角線に横切って飛び、ドスンと壁にぶつかって頭から落ちた。

暗い部屋の中に潜んで待ちかまえていた男たちが、いっせいに美貴と彩芽に襲いかかった。

相手が並外れた怪力の持ち主と知り、美貴には前後から一人ずつ、そして頑丈な足にも一人、計三人の男が同時に組みついた。が、専門のレスリングに加え他の格闘技も一通りマスターしている彼女の敵ではない。たちまち二人は壁に叩きつけられ、一人はうつ伏せの背中を踏みつけられていた。

だが彼女の大暴れもそこまでだ。

「ミ、ミッキー……」

「彩芽ッ！」

「おっと動くんじゃないよ。お友達の葬式を出したくないならな」

目つきの悪いスキンヘッドの男が、後ろから回した片腕で小柄な彩芽の喉をきつく締めあげながら美貴に言った。手にコルト拳銃を握り、銃口をピタリと彩芽の後頭部につけている。ただの脅しではない。細い眼の冷たい光が、人を殺め慣れていることを物語っていた。

仲間を人質にとられた美貴が、部屋の中央に仁王立ちになったまま動けないでいると知ると、

「ジィエンレン！（この阿女！）」

ぶっ殺してやると、最初に投げを食らった男がサバイバルナイフを手に迫った。

「やめとけ、陳。仕返しなら、もっと面白い趣向がある」

スキンヘッドがニヤニヤして言った。

「知ってるぜ、吉田美貴。あんた、元レスリング選手で、オリンピックにも出たことがあるんだってなァ。本名はたしか吉田恵美——だろ？」

「彩芽を放せッ。傷つけたら承知しないぞ！」

怒鳴った後で、美貴はギョッとした。

（こいつ……なぜ私のことを？）

潜入時はもちろんだが、ＩＣＳの捜査官には普段から偽名を使っている者も多

い。美貴もその一人だった。ある程度名が知れ渡っているので用心のためだ。そんな彼女の本名と経歴を知っているとすれば、相手は普通のヤクザ組織ではないかもしれない。

（こいつら、一体……）

美貴の背中を、冷たい汗がツーッと流れた。

「女だてらに大の男を三人も。フフフ、たいしたもんだ。ずいぶんと鍛えあげているようだな」

スキンヘッドは拳銃の撃鉄を上げた。

カチッという音に、彩芽がギュウッと目を閉じた。

「や、やめろ……悪かった……仕返しは私にしろ……彩芽は許してやってくれ」

口惜しいが状況が悪すぎる。美貴は唇を噛んだ。自分はどんな目に遭わされようとも、親友の彩芽だけは守らなければ。

「ククク、仕返しなんて野暮は考えちゃいないさ」

スキンヘッドは薄い下唇を舌で湿して言った。

「こっちも仕事なら、おたくらだって仕事だしな。ただしケジメだけはつけとかないと、痛い目に遭わされたこいつらの腹の虫もおさまらないからね」

「…………」

何を考えている？　美貴は男の不敵な面構えをじっと睨みつけたままだ。

「それに俺自身も興味がある。鍛えあげられたあんたの身体に」

「なにッ？」

「聞こえたろう？　身体だよ。あんたの裸が見たいんだ」

驚きに目を見開いた元レスリング選手に、

「嫌ならいいぜ。お友達をあの世へ送ってから、あんたを撃つ。大体あんたが悪いんだぜ。おとなしくスタンガンで気絶してくれりゃあ、面倒なことにはならなかったのによォ」

さあ脱げ、素っ裸になって自慢の筋肉美を見せてもらおうと、彩芽の後頭部に銃口をあてたままで男は急かした。

美貴は燃えるような憤怒の目を男に向けたまま、

「翔太くんをどこへやった？」

と訊いた。

「心配するな。ガキはそう簡単には殺さない。あのガキを使って、母親をいいように操れるからな。そうさ、お前たちが捜している、あの玲子って女だよ」

「翔太くんは帰したほうがいいわよ」

意外に肝のすわった声で、今度は彩芽が言った。

「学校に来なければ家に電話が来るわ。電話がつながらなければきっと担任の先生が来る。騒ぎになってはあなたがたも困るでしょ？」

「ちっとも困らないね。ククククク」

男は勝ち誇って言った。

「学校には〝旅行先〟から葉書が届く。親戚連中の家にもね。母子水入らずで楽しく旅行していますと。それとも何か？　君たちのお仲間が警察に届けるかい？　ククク、サツは形ばかりの捜査しかしないよ。表向き、君たちmoguraとの関係を知られたくないはずだからね」

「分かった……言うとおりにするわ」

何もかも調べ尽くされていると知って、美貴は観念した。今は男たちの言いなりになるしかない。なんとかして生きながらえて、他のメンバーたちにこの事態を伝えるのだ。

美貴はジーンズに手をかけた。

2

「ダメよ、ミッキー！　こんな連中の言いなりにならないで！」

ショートボブの頭に拳銃を突きつけられたまま、彩芽が叫んだ。

「平気よ、彩芽」

私なら大丈夫、と美貴は彩芽に向かってしっかりうなずくと、ジーンズを下ろしてTシャツとパンティ一枚になった。

口惜しくないわけはない。だがそれを知られることのほうがもっと屈辱だ。美貴は無造作を装ってTシャツを頭から抜き、堂々と胸を反らしたままで金色に染めた髪を掻きあげた。

男たちがピューピューと指笛を鳴らして囃し立てたのは、日焼けした素肌にビキニ水着の跡がくっきりと残っていて、そこだけ白いノーブラのたわわな乳房を色っぽく見せていたからだ。性格は男っぽいが、現役当時は美人アスリートとして雑誌等にも取り上げられたほどで、美貴の容姿レベルはかなり高い。鍛練で引き締まった身体のラインも美しく、男たちに生唾を呑ませるだけの魅力があった。

「Gカップはあるか。たまんねえ巨乳じゃねえか」

「へへへ、ケツのほうもデケえぜ」

「はねっかえりのくせして、やけに可愛らしい下着つけてやがるな」

特に男たちを喜ばせたのはパンティだ。日本人離れした美貴のグラマラスな肢体にピンクのレースパンティは小さすぎ、その愛らしさに女心が透けてみえる。そういうギャップがもたらす色気が、男たちの淫心をそそってやまない。

「それもだ。それも脱げ」

彩芽の細首を締めあげたまま、スキンヘッドが顎をしゃくった。

「素っ裸だと言ったろ」

美貴は燃えるような眼で男を睨むと、小さなピンクのパンティに手をかけた。見ていられなくて彩芽が顔を横に捻じろうとする前で、ゆっくりと下着をおろしていく手がさすがに慄えた。パンストは穿いていない。小さなレースの布地を足の爪先から抜くと、一糸まとわぬ全裸の美貴は彫刻のような女体美を男たちの前に惜しげもなく晒しきった。

こいつはたまんねえや、などと口々に言いつつ、スキンヘッドを除く三人の男たちは美貴のまわりを巡りはじめた。ズボンの股間に大きくテントを張って、ハアハアと呼吸を荒げている。美貴は憤辱にこわばった顔を上向かせ、まだ温かみの残る下着を片手に握りしめたまま、前を隠したい気持ちをこらえてジッと虚空を睨みつづける。微かに膝が慄えていた。

「伊藤彩芽だったな」

逞しい二の腕で首を締め上げながら、スキンヘッドは彩芽の耳に囁きかける。潜入捜査官たちのことは全て頭に入っていた。彩芽が情報処理のエキスパートで、体力や護身術の腕では他の捜査員に引けをとることも知っている。

「お友だちがあんたのためにスッポンポンになってくれたんだ。あんただって知らんフリで高みの見物ってわけにはいかんだろ？」

パンティを脱げよ、と耳元に囁いた。

彩芽はギュウッと目を閉じた。

男の言いなりにはなりたくない。だが自分のために全裸をさらしている美貴を目の前に、自分だけ恥をかかずにいるわけにはいかない。

「脱ぎます……脱ぎますから、美貴を許してあげて」

腰のベルトを外すと、彩芽はパンツスーツの下をおろしはじめた。

「あ、彩芽ッ」

美貴がうろたえた声をあげた。

「駄目ッ、駄目よ、彩芽！」

「あんたは黙ってろ。ガタガタぬかしやがると、こいつの頭が吹っ飛ぶぜ」

スキンヘッドがドスの利いた声で言い、両手を頭の後ろで組んでいるように美貴に命じた。

彩芽の命が懸かっている以上、どんなに口惜しくとも逆らえない。美貴は汗ばんだ腋下の窪みをさらし、言われたとおりの姿勢をとった。それでも必死の眼差しを彩芽に向けて、駄目、駄目よッと首を横に振る。

彩芽のスーツパンツは膝までズリ落ちたが、首をロックされて立たされているので、それより下におろすことができない。

「おい、手伝ってやれ」

スキンヘッドに言われて、手下の一人が彩芽の足元にしゃがんだ。スーツパンツを引きおろして爪先から抜いてやると、目の前にはパンティストッキングの眩い皮膜に包まれた下半身がある。さすがに人妻。顔立ちは子供っぽくとも、「く」の字に曲げて羞恥に擦り合わせる下肢は申し分なく女の丸みを帯びて悩ましい。

脱がしてやろうと手を伸ばしかけて、

「余計な真似をするなッ」

スキンヘッドにどやしつけられた。

「さあ、自分でパンストを脱ぐんだ。下着も一緒にな。フフフフ」

「あ、ああッ……」

彩芽はコクッと覚悟の唾を飲み下すと、パンストの縁に指をかけた。羞恥にカァッと灼かれつつ、純白パンティごと捲り下ろしていく。ヒップの白い双丘が完全に露出し、夢のように儚げな恥毛がすべてさらけだされたところで、スキンヘッドに許された手下の男が薄皮を剝くように下着を捲りおろして足首に絡みつかせた。

「フフフ、二人ともいい格好だぜ」

下半身だけを晒した彩芽のヒップに、後ろから下腹の硬いものを擦りつけながら、スキンヘッドは嘲笑う。

「死にたくなけりゃ、俺の言うとおりにするんだ」

せせら笑いつつ言う彼の指示の内容を聞かされて、

「ふ、ふざけるなッ」

美貴が吐きすてるように言った。

そんな惨めなこと、誰がするものか、と反発を示すが、他人の命など何とも思わぬ相手の冷たい目で見据えられてもう一度命じられると、自分の身はともかく、妹同然に思っている彩芽のことだけは何としても守ってやらなければと、素っ裸でバストやヒップはもちろん、腋窩まで男たちに晒して立っている美貴は、屈辱の呻きをグッと呑み込んで相手の要求に従うのだった。

「さ、先ほどは……女だてらに乱暴な振舞いをしてしまい……皆さまに大変なご迷惑をおかけしてしまいました」

意地悪く覗きこむ男たちの顔から視線をそらし、美貴はスキンヘッドに命じられた謝罪の言葉を口ごもりながら述べていく。

「せめてものお詫びのしるしに、私の……私のこの身体を……皆さまで存分に嬲っていただきたく思います」

途切れ途切れに口上を述べ立てつつ、美貴の目にはこらえきれない口惜し涙が滲みはじめる。そんな人妻捜査官の被虐の風情にメラメラと嗜虐の炎を燃え上がらせた男たちは、

「へえェ、お詫びねェ」

「はねっかえりだと思ったが、お詫びに身体を嬲って欲しいとは、フフフ、なかなか殊勝なところがあるじゃないか」

「で？　どこをどんなふうに嬲って欲しいんだい？　日本語の苦手な俺たちにも分かるように、詳しく丁寧に教えてくれよ。へへへへ」

からかいの声をうわずらせ、いやらしく舌なめずりしながらグルグルと生贄の女体のまわりを巡り歩く。背中側へ回るたびに素早く手を伸ばし、代わるがわるに人妻のむちっと張ったヒップに触れた。手酷い目に遭ったばかりなので警戒し、最初は指で軽く突くだけだったのが、次第に増長して軽く手のひらで撫でさすったり、ピシッと叩いたり、あげくのはてには大胆に臀丘を鷲づかみにしたりした。

両手を頭の後ろに組まされている美貴は、そのたびにウッと呻いて背を反らせ、憤辱に顔をゆがめる。

「さあ言いなよ、美貴ちゃん」

「どこをどう嬲って欲しいんだ？　へへへ」

「言わないと分からないぜ。フフフ」

もう投げ飛ばされる心配はないとみてとった三人は、取り囲むように美貴の裸身に体を密着させ、尻となく乳房となく、恥辱に火照る肌にいやらしい愛撫の手を這わせてきた。

「い、いやッ」

思わず女っぽい声をあげて身をよじらせると、一人が耳元に口を寄せて新たな口上を命じた。

「そんなッ……」

カーッと頰を羞恥に染め、美貴はたまらないというように首を横に振った。それでも従わないわけにはいかず、

「もっと、もっといっぱい触って……触ってください」

鍛えあげられた肢体をブルブルと嫌悪に慄わせながら、教えられた口上を死んだ気になって述べ立てていく。

「美貴は……美貴は女盛り……夫一人では満足できないんです。ですから皆さまで、ふしだらな美貴の身体を……オッパイやお尻を……いっぱい触って感じさせて欲しいんです……」

カチカチと憤辱に歯を嚙み鳴らすさまを、男たちにゲラゲラと笑われた。

「こんなふうにかい？　へへへへ」

豊満なバストをすくいあげるようにタプタプと揉みたてながら、男の熱い息が耳元に囁きかけてくる。

「触るだけかい？　もっとして欲しいことがあるんじゃないのか？　だろ？」

晒しきった腋下の窪みを、申し合わせたように左右同時に舌でニュロリとなぞりあげられた。

ヒッと声をあげて背を反らせると、再び耳元にいやらしい言葉を囁きかけられる。

「そ、それから……ウウッ……」

ギュウッと涙目を閉じ合わせ、美貴は嗚咽と共に、

「み、皆さまの……お、大きい……大きいおチン×ン……大きいおチン×ンを入れて欲しいんです……ウウウッ」

かすれた声で絞り出すように言った。三人がかりで撫でまわされる極限の恥辱に、全身の肌が震えながら汗ばんでいく。

「なに？　チ×ポだァ？　チ×ポを入れてくれってか？」

「これか？　こいつを入れて欲しいのか？」

男たちは笑いながら、硬くなったズボンの股間を三方から圧しつけてきた。

「どこにだ？　この太くて硬いのを、どこに入れて欲しいんだ？」

「オ、オマ×コ……美貴のオマ×コにです……」

男勝りでも女だ。火になった美貴の頰を、ついに涙がつたい始めた。

「フフフ、ずいぶんと我が儘だな。入れてもらいたいのなら、あんた自身がこいつらをその気にさせることだ」

スキンヘッドがニンマリして口をはさんだ。

「そのデカいケツを色っぽく振って、こいつらを挑発してもらおう」

美貴が三人に嬲られている間に、下半身だけ脱がされた彩芽は床に這いつくばわされていた。四つん這いの格好から膝を伸ばし、スキンヘッドの前に裸のヒップを高くもたげるポーズをとらされている。その背に銃口をあてたまま、スキンヘッドは彩芽の股間の割れ目を指でまさぐっていた。繊細な女の構造を夫以外の男の指でユルユルと弄られている彩芽は、

「クウッ……クウウッ」

と歯を食いしばって呻きながら、せり上げた小ぶりなヒップをブルブルと慄わせている。振りたてるショートボブの髪の乱れが、その狼狽ぶりを物語っていた。

「どうした？　やるのか、やらないのか？　あんたにその気が無いのなら、代わりにお友達のオマ×コを使わせてもらうことになるが」

スキンヘッドに脅されて、

「や、やるわ……やりますから、彩芽にはもう……」

涙ながらに懇願する美貴の言葉に、三人の男たちがようやく身を離した。どのみち二人とも輪姦にかけるつもりなのだ。その前の余興の羞恥ショーを楽しもうと、手を伸ばせば届く位置に胡坐をかき、舌なめずりして眼をギラつかせる。

「よし、脚を開け。そのまま膝を曲げて、ケツを思いっきり後ろへ突き出すんだ」

捕虜になった兵士のように両手を頭の後ろで組み合わせた美貴が言われたとおりにすると、

「その格好のままケツを振れ。色っぽくやるんだぜ」

スキンヘッドの命令に、三人がドッと笑った。

美貴は羞恥と屈辱にカーッと脳を灼かれたが、やはり従わないわけにはいかなかった。男の落ち着きはらった冷たい顔を見れば、ただの脅しでないことは分かる。逆らえば容赦なく彩芽を撃つだろう。今はどんなに口惜しく恥ずかしくとも、言いなりになるほかはない。命さえ長らえることができれば、いつか必ず逆襲のチャンスはあるはずだ。

（お、覚えていろ、下衆どもッ……）

ギリギリと歯噛みして胸の内で悪態をつくと、美貴は後ろへ突き出した裸のヒップを振りはじめた。

「おおッ、いいぞッ」

「こいつは見ものだ」

大きいが、よく鍛えあげられていて少しのタルミも無い、くっきりとビキニ水着の日焼け跡を残したボリューム満点のヒップの揺れに、男たちが喜んではしゃぎ始める。「好(ハオ)！」と中国語で掛け声がかかり、手拍子が始まった。その陽気な手拍子に合わせて、両手を頭の後ろに組んでいる美貴は裸のヒップをプルン、プルンと大きく左右に振らされる。

「もっとだ。もっと大きく揺すりたてろ」

男たちの一人が腰を浮かせ、活を入れるようにピターンと臀丘を平手打ちした。アッと叫んで振り返った美貴の憤辱の顔を見返して、男はゲラゲラと笑った。

「誰がやめていいと言った？　そら、もっと大きく揺すらないか」

またもやピターンと痛烈に打たれた美貴が、恥辱の尻振りを再開すると、他の二人も面白がって、

「もっとだ」

「もっと景気よく揺らせ」

蛮声を張りあげ、手拍子の合間に容赦なく平手打ちを加えてくる。

ピターン！

（ううッ！）

ピターン！　ピターン！

（ああッ……くううッ！）

こ、こんな下衆な連中にッ……。

見られているだけでも憤辱で気が変になりそうなのに、三人がかりでスパンキングを受けながら裸のヒップを振りつづけなければならない惨めさと恥ずかしさ。全身の血がグツグツと煮えたぎるほどの口惜しさがこみあげてくるが、今は耐え抜くほかにどうすることもできない美貴である。

3

手拍子のペースが次第に速くなる。急かされるように美貴の尻振りもせわしなさを増していった。ハアッ、ハアッと呼吸が荒くなり、体温が上がった美貴の全身の肌は汗にヌメ光りはじめた。激しい動きにツーッと玉の汗をすべらせる丸い双臀に、ピターン！　ピターン！

男たちは情け容赦ない打擲を加え続ける。雨戸を閉めきった室内は、いたぶられる女の汗と男たちの欲情でサウナのように熱く蒸れている。

いたぶられているのは美貴だけではない。四つん這いで、下半身だけ裸のヒップをもたげさせられている彩芽も、

「うッ、うッ……くううッ」

歯を食いしばって呻きながら、しきりに頭を振りたてている。スキンヘッドに後ろから尻の丸みを舌でねっとり舐めまわされ、相変わらず巧みな指使いで秘肉の深い所を弄ばれているのだ。

「い、いやッ……あぁッ……くうーッ」

女子中学生といっても通用しそうなショートボブの似合う童顔は、紅潮した額と頰にせっぱつまった焦りを滲ませて汗ばんでいた。根元まで秘肉に押し入っている男の指は、右に左にゆっくりと回転するかと思えば、鉤状に曲げた指先で掻き出すように恥骨の裏側のGスポットを責めたててくる。

「ああッ、そんなッ⁉……うううッ」

顔立ちは子供っぽくとも結婚三年目のれっきとした人妻。とはいえ、システム

エンジニアでオタクっ気のある夫とは友達のような夫婦関係で、夜の生活も子作りを目的とする淡白なものだった。これほどねちっこく淫猥極まりない愛撫は、結婚前にも結婚後にも受けたことがない。その道の玄人であるスキンヘッドのテクニックで、自分でも知らなかった性感のツボを巧みに責められ、

「うううッ……くあッ！……あ、ああああッ」

喘ぎ声を懸命に押し殺そうとしつつも、たまらず裸のヒップをのたうたせてしまう彩芽は、憎むべき卑劣な犯罪者によって、生まれて初めて女の悦びを——骨の髄までとろけてしまいそうな肉の快感を思い知らされていた。

「ククク、ずいぶん感じやすいんだな」

敏感な反応をスキンヘッドにからかわれ、

（違う……違ううッ！）

彩芽は激しくかぶりを振った。

「痩せ我慢しなくていい。感じたら声を出していいんだぜ」

「だ、誰が痩せ我慢など……ううッ、もうやめて！　こ、この変態ッ」

彩芽はカチカチと歯を噛み鳴らして言い返したが、ねっとりと舌を這わされてブルブル震える双臀と、指で丹念にまさぐられてピチャピチャと妖しい汁音を響

かせはじめた女壺のヒクつきが、気丈さを装った言葉を裏切っている。

「ククク、素直じゃないな。だが下の口は正直だ。欲しくってたまりませんと言って、トロトロとヨダレを垂らしてやがるぜ」

スキンヘッドの言葉は誇張ではない。掻き混ぜられる柔襞からジクジクと滲み出る悦びの熱い蜜で、もう彼の指はビショ濡れなのだ。

「あんまり焦らしすぎちゃ気の毒だ。フフフ、そろそろお待ちかねのものをブチ込んでやるとするか」

彩芽の背に銃を突きつけたまま、片手でズボンのジッパーを下げた。

熱いみなぎりの先端を押しつけられて、

「いやッ！　ミッキー！　助けてえッ！」

四つん這いの彩芽はたまらず悲鳴をあげた。

「ダメっ！」

美貴が尻振りを止めて叫んだ。だがその場を動けない。頭の後ろで組んだ両手もそのままだ。四つん這いの仲間の背に突きつけられた拳銃の引き金に男の指がかかっているかぎり、美貴は叫ぶ以外に為す術がなかった。

「約束が……約束が違うわッ」

「約束？　ハハハ、俺がいつ約束などした？」

怯えにこわばった彩芽の尻の割れ目に剛直の矛先を擦りつけながら、

「詫びを入れさしてくれと頼んだのはそっちだぜ。約束などした覚えはないね」

スキンヘッドは愉快そうに笑った。

ううッ、この卑怯者ッ、と歯ぎしりして口惜しがる美貴に、

「ククク、他人さまの心配してる場合かよォ」

「あんたの色っぽいケツ振りを見せつけられて、もう我慢できなくなってきたぜ」

「お望みどおり、こいつをブチ込んでやる」

男たちが立ち上がって迫り、ズボンをおろして怒張した肉棒を見せつけた。

ヘソにくっつかんばかりにそそり立つ三本のペニスは、まさに肉の青竜刀とも言うべき角度で反り返っている。その逞しさとグロテスクさに美貴は思わず息を呑んだ。愛する夫のそれとはサイズにしてからが違う。赤らんだ顔を懸命にそむけつつ、人妻の心臓は早鐘のように打ちはじめた。

「フフフ、三人がかりだぜ。悦びすぎて腰が抜けちまっても知らねえよ」

怒張を振りたてて美貴にむしゃぶりつきかけた仲間を、

「待て待て。ちょっと待て。そう慌てるな」

気が変わったと見え、別の一人が制止した。

「俺たちの松茸はこんなにおっ勃っちまったが、こちらさんのアワビは、まだとろけ足りないかもしれないぜ。もっとメロメロに感じさせて、本気で俺たちを欲しがらせようじゃないか」

ペロリと出した舌が不気味だ。女の肉体はおろか、心まで徹底的にいたぶらないと気が済まない変質者だった。勝ち気な人妻に三人がかりで時間をかけた濃厚な愛撫をほどこし、ヨガり狂わせてから犯そうというのである。

「あッ」

いきなり後ろから抱きすくめられ、両手を頭の後ろで組んでいる美貴は小さく悲鳴をあげて裸身をこわばらせた。晒している腋の下をかいくぐるようにして、男が右の乳房にむしゃぶりついてくる。

「い、いやッ、やめてッ！」

ゾッと総毛立つ感覚に拒絶の声を高ぶらせたが、相手を跳ねのけることは許されない。いやッ、いやッと叫びながら身をよじりたてる美貴の片肢を、一人がしゃがんで肩に担ぎあげると、もう一人も床にしゃがみこんで、開かされた彼女の太腿の付け根をまじまじと覗きこんできた。

「へへへ、いい眺めだぜ」

「ダメッ、見ないでッ！」

「そうはいかねえ。ブチ込んでやる前に、お道具の方をしっかりチェックしなくちゃならないからなァ」

笑いながら言い、艶やかな茂みを指で梳き上げて美貴に昂った悲鳴をあげさせると、男は指でつまみあげるようにして肉の唇を左右に剝きくつろげた。

「いやあああッ！」

「ほお……はねっかえりのくせして、なかなか綺麗なオマ×コしてるじゃねえか」

いい按配に濡れてやがる。こいつは愉しめそうだ、などと嬉しそうに言いながら、サーモンピンクの貝肉をまさぐり始める。

「ヒイイーッ！」

美貴が絶叫し、身をのけぞらせたのと同時に、

「動くな！　じっとしていろ！」

彩芽の背中に銃口を突きつけているスキンヘッドが怒鳴った。そのひと言で美貴の抵抗を封じてしまうと同時に、ギンギンにみなぎった巨根を彩芽の秘壺にズブズブと埋め込んだ。

「アヒイイーッ！」

白目をむくほど深いバックからの挿入に、四つん這いの彩芽がスレンダーな身体をのけぞらせる。そのボブカットの髪を片手で鷲づかみにし、スキンヘッドはすぐさまリズミカルに腰を使い始めた。

ヌプッ、ヌプッ——ヌプッ、ヌプッ——。

「ほれ、ほれほれ。亭主と比べてどうだ。フフフ」

「ヒーッ、ヒーッ、アヒイイーッ」

経験したことがない強烈なバック姦。子宮の中まで押し入ってきそうな長大な肉棒の荒々しい抜き差しに、繊細な媚肉が悲鳴をあげる。後ろから髪を摑まれ顔を上向かせられたまま、彩芽は声を絞って泣き叫んだ。

「ヒーッ、ヒイイーッ」

その悲痛な表情を正面から見せつけられた美貴は、

「あ、彩芽ええッ」

妹分の貞操を守ってやれなかった無念さに、こらえきれぬ嗚咽と共に大粒の涙をポロポロとこぼし始める。だが一糸まとわぬ全裸を後ろから抱きすくめられ、片肢を男の肩に乗せ上げてしまっている彼女自身の貞操もまた風前のともしびであって、前にしゃがみこんだ男の巧みな指使いで、開ききったサーモンピンクの割れ目を好き放題にまさぐられている最中なのだ。

「へへへ、嫌だと言うわりに、嬉しそうにヒクつかせてるじゃないか」

男はからかいながら、片手で口元のヨダレをぬぐっている。

女芯のしこりを指先で軽く圧し、円を描くように揉み込んでやると、包皮に包まれた官能の真珠玉がヒクヒクとうごめいているのが分かる。ビクンビクンと跳ね上がる腰の動きからも、人妻の感度の良さがうかがえた。

「いやッ、そこは……そこはいやッ」

「ククク、中の方が好きなのか。なら、これはどうだ」

ヌルリと秘壺の奥に潜り込んできた指に、

「ああッ、入れちゃダメえぇッ！」

美貴はガクガクとヒップを揺すりたてて反応した。

「そんなッ……そんなにされたら……あああッ」

「そんなにされたらどうなんだい？　へへへへ」

「あうッ、あううッ、ひいいいッ」

驚くほどに感度がアップしている。火のようになった膣奥の感覚に、すでに自分の身体が熱くとろけてしまっていることを思い知らされた。クチュクチュと掻き混ぜられただけでジーンと甘美な愉悦がこみあげてきて、声を放って泣きたくなる。子宮がドロドロに溶けただれ、熱い蜜となって溢れかえった。このまま続けられたら本当に気が変になってしまいそうだ。

「ひいッ、いやああッ！」

「こいつはすごい。もう洪水だぜ」

打てば響く人妻の女体に、男は夢中になって執拗な愛撫を加え続ける。甘酸っぱく匂う花蜜で、指も手のひらもヌルヌルだ。せつなげな腰の悶えがなんとも悩ましい。指マンだけでこの乱れようなのだから、芯の通った太い肉棒を咥え込ませてやったらどんなにあさましく狂いヨガることだろう。

「ヘッヘッヘッ、この腰の動き――あんた、相当欲求不満だったとみえるな」

最奥をまさぐりながら男が笑うと、

「気の毒に。亭主がよっぽどヘタレなんだろうよ」

後ろから美貴の腰を抱き支え、首を伸ばして横から豊満な乳房にむしゃぶりついている男も嘲った。熟れきった人妻のナイスボディは、汗ばんで何とも言えずいい匂いがする。その匂いを存分に味わいつつ、たわわなバストを揉みしだき、ツンと尖った乳首をガキガキと甘嚙みしてやった。

「うッ、うッ……あんッ」

「へへへ、いい声が出るじゃないか。そんなにいいのか?」

からかいながら、しこり勃った乳首を唇でついばむように吸ってやると、

「いいんだぜ、イッちまっても。へへへ」

熱くたぎる果肉をまさぐりながら、しゃがみこんでいる男もせせら笑う。

4

「い、いやッ」

美貴は激しくかぶりを振った。

私は捜査官。こんな連中に惨めな姿を晒したくない。こらえなくては……なんとかこらえなくては……ううッ、くううッ！

ブルブルと腰をわななかせつつも、カチカチと歯を嚙み鳴らして耐え抜こうとする彼女の前に、両手を床についてバックから犯されている彩芽の姿がある。

「あううッ、あううッ」

スキンヘッドの荒々しい突き上げに、トレードマークの黒縁メガネが床に落ちていた。あのシャープで知的な黒瞳は愉悦に潤みきって、もはや何も見てはいないようだ。男の抜き差しに合わせ、花びらのような唇から、

「いいッ、いいッ……ああン、いいッ」

と、絶え間なく熱い喘ぎをこぼしている。

いつの間に白いブラウスの前をはだけられ、ブラジャーを外されて半裸であった。激しい腰ピストンに翻弄されて、小ぶりな乳房が前後に揺れている。

それは美貴が初めて目にした、彩芽の「女」の姿であった。

「ほれ。お友達はそろそろ天国に行くみたいだぜ」

美貴の溶けただれた秘壺を指で掻きまぜながら、男が見上げて言う。

「あんたもイキそうなんだろ？　へへへ、こんなにマン汁を垂らしてよォ。痩せ我慢なんかやめて、一緒に仲良くイッてやっちゃあどうなんだ？」

「い、いやッ、いやだッ」

美貴は狂おしくかぶりを振った。

犯罪者たちの言いなりになどなってたまるか。が、そうする間にも仲間の彩芽は、惨めな四つん這いのままで絶頂へ——おそらく彼女が未だ体験したことのな

い悦びの高みへ——と昇りつめていく気配だ。

「もう……ああッ、もうッ！」

せっぱつまった喘ぎをかすれさせ、

「ああッ、イク！　彩芽、イッちゃいますうっ！」

仲間の美貴に見られていることすら意識していないのか、うなじを反らして高い声で告げると、彩芽はヒイーッと断末魔の絶叫を絞り出し、貫かれたままの双臀にブルブルと逐情の痙攣を走らせた。

「あッ、あァ……ハアアアッ」

スキンヘッドに髪を掴まれ、上向きに晒されている童顔には、敗残の屈辱感ではなく、極めきった女の悦びがはっきりと刻まれている。

（あ、彩芽……あァ……）

美貴は耐えきれなくなって目をそらした。

被虐の悦びに輝くその顔を見ていると、自分自身も官能の泥沼に引きずり込まれてしまいそうだ。

（負けない……こんな奴らに負けてたまるものかッ。くッ、くううッ……）

組み合わせた手に力を込め、萎えそうになる心を鼓舞しようとする。

そんな美貴の必死さをあざ笑うかのように、最奥をいやらしくまさぐってくる男の指が——バストの尖端を陰湿に舐め転がす男の舌が——美貴の中に潜む「女」を焙り出し、引きずり出そうとしている。いやもうほとんど引きずり出されてしまっているのか。気をしっかり持っていないと、頭の中がうつろになり、我を忘れて狂い悶えてしまいそうだ。

「フフフ、まだ痙攣してやがる。そんなによかったか？」

気をやった彩芽をスキンヘッドは許そうとしなかった。後背位でつながったまま、膝を掬い上げ、自分は尻を床に落として背面座位に持ちこんだ。

仲間の美貴の前で大股開き——しかも男に貫かれたまま——にされてしまった彩芽は、官能に濡れた唇を開いてアアッと絶句し、

「やめて……お願いだから、もうやめて」

少女っぽいボブカットの頭を弱々しく振った。

だが一度気をやらされた女体は脆すぎる。串刺しに貫かれている尻をスキンヘッドの手で大きく揺すり上げられると、

「あッ、あッ、そんな……ああん、ダメえッ」

たちまち甘い声をあげて身悶えはじめた。

「彩芽ッ……ううッ、気を……気をたしかに持ってッ」

美貴が喘ぎながら懸命に呼びかけるのは、官能をドロドロに溶けただれさせていく自分自身に対しての叱咤でもあった。だがそんな美貴の必死の言葉も、惑乱しきった彩芽の肉の暴走を止めることはできない。

「ミッキー……見ないで……私を見ないで」

喘ぎ混じりの声で哀願したのも最初だけ。ものの一分と経たぬうちに、

「いいッ、あァ、もっと……もっとおォ」

美貴が驚きの目を瞠ったことに、彩芽はせがむように積極的に腰を揺すりたて、小ぶりの乳房を自分の両手で摑むと、指を食い込ませて狂おしく揉みしだきはじめたのだ。さらに、上気した顔をスキンヘッドの手で斜め横に向けられると、求められるがままに彼と唇を合わせ、ためらいもなく濃厚なディープキスに没入し始めた。

「ククク、妬けるねェ」

チュパチュパと美貴のたわわな乳房を吸いながら、男がそちらへ目をやって言う。

「お友達のほうは随分と素直だぜ。あんたも少し見習うといい」

「いやあぁッ」

首を振って抗う美貴の眼前で、彩芽は早くも二度目の大波の頂点に達するらしい。首をねじってスキンヘッドに口を吸われながら、大股開きの下半身をブルブルと痙攣させたかと思うと、

「ムウウーッ!」

眉間に深い縦ジワを寄せて呻き、開脚した両足で狂おしく宙を蹴る動きを見せた。昇りつめると同時に全身を収縮させているのが分かる。それだけ快感が大きいということだ。

その生々しい崩壊ぶりを無念の想いで見せつけられている美貴とても、熟れきったナイスボディを男たちの指と舌でさんざんに弄ばれて、すでに正常な状態ではない。そんな彼女が、

「い、いやあッ!」

弓なりにのけぞり、ひときわ高い狼狽の声を張りあげたのは、前にしゃがみこんで指を使っている男の口がベチョッと局部に吸い付いてきたためだ。

「いやッ、やめてッ! ひいいッ! いやあッ!」

耐えきれず、美貴はついに声を放って泣きだした。

溶け爛れた膣奥を指でまさぐられながら、充血したクリトリスを舌で舐められる。官能の源泉を二箇所同時に責められるなど、美貴には初めての体験。燃え上がった女体にはつらすぎる仕打ちだ。しかも男のクンニは巧みだった。ニュロリ、ニュロリと焦らすように舌で女芯の周辺をなぞりたて、露頭した珊瑚色の肉芽を軽く弾き上げるようにする。そのたびに美貴は、

「ヒエッ！　ヒエエーッ！」

鋭い悲鳴をあげ、電流を流されたようにガクガクと腰を跳ね上げた。

「へへへ、いい声で泣きやがる」

後ろから抱きすくめている男が、タプタプと乳房を揉みたてながら言った。しこり勃った乳首をつまみあげて引き伸ばしてやると、それだけで人妻の裸身が反りかえる。面白いほど敏感な反応だ。

「ほれ、お友達は第三ラウンドだぜ。あんたもいい加減に観念しな」

彩芽はあお向けに寝そべったスキンヘッドの腰に背面騎乗位で跨っている。すでにブラウスも剝ぎとられ、美貴と同様の素っ裸。背中にピタリと拳銃を突きつけられてはいるが、もうそんなことも忘れてしまっているかのように無我夢中で腰を弾ませていた。

「ああッ、また！　彩芽、またイクっ！　イッちゃううぅッ！」

男の太腿に両手をついて上体を支え、童顔に似ず女っぽい丸みを帯びた双臂をせわしなく上下させるのである。小柄な身体はバネがあって、美麗なヒップは毬のようにポンポンと弾むのだ。

「あわわッ、あわわわッ、ヒイイイーッ！」

尻を弾ませながら、彩芽は白目をむいている。骨の髄まで溶けただれていく快楽。目の前には極彩色の光がひろがっていて、三人がかりでいたぶられる仲間の姿は見えていない。

「ヒイッ、ヒイイッ……あぐぐぐッ」

熱い悦びが幾度となく身体の芯を走り抜けた後、めくるめく官能の暴風がようやく静まっても、彩芽はあお向けの男の下腹にペタンと尻を落として上体を前に伏せたまま、絶頂の余韻にまみれて熱く喘ぐばかりである。

「ほれ、お友達がまた気をやったぜェ」

もう九合目まで昇りつめ、それでも屈しまいと最後の抗いを見せる美貴の耳元に、じっくりと乳房を揉みたてながら男が囁きかける。

「へへへ、見ろよ、あの満足しきった顔。悦びすぎて、まだ痙攣が止まらないみたいじゃないか」

前にしゃがみこんでいる男も追い討ちをかけた。美貴の濡れた花弁をつまんで大きく剝きひろげ、トロトロにとろけた貝肉を隅々まで舐めねぶりながら言った。

「あんた一人つまらねえ意地を張ってみたところでどうなる？　こんなにオマ×コをグチョグチョに濡らしといて、捜査官でございますと気どってみても始まらないぜ。無駄な悪あがきはやめて、さっさとイッちまいなよォ」

「い、いやッ……くぅうッ……絶対にいやあァ」

狂おしく髪を乱して美貴は激しく首を横に振った。

男たちの言葉よりも、壮絶に果ててブルブルと裸身を震わせている彩芽の姿こそが彼女には誘惑である。認めたくない。が、繰り返し味わわされる強烈なアクメの余韻に、彩芽の汗ばんだ顔がエクスタシーに照り輝いているのは事実なのだ。それを見せつけられながら、男たちの淫らな愛撫に耐え抜けと人妻に要求するのは、土台無理な話であった。

それでも彼女はこらえ続けた。尖り勃った乳首の周囲に円を描きつつ陰湿になぞりたててくる舌先にも――花芯の奥へと潜り込み、熱くただれた柔襞を捲り返すようにまさぐってくる指にも――濡れ光る肉の真珠玉を舐めたり吸ったり、飽くことのない愛撫で責め苛んでくる唇と舌の狡猾な動きにも——美貴は死力を振り絞って耐え続けたのだ。しゃがんで彼女の片肢を肩に乗せ上げていた三人目の男が、他の二人に協力して責めに加わってくるまでは。

5

「あッ！　そ、そこはッ!?」

首を伸ばし双臀の谷間にヌルリと舌を入れてきた男に、美貴は激しい狼狽を見せて身をよじりたてた。

「やめて！　バカな真似は……あああッ！」

汚辱の排泄器官——尻穴の窄まりを舐め始めた男が信じられない。

「いやッ、いやッ！　ああああッ！　ヒイイイッ！」

一度も味わったことのない異様な感覚。前の割れ目と後ろの穴を同時に舌で責められて、美貴は狂ったように叫んで腰を振った。だが泣いても喚いても、男たちの執拗な——そしてツボを得た愛撫から逃れることはできない。

「ひいッ、いやッ！　いやあああァ！」

「へへへ、こいつは驚いた。ずいぶんと尻の穴が敏感なんだな」

「嬉しいからって、なにもそんなに大袈裟にケツを振ることはないぜェ。おっと、またお汁が……へへへッ」

男たちはからかいながら、まるで美貴のすべてを味わい尽くそうとするかのようにベロリ、ベロリと前後から舐めあげる。汚辱の菊坐を舐められたことで、前の割れ目はヒクヒクと貝類の蠢きを見せ、トロトロと甘蜜を垂らす。そのぬめりをたっぷりと吸った尻穴が、キュッ、キュウウッと妖しい収縮を見せてシワをすぼめる。尖らせた舌先でその中心部をくすぐるように刺激されて、

「ひッ、ひえぇッ……い、いや……いやあァ」

美貴は激しく喘いで身をよじった。だがすでに嫌悪のそれではない。執拗で濃厚な男たちの愛撫に、「いやッ、いやよッ」という抗いの言葉も形ばかり。熱いあえぎにせつなげな啜り泣きが混じる。汗ばんだ裸身の悶えぶりは、もうどうにもならなくなった人妻の情感を物語って悩ましい。

「ほれ、あちらさんも、また盛り上がってるぜ。犯される味を覚えたとみえて、もうとめどがなくなっちまったな」

男が顎をしゃくって教えたとおり、彩芽が再び犯されていた。顔をこちらへ向

けて床に這わされ、後背位で荒々しく揺すられている。男の暴虐に屈し、ヒーッ、ヒーッとあけすけな悦びの声を張りあげて悶えるその痴態に、情報収集専門のプロ捜査官の姿は無いが、自らも快感の渦に呑まれつつある美貴にそれをなじる資格はない。

（あ、彩芽……ああッ）

惑乱していく美貴の耳元に、

「へへへ、欲しいんだろ？」

男の低い声が再び囁きかけた。

「だったらお願いしろ。『チ×ポを挿れてください、欲求不満の人妻の私を、皆さんの太くて硬いチ×ポでイカせてください』と、この大きなケツを振って俺たちにお願いするんだ」

「う、うううッ」

重く呻いて、乱れ髪をザワザワと左右に振った美貴だが、犯されながら「ああッ、いいッ、ああッ、いいわッ」と身も世もなくヨガり泣いている仲間の痴態を前にして、もはや抗いの気力も萎えきってしまった。

（もう……もう駄目……）

口惜し涙に濡れた顔を横に捻じると、

「イカせて……イカせてくださいッ」

それだけは言うまいとこらえていた言葉を、泣き声混じりに喉奥から絞り出した。

「そんなんじゃダメだ。フフフ、教えたとおりに、ちゃんと言うんだ」

乳首をつまんで左右交互に引き伸ばしつつ、男がもう一度耳元に囁いた。他の二人もとどめとばかりに、熱く濡れただれきった媚肉を、セピア色の尻穴のすぼまりを、レロレロと舌先でくすぐり続ける。

「チ、チ×ポ……チ×ポを挿れて……挿れてくださいッ……うううッ」

教えられた言葉を途切れ途切れに口走りながら、美貴はもう訳が分からなくなっていく。

「欲求不満の……人妻の私を……皆さんの……皆さんの太くて硬い……うううッ……チ、チ×ポ……チ×ポでイカせてッ」

耐えに耐えていただけに、卑語を口にしたことで一気に情感を燃え上がらせ、自分を抑えられなくなってしまった。もどかしさに耐えかねてクナクナとくねらせる腰の動きに、人妻の性が満開に咲き誇ってしまっている。

それでも、

「そうか、よしよし」

と、後ろから腰を抱えこんでいる男が怒張の先端を尻割れに擦りつけてくると、

「ああッ！　ま、待ってッ！」

さすがにうろたえ、挿入されまいと双臀を振りたてる。

「ククク、何が『待って』だ。下の口はそうは言ってないぜ」

「『早く挿れて』とヨダレを垂らしてるじゃないか」

土壇場に来て狼狽するナイスボディの人妻を、しゃがんでいる二人がせせら笑う。

「さあ言え。もう一度、『挿れてください』とお願いするんだ」

逃げまどうヒップを抱えて引き寄せながら、男が迫る。

「そんな……ああッ、いやッ、いやですッ」

灼熱の矛先が秘口にあてがわれたのを感じて、美貴は両手を頭の後ろに組んだままイヤイヤと首を振ったが、もはや強くは抗えなかった。

仲間の命を守るために、これ以上の抵抗はできない。だが本当にそのためなのか。男たちの愛撫で全身を痺れさせてしまっている美貴にはもう分からなかった。

「い、いやッ」

火のようなものが容赦なく押し入ってくる。片肢を持ち上げられているので、深い挿入を拒みようがない。

（あああーッ！）

恐ろしいばかりの迫力で押し入ってくる逞しい男性自身に、自分の肉が待ちかねたように絡みついていくのを、美貴は気が遠くなる思いで感じていた。ズンと最奥まで貫かれた瞬間、たしかに意識が飛んでいた。何もかもが夫とは桁違いのそれに、

「うッ、くああッ！」

美貴は引き結んでいた唇を開き、呻きとも吐息ともつかぬ声を発した。まるで瘧（おこり）にかかったように、汗ばんだ裸身をブルブルと痙攣させる。一撃で脳天まで喜悦に痺れきったのだ。

「おーっ、こいつはすげえや」

「ひょっとして、もうイッちまったんじゃないのか？」

激しすぎる反応を見せる美貴の肢体に、しゃがみこんでいる二人が感嘆の声をあげた。立位で後ろから深々と貫かれてしまった人妻の姿は被虐美の極みで、ゾ

クゾクと鳥肌が立つほどの興奮を誘う。柔肌のヌラつきが尋常ではない。根元までしっかりと男根を咥え込んだ女肉の割れ目と、喜悦をにじませてのけぞった顔を、男たちは交互に見上げて唸った。先ほど美貴に痛めつけられたことなど、すっかり忘れてしまっている。

「フフフ、どうだい、俺のデカマラの味は」

自信たっぷりに耳元で囁かれて、美貴は「ウウッ」と呻いた。

何か言い返そうとするが、あまりの凄さに言葉が出ない。

「やめて……あぁッ」

喘ぎあえぎ、そう言うのが精一杯だ。

「へへへ、本当にやめていいのかァ?」

捏ねまわすように腰を動かしながら、男は人妻の赤らんだ耳たぶを甘噛みした。

女の扱いは知悉している。ハメちまえばこっちのもの。イヤよイヤよも好きのうちで、腰が抜けるまで可愛がってやれば、しまいには言いなりになる。女とはそういう生き物だ。

「ほら、床に這えよ。それとも立ちマンが好きか?」

つながったままピタピタと尻を叩かれ、美貴は両手を床についた。

「み、美貴ッ……」

「あ、彩芽ッ……」

ちょうど相撲の立ち合いに似た格好で、二人の人妻捜査官はもたげたヒップを後ろから貫かれたまま顔を突き合わせている。一瞬だけ見つめ合ったが、官能に火照った牝顔を互いに正視できず、あわてて目を逸らしてしまった。

「フフフ、二人一緒に、たっぷりと可愛がってやる」

豊満な美貴のヒップを撫でまわしながら男が言えば、

「先に気をやった方が好き者ってことになるな、ククク」

スキンヘッドも彩芽の白いヒップをピタピタと叩いた。

「それそれ、フフフ」

「ほれほれ、ククク」

二人は笑いながら大腰を使いはじめた。

「いやッ、いやッ」

「ああッ、ああッ」

赤らんだ顔を突き合わせたまま、額がぶつかりそうなほど激しく前後に揺すられ、美貴と彩芽は牝啼きの声を昂らせていく。

「いやッ、いやあァ」

「ああッ、あああん」

何度も気をやらされてしまっている彩芽はもちろんのこと、美貴の抗いの声にまで悩ましい色香が増していくのは、それだけ感じてしまっている証拠である。

（うッ、ううッ……ダメっ）

カチカチと歯を噛み鳴らしながら、美貴の胸の内には、（いやよ、そんなに突いてはいやッ！）という思いと、（もっと！　もっと突いてッ！　私を滅茶苦茶にしてッ！）という思いが入り混じっている。やがて後者の気持ちが高まって抑えきれないほどになると、

「ああッ、ダメっ！　もうダメえええッ！」

美貴はせっぱつまった声を張りあげ、彩芽にも負けないくらいに悦びを露わにして身をよじりたてた。

「いいッ、いいわッ！」

「ダメっ、ダメえッ！」

競い合うように嬌声を張りあげ、四つん這いの裸身をくねらせる美貴と彩芽。犯される二人の人妻捜査官には、もう口惜しさも恥ずかしさも無い。ただれきっ

た秘壺を極太の肉棒で掻き混ぜられる悦びに身も心もどっぷりと浸りきり、互いのことも気にならなかった。

「ククク、よく締まるオマ×コだ」

「こっちもだ。なかなかいいオマ×コだぜ」

リズミカルに突きあげながら、

「ほれほれ、負けるんじゃないぞ、彩芽」

「ケツを振れ。もっとケツを振るんだよ、美貴」

呼び捨てにして煽り立てつつ、男同士はアイコンタクトをとっている。抜き差しのペースを調整し、二人を同時にイカせようというのだ。

(あううッ、すごいッ！　すごすぎるうッ！)

肉のピストンが、速く、力強くなっていく。火のようにえぐり抜かれる秘壺が歓喜の悲鳴をあげていた。こみあげる快感に内臓までもが痙攣を始め、美貴はもう呼吸もままならなくなった。彩芽とてそれは同じだ。

「ヒーッ、ヒーッ」

「キーッ、キーッ」

高い牝声の競演に加え、ピチャピチャと汁音までがその卑猥な響きを競い合った。頃合い良しと見計らった男二人は、うなずき合って抽送を強め、ドッとばかり最奥に劣情を放った。

「ヒイイーッ！」

「ヒヤァアアッ！」

噴出した熱い体液が子宮口にかかるのを感知した瞬間、目も眩む絶頂の喜悦が身体の芯を貫いて走り、美貴と彩芽は互いの額を突き合わせたまま、開いた唇から白い泡と共に絶叫を迸らせた。

第三章　令夫人、無惨

1

「う、ううん……」

文乃はかすかに声を発し、グラグラと頭を振った。

深い水の底から浮かび上がっていく感覚があって、瞼の裏が明るくなる。

（あッ……私……）

ハッと気づいて、あわてて起き上がろうとした。が、手足は鉛を含んだように重く、あお向けに横たわっているキングサイズのベッドの上で、素っ裸の肢体をわずかに身じろぎさせることしか出来ない。

（こ、ここは!?……）

文乃は開いた眼を、眩さにしばたたかせた。

「お目覚めですか、細川夫人」

白檀の香が焚きしめられた部屋の中に、男の声が聞こえた。

(誰ッ⁉)

一瞬にして記憶は甦っている。人妻連続失踪事件の潜入囮捜査。行方不明になった人妻らと関わりのある若いホストのアパートに誘われ、そこで何者かに麻酔薬の染みこんだ布きれを口に押し当てられた。その後の記憶は無いが、おそらく自分は拉致されたのだ。囮捜査なので、それは目論見どおり。最悪なのは、なぜか相手がこちらの正体を見破っていたことだ。こんなことは初めてだし、絶対にあってはならないことだった。ひょっとして自分たちは、とてつもない裏組織を敵に回してしまったのかもしれない。

(いけない……なんとかして、一刻も早く皆にこのことを知らせないと……)

身を起こそうと懸命にあがいていると、

「無理はなさらなくていい。まだ麻酔が効いているはずですから。意識は戻っても、しばらく身体の自由は利きません」

また同じ声が、今度は近くから聞こえ、身をかがめた男の顔が視界に覆いかぶさるように現れた。

にこやかな丸顔は、血色が良くテラテラと光っている。一見すると人のよさそうな表情が、この場合はかえって不気味だった。本当の悪党というのは、ここぞという時以外、凄みをきかせたりはしない。

「あなたは誰ッ⁉」

文乃の麻痺している喉からは、くぐもった声しか出なかった。が、なんとか伝わりはしたようだ。

「申し遅れました。私は丘と申します。どうぞ御見知りおきを」

「キュウ？……」

中国人だろうか？　そういえば、ホスト青年のアパートに来た男たちの話し方にも中国訛りがあった。

（では中国マフィア……）

近年、特に都内では中国系マフィアの活動が活発化していて、日本の暴力団組織との間に縄張りをめぐるトラブルが増えていた。しかしICS本部が把握しているかぎり、我々捜査一課メンバーのプライバシーを知るほど情報収集力を持った組織があるとは思えない。

では新たに大陸、あるいは台湾から進出してきた大きな組織が、日本国内で人身売買のビジネスを始めた――ということなのか。そして彼らは、自分たちのビジネスの妨げになるであろうICS、中でも人妻捜査課である我々にターゲットを絞って潰しにかかっている？

そこまで考えをめぐらせて、文乃はアッと声をあげそうになった。

（もしや……もしや鮎川さんは!?）

もしかすると鮎川玲子の失踪にも、こいつらが関わっているのではないのか!? いや、きっとそうだ！　彼女ほどの捜査官を易々と拉致してしまう犯罪組織があるとしたら、こいつら一味しか考えられない。

「細川夫人、あなたのことはあらかた存じあげております。おおまかなプロフィールだけ申しあげさせていただければ――」

高齢のため四年前に政界を退いたが、かつては総理の座にも就きかけた民自党の大物政治家・細川宏信の三番目の妻であり、父は明治維新の立役者・九条実朝の曾孫にあたる――などと述べた後、丘と名乗ったその男は感嘆の目を細め、あお向けのまま肌を隠せずにいる人妻の白い裸身をしげしげと眺めた。

「ただ未だに分からないのは、そんな高貴な出自で何不自由無い御身分のあなたが、何を血迷って警察の下働きの真似などなさっているのか、ということです」

察しますに、耄碌した御亭主のもとでの退屈な生活に飽き飽きして、すこしばかり変わった刺激が欲しくなった――ということではないかと。違いますか？ ＩＣＳの女捜査官、細川文乃どの。

丘はからかうように言うと、雪白の肌と鮮やかなコントラストをなす人妻の下腹の茂みに熱い視線を粘りつかせた。

「それにしても、囮捜査とは、少々火遊びが過ぎましたな」

あなたも、そしてあなたのお仲間たちの動きも、ある筋を通して全部我々に筒抜けなのですよ。フフフ。

そう言って勝ち誇ったように笑う相手を、

「女性たちを攫っているのはあなた達ね！　どうせ人身売買目的でしょうけど、この日本でそんな勝手はさせないわ！」

文乃はキッとなって睨みすえた。

淑やかな容貌に似ぬ気性の激しさだが、さすがに裸身を晒しているのは恥ずかしい。せめて女の茂みだけでも隠したいと、麻痺した筋肉を必死に励まし、片肢をくの字に曲げることに成功した。だが匂い立つ艶やかな繁茂が、その程度で男の好奇の視線を逃れられるはずもない。勝ち気な人妻捜査官の美貌は羞恥で赤く染まっていく。

「いえいえ、我々のビジネスはそれだけではありません」

語りかけながら、丘の手が太腿に触れた。

ウッと鋭く呻き、文乃は裸身をピクンッと反応させる。身をよじることもできない口惜しさともどかしさに、眉間に懊悩の縦ジワが寄った。

「ただ今回、日本人の人妻を扱おうというアイディアを出したのはこの私です。ご存知のとおり私の国では——いや、私の国だけでなく世界中で日本商品の信頼は絶大でしてね。人妻もその一つというわけです」

説明しつつ、丘の手はゆっくりと文乃の太腿を撫でさすった。あのホスト青年の、欲情がむせかえる性急な愛撫とはまるで違う。あたかも高級陶器の触感を愉しむかのようなゆっくりした手つきから、言葉どおり女体を商品として見ているのが感じとれる。その不気味な冷たさに、

「あ、あなたがボスなのッ?」

少しでも情報を得ようとする文乃の声も、思わずうわずってしまう。

「ボス? とんでもない」

バカなことを、と言わんばかりに丘は鼻で笑った。

「私は今回のプロジェクトの責任者にすぎません。我々の組織はとてつもなく大きいのです」

「私をどうしようというの!?」

「ハハハ、知れたこと。他の女たち同様、調教にかけて売却するのです。身分が高く美しいあなたなら、きっといい値がつきますよ」

太腿の内側を這い上がった丘の手は、文乃の女の茂みに達すると、柔らかい繊毛を指先につまんで弄んだ。余裕綽々で、いきなり秘部をまさぐりにかかったりはしない。じっくりと時間をかけて攻め落とすのが好きなのだ。

「その前に味見させていただこうかと。いや、なんなら、この私自らの手で調教してさしあげてもいい」

丘は羽織っていた白いナイトガウンを脱ぎ捨て、文乃の身体にのしかかってきた。胸毛の濃く生えた胸は逞しい。優に百キロは超えそうな巨漢である。

「好(ハオ)！　いい身体だ、奥さん」

ぶ厚い唇をいきなり首筋に押しつけられた文乃は、

「や、やめてッ」

顔をゆがめて身体をよじりたてた。少しだが手足の自由がきくようになっている。犯罪者の慰み物にされてたまるかと両手で突きのけようとするが、所詮は女の細腕。巨体でのしかかってくる男の愛撫から身を守るすべなど無い。麻痺の残る筋肉では、得意の体術を駆使することもできなかった。

「い、いやッ」

「いいオッパイをしている。ふくよかで美しい」

丘は褒めながら、静脈を透かす白いふくらみに指を食い込ませる。ギュウッと絞るように根元から揉み込んでやると、たわわな乳房の頂点に、敏感そうな薄紅色の突起がプックリと肥大する。それを軽く指先につまみあげ、文乃が「あーッ」と狼狽の声を発して身をよじりたてるのも構わず、

「フフフ、こうやってしごいてやると、今にも母乳を噴きそうじゃないですか」

からかいつつグリグリと揉みしごくかと思えば、むず痒さが痛みに変わる寸前まで引き伸ばしたりするのだ。その間も文乃の汗ばんだ首筋にチュッ、チュッと情熱的なキスの雨を絶え間なく降らせ、尖らせた舌を耳の穴に挿し入れてくすぐったり、熱い息を断続的にフッ、フッと吹きかけたり、あわよくば唇を奪おうと顔を寄せて迫ったりと、美しい人妻を陥落させるべく狼藉の限りを尽くした。

そんなにも巧みで執拗な愛撫に、熟しきった三十七歳の女体が長く無反応を保っていられるはずもない。

「くッ……け、けだものおッ」

唇だけは奪われまいと懸命に首をねじり、文乃はカチカチと歯を噛み鳴らす。気丈そうな罵りの言葉にも、追いつめられた女の脆さが表れている。ハアッ、ハアッという熱っぽい喘ぎからは、余裕を失くした人妻の焦りが伝わってきた。あの青年ホストも女の扱い方には長けていたが、それを上回る丘の老練なテクニックに、早くも文乃の肉の芯は疼きはじめている。気をしっかりもっていないと、頭の中がうつろになってしまいそうだ。

熱くなってきた文乃の裸身を横抱きにすると、

「日本人の人妻を扱うというアイディアを思いついたのは、私自身、日本が好き――そして日本の人妻が好きだからでもあるのですよ」

丘は言いながら、まだ痺れの残る文乃の片腕を持ち上げさせ、

「フフフ、たとえばこの腋汗の匂い……むっちりと熟れた感じもたまりませんなア」

さも嬉しそうに笑い、晒された腋窩にブチュウッと唇をふるいつかせる。

「クウッ……い、いやあッ！」

文乃は泣き声を高ぶらせて首を振った。

麻酔の痺れをも上回る甘い官能の痺れに、ワナワナと全身をわななかせる。男を魅了する成熟女体は潜入捜査官である文乃の強みであるが、今はその感じやすい身体が逆に彼女を苦しめていた。

「いやッ、いやっ、いやああッ」

タコの吸盤のように、吸い付いては離れ、吸い付いては離れる男の唇。腋下の窪みを辱しめる卑猥なキスの連続に、豊満な裸身がブルブルと震える。ジーンと肉が痺れ、抗いの力が抜けてしまう。まるで男の唇から意思とエネルギーを吸いとられていくかのようだ。

滲み出る人妻の腋窩の汗をチュウチュウと吸った丘は、そのまま舌先を文乃の脇腹へと這わせていく。

「あうう一っ」

ナメクジの這う感触に文乃がたまらず裸身を弓なりに反らせると、白い脂を乗せた脇腹に、薄く肋骨の畝が浮いた。その悩ましい陰影をひと筋ひと筋、なぞるように丘の舌は動いていく。

「いやッ、ああッ、ヒイッ！」

文乃は嬌声にも似た悲鳴をあげた。それが相手を喜ばせていると知る余裕すらなく、汗に湿りはじめた肢体を女っぽく悶えさせる。代議士の夫の前では一度として見せたことのない狂態だ。

よく動く丘の舌が縦長のヘソをくすぐり、さらに下へ移動していよいよ股間の茂みに迫ると、文乃は半狂乱になって、男の禿頭を両手で無茶苦茶に叩きはじめた。だがそれも所詮むなしいあがき。ベッドの上に膝立ちになった相手に、左右の膝をすくい上げられ、およそ令夫人に相応しからぬ「まんぐり返し」の格好に押さえつけられてしまった。

「や、やめてえええッ」

あまりといえばあまりのポーズに、文乃は悲鳴さえも掠れさせた。恥ずかしい女の割れ目はおろか、見せてはならない汚辱の尻穴まで見られている。息も止まる羞恥に、覗きこまれている股間はもちろんのこと、全身がカーッと火に焼かれていく。

「フフフ、さすがです」

丘は舌なめずりし、声をうわずらせて言った。

「見えているところも、平素は隠されている部分も、奥さまほどの高貴な方になると下々の者とは違う。形といい色艶といい、申し分ありませんな」

それによく濡れている、感度も抜群でいらっしゃるのですね、とからかわれ、

「み、見ないでッ！」

文乃はあわてて両手で秘部を隠そうとするが、それよりも一瞬早く、丘の顔が股間に覆いかぶさってきた。

「ヒイイーッ！」

ツルツルの禿げ頭をこちらへ向けて、ベチョッと吸い付いてきた男の分厚い唇に、文乃は折り畳まれた辛い体勢のままで悲鳴をほとばしらせた。

「いやッ、いやよッ！　ヒイイッ！　いやああッ！」

ヂュルルーッと花芯を吸引されて、悶絶に腰が跳ねた。花びらを掻き分けるようにして男の舌がニュルリと内部へ侵入してくる。

「そんなッ！　ああッ、やめてえッ！」

文乃は強い衝撃を受けた。なにせクンニは初体験。夫にも許したことがない。熱く濡れた粘膜の層をヌルヌルの舌で掻きまわされる感覚の凄まじさに、ヒーッ、ヒーッと絹を裂く悲鳴を迸らせ、まんぐり返しの裸身をのたうたせて悶えた。

「うむ、味もいい。最高ですよ、奥さん」

愛液でベトベトになった口を一度離し、せつなげに喘ぐ人妻の美貌を見てから丘は再び股間に顔を埋めた。ヌチャヌチャと卑猥な音を立てながら、長い舌で秘壺の奥を掻きまわし、牝歔きの声と共に甘い汁をたっぷりと湧き出させておいてから、今度は割れ目全体をペロッ、ペロッと下から上へなぞりあげる。

「ヒイイイーッ」

しこり勃った女の芽が舌先で弾き上げられるたびに、よく熟れて脂の乗った文乃の太腿と臀部がピーンと筋肉をこわばらせ、白絹の足袋を脱がされた美しい足が指股をキリキリと拡げる。襞の隅々にまで潜り込んで文乃が知らなかった性感を暴きたてる悪魔的な舌の動きに、

(溶ける……子宮が溶けちゃうッ、ああうッ、ああううッ……)

身も心も痺れ切る快美感に、もう悪人への反発心も萎えさせてしまった人妻捜査官は、熱化した官能の芯をドロドロにとろけさせて悶絶した。それでも、

「フフフ、そろそろこいつが欲しくなってきたんじゃありませんか?」

顔を離した丘が、そそり立つ自慢の剛直を見せつけ、まんぐり返しで天井を向いている彼女の双臀の狭間に先端部を触れさせると、

「い、いやああッ！」

さすがに犯される恐怖に駆られて、

「ダメっ！　夫が……夫がいるのッ！　それだけは許してッ」

もう任務のことも忘れ、挿入を逃れようとして必死に尻を振りたてた。

2

「フフフ、夫と言ったところで、八十を超えた爺さんだ。中折れするようなチ×ポに、熟れきったこの身体が満足しているとはとても思えない。そうでしょう？」

「やめてえッ」

「本当に嫌なら、そんなふうに色っぽく尻を振らずに、もっと暴れて抵抗してごらんなさい。そろそろ麻酔も切れかけているはずですよ」

「ああぁッ」

そう聞かされ、文乃は初めて自分の悶えが官能のそれであると思い知った。抗っているつもりの尻の動きも、半ばはジーンと痺れる甘い疼きに耐えかねてのものだ。

「フフフ、本当は欲しいんじゃないんですか？　この太いのが。ほれ、ほれほれ」

逞しくそそり立つ肉棒を、ピタピタと秘裂に打ち当てられる。実際そこはもう熱く濡れたサーモンピンクの粘膜をのぞかせてしまっていて、エラの張った太い男性自身を捻じ込まれたが最後、貪るように咥え込んで離さないに違いなかった。文乃自身もそれを予感しているがゆえに、ますます恐れおののくのだ。

「い、いやッ、いやですッ」

「そうれ、入っていきますよォ」

丘が先端をあてがい、ズーンと腰を沈めてきた。

「あああーッ」

文乃の哀しい絶望の泣き声も、

「うッ、ううむッ……うぐぐぐッ」

途中から重い呻きに変わってしまう。

ズブズブと秘壺をえぐり抜いてくる灼熱した男性自身。その逞しさときたら夫の比ではない。

（うぐぐぐううッ！）

犯された口惜しさすら消し飛んでしまう猛烈な圧迫感に、文乃は凄艶な表情を晒して歯を食いしばったかと思うと、紅唇を開いてハアッ、ハアッと苦しげにあえいだ。あまりの凄さに気が遠くなりかかった。それでもまだ丘の長大なイチモツは、三分の二ほどしか納まっていない。

「まだまだ、フフフ」

勝ち誇った言葉どおり、さらに深く沈んできそうな不穏な気配に、

（こ、毀れるうッ……）

うなじを反らせた文乃の美貌が青ざめて歪み、冷たい汗が額に光った。

そのままズンッと根元まで埋め込まれ、

「アガガッ……ガハッ」

文乃は白目をむいてのけぞった。

子宮口を押し上げられる衝撃に、頭の中に火花が散った。

「つながってしまいましたねェ」

フーッと息を吐くと、丘は互いの肉を馴染ませるようにじっくり腰を旋回させる。それから百キロを超える体重をかけ、屈曲位に折り畳んだ人妻の裸身をしっかり抱きすくめたまま、密着させた腰を上下に揺すりはじめた。

「うッ、うッ……くううッ」

肉のピストンが速まると、気死せんばかりに青ざめていた文乃の顔が次第に赤みを帯びてくる。苦しそうな呻きと喘ぎに混じって、

「あッ、あッ……いやッ……うぅッ……あぁァ」

湿った悩ましい吐息がこぼれはじめた。

「ああッ……うぅん……あああッ、いやあァ」

互いの尻がバウンドを繰りかえすにつれ、無理やりのレイプは様相を変じてきた。いつのまにか呼吸を合わせるようになっている。「いやッ、いやっ」と喘ぎながらも、文乃の腕は男の太い首にしがみついていた。犯されても感じてしまう哀しい女の性であった。

「名器ですなァ、奥さん。嬉しそうに締めつけてきますよ」

「い、いやあぁッ」

「色っぽい顔だ。たまりませんよ」

丘はうわずった声で褒め、一段と肉の抽送を勢いづかせた。ヒクヒクと貝類の蠢きを示す秘肉の妖しさ。嫌よ嫌よと啜り泣きつつ、いやおうなく快楽に溺れていく表情がたまらない。悶絶の汗に濡れてのたうつ熟れた裸身の悩ましさ。数えきれぬほどの女体を味見してきた丘であるが、これほどの美肉は初めてだ。だが

まだだ。この人妻にはまだ未開発のポテンシャルがあると睨んだ。

「もっとですよ、奥さん。もっといやらしく腰を振るんです」

「ダ、ダメっ、ああッ、ダメええっ」

「フフフ、これでは辛いでしょう。腰を振りやすいようにしてさしあげます」

屈曲位で圧しつぶした人妻をそのまま抱き起こすと、丘はどっかりと尻を落としてベッドの上に胡坐をかいた。向かい合って抱き合った姿勢は対面座位。丘の膝の上に跨らせられてしまった文乃は、熱く火照る裸身を息もできないほどに強く抱きすくめられ、大きく上下に揺すられる。

「いやッ、いやッ、いやああッ」

丘の太い首に両手を巻きつけてしがみついたまま、文乃は狼狽の泣き声をあげた。愛し合う夫婦か恋人同士のような体位に、夫への後ろめたさを感じずにはいられない。だがそんな疚しさを覚えたのも束の間、大きなベッドがきしみ鳴るほどの激しい突き上げに、たちまち我を忘れて自ら双臀をバウンドさせ始めた。

「い、いいッ、ああッ、いいッ」

惜しげもなく悦びの声を張りあげて悶える文乃は、もう自分を燃え盛る一本の火柱だと感じていた。ゴウゴウと音を立て、渦を巻いて噴き上がる官能の炎に、身も心も焼きつくされていく。キスをしようと迫ってきた男の唇を避けることもしなかった。ピタリと合わさった唇の間を互いの舌が往復し、ヌラヌラと絡み合う。

（ん……んんんッ……んんゥ）

荒々しく突き上げられながらの濃厚なディープキスに、文乃は熟れた肉体を完全に痺れきらせてしまった。

気がつくと、あお向けに寝た男の腹の上に騎乗位で大胆に跨って、たわわな乳房を自らの手で揉みしだきながら淫らに腰をグラインドさせていた。

「あうッ、たまんないッ、あうッ、あううッ」

互いの陰毛を擦り合わせるかのように、文乃は太筒を咥え込まされた尻をいやらしく旋回させ、セクシーにくびれた腰をクナクナとよじりたてる。この体勢ならば思いきって技を仕掛けてみることも出来そうなのに、そんな考えすら思い浮かばないほど肉情に溺れていた。向きを変えろと丘に命じられると、ガクガクと首を縦に振って、つながったまま裸身をよじり、背面騎乗位のヒップを相手に向けた。

「ああッ、すごい！　すごいわッ！　ああうッ、ああううッ！」

あけすけな喜悦の声と共に、文乃の豊満な双臀がゴム毬のように弾む。剛棒に貫かれている女肉の割れ目が丘の目にはハッキリと見えた。リズミカルに上下する白桃のヒップの谷間で、裂けんばかりに拡張された花芯がサーモンピンクの果肉をえぐられては捲り返され、そのたびにジクジクと乳白色の本気汁を垂れ流している。ヒクヒクと収縮するアヌスの小さなすぼまりからも、人妻が味わっている快感の大きさが知られた。騎乗位自体、初めての体験だったのだろう。ふしだらな行為がもたらす異常な情感の高ぶりに、淑やかな令夫人はすっかり牝になり果てている。

「ああッ、も、もうッ！」

白い双臀が弾みながらブルブルと震えて、差し迫る絶頂感を告げていた。

「もうダメえええッ！」

「まだまだッ」

こちらも射精感に耐えながら、丘は身を起こすと、文乃を四つん這いに這わせた。フィニッシュは後背位でいくつもりだ。獣の体位で子宮に精を注ぎ入れてやることで、女に性奴の自覚を持たせることができる。

「ああん、もっと！」

四つん這いになった文乃は、完全に正気を失っていた。

「もっと突いてッ、あぁん、もっとォ！」

乱れ髪に半ば覆われた美貌を後ろへ捻じり、貫かれたヒップをもどかしげに揺すりたてる。もう恥も外聞も無く、犯罪者の慰み物にされているという口惜しさも忘れている。うねり狂う官能の大波に揉み抜かれ、気をやること以外は頭に無かった。

「フフフ、まるで別人ですな。これだから女は――」

うねり舞う双臀をピタピタと叩いて丘はせせら笑った。貞淑ぶった女ほど、いったん落ちたが最後、とめどがなくなる。尻穴をキュウ、キュウとすぼめながら狂おしく双臀を振り立ててせがむ文乃は、「この日本で、勝手はさせないわッ」と叫んだ気丈な人妻捜査官とはまるで別人だ。最初のレイプでここまで堕ちてしまったのは、熟れきった肉体がしつこい愛撫に屈してしまったというのもあるが、やはり心の奥底に自分でも気づいていない被虐願望が眠っていて、それを目覚めさせられてしまったのだと考えざるを得まい。

「フフフ、そうあわてずに、じっくり楽しみましょうよ、奥さん」

わざとのんびり言い、突き上げを止めてネットリと手のひらで尻丘を撫でまわ

してやると、

「いやッ！　ああッ、いやッ！　お、お願いよおッ」

焦らされた文乃は身も世もなく哀泣し、あさましさも省みず双臀を振る。

「突いてッ、奥まで突いてッ！　こんなのいやああッ！」

「ククク、そんなに欲しいのですか？」

「欲しいッ、欲しいのッ！　あああッ！」

「仕方ありませんなあ。それならば――」

悶える白いヒップを引き寄せながら、丘はググーッと奥まで挿し込んでやった。

ヒーッと声が裏返って、文乃の背中は弓なりに反った。

「どうです、奥さん」

「あわわっ……あわわわッ」

その一撃で軽く達してしまったらしい。まともに声も出せなくなった文乃の双臀はビクッ、ビクンッと数回跳ねた後、ブルブルと小刻みに痙攣しはじめた。秘壺がキリキリと収縮し、奥から熱いものを噴き出しているのが分かった。位置からして、失禁したのでもなければ潮を噴いたわけでもなさそうだ。強いて言うなら、情感そのものが極まって、体液となって溢れ出たという感じである。

(こいつは面白い。特異体質かもしれん)

たいした名器だと思った。この容姿でこの身体。それに加えてやんごとなき出自。女遊びに飽きている金持ち連中も、きっと夢中になるのではなかろうか。

(ならば尚更のこと、じっくり調教してやらねばなるまい)

もう一度ゆっくり引いて止めてやると、文乃が「アーッ」と感極まった声をあげた。その瞬間を狙いすまし、

「それッ」

ドスンッと強烈なやつを打ち込んでやる。

「アヒイイーッ!」

文乃はのけぞって叫び、四つん這いの肢体を悶絶にのたうたせた。苦悶に近い快感に骨の髄まで痺れきる。

(あ、あああッ……)

目が眩んで息が止まり、気を失いかけた。濡れた膣襞を捲り返しながら、ズルズルと剛直が引かれていく。ドロドロと溶けただれていく感覚に、文乃はベッドシーツを掻きむしってヒイヒイとヨガり泣いた。カーッと肉情が燃えあがって、

(気が……気が変になるうッ)

狂おしく髪を揺すりたてたところに再び、

ドスンッ！

脳が揺れるほど強烈な突き上げを食らう。

ドスンッ！　ズルズルッ——ドスンッ！　ズルズルッ——その繰り返しだ。

アヒーッ！　アワワッ——アヒーッ！　アワワワッ——。

焦らしを織り交ぜながら、徐々にピッチを上げてくる肉杭の抽送。文乃は絶息せんばかりに烈しく喘ぎ、狂ったように泣き悶え、喜悦の声を張りあげて弓なりに反った。肌は火と燃えてピンクに染めあがり、油を塗ったようにヌラヌラと妖しく照り輝いた。ついに焦らしが無くなって仮借ないラストスパートが始まると、

「いいッ、ああッ、いいわッ！　ひいッ、あううッ！　あううッ！　ひいいッ！」

めくるめく快感にどっぷりと浸りきった文乃は、唇からヨダレを垂らして牝獣の声を迸らせた。

「ひいいッ、もうッ！　ああッ、もうッ！　ひいいいッ」

ますます間隔を狭めてくる膣肉の収縮と痙攣に、

「イクんですか、奥さん？」

嵐のように腰を打ちつけながら丘が訊く。

「イクんですか？　イク時は教えてください。たっぷりと奥さんの中に出してあげますから」

「イクっ、ああッ、イキますッ！」

丘の中出し宣言に、文乃は声を掠れさせて絶頂の到来を告げ知らせ、ついに、

「オオウウウウウーッ！」

臓物を絞る生々しい呻きを発すると、折れ曲がらんばかりに背中を反らせた。突き上げてくる肉の快美感は、全身の骨がバラバラに砕けたかと思うほどの衝撃を伴っている。「アグッ、アググッ」と呻きながら、文乃はカチカチ歯を噛み鳴らした。痺れきった四肢は、もはや四つん這いの姿勢すら保てない。熱湯のような牡の樹液の噴出を最奥に浴びるやいなや、文乃は圧し潰されるようにしてドッとうつ伏せに身を投げ出した。

3

「ふーっ、良かったですよ、奥さん」

こんなに興奮したのは久しぶりだと、丘は手の甲で額の汗をぬぐった。

犯されたあげくタップリと中出しされた人妻捜査官は、官能に染めあげられた成熟裸身をうつ伏せに伸びきらせ、強烈すぎる絶頂の余韻にワナワナと尻を震わせている。ツーッと柔肌をすべっていく汗の玉を見ていると、半萎えになった丘のペニスは再び角度を上げてきた。

「ずいぶんと派手に気をやったじゃないですか。フフフ、ですが、まさかこれで満足したなんて言わないでしょうね。お楽しみの本番はこれからなのですから」

何やらゴソゴソと支度を始めた丘の言葉に、

「うっ、ううぅっ」

ようやく正気を取り戻した文乃は、汗に濡れた額をベッドシーツに押しつけて呻き泣いた。

唇を奪われたあたりから記憶が不確かになっていた。それでも断片的に覚えている。寝そべった丘の腰に跨り、大胆にヒップをバウンドさせたこと。四つん這いの格好で焦らされ、もっと突いてェ、と泣きながら尻を振ってせがんだこと――。口惜しい――犯されてしまったことも口惜しいが、卑劣な犯罪者の手で狂わされ、めくるめく女の悦びを極めさせられた自分の弱さが情けなかった。

ううッ、ううウッと無念さに泣く人妻の、ワナワナと慄える双臀の狭間に熱い視線を注ぎながら、丘は両手で縄をビシビシとしごいている。

最初に見た時から、縄が似合う女だと——いや、縄を「求めている」女だと思った。

よく熟れた柔肉に荒縄を巻きつけ、透き通る白い肌をキリキリと締めあげて悲鳴をあげさせてやりたい。その悲鳴がやがて悩ましい喘ぎに変わり、喜悦に震えて最後には歓喜の絶叫に終わることを、丘は経験から知っている。あらゆる女は内面と肉奥にマゾ性を秘匿しているが、この美しい人妻にはとりわけ強くそれが感じられた。自分では気づいていなくとも（そしてきっかけが無かったために、幸か不幸か死ぬまでそれに気づかなかったとしても）、真正のマゾだというのはよくある話なのだ。この女も今回のことがなかったなら、禁断の暗い快楽に目覚めることはなかったかもしれなかった。

呻き泣く文乃の裸身を丘はガバと抱き起こし、官能に痺れきってしまった白い腕を背中へと捻じ曲げた。

「な、何をするんです!?　ああッ！」

重ね合わされた手首に縄を巻きつけられて、さすがに文乃はうろたえた。

「縛らなくとも……抵抗はしません」

「なあに、プレイの続きですよ、奥さん。マゾの奥さんには縄がお似合いだ」

「マ、マゾですって⁉　何をバカな……あッ、い、痛い！」

グイときつく縛りあげられ、悲鳴をあげた。

「その痛みが、たまらない快感に変わるんです、フフフ」

丘が淫らに笑い、柔らかい二の腕ごと、汗ばんだたわわな乳房の上下にも容赦なく荒縄を巻きつけてくる。

「やめて！」

ただの拘束ではない。丘の言葉と、毛羽立った縄が肌に食い込んでくるおぞましさに、変態プレイの生贄にされるのだと知った文乃は裸身をよじりたてて抗った。だが絶頂の余韻冷めやらぬ肉体は熱く痺れきっていて力が入らない。巨漢の丘に抱きすくめられ、嫌っ嫌っと叫びながら厳しく縄掛けされていく。

「フフフ、一度縄の良さを味わったら、病みつきになりますよ」

慣れた手つきで手際よく縛りあげると、丘は横抱きにした人妻の首すじにキスの雨を降らせながら、ふくらみの上下に縄を食い込ませている胸へ手を伸ばした。

「や、やめて……」

文乃は赤らんだ顔をそむけて声を慄わせた。

縄でくびり出されてイビツな形に膨らんでいる乳房を、節くれだった指で摑まれてヤワヤワと揉みしだかれる。汗ばんだ首すじには分厚い唇が吸盤のように吸い付いてきた。むろん文乃はゾッと嫌悪に鳥肌立っている。だが同時に、未だ冷めやらぬ肉の疼きが再び身体の深い部分でむくむくと頭をもたげてくるのを感じ、うろたえずにはいられなかった。

「もち肌と言うらしいですね、日本では」

あれだけ犯し抜いたのに、まだ足りないのか。ねっとりとヌメる乳肌の感触を褒めつつ、丘はくびり出された人妻の双乳を弄び、たわわな量感と弾力を愉しんでいる。先端の薄紅色をつまみあげると、

「ここも疼いてるんでしょう？　フフフ、隠しても無駄です」

しこり勃った敏感な突起を引き伸ばし、グリグリと強めにしごきたてた。

「い、いい加減に……ああッ」

ジーンと甘い愉悦に背筋を痺れさせて、文乃はせつなくゆがんだ顔を振った。もうさっきのような醜態は晒したくない。だがそんな気持ちとは裏腹に、すこし弄られただけで抗いの力が抜けていく。

「あ……ああッ、やめてえぇッ」

火照った柔肌を丘の手が這いおりて、ヒップの丸みを撫でまわしてくる。粘っこくいやらしい愛撫に、

「いやッ、もういやッ」

ハアハアと呼吸が乱れ、自然と腰がくねった。

「ほら、ご覧なさい。フフフ」

尖らせた舌先を耳の穴に挿し入れつつ、丘がからかった。

「さっきよりずっと感じやすくなっている。縄で縛られたからですよ」

「嘘よッ。デタラメを言わないでッ」

ムキになって否定する甲高い声が、人妻の怯えを物語っている。ベッドの上で横抱きにされたまま、文乃は耐えようと懸命に歯を食いしばった。背中へ回して縛られている両手をギュウッと握り固める。もう瀬戸際に追いつめられていた。

「フフフ、嘘かどうか、確かめてみますか？」

「あッ、いやッ！」

尻の丸みをいやらしく撫でまわしていた手が、前へ移動して太腿の付け根に迫ってくる。文乃はあわてて股間を閉じ合わせた。だが無駄なあがきだ。股間に潜り込んだ丘の手は、素晴らしい太腿の弾力に押し包まれたまま、ゆるゆると女の

割れ目をまさぐり始めた。すでに男の樹液をたっぷり射込まれてしまった人妻のそれは、肉の花弁を開ききって内側の熱いぬめりを露呈している。指先で円を描くように愛撫してやると、とろけきった貝肉の構造はヒクリヒクリと貪欲なうごめきを示した。

「や、やめて……」

文乃は恥じ入って身をよじりたてるが、すでに声には力が無い。自分でもどうしたのかと思うほどジーンと全身を痺れさせてしまい、

「あ、あッ、あんッ」

と、甘い声をあげて腰をのたうたせてしまう。

「おやおや、まさかもう気をやるつもりじゃないでしょうね」

ヌルヌルの膣に入れた二本指を巧みに操りながら丘はからかう。絶頂の余韻のせいもあるとはいえ、最初の縄体験でここまでとろけきるとは、これはもう天性のマゾ女というほかない。

(ククク、ならばもっと激しく責めたててみるか)

嫌ッ、ああッ、嫌ッと髪を振り乱しつつ、もう腰が立たないほどに感じてしまった文乃を、丘は後ろ手に縛りあげた縄の端をつかんで無理やりに立たせ、よろ

めく裸身を抱き支えるようにしてベッドから降ろした。

部屋の中央には、鉄鉤のついた鎖が天井から垂れ下がっている。丘は縄尻をそれに結わえつけ、汗にヌメ光る人妻の裸身を爪先立ちに吊った。

「やめてッ」

片方の膝に縄を巻かれ、文乃は最後の抵抗を示した。嫌な予感がする。その予感は当たっていた。鉄鉤に掛けられた縄の端をグイグイと引かれると、全裸の彼女の片脚は高く持ち上げられ、爪先立ちのまま女の羞恥をさらけ出すことになってしまった。

「フフフ、寝て良し、立って良し、片脚を吊られて良し。美人はどんな格好をしても絵になりますなァ」

ムンムンと匂い立つ漆黒の茂みと、今にも甘蜜を噴きこぼしそうに花弁をくつろげ開いている女の割れ目に、丘は淫らな視線を注ぎながら笑う。

「ううッ、この変態ッ！」

火照った美貌を横に捻じった文乃は、

「これ以上、何をしようというのッ⁉」

くびれた腰部にも縄を巻かれながら、汗ばんだこめかみを引き攣らせる。

強がる態度とは逆に、クナクナと悶える双臀の艶っぽい動きが、緊縛に昂らされた女体のせつなさを物語っていた。口惜しいが、被虐の興奮に身体の芯が熱く疼いて、新たな汗がじんわりと滲み出てきてしまう。

そんな文乃に見せつけるように、

「ククク、お望みどおり、うんと恥ずかしい目に遭わせて差し上げます」

丘は今までのよりも細い、そして真ん中あたりに瘤のような結び目が二つある縄をビシビシとしごいてみせた。

「ほれ、この結び目をご覧なさい」

年季の入っている細縄の変色——とくに結び目付近の青みがかった黒ずみは、大勢の女たちの脂汗と悦びの汁を吸ってきた証拠です、と丘は教えた。

「そして奥さん、あなたもこれから数週間かけて、この股縄に素敵な色を加えてくださるというわけです。フフフ」

「い、いやあああッ」

股縄と聞かされ、片脚吊りの文乃の裸身は慄えた。不気味な細縄の、特に黒ずみが濃くテラテラと脂光りしている二つの「瘤」は、女の恥ずかしい二つの穴を責め苛むためのものだったのだ。

「いやッ、そんなことしないでッ」

おぞましさに目をそむけ、カチカチと歯を嚙み鳴らす。だが、喘ぎあえぎ首を振る文乃のヒップは、まるで辱しめを待ち望むかのような身悶えを見せ、花びらを開いた秘肉からは、甘く匂う蜜がツツーッと太腿へ流れていくのだ。

「やめてえッ」

腰縄に括りつけられた細縄が、片脚立ちの股間へ前から通され、後ろでグイと引き上げられてキリキリと尻割れに食い込んだ。

「アヒイーッ！」

甲高い叫びは嫌悪の悲鳴か、それとも——。

「ああッ、そんなッ……あひぃいいッ」

しっかりと絞りあげられ、ヒップの後ろで腰縄に結わえつけられた股縄は、まるで褌のように容赦なく人妻の股間の奥まった部分を締めあげている。小さな二つの硬い縄瘤も、あたかも彼女のために誂えられたかのごとく、秘口と肛門にきっちりと埋め込まれてしまった。

「どうです、奥さん。たまらんでしょう。フフフ」

一歩退いて後ろから眺めながら、丘は興奮に声をうわずらせた。

後ろ手縛りの爪先立ち。肉感的な片肢を吊り上げられて、むっちりと成熟した白い双臀の谷間にキリキリと細縄を食い込ませ、ああッ、ああッと狼狽の声を高ぶらせている美しい令夫人。これほどまでに男の淫心をそそる光景があるだろうか。

「もっと楽しませてあげますよ」

ガスライターを手にし、カチッと火をつけた丘の顔は、嗜虐の喜びで輝いている。そうれ、と声をかけ、ゆらめく青白い炎を文乃の双臀に近づけた。

「ヒイッ！」

鋭い刺激に、文乃は悲鳴をあげて裸身をのたうたせた。

何をされたのかと驚愕の顔を捻じると、ライターの青白い炎が目に入る。

「ああッ」

驚愕に眦が攣り、声が慄えた。

「や、やめて……」

「フフフ、怖がらなくてもいいです。プレイですから」

炎のゆらめきが再びヒップに近づいてくる。

吊られている脚の側の臀丘をユラユラと炎で焙られ、

「い、いやッ、ヒイイーッ!」

文乃は絶叫して双臀を揺すりたてた。丘の狙いはそれだ。腰を悶えさせることで、食い込んだ細縄が股間と尻割れを刺激する。とりわけ二つの穴にメリ込んでいる縄瘤が絶大な効果を発揮する。

「ああッ、いやッ、いやああッ」

泣き声と共に、天井から下がった鎖が大きく揺れて、悶絶する人妻の裸身を吊っている縄がギシギシと軋んだ。性拷問を加えるのに慣れている丘は、火傷させてしまう寸前でスッと炎を遠ざける。それでも文乃の恐怖が去るわけではない。ホッとする間もなく再び臀丘に炎を這わされ、

「熱ッ! あッ、熱ッ、ヒエエッ!」

のたうつ彼女の裸身は、たちまち脂汗にまみれた。

「フフフ、どうです、奥さん、瘤縄の味は」

丘はいったんカチッとライターの火を消すと、

「ずいぶんと色っぽくお尻を振っていたじゃないですか。股縄を締めているおかげでますます感度がアップしたみたいですね」

背後からヤモリのように文乃にまとわりつき、吊られている側の脚の太腿を下

からすくいあげるように愛撫した。柔らかい内腿にも爪を軽く立て、掻くように刺激してやる。それが済むと今度は豊満な臀丘の丸みを手のひらに包み込み、円を描くように優しく撫でさすった。人妻らしくムッチリと熟れた肉の質感。火に焙られていた柔肌がじっとりと汗に湿って、今にも気をやらんばかりにブルブルと震えているのがたまらない。

「うッ、くうッ……や、やめてッ」

執拗な下半身への愛撫に、文乃は早くも錯乱状態だ。

締めあげられた股間がむず痒い。とりわけ縄瘤をメリ込ませている二つの恥穴は、異常なまでにジクジクと疼いて気が変になりそうだった。

「フフフ、縛られてするセックス。まんざらじゃないでしょう?」

「やめてえええッ」

文乃は熟れきった白桃のヒップをのたうたせる。

「いやあああッ」

「ではこっちの方が好きですか?」

丘は身を離し、再びライターの火をつけた。

「ヒイッ!　いやッ!　ヒイイイッ!」

豊満な尻肉を炎に焙られて、文乃の熟れた女体が悶絶する。

「ああッ、ヒエエーッ！」

悶えれば悶えるほどに、食い込んだ縄瘤に性感を刺激されてしまう。火――そして股縄による陰湿な責め。倒錯した色責めをダブルで味わわされ、尻を振ってのたうつ人妻の姿態には、狂乱という言葉こそが相応しい。

「ほおれ、縄がヌメってきましたよ」

火を消し、再び太腿と尻を撫でまわしはじめた丘は、人妻の股間の中心を真一文字に割って食い込んでいる縄に指先を這わせながら言った。案の定だ。縛られたことで一段と感じやすくなったと見え、おびただしい量の花蜜で縄も縄の周囲もベトベトになってしまっている。そのヌメりをまぶすように尻肉を愛撫し、ピタピタと手のひらで叩いてやる。それからまたライターの火を這わせた。

「キイッ、ヒイッ、キイイッ」

ライターの炎に尻を振って悶絶した後、痙攣する太腿と双臀をネチネチと粘っこく撫でまわされる。いつ果てるとも知れぬその繰り返しに、股縄を施された人妻の悶えは狂乱の度を増していく。縄瘤のもたらす掻痒感が熱い愉悦と入り混じって、被虐の情感がメラメラと燃えあがる。

（ああーッ！）

いっそひとおもいに昇りつめたい。それが許されないのならば殺して欲しいとさえ文乃は願った。だから腰の後ろに鋏を差し入れられ、プツンと股縄が断ち切られた時には、

「お、お願いよッ」

首を捻じって悲鳴まじりに叫んだ文乃は、あさましさも忘れて丘の面前でヒップを揺すりたてた。

「ねえッ、焦らさないでッ」

縄に擦られた双丘の谷間が赤く腫れている。女の花弁も充血して淫猥な形に捩れ、サーモンピンクの粘膜は乳白色の本気汁に濡れていた。情欲に溶けただれた文乃の瞳に、もう理性の光は無い。熟れきった尻をただ牝の本能のままに振りたて、「挿れてッ、おチン×ンを挿れてえッ」と泣きながらせがんだ。

「よしよし、挿れてやるとも」

ニンマリほくそ笑んだ丘のイチモツはすでに回復し、猛々しいまでにそそり立っている。片脚を吊られた文乃の腰を後ろから抱えこむと、もう待ちきれないとばかりにせり出してきた豊満な人妻の双臀に下腹を押しつけ、硬く芯の入った剛

直をズブズブと花芯に沈めていく。

「アオオオーッ」

深く挿入されて、文乃は獣じみた声をあげた。

「それっ、それっ」

掛け声と共に、熱くとろけきった秘壺をリズミカルにえぐり抜かれる。

「ああッ、いいッ！　ああッ、いいわッ！」

深く腰を突き入れられるたびに、漲るペニスの先端から熱い愉悦のエキスを最奥へ注ぎ込まれているかに思えた。それは文乃の子宮を灼き、腰骨を溶かし、全身に染み渡って理性を鈍麻させた。

「ああッ、ひいッ！　ああッ、ひいいッ！」

吊られた脚を波打たせるようにして文乃は狂いヨガる。黒髪を乱して振りたてる顔は、得も言われぬ肉の喜悦を嚙みしめて、もう捜査官としての口惜しさも人妻としての後ろめたさも無い。ヒーッ、ヒーッと高い嬌声が迸るたびに、秘壺全体がキューンと収縮して丘の剛直を締めつける。膣襞の熱いざわめきは、文乃がそれだけ深く感じている証拠だ。

「うりゃあ！　うりゃあ！」

気合いを入れた丘が突き上げのペースを上げていく。

「ああッ、もうッ！　ああッ、あああッ！」

文乃は兆しきった啼き声を高ぶらせ、吊られている脚の、膝から先で宙を蹴る動きを見せたかと思うや、

「イクっ！　イッちゃううう！」

我を忘れて叫ぶと、弓なりに反った裸身をワナワナと痙攣させて凄絶に果てた。

4

丘はベッドの下に手を差し入れ、金盥を引っぱり出した。その中にはグリセリン液を満たした特大サイズの浣腸器が横たわっている。運び込まれた文乃の美しい裸身を見た時から、浣腸してやろうと思い、準備しておいたのだ。

そんなこととは知らない文乃は、後ろ手縛りの裸身をぐったりと縄にあずけたままハアハアと荒い呼吸に胸を波打たせている。吊り上げられた片脚がブルブルと小刻みに震え続けて、味わわされたアクメの強烈さを物語っていた。

「分かっていますよ、奥さん。もっともっと羞ずかしい目に遭いたいんでしょう」

マゾ女だと決めつける丘の言葉にも、文乃は反駁するだけの気力が無い。恍惚感で頭の中が薄桃色に霞んでしまっていた。それでも、絶頂の快感に痺れきったヒップの割れ目の奥の、思いもよらない箇所にヒンヤリとした硬いものが触れてきたのを知覚すると、

(あッ……くうッ!)

さらなる辱しめが開始されるのだと直感的に悟って、口惜しげに呻きながら黒髪をザワザワと揺すりたてた。赤らんだその顔が色を失ったのは数秒後、すでに縄の瘤に揉み抜かれ敏感になっている肛門の窄まりに、浣腸器の硬い嘴管をプスリと突き立てられた時だ。

「ああッ⁉ な、何を⁉」

怯えて喘ぐ人妻の問いに、

「浣腸ですよ、奥さん」

問答無用で貫いていきながら、丘は教えた。

勝ち気な女の調教には浣腸が最適だ。恥を晒すまいと必死に耐えたあげく、排泄という絶対に他人に見せてはならない究極の醜態を晒しきった女は、それまでの気丈さが嘘であったかのごとく従順になる。

「か、浣腸……」

絶句した文乃が、

「浣腸ですって⁉……あぁッ！　い、いやッ！」

押し入ってきたものの正体を悟らされ、ヒップをこわばらせた。

双臀を振りたてて拒みたくとも、片脚を高く上げて吊られている格好。細くて硬いガラスの嘴管に深々と菊坐を縫われていては、身動きもできない。

「ゆっくりと入れてあげます。じっくり楽しんでください」

丘は頬をゆがめて淫蕩に笑うと、シリンダーのポンプを少しだけ押した。

ガラス管の中で薬液がドロリと不気味にとぐろを巻き、圧し出された液体がビュッと文乃の体内にしぶく。

（あぁーッ！）

腸腔を灼く異様な刺激に、文乃の裸身がくねった。

「あううッ」

「気に入りましたか？　フフフ」

シリンダーを握った丘の手に、キュウッと嘴管の根元を締めつけるアナルの甘美な緊縮が伝わってくる。どうやら尻穴も極上らしい。ニンマリほくそ笑んだ丘は、一気に注入してやりたい衝動をこらえつつ、少しずつポンプを押した。

ピュッ、ピュッ……ピュッ、ピュッ……。

「くッ、くッ……くううッ！」

文乃は肩で息をしながら、何かを払いのけるように首を振った。

断続的に体内でしぶく浣腸液が、男の射精を想わせる。淫らで灼けるような感覚に、歯を食いしばった人妻の美貌が脂汗に光った。そんなはずは、と思うのに骨の髄までジーンと痺れていく。認めたくはないが、それは性感の熱い疼きに他ならなかった。それも抗いがたい強烈な疼きだ。

（ああッ、ダ、ダメっ……）

耐えるのよッ——文乃は懸命に自分に言い聞かせた。

おぞましい浣腸で悦びを感じるなど、人として絶対にあってはならない。その一線を踏み越えてしまえば、もうケダモノと同じだ。令夫人の矜持がそう告げていた。

だが縛られたことで狂い始めた文乃の女体は、もう意志や理性の力で押しとどめることはできなかった。

「ああッ、くううッ」

ヒップの震えがますます激しくなった。いつまでこの懊悩が続くのかと、乱れ髪を振りたてる文乃の紅潮した美貌から不意に血の気が引いたかと思うと、今度は次第に青ざめ始めた。

「う、ううむッ」

したたる汗と重い呻きは、強烈な便意がこみあげてきたためだ。

「うむむッ……くうッ！」

駆け下る便意を押しとどめようと、文乃の肛門は必死の収縮を示す。しかしそれはとりもなおさず、硬いガラスの嘴管を、とろけきった菊坐をすぼめて自ら食い締めることに他ならない。

「あッ、あッ、ひいいーッ」

キューンと絞りあげたのと同時に、ただれた肛悦に背筋が痺れた。その一瞬だけは便意をも忘れるほどの異様な恍惚感。だがすぐさま猛烈な衝迫が駆け下る。あわてて菊坐を窄めると、硬い嘴管を再び肛肉で食い締めることになる。

「あぐぐッ……ヒイイーッ」

進退きわまって狂おしく悶絶する令夫人の緊縛裸身。その瞬間を待っていた丘が、ここぞとばかりに強く浣腸器のポンプを押した。

ビュルルッ、ビュルルウッ——。大量のグリセリン液が奔流となって人妻の腸腔を侵した。その物凄さに、

「うわあああッ！」

文乃は絶叫し、片脚を吊られた裸身をのけぞらせた。浣腸器に貫かれているヒップを狂ったように前後左右に揺すりたて、

「殺して！　殺してえッ！」

凄艶な表情を晒して泣き叫んだ。

「フフフ、殺して欲しいくらい気持ちがいいということですか？」

浣腸に狂乱する令夫人を、丘は冷静な口調でからかった。だがポンプを押し続ける彼の眼もまた、嗜虐の狂熱を秘めてギラギラと輝いている。

ついにポンプを押しきり、異常なまでに大量のグリセリン液を文乃の熟れ尻に呑み込ませ終わると、丘は浣腸器の嘴管を抜き、こわばったままブルブルと慄える人妻のヒップの下に金盥を持ち上げた。

「さあ、奥さん。ウンチをなさりたいのでしょう。遠慮なくこの中にお出しください」

「い、いやッ！」

血の気を失った顔を狂ったように振って文乃は叫んだ。

「ここでしろと……ああッ、ほ、本気でおっしゃってるのッ⁉」

相手の異常な、そして無慈悲な言葉が信じられなかった。

「いやッ！　お、おトイレ……おトイレに……ああッ、お願いですからッ！」

もう一刻の猶予も無い。差し迫る便意は我慢の限界に近づきつつあった。だが
辛いのはそれだけではない。大量の浣腸に灼けただれた身体の芯が、さっきから
搔き毟られるように疼いて仕方がないのだ。脂汗が滲み出るほど強烈な肉の疼き
は、駆け下る便意にも負けないほどだった。

「おトイレにッ……ああッ、気が変になるわッ」

二つの切迫に苛まれて首を振りたてる人妻に、

「フフフ、楽になればいいのですよ、奥さん」

丘は焦らすように、わざと間延びした声をかけた。

「もしかしたら、これかもしれませんよ、あなたが求めていたものは」

いよいよ限界が差し迫ったとみえ、内側から衝迫を盛り上げたかと思うと、キ
ュウとシワを寄せて窄まる人妻の妖美なアヌス。崩壊の瞬間を見逃すまいと、充

血した眼を凝らしながら、

「潜入捜査だとか言って、こんな恥ずかしい目に遭わされることを心の奥底で望んでいらしたんじゃありませんか？　フフフ」

丘は人妻捜査官の深層心理に迫るようなことを言う。

だが追いつめられた文乃に、それを聞いている余裕などは無い。漏らすまいと懸命に窄める尻穴の括約筋を、内側からの猛烈な衝迫が突破しようとして荒れ狂っているのだから。

「お、お願いですッ」

哀願の声すらも掠れさせ、文乃は縛られた裸身をのたうたせた。あってはならない羞恥地獄が口を開けて迫ってくる。

「も、もうッ！　もうダメえええッ！」

喉も切れよとばかり絶望の叫びを迸らせた後も、文乃は極限状況の中、さらに数秒を持ちこたえた。だがそこまでだ。

次の瞬間、

「ヒイイイーッ！」

大きくのけぞって叫び、ブルルルッと痙攣させた双臀の狭間から、黄金色に濁った薬液をピュウウウーッと金盥の中に噴出させた。

ヒイーッ！　ヒイイーッ！

あたかも、金盥を叩く汚物の噴出音を掻き消そうとするかのように、文乃は喉を絞って泣き叫ぶ。筋肉の弛緩のなせるわざか、さらに秘肉の合わせ目からも、白い湯気の立つ聖水をシャアーッと勢いよく前方へ飛ばし始めた。

「おっとと、これは失礼を致しました。受けるものを前にもご用意してさしあげるべきでしたねェ。まさか奥さまのように御身分の高いご婦人が、クソをヒリ出しながら立小便までなさるとは思いもよりませんでしたもので」

黄金色に濁った薬液、それに続いてウネウネと出てきた固形の排泄物を金盥に受けてやりながら、丘は皮肉たっぷりに謝ってみせた。

金盥への壮絶な排泄が終わった。淑やかな令夫人には似合わぬ大胆な放尿も、ようやく勢いを失ってポタポタと名残りの雫を垂らすばかりになると、絶望の悲鳴を絞り尽くしてしまった文乃は弛緩した裸身をグッタリ縄にあずけたまま、

「ううッ……ううッ」

途切れ途切れの嗚咽を洩らしている。男の前での排泄という極限の恥辱。だが睫毛を薄く閉じ、くぐもった声でしゃくりあげている文乃の火照った女体は、ま

るで初産を済ませたばかりの若妻の姿態のごとく、どこか恍惚に浸っているかのような色香を匂わせていた。

むろん、すべてが終わったと文乃は感じている。犯されてヨガり狂わされたばかりか、浣腸され排泄の生き恥まで晒した。夫を持つ人妻としても、犯罪を暴く潜入捜査官としても、完膚無きまでに貶められ辱しめられ、跡形もなくプライドを破壊されてしまった。もう何もかもがおしまいなのだ、と。

だが実際には、まだ終わっていなかったのだ。

「い、いやッ」

壮絶な排泄の直後で、ふっくらとシワを盛り上げている菊蕾に、再び浣腸器の硬い嘴管を沈められ、文乃は弱々しくヒップを振りたてた。チュルルルッと薬液が入ってくる。熱く爛れきった腸腔に、冷たい薬液は刺激が強すぎた。おさまっていたはずの便意がたちまちに昂り、しばしの虚しい抗いの後、

「ああッ、ひいいいッ」

文乃は泣きながら尻を慄わせ、二度目の排泄を晒した。

「う、ううッ……うううッ」

もう精も根も尽き果て、グッタリと縄に裸身をあずけきる。立て続けの恥辱に

呻き泣く令夫人の、むっちりとして汗ばんだ双臀を丘がバックから抱えこんだ。

「やめて……もう許して……」

火照りも冷めやらぬ尻割れを怒張の先端でなぞりあげられ、文乃は息も絶えだえに哀願した。

その物凄さは、すでに嫌というほど思い知らされている。逞しい男根のパワフルな突き上げに、文乃はなすすべもなく歓喜の絶頂に昇りつめさせられたのだ。

また狂わされる——望まぬ快楽に骨の髄までとろけさせられ、人としてあるまじき恥態を晒させられてしまう。

(いや……もういやッ)

挿入されまいと、文乃は双臀を悶えさせた。

だが、熱い矛先があてがわれたのは、文乃が予想していた箇所ではなかった。

(そ、そんなッ!)

それが丘の勘違いなどでなく、意図したものだと悟った時、文乃は新たな地獄の門の前に立たされたことを思い知らされ、

「いやああッ!」

心臓を締めつけられたかのような悲鳴をあげた。

「いやァ！　やめて！　そこはダメッ！　そこはダメえッ！」

「フフフ、二度も浣腸をサービスしてさしあげたのは、奥さんを喜ばせるためだけではありませんよ。お腹の中を空っぽにして、心ゆくまでアナルセックスを楽しむためなのです」

「いやあああァ！」

弛緩しきった身体のどこにそんな力が残っていたのかと思うほど、文乃は狂おしく双臀を振りたくって暴れた。だが後ろ手縛りの片脚吊り。背後から腰を密着させられてしまってはどうしようもない。二度の浣腸と排泄で柔らかくとろけたアナルに矛先をあてがわれると、もはや逃れるすべはなかった。

「力を抜きましょうよ、奥さん、フフフ」

「い、いやッ！　いやああッ！」

「抵抗しても無駄です。ほら、こんなにとろけさせてしまって。リラックスして自分から受け入れるようにしないと、辛い思いをするだけですよ」

丘は文乃の片脚を抱え上げ、エラの張った亀頭冠を禁断の窄まりに押しつけていく。

「ひいッ！　あッ！　あぐぐぐッ」

強引に押し拡げられていく感覚がたまらない。とろけきっているとはいえ、小さな穴だ。無理やりに拡張されていく圧迫感は凄まじいものがあった。

「ほおれ、どうです？　まんざらでもないでしょう？」

「あぐぐッ……ウウムッ……ググゥッ」

答えるどころではない。灼けた太い鉄棒を捻じ込まれていく感覚に、文乃は呼吸もままならなかった。のけぞった裸身が硬直して痙攣する。キリキリと奥歯を食いしばった美貌は死人のように青ざめ、冷たい汗の玉をつたわせた。ズブズブと沈んでくるものの迫力に、パチパチと脳内に火花が散った。

「ほおら、ずっぽりと納まりましたよ。フフフ、たいした尻だ」

根元までしっかり埋め込むと、丘は文乃の耳元に口を寄せ、

「最高のアナルだ。気に入りましたよ、奥さん」

熱っぽい声で賛嘆を囁いた。

この尻はいい値がつく。だが今は商売のことより彼自身が楽しみたかった。なにせ自慢の巨根なので、極上の尻穴を疵モノにせぬよう、ゆっくりと腰を使い始めた。

「ううッ……あッ……そ、そんなッ」

たまらず文乃の唇が開いた。

拡張された肛門の環を擦りたてながら、逞しい剛直がゆっくりと出入りする。深い突き入れは脳天まで響き、引かれる際には腸腔ごと抜き取られてしまう気がした。

「ああッ……やめて……クウウッ……あああッ」

文乃はグラグラと頭を揺らした。

剛直の逞しさに気が遠くなりそうだ。浣腸され、排泄したばかりの尻穴を犯されている。おぞましさが戦慄となって背筋を走り、抱え込まれた裸身がブルブルと慄えた。

だがしかし、

「ああッ……ううん……はああッ」

肛交の苦痛に悶える令夫人の声は、早くも湿っぽい響きを帯びてくる。それが淫らな牝の咆哮へと変じるのに、さほどの時間はかからなかった。

第四章　牝豹たちの逆襲

1

「ったく、人使いが荒えよ」

薄暗い蛍光灯の光の下、作業着姿の男はぶつぶつと不平をこぼしながら、長い柄のついたデッキブラシでゴシゴシと倉庫の床をこすっていた。

「いい思いするのは上の連中ばかりで、俺たち下属（シャシュ）（下っ端の意）は、おこぼれにもあずかれはしねえ」

日本語が達者だが、感情的になると母国語が出る。ホースの先から水がダダ洩れになっていて、コンクリートの床はビショ濡れだ。

「このデケえのを一人で片付けろってか……」

大きな円卓ステージを前に、腰に手をあてて溜め息をついた。

直径五メートルほどある木製の丸いステージは、据える時にも三人がかりで相当に難儀した。それでも、この上で行われた調教を倉庫の隅の暗がりから見物した時には、その苦労はおつりがくるほど報われたと思ったものだ。

あの日本人の美しい人妻の、バイブを使ったオナニーショーを思いかえすと、痛いほどに作業ズボンの前が突っ張った。

「噴水みたいに潮を噴きやがったもんなァ」

人妻の汗と体液が染みついた木製ステージを洗うことも、下っ端である彼の仕事だ。

「あんな佳人（ジャレン）（美人のこと）にブチ込んでみてぇ……」

愚痴りながら作業ズボンの腰のベルトをゆるめると、ホースの先を拾い上げようとして前屈みになった。

「わッ」

いきなり後ろから腰を蹴られ、ステージにつんのめった。

「ぐえッ」

何者かがドスンと背中に馬乗りになった。床についた両手を黒革の手袋をつけ

た手で摑まれ、肘関節が外れるかと思うほど強く前に引き伸ばされて、

「ギャアアアアアッ」

男は声帯が裂けたかのような悲鳴をあげた。

アイスピック——それは拳銃の携帯を許されない潜入捜査官たちの、主たる武器の一つだ——が男の左手の甲を貫き、あたかも昆虫採集標本のピンのようにしっかりとステージの木板に留めてしまっていた。

男の背に跨ってアイスピックの柄を握っているのは倉科弥生。前から男の手を摑んで引き伸ばしているのは、捜査一課課長の藤森いずみだ。二人とも均整のとれた伸びやかな肢体を、光沢のある黒ラバースーツに包んでいる。普段は一般人を装う彼女らがこのスーツを身につけるのは数年に一度あるかないか、よほどの緊急時に限られている。そして今がその緊急時であることを、彼女たちのせっぱつまった鋭い眼差しが物語っていた。

春麗からの報告で、失踪したベテラン女捜査官・鮎川玲子の家族を保護に向かったミッキーこと吉田美貴、そしてIT担当のプロファイラー・伊藤彩芽の二人が消息を絶っていた。さらにホストクラブに探りを入れていた細川文乃の行方が分からない。春麗からも、その後連絡が無かった。

これは尋常な事態ではない。考えられることは一つ。何かとてつもなく大きな力が自分たちを潰しにかかっている。それが何なのかは全く分からない。唯一の手がかりは——一瞬で消えはしたが、GPSによる測位で、春麗がいたらしい場所は判明した。それがここ——横浜の本牧ふ頭に立ち並ぶ巨大倉庫群の一つであった。

作業員の男は失禁していた。その頭髪を鷲づかみにし、痛みと恐怖に目を見開いてヒーッと喉笛を鳴らしている顔を上向かせると、

「言え! 鮎川玲子はどこだ!? どこにいる!?」

弥生は、清楚な若妻の顔からは想像もできない峻烈な言葉で問いただす。

「ウォブジダォ! (知らない!)」

男は中国語で絶叫した。

弥生はアイスピックを引き抜くと、今度は男の右手の甲に振り下ろした。

「アギャアアアアーッ!」

胃袋が裏返るような声をあげると、

「シュンショオー! (人殺し!)」

男は泣きながら全身を痙攣させた。

激痛と恐怖を与え、考える暇は与えない。尋問のコツはそれだ。

弥生は再びアイスピックを抜くと、

「なら殺す」

首の後ろに尖端を押しつけた。

「待て！　待て！　言うから待ってぐへぇェ！」

男の声は逆流した胃液に溺れていた。

ガハッ、ガハッと咳き込みつつ男が場所の名を告げると、

「私が行きます」

弥生が決然としていずみに言った。

「課長は警察庁と連絡をとってください」

「分かったわ」

いずみはうなずいた。

「それが済んだら、私もすぐに行くから。一人で無理はしないで」

警察がすぐに動いてくれるかどうかは分からない。非合法な囮捜査を利用している手前、多少の法律違反には目をつむってくれる代わり、トラブルが生じても基本的には手を貸してくれない。自力解決を求められるのが裏組織の宿命なのだ。

跳ね起きざま、弥生は男の左手の甲の中心――真っ赤な血を噴き出している小さな穴――に、一ミリと違わずアイスピックの太針をグサリと貫き刺した。それは尋問のための行為ではなく、報復のそれである。

「ギャアアアアッ！」

悲鳴を背に、ラバースーツの女捜査官は走り去った。根元まで突き刺さったアイスピックを男の手に残したまま。

ヒーッ、ヒーッと泣き喚いている男の右手の甲――やはり血を噴いている小穴に、今度はいずみが自分のアイスピックを摑んで、ドスンッと針を打ち込んだ。こちらもやはり報復、でなければ宣戦布告だ。

「グアアアアアッ！」

四肢を突っ張らせて胃液を吐いた男に、

「しばらくじっとしてなさい。暴れると出血多量で死ぬかもよ」

いずみは冷たい忠告を言い放つと、立ち上がってスマホを操作し始めた。

2

のっぴきならないことになった——うつ伏せに拘束された腹部に金属台の冷たさを感じながら春麗はそう思った。

正直、益田という男は腕っぷしが強いだけの単細胞で、どうとでもあしらえると思っていた。まだるっこしいチームの連携を無視して単独行動に走ったのも、自分一人で玲子を救い出す自信があったからだ。だが日本のヤクザ組織の後ろに、とんでもなく厄介な連中——公安警察もまだその正体をつかめていない新興の中国マフィア——それもかなり大きな組織——が潜んでいた。そして彼らは、我々moguraのメンバーの身元を把握している……。

(こうしてはいられない)

玲子の救出もさることながら、今は一刻も早くこのことを皆に伝えないと、取り返しのつかないことになる。

焦って長い脚をバタつかせた。両腕を伸ばしてうつ伏せに拘束されたまま、さっきから何度も同じ動作を繰り返している。闇に慣れた目に、左右の手首を固定している革ベルトが見えた。足は拘束されていないが、これではいかんともしがたい。

(くそッ、いつまで閉じ込めておくつもりだ)

地下室だろうか、明かり取りの窓一つ無い。むろん叫んだところで助けが来るとは思えなかった。青いチャイナドレス姿のままで監禁されている彼女は、ただひたすら待つほかなかった。

どれくらい経ったろう。

パッと部屋が明るくなると同時にドアの開く気配があり、背後に人の足音がした。コツコツと、やや斜め上方から近づいてくるところをみると、やはりここは地下室なのだ。

「目が覚めたか?」

足音は、うつ伏せに拘束されている春麗の真後ろに来て止まった。

「………」

あの男だ。ステージで鮎川玲子の横にステテコ姿で立っていた男、痺れ薬を塗った吹き矢を私に向けて放った、あの痩せぎすの男の声に間違いない。

「私をどうするつもりッ!?」

春麗は首を後ろへ捻じって叫んだ。

「訊かなくても、おおかた見当はついているんだろう？　潜入捜査官の楊春麗」

女捜査官の挑むような切れ長の眼を、李は冷たい視線で見返し、

「我々はこの国で女を売るビジネスを始めた。日本の警察はどうとでもなるが、お前たちmoguraは少々邪魔だ。皆殺しにしてしまえばいいのだが、それではあまりに芸が無い」

薄く笑いながら、春麗の白い太腿の裏側に手を触れた。

「や、やめろ、変態！　私に触るなッ！」

「せっかくだから、お前たち全員を――」

スーッとなぞり上げながら、青いチャイナドレスの裾下に手のひらを忍び込ませていく手つきの確かさは、さすがその道のプロ。「闇の調教師」の名に恥じない鮮やかな手際である。女捜査官の下着の縁を指で軽くつまみあげたかと思うと、

「やッ、やめろおおおッ」

相手が叫んで両足をバタつかせるのをモノともせず、一瞬の後には純白のハイレグパンティを、まるで手品師のように足首から抜き取り、

「――性調教して売り払うことにした」

そう言って、無造作に宙に放った。

（くううッ……）

憤辱に春麗は歯噛みした。まるで手玉に取られてしまっている。性調教すると聞かされても、普通なら鼻でせせら笑って相手にしないところだが、この男が口にすると真実味があった。現についさっき、あの気丈な鮎川先輩が自慰の狂態を晒すところを見せつけられている。そんな男の前で、チャイナドレスの下に何も着けていない身体を拘束されている心細さに、春麗は鳥肌を立てて身震いした。

「私の部下たちのように、蹴とばされてはかなわんからな」

しばらくの間、大人しくしていてもらうよ、と言い、李は春麗の細くくびれた足首をつかんだ。

「放せッ、ああッ、放せぇッ！」

青いドレスの裾が乱れ、真っ白な太腿が付け根まで露わになってしまうのもかまわず、うつ伏せの春麗は下半身をのたうたせて抵抗したが、女体の扱いに長けた李の方が数段上手だ。懸命の抗いもむなしく、両腕と同様に両脚も開かされ、革の拘束具でしっかりと足首を金属台の端に固定されてしまった。

「俎板の上の鯉、といったところだな」

李は日本語に通じているところをみせ、X字に引き伸ばされてしまった女捜査官のナイスボディを嬉しそうに眺めた。

歳は二十四。スレンダーではあるが、悩ましく臀部を盛り上げたチャイナドレスの青い布地の上からも、つくべきところにはしっかりと肉がついて、脂の乗った美しい女体であることが分かる。

「もう手も足も出まい。だが心配するな。女の悦びを味わわせてやるだけだ。お前が経験したこともないような、腰が抜けるほど強烈なやつをな」

闇の調教師の手が太腿の裏側に置かれ、いよいよ愛撫が始まった。ゆっくりと手のひらで撫で上げ、じっくりと撫で下ろす。右の太腿、左の太腿——生温かくて異様に粘っこい、だが微かな性的反応すら逃すまいとする冷徹な手のひらの動きは、まるで視力を失ってしまった陶芸家が、かつて自分が焼いた最高の出来の陶磁器を手のひらで撫でまわして愛でるかのような、常人離れした執着が感じられる。ゾクッと皮膚に粟を生じるその感触に、

「ううッ、やめろッ……」

貴様、ただじゃ済まさないぞッ、と罵る春麗の声も怯えにうわずる。

「ああッ」

と、拘束された両手を思わず握りしめたのは、チャイナドレスの裾を大きく捲

り上げられ、裸の双臀を完全に露呈させられてしまったからだ。

「うむ、いいケツだ」

めったに女の身体を褒めないはずの李が、ここ最近は二人続けて合格点を出した。もう一人はいうまでもなく鮎川玲子だ。歳は春麗よりひと回り上。子供も産んでいるので熟れ具合がまるで違う。玲子のように豊満で匂い立つ、桃のような尻を偏愛する者もいれば、この春麗みたいにクリッと引き締まって位置の高いモデルヒップの美麗さに惹かれる者もいる。どちらが上ということではないが、自ずと性調教のやり方は異なってくる。

今までの繊細な太腿愛撫とは打って変わって、李は荒々しいまでにガバッと双丘を鷲づかみにした。思ったとおり素敵な弾力に満ちたヒップのふくらみを、春麗が呻き声を洩らすほど強く揉みしだく。

「うッ、うッ……貴様。いい加減に……あぁッ」

屈辱に歯ぎしりしていた春麗の頬が、ふと狼狽の色を刷いたかと思うと、みるみる女っぽいバラ色に染まった。尻肉もちぎれよとばかり乱暴に揉みたてられて、双臀の谷間の奥にのぞく女の縦割れまでもが横に拡がる。その動きが女芯のつぼみを刺激し、むず痒い肉の疼きを生じさせていた。それは春麗自身も予期しなかった事態で、そのことが彼女をますます狼狽させた。

「うッ、うッ……くうううッ」

自分の身体に生じつつある異変を悟られまいと、春麗は懸命に歯を食いしばって耐えた。悪党に尻を触られたくらいで感じてしまうなど、捜査官としてこれほど不名誉なことは無い。だがそうは言っても彼女は女。健康な肉体を持った若い女性なのだ。小憎らしいほどにツボを押さえた愛撫に、反応するなというほうが無理なのである。

（こ、こんな……くうううッ）

肝心な所には触れられておらず、ただ尻肉を揉みしだかれているだけだというのに、ツーン、ツーンと甘い痺れが背筋を走った。

（いやああッ！）

耐えがたくなって、うつ伏せのまま長い黒髪を振りたてた時、李の荒々しい愛撫が不意に止まった。

「ううッ……くッ」

しばしでも玩弄から解放され、ホッと安堵してもよいはずであるのに、歯を食いしばっている春麗の額の生え際に苦悶の汗がにじみ出ている。触れられることなく刺激され続けていた女のつぼみが、ジリジリと火に焙られるように熱く疼いていた。声を洩らしてなるものかと片意地に口を閉ざしていると、

（ふうッ……ふうッ）

ひろがった鼻孔から湿った喘ぎを噴きこぼしてしまう。汗ばんだ背に青いチャイナドレスが粘りついてブラジャーの形を透かしていた。晒された双臀をヌラヌラと汗にヌメ光らせ、もどかしげに左右によじりたてて悶えるさまは、二十代前半とは思えぬ婀娜っぽさだ。

「どうした、楊春麗。そんなに尻を振って」

「……ううッ」

「まるで何かして欲しいと言わんばかりだぞ」

「う、うるさい……黙れッ」

春麗は顔面を真っ赤に染めて罵った。だが開かされている下肢の付け根に、李の手が伸びてくると、

「あッ、いやッ」

滑稽なほどに女っぽい悲鳴をあげ、双臀をガクガクと跳ね上げる。

「や、やめてえッ」

さっきまでは「やめろ」と強気な命令だったのが、今は哀願口調になってしまっている。調教の順調な進行に李はニンマリとほくそ笑むが、冷静さを失くしている春麗の方は、それに気づく余裕もない。双臀の谷間に後ろから忍び込んだ男の指が、熱を帯びた花唇に触れると、

「いやッ、いやッ」

半泣きになって首を振りたてた。

「いやああッ」

じっとりと濡れた花びらのあわいに潜り込んできた男の指に、熱い果肉の層をユルユルとまさぐられる。闇の調教師と言われるだけあって、正確無比に女の性感のツボを突いてくる。恥骨の裏側の粘膜を上下に掻くように強く刺激してくるかと思えば、絶妙な位置を指先で優しくタップし、さらにバイブレーションまで加えてきた。抗う女の心をどっぷりと官能に溺れさせるべく、あえて無言のままで愛撫を続けるところなど、まさにプロの技。健康な二十四歳の貝肉に甘い汁を迸らせるのに二分とかからなかった。

「ああッ、ああッ」

自分の秘肉がピチャピチャと啜り泣きにも似た汁音を立てるのを聞かされなが

ら、恥悦にまみれて女捜査官は裸身をのたうたせる。李の指が動くたびに、得も言われぬ快感が電流のように背筋を走った。桃色に霞んでいく意識の片隅で、自分が狂おしくヒップを悶えさせているのが分かるが、もう止めることはできない。何もかも忘れて、味わったことがないほどの高みに昇りつめようとした瞬間、不意に指が抜き去られた時には、

「あああッ……」

と、思わず腰を浮かせて無念の声をあげてしまった。

「楊春麗、もうオマ×コが洪水だぞ」

そんなに気持ちよかったのかと、ヌルヌルになった指から花蜜をしたたらせながら李がからかうと、

「だ、黙れ、ゲス野郎ッ」

春麗は赤らんだ顔を憤辱にゆがめて叫んだが、その声は痛々しいまでに女の弱さを響かせてしまっている。

「そう嫌うなよ」

李はニヤつきながら、

「俺も生まれは上海だ。同郷のよしみで、お前にいいものをプレゼントしてやろ

う」

そう言って手にした小さなガラス瓶の蓋を開け、中の白い軟膏を指先に掬った。

言わずと知れた媚薬——女を泣かせ、狂わせる薬だ。体温で溶け、粘膜に沁み込んで強烈な痒みと催淫効果をもたらす。むろん麻薬成分を含んでいて依存性が高い。一度味わったが最後、普通のセックスでは満足できない身体になってしまう。調教でも滅多に使わないこの危険な薬を、なぜ春麗に塗ってやりたくなったのか、李自身にも分からなかった。

「バカな真似はやめろ！　犯したいならさっさと犯せッ」

少し気力を回復させたかに見えた春麗だったが、李の節くれだった指で再び最奥を執拗にまさぐられ、のみならず今度は、敏感な女芯の肉芽にまでたっぷりと媚薬軟膏を塗り込められるのだからたまらない。

「そこは……そこはいやッ！　ああッ、お願いだからやめて！」

たちまち弱い女に戻って、うつ伏せの腰をブルブルと震わせる。媚薬の浸潤で赤く充血し、真珠玉ほどの大きさに膨れあがってしまった女の核心は、愛撫を兼ねて尚も念入りに塗りこんでくる男の指で上下左右に転がされ、灼熱の塊と化した。ブルルッと腰を震わせるたび、官能の熱い蜜が肉の合わせ目を満たし、トローリ、トローリと水飴のようにしたたった。

（こ、これはッ……うぐぐッ！）

もうまともに言葉すら発することができない。明らかに身体に異変が生じていた。白目をむくほど強烈な快感の渦の中に、一体何をされたのかという怯えの気持ちすら巻き込まれてしまう。

（あううッ、た、たまんない！　ひいいーッ！）

信じられないほど高い絶頂の波がうねりながら襲いかかってきて、春麗はヒーッと高い歓喜の声を迸らせた。まさに昇りつめようという瞬間に、最奥に押し入ってきた異物の不快な感触によって妨げられなかったなら、間違いなくそのまま絶頂に達していたことだろう。

「な、何を……何をした？……」

不確かな呂律ながら、ようやく言葉が口をついて出た。

応答の代わりに、最奥に含まされた卵型ローターがブーンと振動を始めた。

「むぐぐぐッ……」

春麗はチャイナドレスの背中をたわめ、眉間に深い縦ジワを刻んだ。

強烈さはさほどではないが、官能の深い部分を掘り当て刺激してくる、淫靡極まりないバイブレーションだ。絶頂に達する瀬戸際だっただけに、なおさら陰湿だった。

ブーン、ブブブッ……ブーン、ブブブッ……。

断続的に恥骨をくすぐる小刻みな振動に、

「と、止めてッ……くうッ……あぁッ」

春麗は呻き、あえぎ、キリキリと奥歯を食いしばった。ヌラつく柔肌にじっとりと新たな汗が滲み出る。とてもじっとしておれず、背中をくねらせ、尻を揺すりたてた。いつまでこの色責めが続くのか。もう気が変になりそうで、ワアッと叫びたい気持ちだった。

「気に入ったか、春麗？ つまらん玩具だが、今のお前には最高のプレゼントだろ？ フフフ、しばらく一人にしておいてやるから、じっくり味わうといい」

悶絶に揺すりたてるヒップの双丘をからかうようにピタピタと叩くと、李は踵を返して階段の方へ向かった。

「ま、待って……これを抜いてッ」

春麗が首を捻じって、「お、お願いよッ」と哀願の声を慄わせたのを聞いていないはずはないのに、知らぬフリで階段を上がり、バタンとドアを閉めた。

3

(あ、あううゥッ……)

血がにじむほど食いしばった唇を開いて、春麗はハアッハアッと喘いだ。一人きりでこの地下室に放置され、もう何時間が経過したろうか。耐え難いまでの肉の疼きが幾度となくせり上がって、そのたびに彼女は獣めいた重い呻きを洩らし、汗に湿ったチャイナドレスの背中を悶絶に撓めた。

最初は懸命にいきんで、最奥で振動する異物を押し出そうと努めた。だが何か特別な工夫でもしてあるのか、おぞましい性具は子宮口の少し手前に意地悪くとどまったまま、あたかも悪意を持った生物のように、淫靡な振動で囚われの女捜査官の性感を苛み続ける。観念した彼女は次に、快感の熱い高ぶりに身をゆだねようとした。だが上手くはいかない。ローターの小刻みな振動がもたらす単調な刺激では、性感を焙る媚薬の強烈な効き目と相俟ってもなお、気をやるのに今一歩ものたりなかった。かといってこらえきるには、淫靡で悩ましすぎる——。

(ううッ……ど、どうにかしてえッ)

四肢の自由を奪われている春麗は胸の内で叫び、うつぶせの下腹部を悶絶によじりたてた。ジクジクと滲み出た甘蜜で海藻のように濡れた春麗の恥毛を擦りつけられて、硬い金属台の表面はヌラヌラと照り輝いている。

(気が……気が変になるうッ！)

行き場のない性感の高ぶりに、X字に伸ばされた肢体をブルブルと震わせ、本当に気がちがったかのように黒髪を振りたてた時である。

階段の上のドアが開き、人が降りてきた。今度は李一人ではない。五人の手下たち——その中には、さっき春麗を捕えようとして逆に痛めつけられた者もいる——を引き連れていた。

男たちは金属台を取り囲むと、春麗の手首の拘束を解き、あらためて縄で後ろ手に括り直した。それから足首の拘束具をはずし、青いチャイナドレス姿(だがその下にパンティは穿いていない)の女捜査官を数人がかりで台から降ろすと、両脇を支えるようにして床に立たせた。

汗に湿った髪を一人が掴んで、火照った顔を無理やりに上向かせる。

「くうッ……」

春麗は傷ついた女豹のように呻いて、憤りの眼差しで李の顔を睨んだ。

「フフフ、いい面構えだ、楊春麗」

腕組みしたまま、ステテコ姿の李は嬉しそうに笑った。

「感じすぎて膝も立たんのだろうに、まだそんな眼ができるとは、たいしたものだ。お前のその気骨を見込んで、ひとつ頼みたいことがある」

春麗は歯を食いしばり、懸命に相手を睨みつづけた。膣奥に含まされたローターがまだ振動を続けている。気をしっかり持っていないと、男たちの前であさましく腰をくねらせてしまいそうだ。そんな不様を晒すことだけは、捜査官としてのプライドが許さなかった。

「お前に買い手がつくまで、うちの若い連中に功夫の稽古をつけてもらいたい。さっきのザマを見ても分かるとおり、どいつもこいつも役立たずでなァ。ああ、心配せずとも、これからも調教は続けてやる。お前を買う富豪のヒヒ爺いに満足してもらえる身体になるまで、こってりとなァ。フフフ、さあ稽古を始めろ」

李の合図で男たちはサッと身を離し、後ろ手縛りの春麗を取り囲んだ。皮肉な笑みを浮かべて舌なめずりしているのは、李の言う「稽古」が言葉どおりの意味ではない証拠だ。功夫の稽古にかこつけ、両手が使えない春麗の若い女体にいたずらを仕掛け、さんざんにいたぶり抜いたあげく輪姦にかけようという腹づもりなのだ。陰険な中国マフィアの思いつきそうなことだった。

（クッ……ゲスどもが……）

心中で吐き捨てると、春麗は青いチャイナドレス姿の腰を低く落とし、ぬかりなく三百六十度に目を配った。黒水晶の煌めきを放って水平に移動していく女豹の視線。後ろ手に縛られてなお、シャープかつ妖艶な立ち姿はサマになる。なにより男たちの視線を惹きつけてやまないのは、膝を曲げて立つスレンダーな生足の、スリットからのぞく太腿の艶めかしい白さだ。

それに吸い寄せられるようにして不用意に迫っていった男の顎に、

「ヤアッ！」

飛燕のごとき前蹴りがノーモーションで飛んだ。

「グワッ！」

声をあげてのけぞり、スライディングするかのように斜め横になってコンクリートの床にしたたかに後頭部を打ちつけた男。だが他の男たちがハッと息を呑んで棒立ちになったのは、春麗が放ったハイキックの目にもとまらぬスピードに圧倒されたためではなく、大きく翻ったチャイナドレスの裾から現れた見事な脚線美と、その付け根に一瞬だけ見えた漆黒の茂みに眩惑されてのことであった。

幸か不幸か一番良い位置でそれを拝んだ男の、だらしなく鼻の下を伸ばした顔面に、間髪を入れず飛び膝蹴りがヒットした。

ゴキッ！

鼻の骨が砕ける音がして、脳震盪を起こした男はヨロヨロと数歩後ろへ下がると、膝を崩してペタンと床に尻餅をついた。

瞬く間に仲間二人を斃(たお)されて、さすがに男たちの顔がこわばった。格闘技の心得があるとはいえ相手は女。しかも後ろ手に縛られているのだ。あり得ない事態に動揺し、互いに目を見合わせた後で李の顔色を窺った。

李は平然としている。いいから続けろと、腕組みのまま顎をしゃくった。

男たちは仕方なく、距離をおいて春麗のまわりを回りはじめた。

迂闊に近づくと危ない。多勢を恃(たの)んで持久戦に持ち込むことにした。

そしてそれは功を奏した。

周囲をめぐる男たち三人の動きに合わせて、ゆっくりと摺り足を運んでいく春麗の鋭い眼に、額から流れる汗が沁みた。

（ううッ……）

眉間に苦悶の縦ジワが寄る。

ブーン、ブブブッ……ブーン、ブブブッ……。

膣奥でローターの淫らな振動が続いている。渾身の力で蹴りを放ちはしたものの、腰から下はジーンと官能に痺れきって、立っているのも辛かった。集中しなければと自分に言い聞かせるのに、ただれるような快感に頭がうつろになってくる。男たちの姿が二重にダブって見えはじめた。

「あッ」

と声をあげて体を反転させたのは、裸の双臀を空気が撫でるのを感じたからだ。

「おっと危ねえ……へへへへ」

小太りの男がサッと退いて、

「へへへ、惜しかったな。もうちょっとで、ケツを揉んでやれたのによォ」

いやらしく笑いながら、右手の指で尻肉を揉みたてるようなジェスチャーをしてみせた。

(くッ……)

口惜しさと焦りに、春麗はこめかみを攣らせた。

チャイナドレスの裾を後ろから捲り上げられ、裸の双臀を見られたのだ。隙を見てスッと背後から伸びてきた手に気付かないほど、最奥を苛む淫らな振動に気をとられてしまっていた。

ブーン、ブブブッ……ブーン、ブブブッ……。

(ダメよ！　集中しなければッ！)

乱れる呼吸を整え、淫らな疼きから気を逸らそうとする。

だが、

(ううッ……こ、このままでは)

時間が経てば経つほどに、身体が痺れて状況が不利になってくる。ここは自分から仕掛けていくしかない。

「やあッ！」

逃げる相手に間合いを詰め、体を入れ替えて後ろ回し蹴りを放った。

「おっと……」

さっきとは比べ物にならぬほど鋭さを欠いた攻撃を、間一髪でかわした男が部屋の隅まで走った隙に、もう一人が横から春麗にしがみついてチャイナドレスの裾を高く捲り上げた。アッと狼狽して後ろ手縛りの肢体をよじりたてた彼女に、すかさず別の一人が背後から迫り、露呈した双臀にピターンと強烈な平手打ちを見舞った。

「アーッ」と春麗がけたたましい声をあげる。

「へへへ、いい音だぜ」

「いい女のケツは叩き甲斐があるってもんだ」

「今度はマン毛をいじってやるか。へへへ」

そのまま強引に押し倒すことも出来ただろうに、男たちは申し合わせたかのようにサッと春麗から身を離した。相手の追いつめられた様子から、これなら大丈夫と余裕が出てきたのだ。

逆に春麗は窮地に立ち、冷静さを失っていた。

（お、おのれッ……）

叩かれた裸の尻がジーンと痺れた。媚薬にただれた花芯はますます熱く、むず痒くなっていく。それに加えて、

ブーン、ブブブッ……ブーン、ブブブッ……。

最奥で振動しつづける淫らなバイブレーションまでもが、気のせいか強度を増しているように思われた。

（ううッ、そんなッ……）

たまらなくなって春麗は前屈みになり、片肢をくの字に曲げた。

膝がブルブルと慄えて、もう力が入らない。

自分と仲間を救うための、これが最初で最後のチャンスかもしれないのにと思うと、自分が女であることを呪わずにはいられない。

「どうした、女捜査官さんよォ」

「へへへ、えらく顔が赤いぜェ」

「俺たちに稽古をつけてくれるんじゃないのかい」

こうなるともう自分たちのなすがままだとばかり、三人はグルグルと生贄の女体の周りをめぐり、連携プレイでフェイントをかけながら次々と「ちょっかい」を出した。迫っては離れ、迫っては離れを繰り返しつつ、裾を捲り、尻を触り、チャイナドレスの上から胸のふくらみを鷲づかみにする。しまいには抱きついて双臀に下腹をこすりつけたり、首筋に唇を吸いつかせたりと、やりたい放題だ。

「くッ……放せ……き、貴様らァ」

春麗は長い髪を振りたてて腰をよじり、抱きついてくる相手から身を振りほどこうと悶えるが、もう骨の髄まで性感を痺れきらせてしまっていては如何ともしがたく、今はもう抗う眼にも鋭さが感じられない。

図に乗った一人がズボンと下着をおろし、いきりたった肉棒を見せた。他の二人も面白がって、下半身スッポンポンになる。

「どうだい、俺さまのは？　亭主のと比べて。いるんだろう、亭主」

「稽古の締めくくりにこいつを咥え込む、ってのはどうだ？　へへへ」

「遠慮は要らないぜ、へへへ。三本同時に味わわせてやる。前の穴と後ろの穴。それと、お口も使ってな」

破裂しそうなほどに怒張した肉棒を握って、三人は誇示するように揺すりたてた。左右と正面からまとわりつく。一人が春麗の髪を掴んで顔を上向かせた。覆い被さるようにして唇を奪い、舌を入れる。他の二人は太腿に怒張を擦りつけつつ、チャイナドレスをたくし上げて裸の尻を撫でまわしている。

「ム、ムムムウッ」

舌と舌を粘っこく絡み合わせながら、春麗は重く呻いた。

「おお、積極的じゃないか。フフフ、自分から握ってくるとはな」

「またずいぶんと気分を出したもんだ。なかなか堂に入ってるぜ」

女のたおやかな指で睾丸を包み込まれて、二人は胴震いした。弾力のあるヒップの丸みがたまらない。撫でまわす手のひらが興奮に汗ばんだ。

おい、タマだけじゃなく、サオも握ってくれよ、と言いかけて、一人がハッと眉を顰めた。この女、後ろ手縛りにされているはず。どうしてこんなに自在に俺のタマを揉みたてることが……。

まさかと思って身を離そうとした。瞬間、脳天を砕かれたかと思うほどの激痛に、男は悲鳴も洩らさずガクンッとのけぞった。もう一人も同じだった。さらに――。

「ギャアアーッ！」

春麗と濃厚なディープキスを交わしていた男。こちらは恐ろしい絶叫を迸らせて後方に身を弾け飛ばせた。大きく開けた口の端から、半ば噛みちぎられた舌の端が血を噴きながらハミ出している。

「アガガガッ」

「グゲエエッ」

「キイイイーッ」

タマを握り潰された二人と、舌を噛みちぎられた一人。悶絶して床を転げ回る三人の男たちには目もくれず、春麗は素早く自分の秘所に指を入れてまさぐり、ブルブルと振動する卵型ローターをつまみ出した。

ヌルヌルのそれを叩きつけるように壁に投げると、

「待てッ！」

高い声で威嚇し、あわてて逃げようとするステテコ姿の李の前に立ちふさがった。鋭さを取り戻した瞳が怒りに燃えている。自由になった両手を胸の前で組み合わせ、ポキポキと指を鳴らした。

「お、お前……いつの間に……」

李の顔は驚愕に引き攣っている。

「あんたの手下どもは本当に無能だわ。縄抜けを防ぐ縛り方も知らない」

潜入捜査官にとって、縄抜けの技法は基礎中の基礎と言ってよい。男たちにいたぶられて悶えるフリをしながら、気づかれぬよう腕を繰り返し屈伸させ、手首を縛っている縄を根気よく緩め続けていたのだ。

「ぬうッ」と呻いた李は、

「してやったつもりかもしれんが――」

ジリジリと壁際に後退しつつ、

「我々は、お前についてもう一つ情報をつかんでいるのだ」

汗の雫がつたう頬を神経質にピクピクと痙攣させながら言った。

「お前の両親はお前が八歳の時、上海で自動車事故で死んでいる。だが夫がいるな。日本人の。居場所も分かって――ガハッ！」

脅しの続きを言う前に、跳ね上がった春麗の右足の甲が彼の睾丸を叩き潰していた。

ゲエエッ、ゲエエエッと口から泡を噴き、白目をむいて床の上を転がりまわる李の頭を、春麗の長い美脚が容赦なく踏みつけた。

「馬鹿ね」

ゴツゴツと何度も踵で踏みながら、蔑みの目で見下ろす。

「そんなの偽装結婚に決まってるじゃない」

我不愛他（そんな男、愛していないわ）と呟いた春麗は、床に落ちているパンティを拾い上げて足を通すと、転げまわっている男どもを後に残して地下室の階段を駆け上がった。

4

葉山のヨットハーバーから数キロ離れた、あまり人気の無い場所に、二千坪ほどはあろうか、サッカーコートが一つすっぽり収まるほどの、周囲を土塀に囲まれた土地がある。以前はある資産家の別荘だったのを、最近中国人実業家が買い取り、大きいことは大きいが殺風景な邸宅を建てたのだというのが近隣住民らの噂だった。

庭師であろう、作業着姿の中年男が、煌々と輝く満月に照らしだされた屋敷の周囲を剪定バサミを持ってめぐり歩いていた。ただの雇われ人で、作業は夜間に行うよう命じられている彼は、一時間ほど前、海岸沿いの道路が大きく湾曲したあたりに赤いクーペが停まったことも知らなければ、つい今しがた屋敷内の地下室で大変な騒ぎがあったことにも気づいていなかった。

（ん？）

茂みの陰に、なにか白い塊を見つけて目を凝らした。

近づいてみて仰天した。

うつ伏せに倒れている女の裸の尻、そして太腿であった。

艶やかな肌の張りと美しさから、ひと目で若い女と知れる。上半身はスパイ映画でしかお目にかからないような黒いラバースーツ、下半身はパンティすら穿いていない素っ裸だ。

（一体これは……？）

驚いたことは驚いたが、なにか訳ありなのだと思った。ここの庭仕事を請け負うようになってから、半ば意識を失った女が男たちに抱えられて屋敷内に連れ込まれたり、逆に連れ出されて車に押し込められたりするのを何度も目にしている。さわらぬ神に祟り無しなので、いつも見て見ぬフリだ。

「あの……もしもし……」

前屈みになり、声をかけてみた。

反応が無いのを確かめ、ゴクリと生唾を呑む。

（いいケツしてやがる……）

しゃがんで尻に触れた。温かい。気を失っているだけのようだ。一体何者で、なぜここに倒れているのか？　だがそんなことよりも、この丸いヒップの手触り……ああ、たまんねえなァ……。

手のひらに余る双丘を鷲づかみにすると、夢中になって揉み込んだ。それだけでは飽き足りず、柔らかくて弾力のある尻肉の狭間に顔を埋めた。

胸一杯に息を吸い込み、

（おお、いい匂いだ……）

若い女の秘部が醸し出す、仄かな官能のフレグランスに陶然となる。

（オッパイだ……まずはオッパイからねぶりまわしてやる）

女の股座を拡げて甘い匂いの出どころを舐めまわしてやりたい衝動に駆られたが、待て待て、まずは乳房からだと自分に言い聞かせたのは、手順を重んじる植木職人の習性であろうか。男はうつ伏せの女体をゴロリと仰向けに転がしてから馬乗りになり、ポニーテールの似合う清純な美貌と、淡く萌えた下腹の繊毛に交互に熱い視線を粘りつかせた後、興奮に慄える指の先でラバースーツの襟元のファスナーの引き手をつまんだ。

ツーッと引き手を下げてバストの谷間を露わにすると、

「へへへへ」

だらしなく表情をゆるめ、ガバッと胸元を左右にくつろげた。

（うへへえェ）

思わず口の端からヨダレが垂れた。

（たまんねえ乳だァ……）

清らかな白い乳房の美しい形と、その先端に尖る瑞々しいピンクの突起に見惚れて、中年の庭師は意識を失った若い女のバストを摑もうと手を伸ばした。

瞬間、人形のように静かに閉じていた女の眼がパッチリと開いた。

アッと思った時には体勢が入れ替わっていて、腕を背中へ捻じあげられ、うつ伏せにされて地面に押さえつけられていた。

声をあげる間もなく、
ゴッッ！

首筋に強い衝撃を受けて、男はあっけなく伸びてしまった。

手刀の一撃で庭師を失神させた倉科弥生は、素早くラバースーツの上を脱いで全裸になると、男の作業着を脱がせて自分が身につけ、帽子を目深に被った。

月明かりの中、遠目に見ただけなら女とは気づかれないだろう。弥生は剪定バサミを片手に、帽子を被った顔を俯かせて屋敷の周囲を探索してまわった。途中、ドーベルマンが二頭繋がれている犬舎の傍を通ったが、作業着に染みついている庭師の強い体臭のおかげか、犬たちは顔を上げはしたが、伏せたまま動かなかった。

目立たない場所にある窓を見つけると、弥生はドライバーを用いてガラスの端に穴をあけた。そこから指を入れて内側の鍵を外し、中へ侵入した。

屋敷の中は暗く、長い廊下があちこちで交叉して迷路のようになっていた。この中のどこかにきっと鮎川先輩が監禁されているはず——捜査官としての経験からすると、おそらくは地下室だろう。その入口を探さなければならない。できれば敵に遭遇することなく。

だがそれは虫が良すぎた。

気配を殺してしばらく進むと、だれかが大きくクシャミをしたのが聞こえた。

そっと角から覗くと、非常灯の薄明かりの下、スーツ姿の屈強そうな男が廊下の壁に背中をもたせかけ、腕組みして立っていた。

大儀そうにしているのは見張り役なのだろう。ということは、この先に何かがあるということだ。

意を決し、弥生はツカツカと男の方へ歩み寄った。

「あァ？　何だ、お前？」

訝しげな顔をしてこちらを見る相手に、帽子を目深に被った作業着姿の弥生は両手で合掌のポーズを作り、何度も頭を下げながら近づいていく。

てっきり相手を雇われ庭師と思いこんでいる男は、何の用事か知らぬが勝手に屋敷に上がりこんできた不作法を叱りつけようと、腕組みを解いた。だが頭を下げつつもズンズンと大股で迫ってくる様子に、さすがに異様な気配を感じてギョッと顔をこわばらせた時には、すでに相手は至近距離にいた。

帽子のつばがスッと上がって、見たこともない女の白い顔があった。美人だと判別する暇もなく、男の鳩尾(みぞおち)はその女の拳で深くえぐられていた。

「グハッ……」

ズルズルと床に崩れ落ちた男の脇を、弥生は摺り足ですべるように通り過ぎていく。

どこかで微かに悲鳴のような声がした。眉を吊り上げた彼女が声のした方へと角を曲がって進むと、少し広くなったロビーのような場所に辿り着いた。その正面に頑丈そうな鉄扉がある。

(あれだわ!)

と、直感的に思った時、その扉が内側から荒々しく押し開けられ、チャイナドレスの若い女が勢いよく飛び出してきた。アッと叫んで弥生が後ずさった時にはすでに、眦を決した女は人間離れした移動スピードで間合いを詰めてき、

「チャアアアッ!」

怪鳥音を発しながら、ドレスのスリットも裂けよとばかりに峻烈な蹴りを浴びせてきた。

「くッ!」

体を開き、間一髪かろうじてよけた弥生の頬に、カマイタチに切られたかのご

とく鋭い痛みが走った。

(功夫かッ!)

二つの稲妻のごとく身体を交叉させ、向き直って睨み合った時の構えから、弥生はそう判断した。よけながら放った彼女の裏拳を受け流す体の捌きも中国拳法のそれであった。服装にしてからがそうなのだから、同僚である春麗を中国マフィア一味の者と弥生が決めつけたのも無理からぬ。同じICSの捜査官としてまだ顔合わせをしていなかったことも不運なら、このタイミングで出くわしてしまったのも不運であった。屋敷を脱出しようとする春麗の側にも、目の前に現れた庭師姿の奇妙な女——しかもその俊敏な身のこなしからして相当な遣い手——を敵に非ずと判別できるだけの余裕は無かった。

「チャアアアッ!」

春麗の美脚が床を蹴ったかと思うと、翻ったチャイナドレスの裾から旋風のごとき後ろ回し蹴りが飛んできた。

身をかがめてよけようとした弥生には、開いた太腿の間の純白パンティが垣間見えたばかりで、うなりを上げて襲いかかってきた足の踵の軌道は見えなかった。ガツンと顎が砕けたような衝撃を受け、脳震盪を起こしてよろめいたが、そこは厳しい訓練の賜物。平衡感覚を失いながらも咄嗟に横に跳んで追撃を免れた。すぐに体勢を立て直し、こちらからも攻めたてる。

「とおッ！」

「チャアッ！」

「たあッ！」

「チャアアアッ！」

鋭い突きと蹴りの応酬。ぶつかり合う裂帛の気合いに、まるで鞭をふるっているかのごとく、ビシッ、ビシッと空気の裂ける音が響く。

（つ、強いッ！）

弥生はジリジリと押されていく。

淀みない動きの中から繰り出される素早い技の連続。しかもその一つ一つが剃刀のように鋭い切れ味を持っている。それを懸命に防ぐ彼女の腕も足の脛も腫れあがってすでに感覚が無かった。これほどの遣い手は、先輩の鮎川玲子以外に出逢ったことがない。しかし負けるわけにはいかなかった。

（くッ、こうなったら……）

肉を切らせて骨を断つ。いちかばちか、捨て身の方法しかないと思った。

嵩にかかって攻めたててくる相手の攻撃にわざと壁際まで追い込まれながら、

（今だッ！）

ブンと飛んできた回し蹴りに合わせて踵で壁を蹴り、身を反らせつつ敵の懐へ飛び込んだ。

（もらったあッ！）

反動をつけた正拳突きを、渾身の力で相手の鳩尾に捻じ込ませる。しかし春麗も然る者だ。瞬時に察知し、相手の顎をめがけて放った回し蹴りを変化させ、隙のできた弥生の脇腹に猛烈な膝蹴りを叩きつけた。

ゴキッと不吉な音がして、二人は同時にもんどりうって床に転がった。

「ガ、ガハッ……」

「グアアアッ！」

春麗は鳩尾を打ち抜かれて意識が遠のき、弥生は肋骨をへし折られて足腰が立たぬほど全身を痺れさせてしまった。

異変に気づいて屋敷中から男たちがワラワラと集まってきた。

弥生は一度立ち上がったが、ガックリと膝をついてしまったところをたちまち取り押さえられ、

「貴様、何者だッ⁉」

ポニーテールの髪をつかまれて、無念がる美貌を上向きに晒された。霞んだ視界の中にその様子を見て、

(え⁉……ま、まさか……そんな⁉)

同士討ち……春麗は事の意外さに愕然とする。

「へ、へへへ……女狐同士が……鉢合わせってわけかい」

ひきつった笑いを洩らしているのは、ようやく地下室から這い上がってきた調教師の李だ。壁に片手をついて痩せぎすの体を支え、ゼイゼイと苦しげに喘ぐ顔が脂汗に光っている。「タマ」を潰された彼は復讐心の塊になっていた。

「こいつらをひっくくれ」

しゃがれ声で命じると、

「楊春麗……貴様には生き地獄を味わわせてやる。覚悟するんだな」

充血した眼を憤怒でさらに赤くして、床に倒れている女捜査官を睨みすえた。

第五章　愛する夫の前で

1

一足先に葉山へと向かった弥生を追って、課長の藤森いずみは愛車の大型SUVを駆って湾岸道路を南下していた。

警察庁への連絡と応援要請は済ませた。だが実際に警察が動くのを待ってはいられない。非合法な捜査を依頼し、その存在すら秘匿しているICSとの関わりに、彼らはいつだって及び腰なのだ。現にさっきの電話でも、唯一の窓口である特別捜査室長の澤村は、

「上を説得するのに少し時間がかかりますが……」

と、歯切れの悪い口ぶりだった。

苛立ったいずみは、

「私の大切な部下が、もう五人も行方知れずなのよ！」

と怒鳴り、

「手遅れになって彼女らの一人でも命を落としたりしたら、私はあなたも、あなたの〝上〟の連中も絶対に許しませんからねッ！」

恫喝して電話を切った。

実際警察の動きが鈍かったせいで、あたら若い命を失った仲間を何人も知っている。特に今回の敵は凶悪な中国マフィア。しかもどういう理由からか、最初から自分たちＩＣＳのメンバーを標的にしている。考えたくはないことだが、さらわれた部下たちが無事で済むとは思えない。なかでも心配なのは、最初に失踪した鮎川玲子。厳しい訓練生時代を共に過ごした無二の親友だ。なんとしてでも救い出さなくては……。

黒いラバースーツに身を包んだ美人ドライバーに気づいて、並走していたスポーツカーが幅寄せしてきた。

見るからにチャラい感じの若者が助手席から顔を出し、手をメガホンにして、

「ヒャー！　オネーサン、超カッコいいじゃん！」

と叫んだ。

「俺たちと付き合わない？　いいクラブ知っててんだ。ねえ聞いてる？　ねえってば」

大声でしつこく叫び続けたが、いずみのあまりの無反応ぶりにシラけたらしく、

「気どってんじゃねーよ、オバハン！」

捨てゼリフを吐いて去っていった。

信号停止した時、マナーモードの携帯がブルブルと震えた。スマホのディスプレイに倉科弥生の名が表示されている。

「弥生！　状況は!?」

スマホを握った手が汗ばんでいる。少しでも希望の持てる報告を聞きたかった。

だが耳にあてた携帯から聞こえてきたのは、中国訛りの男の声だ。

『藤森いずみさんだね』

「…………」

『いきなり刺客を送りこんでくるとは、あんたもずいぶん無謀だね。我々の得ている情報によると、moguraのボス・藤森いずみは沈着冷静な女のはずなんだが。フフフ、ひょっとして焦ってるのかい？』

「あなた、誰？　倉科を電話に出してちょうだい」

声の慄えを抑えるのがやっとだった。

弥生の携帯が敵方に渡っている。となると、最悪の事態しか思い描けない。いずみの心臓は破裂しそうなほど動悸した。信号が青に変わったことにも気づかず、後ろの車からクラクションを鳴らされた。

『おや、車の中かい？』

男が訊ねた。

『気の早いことだ。フフフ、では警察にも連絡は済ませたか？　我々とちがって連中はうすのろだから、あんたも苦労するよね』

「いいから、倉科を――」

『あいにくと倉科弥生は、いま電話に出られる状態になくてね。フフフ、彼女だけじゃない。ほかの御婦人がたも手がふさがっていて――いや正確に言うと、ふさがっているのは手じゃないんだが』

男はわざと卑猥な含み笑いをした。

（くッ！）

ハンドルを片手で握りしめて、いずみは歯噛みした。

相手は余裕綽々。追いつめた鼠を猫が前足で弄ぶように、面白がってこちらをいたぶっている。若く美しい人妻捜査官たちが、道徳心の欠片も無い犯罪者たちに捕えられれば、どんな扱いを受けるか、訊かなくとも想像できた。

「目的は何なのッ?」

『そんなことより、あんたの部下の中に中国人とのハーフ女がいるよね』

「………」

いうまでもなく春麗のことだ。やはり彼女も捕えられてしまったのか。

『その女が、こちらでちょいと度の過ぎた〝おいた〟をやらかしてね。うちのボスがえらくご機嫌斜めなんだ。で、上司であるあんたに、日本語で云うところの〝オトシマエ〟をつけてもらおうってことになってね』

「………」

『そうそう。いいものを見せてあげよう。ちょいと待ってな』

ほどなくして、動画の添付されたメールが送られてきた。

その動画を見て、いずみはアッと叫んで急ブレーキを踏んだ。あやうく後ろの車に追突されるところだったが、それどころではなかった。

二人の部下――弥生と春麗が全裸で四つん這いになり、大勢の裸の男たちに囲まれて犯されていた。二人とも前に立った男の剛直を口に含まされ、後ろからヒップを抱えられて激しく揺すられていた。

『分かったかい』

男が告げた。

『あんたが〝オトシマエ〟をつけてくれるならよし。そうでなければ、輪姦が済んだところで、こいつらをあの世へ送る』

美人なんで勿体無いがな、と付け加えた。

いずみは一度逸らした眼を、恐るおそるもう一度動画に戻した。

二人とも白目をむいている。ヌラヌラと汗に光る裸身がレイプの壮絶さを物語っていた。怒張を含んだ口の端から泡を吹き出していて、意識があるのかどうかも判然としない。

(弥生……春麗……)

いずみは胸を締めつけられる思いだ。

部下は家族同然。もちろん見捨てることなどできない。

「どうしろと言うの?」

『K町へ行け』

男の声が命令口調に変わった。

『横浜のK町だ。泉屋という簡易宿泊所がある。その裏手に車を停めて、この携帯に電話しろ』

「分かったわ」

いずみはハンドルを切り、交差点でUターンした。いま来た道を戻る。K町は全国でも有名な横浜のドヤ街だ。そこに何が待っているのかは分からないが、今は敵方の言いなりになるほかない。部下たちを見捨てて自分の身の安全をはかることなど考えられなかった。

一時間ほどで目的地に着いた。

「着いたわ」

車を停めて弥生の携帯に電話をかけると、

『ホームレスどもがうじゃうじゃいるだろう』

受話口の向こうで男が愉快そうに言った。

なるほど有名なドヤ街だけあって、ボロ着姿でうろついている者や、一升ビンを手に地面にしゃがみこんでいる者など、ざっと見渡しただけでも十数人の浮浪者めいた男たちがいる。すでに何人かは、薄汚い路地には似つかわしくない高級

ＳＵＶ車と、運転席にいる女の姿に気づいて、物珍しそうにジロジロとこちらを見ていた。

『降りて服を脱げ』

男が指示した。

『素っ裸になって、そいつらを誘惑するんだ』

「な、なんですって!?」

いずみは耳を疑った。

「どうしてそんな……」

レイプされている部下たちの動画を見た時、自分も捕えられて同じ目に遭わされるかもしれないとは覚悟した。だが、どうして無関係なホームレスたちに肌を晒さなければならないのか？　男の要求が理解できない。

『言ったろ？　オトシマエさ。俺たちに盾突いたバツとして、そこにいるホームレス全員に抱かれるんだ』

「………」

『部下が輪姦されてるんだぜ。上司のあんただけノウノウとしているわけにもいかんだろう。フフフ、違うかい？』

『うちの人間を近くに張り込ませている。あんたが逃げたり逆らったりした時には、可愛い部下が痛い目をみることになる。それを忘れるな』

男はさらに、ホームレスたちを誘惑するための口上まで教えた。

『分かったな？　せいぜい色っぽくケツを振りながら言うんだぜ』

（くうッ！）

さすがにいずみは逡巡した。

こめかみが攣り、携帯を持つ手がワナワナと慄える。こんな往来で裸になり、見ず知らずのホームレスの男たちに身体を与えなければならない。恐ろしさと恥ずかしさに黒いラバースーツの下の肢体がカアーッと熱くなり、下腹や腋下がじっとりと汗に湿った。

「私が言うことをきいたら……部下たちを解放してくれるの？」

『バカ言っちゃいけねえ——だが命に関わるような傷は与えない。それは保証しよう。大事な商品だしな。こちらも出来ることなら大切に扱いたい』

「……分かったわ……約束よ」

どんな手段を使ってでも、必ず部下たちを救い出してみせる。いずみは悲壮な覚悟をした。

エンジンを止めて車から降りると、ホームレスたちをじっと見た。それから路地の左右に立ち並ぶ簡易宿泊所の二階の窓に視線を移動させた。どこかに敵方の人間が潜んでいる。彼女の行動を監視し、電話の男に逐一報告しているに違いない。

エナメルの光沢が眩い黒ラバースーツの美女に、ホームレスの男らはギョッとした目を見開いた。だがもっと驚いたのは、その美女が襟元の引き手をつまみ、前開きのファスナーをためらいながらもゆっくりと下ろしはじめたからだ。少しずつのぞいていく白い胸の谷間に、一体これは現実の出来事なのかと、瞬きするのも忘れて凝視し、仲間同士で顔を見合わせた。その顔がニンマリといやらしく崩れた時、すでに彼らの股間は大きくテントを張っていた。

いずみはラバースーツの上衣を脱ぎ、吸い寄せられたようにこちらへと迫ってくる男たちの熱い視線から目を逸らしながら、同じく黒いラバーのショートパンツも脱ぎ捨てた。そこでようやく決意の表情をキッと上げると、

「皆さん、私、藤森いずみは、欲求不満のスケベな人妻です」

一糸まとわぬ全裸姿で、男に指示されたとおりの口上を述べはじめた。

「夫との夜の営みだけでは、満足できないんです。どうかムチムチに熟れた私のこの肉体を、煮るなり焼くなり、皆さんで好きになさってください」

息も継がず一気に述べたてると、知的な美貌は羞恥で真っ赤に染まった。色っぽく尻を振りながら言えと命じられているが、さすがにそれは無理だった。

「マジかよ、奥さん？」

「本当に俺たちに犯られてえのか？」

「テレビの〝ドッキリ何とか〟じゃねえよな？」

ホームレスの男たちはヨダレを垂らさんばかりの顔をして、いずみの裸身を取り囲みつつも、手を出すのを躊躇っている。彼らが半信半疑なのも無理はない。ショートカットの似合ういずみの顔は理知的で勝ち気。女優だと言われればなるほどと頷けてしまう品のいい美貌であり、とても「欲求不満のスケベ女」には見えないからだ。

しかし肉体の方はというと――恥じ入って左手で白い胸のふくらみを、右手で太腿の付け根を押さえ、片肢を「く」の字に曲げて懸命に女の茂みを隠そうとする姿態がかえって人妻の豊満に熟した官能ボディの悩ましさを強調してしまっている。背後へ回れば、もうこれはふるいつかずにはいられない、ツルツルのむき玉子を連想させる大きくて色っぽいヒップの双丘に視線を吸い寄せられる。たしかにこの肉感味ならば夫一人では満足できないかもしれないと、女に飢えたホームレスの男たちは手前勝手な解釈をするのであった。

「なんてケツしてやがる。へへへ、たまんねえぜ」

こらえきれなくなった一人が後ろから近づくなり、裸の双丘を鷲づかみにした。

「あッ、いやッ」

ビクッとして背を反らせ、いずみが思わず声をあげたのが開始の合図であったかのように、男たちは一斉に彼女の肢体に手を伸ばしてきた。

2

「いやッ、やめて!」

たわわな胸と、美しくくびれた腰、充実した太腿とその隙間、柔らかい尻の丸みと匂い立つ双臀の谷間。ホームレスたちの手は至る所に伸び、いやらしく撫でまわしてくる。いずみはたまらず身をよじりたて、「いやあッ」と金切り声をあげた。

防ごうと思えば防げなくはない。当て身を食らわせて数人を蹴散らせば、逃げおおせることも難しくはないだろう。だがそれは許されなかった。まとわりついて裸身をまさぐってくる男たちの中にいるのか、それともどこかでこっそりと観察しているのかは分からぬが、中国マフィアの手の者が自分の行動を監視している。彼らの意に逆らえば部下の命が危険に晒されると思うと、どんなに恥ずかしいことをされようともいずみはひたすらそれに耐えるしかない。だがそうはいっても、柔らかくもつれ合う下腹の繊毛をつまんで引っ張られたり、尻割れから股間の奥に潜りこんできた不潔な手で恥ずかしい割れ目を撫でさすられたりしては、とてもじゃないが、じっとしてはいられなかった。

「ヒイッ、ヒイイッ」

金切り声をあげて悶えるいずみに、

「押さえつけろ！」

苛立ったように誰かが叫んだ。

いずみは数人がかりで仰向けに押さえつけられ、手足を伸ばした裸身を磔のように地面に横たえられてしまった。格闘技の心得のある女捜査官も、こうなってしまってはどうすることもできない。

「は、放してッ、いやッ」

「ヘッヘッ、好きにしてくれって言ったのは、奥さん、あんたのほうだぜェ」

身の丈は百九十センチ近くあるだろうか、体格のいい中年男がいずみを跨いで仁王立ちになり、汚れたブリーフと一緒に作業ズボンを下ろした。

ビィーンと音を立てんばかりに上向いた剛直は驚くほどの長大さだ。何ヶ月も風呂に入っていないせいか、張り出したカリの周りに黄白色の恥垢がこびりつき、プーンと饐えた臭いを放っている。

「このデカいのをブチ込んでやる……いや待て。いきなり挿れて裂けられても気の毒だ。少し可愛がってからにするか」

どうやら男はボス格らしい。砂糖にたかる蟻のように人妻の熟れた肉体に群がったホームレスたちは、彼の言葉に従って一斉に愛撫の手を伸ばしてきた。その数十数人。一度に全員は無理なので、半数ほどは周りを囲んで覗きこむ。

「いやッ、ああッ、いやッ」

左右から伸びてきた手に乳房を掴まれ、豊満な双丘をタプタプと揺するように揉みたてられる。ショートカットの美しい髪を撫でまわす手。形のいい耳たぶをつまんで引っぱる手。何人もの手——そして指が、人妻の腋下の窪みや脇腹をくすぐり、股間に萌える漆黒の繊毛を代わるがわるに弄んでくる。

「やめてえええぇッ」

やりたい放題の男たち。あお向けで四肢を拘束されてしまっているいずみは、上気した理知的な顔を左右に振ることと、狂おしく腰をよじりたてること以外に為すすべがない。

「ひいッ、ひいいッ」

ヘソ穴を指先でくすぐられる。開かされた太腿の白い肉を、愛おしむように執拗に撫でさすられた。尖り勃った乳首を左右交互に引き伸ばされて、グリグリと指の腹でしごき抜かれた。

徐々にヒートアップしてくる男たちの淫らな愛撫に、

（く、くううッ……）

いずみの理知的な美貌が焦りにゆがんだ。

一見思うがままにまさぐっているかに見えるが、まったく抑制が無いわけではない。秘毛をつまみあげ、そのビロードのように柔らかい感触を愉しみはしても、あるいは指先を刷毛のように使って鼠蹊部に淫らな刺激を加えはしても、いずみが最も恐れるその部分にだけは触れてこないのだ。ボス格の男の統率のもと、ねちっこい愛撫で女の官能を焙りたて、気を高ぶらせようとしている。

無防備な女体をそんなふうに責められて、

「へ、変態ッ……あぁッ」

羞恥と狼狽に、素っ裸のいずみは惑乱していく。どこから現れたのか、ホームレスたちの背後にスーツ姿の目つきの悪い男がしゃがみこんで、一人一人に囁きかけては手にしたプラスチック容器の中の白い軟膏を指先にこっそりと掬いとらせていることにも気づかなかった。

(うッ、うッ……あああッ)

執拗な愛撫に肌を火照らせ、のたくりはじめたいずみの女体に、ホームレスたちの手で怪しい軟膏が塗り込められていく。首筋、乳房、腋窩に脇腹、白い太腿の内側と鼠蹊部——尖り疼く乳首の根元や、ヘソ穴の凹みには特に念入りに擦り込まれた。

効果はてきめんだ。

「あ、あァ……ハアアッ」

身体の芯からジーンとこみあげてきた熱い疼きに、いずみはルージュに濡れた唇を開いて喘ぎはじめた。

（あ、熱い……身体が……あああッ）

のたくる裸身が汗に光る。どこもかしこも、男たちの手が這う箇所が燃えるように熱かった。

（どうして……どうしてこんなッ？　あああーッ！）

深夜の往来でホームレスの男たちに辱しめられ、火柱のように燃え盛っていく自分の肉体が信じられない。

男たちが入れ替わった。最初のメンバーが手を引き、替わって後ろから覗いていた連中がいずみの裸体を押さえつける。人が入れ替わっただけではなく、責め方も変化した。手のひらと指による愛撫に変わり、唇と舌を使った、より濃厚で陰湿な愛撫がいずみの熟れ肉を嬲りはじめた。

「そんな……あううッ……い、いやッ」

媚薬を塗り込められた柔肌を、男たちの舌が這いまわる。乳房のふくらみはむろんのこと、熱く蒸れた腋下の窪み、汗のたまったヘソ穴、ブルブルと震える太腿の内側——股間の秘めやかな部分だけを除いて、ベトベトした舌が責めたててこない場所はない。ニュロリニュロリと舐めまわされる各所から、おぞましさと入り混じった快感のさざ波が拡がっていく。それに加え、チュッ、チュッ――。

尖り勃ってしまった乳首を代わるがわるに男たちの唇で吸われて、いずみは胸を反らし、今にも気をやらんばかりに泣き悶えた。

「ヒッ、ヒイイイッ」

「へへへ、こいつはたまげた」

「欲求不満だと自分で言うだけあって、すんげえ感じようだ」

「見ろよ、こんなに腰が痙攣してるぜ」

「早くブチ込んでくれってか？　へへへへ」

男たちはもう待ちきれない。誰も彼もが早く人妻を抱きたくて、急かすように一番槍の男を見上げる。

「よしよし、フフフ」

ボス格の男は嬉しそうにうなずくと、人妻をまんぐり返しに転がせとジェスチャーで示した。

「いやあああッ！」

とらされたあられもないポーズに、いずみは悲鳴をほとばしらせた。その瞬間には捜査一課のリーダーではなく、一人の弱い女になっていた。

「ダメっ、ダメぇッ」

男のそそり立つ長大なペニスの先から、粘っこいカウパーがしたたっている。太い静脈を浮かせた怒張の先端部を押し当てられ、人妻の腰は恐怖におののき慄えた。

「フフフ、濡れてるじゃねえか」

矛先で花びらを捲り返すようにして、男はせせら笑う。

「ウェルカムってことだろ、奥さん？　フフフ、そうだよな？」

ヌルヌルの粘膜の構造が妖しい。花弁も奥もしっとりと女露に濡れ、処女のように綺麗なピンク色をしていた。襞の数も多く、見るからに味が良さそうな媚肉だ。

「許してッ」

いずみが首を横に振って声を絞った。だが哀願の叫びもむなしく、

「食らえッ」

男の腰がズブズブと沈んでくる。

「キイイーッ！」

金属的な悲鳴と共に、まんぐり返しに拘束されたいずみはうなじを反らせた。

キリキリと捻じれる身体に痙攣が走る。それはいずみが経験したことのないほど深く重い挿入だ。

「ウアアアッ」

すさまじい圧迫感に引き裂かれた後、ズンッと最奥を押し上げられ、いずみは気を失いそうになった。

「へへへ、入ったぜェ、奥さん」

「あううッ」

「亭主のと比べてどうだい？　満足してもらえたら嬉しいがな」

ヌッと眼前に迫ってきた男の顔を見返すことができず、いずみは顔を横にねじって目をつむった。

「い、いやあッ」

汚された……夫とは比較にならぬ逞しさに、かえって夫を裏切ってしまったという思いを味わわされてしまう。これまで幾度となく捜査中に危ない目に遭いはしたが、貞操を奪われたことはなかった。

(あなた……許して)

きつく閉じ合わせた睫毛の間から、溢れ出た涙がツーッと頬をつたい流れた。

「へへへ、嬉し泣きするのはまだ早いぜ。腰が抜けるまで可愛がってやるからよ」

根元まで剛直を埋め込んだまま、男が耳元に囁きかける。それからゆっくりと腰が動きはじめた。

「いやッ！　よしてッ！　あッ、あッ……うぅぅん」

張り裂けるような圧迫感——がしかし、さほどに長くは続かない。苦痛が薄らいでいくにつれ、痺れるような感覚——望まない甘美な感覚が、ツーン、ツーンと身体の奥からこみあげてくる。

（ダ、ダメっ）

犯されて感じるなんて……。

秘肉を深くえぐられながら、いずみは懸命に抗おうとした。

（いやッ、いやよッ、絶対にッ）

声をあげまいと歯を食いしばり、ショートカットの似合う勝ち気な美貌をグラグラと振りたてた。

「おお、こいつは——フフフ、いいオマ×コしてやがる。たまんねえよ」

妖しいざわめきを示しながら人妻の媚肉が絡みついてくる。よってたかっての愛撫の効果であろう。軟体動物を連想させる秘壺のとろけきった感触に、男の腰の律動は力強さを増した。それッ、それッとリズミカルに打ち込みつつ、

「どうだ、奥さん。あんたも気持ちいいんだろ？　へへへ、キスしようぜ」

髪を掴み、上気して赤らんだ美貌を正面に向かせると、噛みしばった唇を奪おうと顔を近づける。

（い、いやッ）

わずかに顔をそむけ、いずみはかろうじて口唇の貞操を守った。だが深く貫かれている身体はどうすることもできない。熱い女のぬかるみに極太のペニスをズボズボと抜き差しされていれば、身体の深いところから肉の悦びがこみあげてきて、いやでも気が高ぶっていく。夫からは与えられたことがない強烈な快感に、噛みしばっていた唇を開いて、

「あうッ、いやっ、あううッ」

と、兆しきった声をこぼしてしまう。このままでは唇を奪われてしまうのも時間の問題だ。それが証拠に、あえぎまじりの嬌声はますます甘く響き、振りたてる美貌にも恍惚感が滲んでいる。

「ああッ、あううッ、ああッ、あああッ」

もうどうしようもないまでに惑乱しきった人妻の悶絶に、

「へへへ、こいつ、狂いだしやがった」

「無理もねえ。源さんのデカマラをズッポリ咥え込まされたんじゃあなァ」

「しかもこのナイスボディだ。狂うなというほうが無理だろうよ」

順番を待つ男たちも手をこまねいてはいない。まんぐり返しで揺すぶられるいずみの白い肢体に四方から手を伸ばし、ところ構わず粘着質な愛撫を加える。なにせ相手は女優かと思うほどの美しい人妻。ホームレスの自分たちにこんなチャンスなどまずあるものではない。

「ヒーッ、ヒイイーッ」

悶絶するいずみはもう我を忘れていた。

目の前に男女の結合部が見える。折り曲げられた腰がバウンドするほどのパワフルな抜き差しに、めくり返される秘肉は赤くただれて花蜜に濡れている。クリトリスの包皮も完全に剝け、珊瑚色にヌメ光る肉芽を露呈させてしまっていた。

(もう……もうダメえええッ！)

骨の髄まで痺れるこの激しさと比べれば、夫との営みなどセックスの真似事に過ぎなかった。

桁違いの快感がうねりながら襲いかかってくる。

アヒイイーッ！

いずみは身も世もない歓喜の声をあげ、貫かれた裸身に痙攣を走らせた。アクメを告げる膣肉の収縮に、男もこらえきれなくなった。ヌオオーッと呻いて身を反らすと、灼熱したペニスがスポーンと花芯から抜け、上向きに茎を跳ね上げるなり熱い白濁汁をビュルルルーッと噴いた。ほとんど同時に、いずみの開いた割れ目から透明な液体がまるで噴水のように噴出した。絶頂に達したのと同時に潮を噴いたのだ。

オオーッ！

恍惚に呑まれた人妻の顔面がビショ濡れになったのを見て、ホームレスたちが歓声をあげた。

「次は俺だ」

「バカ言え。俺の番だ」

ボス格の男が射精すると、もはや統制はきかない。つまりは早い者勝ち。序列の無いホームレスたちは我れ先に人妻の白い裸身に襲いかかった。もみくちゃにされつついずみは四つん這いの姿勢をとらされ、もたげさせられた双臀に後ろから男の剛直を突き入れられた。アーッと叫んだ口にも前から肉棒が捻じ込まれる。壮絶極まりない輪姦劇の開始であった。

3

窓の無い地下室。

コンクリートの冷たい床に裸身を横たえ、うつらうつらしているいずみはもう時間の感覚を失いつつあった。

K町の路地裏でホームレスたちに輪姦されているうちに気を失ってしまった。意識を取り戻したのがここ。簡易ベッドと便器しかない鉄格子の牢である。後ろ手に手錠をかけられた彼女は、商品として男を喜ばせる身体に調教するとのことで、ステテコ姿の中国人から連日卑猥な色責めを受け続けた。両手を使えないため、膝と肩でつんのめるように床に這い、金属の器に顔を入れて食べる粥だけの食事の回数からすると、たぶんまだ数日しか経っていないはずだが、感覚としてはもっと長い時間が経過したような気がしている。

（みんな……絶対に助け出してあげるからね）

春麗、弥生、玲子……朦朧となった意識の中でも、ずっと六人の部下たちのことを考えていた。捜査一課の上司として、自分には彼女たち全員を家族のもとに帰す義務と責任がある。たとえ命にかえてでも……。

警察は動いていてくれるのだろうか？　あの本牧ふ頭の中国人の身柄は確保されているはず。ならばこの場所だって割り出せるはずなのだ。問題は上の人間にその気があるかどうか……。

（信じるしかない……信じて待つしか、今は……）

ガタンと閂が外される音がして、数人の手下たちと共にステテコ男が入ってきた。今日はどんな恥ずかしい目に遭わされるのか、いずみは無理やりに箝口具を嚙まされ、ショートカットの髪を摑まれて牢の外へ引きずり出された。

連れていかれたのは、二メートル四方くらいしかない狭い個室だ。正面の壁全体が鏡張りになっている。その壁を前に、いずみは後ろ手のまま跪かされ、尻をもたげた格好で前につんのめる姿勢を強いられた。ステテコ男が手際よく彼女の左右の足首に縄を巻きつけ、身動きできないように後ろ手の手錠に括りつけた。

ステテコ男が部屋を出ていくと、不自然な格好のまま放置されたいずみは、

「ム、ムウウウッ」

箝口具を噛んで呻きながら、拘束された裸身をよじりたてた。

(何をするつもりなのッ?)

わざわざ鏡の前で縛りあげて放置して、一体どういうつもりなのか? 丸裸で縛り上げられている自分の惨めな格好を観察させて、じっくりと恥辱感を味わわせようというのだろうか?

(ク、クウウッ……)

たしかに屈辱だった。ただ裸で縛られているだけではない。彼らに捕えられてからというもの、数時間おきにステテコ男の手で秘部(とくにクリトリス周辺)に怪しげな軟膏を塗りたくられている。強力な媚薬の調合された塗り薬のせいで、調教を受けていない間もいずみの身体は発情状態におかれ、こうやって身をよじりたてただけで泣きたくなるほどのせつなさを味わわされる。かといって、じっと動かずにいると、ジワジワと高まる掻痒感に苛まれ、気が狂いそうになるのだ。

現に今も、

(うッ、ううッ……うぐぐッ)

肉の芯を焙られるやるせない感覚に、いずみは脂汗の浮かんだ美貌をのけぞらせ、そんな自分の発情した牝顔を目の前の鏡の中に見せつけられている。

（でも負けない……絶対に……）

きっと部下たちも同じ目に遭わされている。そして自分と同じように、負けないと心に誓っているに違いない。私たちは勝つ。どんな辱しめを受けようとも、必ず連中を捕えて法の裁きを受けさせる。それが私たち潜入捜査官の使命なのだから。

キリキリと箝口具を食いしばって、いずみが鏡に映る自分の顔を見据えた時、不意に部屋の灯りが消えた。

（こ、これはッ!?……）

いずみは驚いた。

目の前の壁の向こう側——ほんの五十センチしか離れていないと思われる位置に、見知った顔——鮎川玲子の苦悶にゆがんだ顔があった。壁一面の鏡はマジックミラーになっていて、部屋を暗くすることで隣の個室が見えるようになっていたのだ。

「ムウウウーッ！」

（玲子おおッ！）

箝口具を噛んだまま、いずみは叫びをくぐもらせた。むろんその声は隣室に届きはしない。いずみと同様に素っ裸。双臀をもたげた惨めな格好で拘束されている玲子の箝口具を噛まされた美貌が悶絶の汗に光っているのは、やはり女の核心に媚薬軟膏を塗りつけられているからに違いない。

「ムウウウーッ！」

もう一度いずみが悲痛な呻きをあげた時、部屋の灯りがパッとついた。光の反射で壁は鏡に戻り、親友である玲子の代わりに自分自身の姿を映しだした。

だがいずみは知っている。まさにいま隣の部屋の灯りが消えており、玲子の側からこちらの部屋が——自分の惨めな姿が丸見えになっていることを。

その推測が正しかったことを証明するように、再びこちらの部屋の灯りが消えると、目の前の玲子の顔が驚愕の瞳を見開いていた。箝口具を食いしばり、こちら側に向かって何かを訴えるように首を振っている。賢い玲子のことだ。自分と同様に、すでにマジックミラーの仕組み——一方が見ている間は、他方は相手を見ることができない——に気づいているに違いなかった。

（くうッ……卑怯なッ！）

惨め極まりない再会を自分たちに強いる犯罪者どもの卑劣な意図に、いずみは憤死せんばかりだ。

だが彼女は甘かった。敵を徹底的に痛めつけて叩きつぶす中国マフィアのやり口は、彼女の想像をはるかに超える残酷なものだった。その鬼畜とも言うべき手口とは——。

目の前の隣室のドアが開いて、尻をもたげた玲子の後ろから、押し込まれるようにして一人の男が入ってきた。

全裸で黒布の目隠しをほどこされているその顔を見て、いずみは心臓が止まりそうになった。

「ムウウウーッ！」

（あ、あなたあッ！）

あろうことか、男はいずみの夫、義明であった。

「ムウウッ、ムウウッ」

もちろんいずみの呻き声は隣室には聞こえていない。自分のせいで攫われた夫の姿を壁越しに見せられながら、

「ムウウウーッ！」

いずみは拘束された裸身を闇の中で悶えさせるばかり。

そんな彼女の目の前で、目隠しをとってはならぬと命じられている全裸の義明は、ヨタヨタと心もとなげに前へ進み、虚空を手さぐりするようにして玲子の裸の双臀を後ろから摑んだ。

ヒッ、と玲子がヒップをこわばらせる。

義明は口ごもりながら何か言っている。

声は聞こえずとも、読唇術をマスターしているいずみには、夫の語っている言葉が読みとれた。

すみません、すみませんと、玲子のもたげた双臀を後ろから摑んだまま、彼は懸命に詫びていた。

何者かに理由も分からず攫われた。あなたを犯して感じさせないと、妻の命がないぞと脅されている。どこのどなたかも知らないあなたには本当に申し訳ないけれども、妻の命を守るためなのです、どうか許してください、と、そう告げる義明のペニスは薬でも打たれているのか、いずみが見たこともないほど逞しくそそり立ち、真っ赤な肉の傘を驚くほどに開いている。

その熱い矛先をヒップの亀裂に這わされた玲子が、箝口具を嚙んだ美貌を反らし、光沢のある黒いストレートヘアを狂ったように振り乱した。「いやッ、いやッ」と懸命に拒絶しているのが分かる。

「ムウウウーッ！」

（あなた、やめてえええッ！）

無駄と知りつつも、いずみは喉を絞って叫ばずにはいられない。愛する夫の義明が、自分の部下であり親友でもある鮎川玲子と肉の交わりを持とうとしている。もちろん強いられてのことであり、妻である自分を守りたいがためだ。それでも……それでも耐えがたいことだった。

（ムウウッ！　ムウウウーッ！）

悲痛に呻き悶えるいずみの目の前で、夫である義明がググッと腰をせり出し、玲子の中へ押し入ったのが分かった。

恐ろしいまでに深く挿入したであろうことは、箝口具を食いしばってのけぞる玲子の凄艶な表情から想像できる。

すみません、すみませんと謝りつつも、義明は腰を使いだした。その様子を隣室の妻に見られているとも知らず、夢中になって玲子のヒップを突きえぐる。その放埓な腰の動きが、いずみの知る夫のそれと違って獣的な猛々しさを帯びているのは、玲子の妖しい媚肉に魅入られてしまったからなのか。

いや、そう思いたくはない。薬だ。やはり薬を打たれているせいなのだ。絶対そうに決まっている、と、狂ったように腰を揺すりたてる夫を見ながら、いずみは懸命に自分に言い聞かせた。

玲子は顔を伏せ、唯一自由のきく首をしきりに振りたてている。

親友に見られながら、なすすべもなく男に犯される。女としても、潜入捜査官としても、その屈辱は察して余りある。だが玲子はまだ知らないのだ。自分を犯しているその男が、隣室からこちらを見ている親友の夫であることまでは。

その玲子が、クウッと感極まったように箝口具を噛んだ顔をのけぞらせた。被虐美に彩られた凄艶なその表情に、必死に快感に抗おうとする女の懊悩をいずみは見た。

（いやッ！）

いずみはたまらず目を閉じ、顔をそむけた。

夫と交わり、肉の悦びを感じている親友が許せない。

（ひどいわ、玲子ッ）

仕方ないことだとは分かっている。自分だって今、媚薬軟膏を塗り込められた女芯が疼いて疼いて、もうどうしようもないほどなのだ。もしもいま、玲子がされているように男の太くて硬いイチモツで後ろから責めたてられたら……ああ、考えただけで興奮に脳が灼け、もたげたヒップをクナクナとよじりたてずにはいられない。

（あ、あなたッ……）

目を閉じていると、夫と玲子が思うさまに快美をむさぼり合っている光景が極彩色の万華鏡のように頭の中にひろがっていく。耐えられなくなったいずみが慄える睫毛を恐るおそる持ち上げると、すでに部屋の照明がついていた。

いずみの視界にあるのは、自分自身の悲痛な顔だ。だがその顔の映る鏡の向こう側で、愛する夫は親友の玲子を後背位で犯している。犯されながら、玲子は私のこの顔を見ているにちがいない。絶望と嫉妬にまみれた、哀れで醜い女の顔を。

と、その時、いずみの後ろで鏡に映っている扉が開いて、男の姿が現れた。

黒布で目隠しをほどこされた全裸の男は、やはり異常なまでにペニスを勃起させている。ヨタヨタと進み、驚愕するいずみの裸の双臀をがっしりと摑んだ。

（ま、まさか……ああッ！）

いずみはショックで雷に打たれたようだった。

なぜ今までそれに気づかなかったのか。玲子と二人このような仕掛けをした部屋に入れられた理由が今こそハッキリした。自分の尻を後ろから抱えこんでいるこの男性は、攫われた玲子の夫に違いない。どこまでも残酷な中国マフィアの連中は、血も凍るおぞましい夫婦交換プレイを企んでいる。

「ムーッ！　ムムムーッ！」

（やめてッ！　やめてえぇッ！）

狂乱して裸のヒップを振りたてるいずみに、男性はいずみの夫が言ったのと同じような言い訳を語りはじめた。語りながら、いずみのヒップの奥、媚薬軟膏の効き目ですでに湿りを帯びている媚肉の合わせ目に灼熱の矛先をあてがってきた。

「ムムムーッ！　ムムムーッ！」

（ダメっ！　玲子が……玲子が見ているのよッ！　お願い、気づいてッ！）

いずみはショートカットの髪をちぎれるほどに振りたてて暴れた。

（ダメっ！　絶対にダメえッ！）

こちらの部屋に灯りがついている今、目の前の壁は鏡になって、隣室の様子を窺い知ることはできない。が、いずみには分かる。五十センチほどしか離れていない壁の向こう側で、いずみを犯そうとする自分の夫の姿を見た玲子が、ショックで半狂乱に陥っているであろうことが。

(いやあああああッ!)

鷲づかみにされた双臀の狭間に、灼けた熱鉄が押し入ってきた。ただれた粘膜を容赦なく擦りあげながら、恐ろしいまでに深く沈んでくる。ズンッと最奥まで届いたが、まだ止まろうとはしない。矛先で子宮口を押し上げられる凄まじい感覚に、いずみはうなじを反らして汗に光る顔を鏡に晒した。

「ムグフウウウウッ!」

身体の中心を幾度も火が走る。全身に熱湯の汗がにじみ出た。身動きできぬ体位のまま深々と貫かれてしまったいずみは、足の爪先を折り曲げ、土踏まずをキリキリとたわめた。

「ムウッ! ムウウウッ!」

(いやッ! 抜いて! 抜いてえぇッ!)

いずみは首を振って必死に拒もうとする。が、玲子の夫には伝わらない。熱く濡れた秘壺の感触と、生まれて初めて女を犯した興奮とで理性を喪失してしまったのか、オオッ、オオッと獣じみた声を発しながら、待ちきれぬかのように腰を使い始めた。その姿を隣室で犯されている妻に見られているとも知らず——。

4

（そんなッ……ああッ、そんなッ）

いずみは惑乱し、ショートカットの髪を乱してグラグラと頭を振った。

親友の夫に犯されてしまったショック——だが哀しみに浸る暇もなく、逞しい肉の突き上げに責めたてられる。

（ああッ、ダメっ、そんなに……そんなに強く……ダメっ、あああッ）

すでに媚薬の効き目で熱く滾っている蜜壺を、男の硬い肉杭でこれでもかとばかりに抜き差しされる。息が止まるほど深く突きえぐられたかと思うと、張り出したカリで柔肉の襞を捲り返しながら剛直が引かれる。突かれては引かれ、突かれては引かれ——その烈しい往復がもたらす肉の摩擦が、得も言われぬ快美を生むのだ。

（ダメっ、ああッ、ダメえぇッ）

耐えなければ——そう思えば思うほど情欲の渦に巻き込まれていく。力強くリズムを刻み始めた肉のストロークが、いずみの官能の芯を貫き、揉み込み、揺すりたててくる。

（あうーッ！　た、たまんないいッ！）

めくるめく肉の快美感に、いずみは箝口具を噛んで呻き悶えた。こんな顔を親友に見られたくない。だがどうしようもなかった。

玲子、ああ許してッ……。

強いられた夫婦交換（スワッピング）――異常すぎる状況が興奮を呼ぶのだろうか、これほどまでに深く感じたことはなかった。ヌプッ、ヌプッと容赦なく最奥をえぐりたてられ、熱く濡れた粘膜を掻きまわされる快感――壁の鏡の向こう側で呻き泣いている玲子の声を頭の中に聞きながらも――不甲斐無い自分に恥じ入りつつも――いずみは骨まで溶けただれる肉の喜悦に全身を震わさずにはいられない。

許してえッ！

もう一度胸の内で泣き叫んだ時、また部屋の灯りが消え、薄桃色の官能のヴェールに霞んだいずみの視界に、再び隣室の光景が現れた。

見たくない光景だ。荒々しい突き上げで前に押され、汗に光る美貌を鏡にピタリと押しつけている玲子は、望まぬ喜悦に箝口具を食いしばりつつも、瞳からは哀しみの涙を溢れさせていた。すでに彼女も知ってしまったのだ。自分を犯している男が親友の夫であるという恐ろしい事実を。

その泣き濡れた表情から、そして玲子の尻を摑んだまま身をのけぞらせている夫の様子からも、今まさに夫の義明が玲子の子宮に熱い精を注いでいる最中なのだということが知れた。

(あ、あなたッ……)

箝口具を嚙んだ妻のいずみが隣室でムーッと嗚咽をくぐもらせていることも知らず、大量の精を玲子の体腔に注ぎ入れた義明は、恍惚に火照った目隠しの顔を上向かせてハアッ、ハアッと肩で息をしている。が、驚いたことにまだ飽き足りぬらしく、汚辱に慄える玲子の豊満なヒップに、勃起を保ったままの肉棒を再び突き入れ始めたのだ。それもそのはず、彼は自分を拉致した正体不明の男たちから、女が気をやるまで犯し抜くよう命じられている。

「ムムムーッ!」

玲子が悲痛に呻き、目を見開いたまま額を壁に擦りつけた時、こちらの部屋の灯りがついた。

「ムーッ! ムーッ!」

目の前に、鏡に映った自分の顔があった。ああ、今度は私が見られている……そう分かっていても、火にくるまれていく自分自身をいずみはどうすることもできない。何かに憑かれたような剛直の抜き差しは、灼熱した鉄棒で内臓を掻きまわされているかと錯覚するほどだ。肉がただれ、骨が痺れる。結合部は熱い快感の噴火口となってドロドロのマグマを溢れかえらせていた。不自然な姿勢で拘束されているいずみにはのたうつことも許されない。ブルブルと双臀を震わせ、箝口具を噛んだ顔を狂おしく振りたてるばかりだ。

「で、出るッ！」

尻肉にキリキリと指を食い込ませ、目隠しされたまま玲子の夫が叫んだ。

「ムヒイイーッ！」

（ダメええええッ！）

錯乱の中でいずみは呻いた。

玲子が……玲子が見ている。自分が味わった口惜しさを、親友の玲子には味わわせたくない。そう思う心とは裏腹に、身体の芯は引き攣るような収縮を繰り返している。まるで男の精を絞りとると同時に、さらなる肉の悦びを貪ろうとするかのごとくだ。

貝類のそれに似た甘美な収縮に耐えきれず、

「ウオオオーッ」

野獣のように吠えた男が、ドッとばかりいずみの中に精を放った。

汚辱の熱湯が最奥を灼くのを感じながら、いずみはワナワナとヒップを震わせた。

（アヒイイイーッ！）

身体の深部を鋭い快感が貫いたが、箝口具を食いしばって必死にそれに耐えた。気をやるわけにはいかない。玲子の夫に犯されて悦びを極める。そんな姿を玲子に見せるわけにはいかない。それは玲子への友情の証しであり、自分自身の最後のプライドを守ることでもある。玲子だってきっと同じ思いのはずだ。

ドクッ、ドクッと間欠泉のように噴き出す熱い樹液に子宮を灼かれつつも、いずみはどうにか瀬戸際で崩壊を免れた。

だが――。

（あぁッ、そんなッ……）

大きく見開いた瞳に狼狽の色を浮かべて、いずみは箝口具を噛んで汗ばんだ美貌をこわばらせた。

思うさまに吐精したはずの男性自身に萎える気配が全く無い。相変わらずの異常な逞しさと反りを保ったまま、いずみの中で動きはじめた。しかも一度吐精したことで余裕が出たのであろうか、目隠しをとることを許されない男は、徐々に抽送のペースを速めながら、もたげられたいずみのヒップの双丘を両手で包み込むようにして撫でまわしてくる。

（くうッ、こんな時に……や、やめてッ！）

自分の妻の安否さえ定かでないのに、そんな恥知らずなことをする相手が信じられなかった。壁越しに見ているであろう玲子の気持ちを思うと、不憫でならない。だが許せないと思う気持ちと身体の反応は別だ。いやらしくヒップの丸みを撫でさすられながら、熾火のくすぶる熱い秘壺をヌプリ、ヌプリと剛直でえぐられると、辛うじて瀬戸際で持ちこたえた女体は嫌でも官能を燃え上がらせてしまう。

（やめて……もうこれ以上は）

勢いを増して快感を送り込んでくる逞しい腰ピストンに、いずみの身体はたちまち火にくるまれていく。こみあげてくる淫らな疼きに、いけない、ダメよッ、と自分を叱りつけても、暴走する女体を押しとどめることはもはや出来ない。

（ううッ、こんな……こんなことって）

津波のようにせり上がってくる快感に身も心も溶けただれていく。振り払うように頭を揺すりたて、

（あなた……玲子……許してッ）

夫と親友に向けて詫びたのがせめてもの抗いだった。

襲い来る愉悦の大波に押し流されて、我を忘れてしまったいずみは、

「ムウッ、ムウ、ムウウッ！」

（いいッ、ああ、いいわッ！）

あさましすぎる狂喜の叫びを、噛みしばった箝口具に重くくぐもらせる。うなじを反らして顔を上向かせた瞬間、部屋の灯りがスッと薄らいだ。消えたのではなく薄れたのだ。同時に隣室の照明も薄く灯されたのであろう。両側から半透過状態になったマジックミラーの表面に、二人の人妻捜査官はこちらとあちらの部屋の光景を重ねて見なくてはならない羽目になってしまった。

（ああッ！）

エクスタシーの高みに達しかけつつも、いずみは強いショックを受けずにはいられない。

玲子の夫が自分にしたのと同様に、いずみの夫も玲子の裸のヒップを夢中になって撫でまわしていた。豊満な双丘をいやらしく両手で愛撫しながら、渾身の力を込めて下腹を打ちつけている。目隠しをほどこされている顔には、いずみが見

たこともない下卑た表情があった。

（やめてッ、あなた、そんなことしないでッ）

夫の裏切りを目の当たりにした気持ちだった。そして玲子——箝口具を噛みしめた顔に恍惚の表情を浮かべ、今はもう誰はばかることなく肉悦をむさぼっている親友の玲子のことも許せなかった。

（ううッ、けだものおッ……）

誰もかれも——もちろん自分自身も——地獄に落ちてしまうがいい……自暴自棄になったいずみが身も心も牝に堕ちきるのに、ものの数分とかからなかった。ただれるような肉悦に身をゆだねると、親友の夫を少しでも深く咥え込もうと、不自由な裸身をよじりたてる。

（あうッ、あううッ）

深くえぐり込んでくる抽送のピッチは、いずみに息つく暇も与えない。

搔き混ぜられる身体の奥が火になっていく。

（あううッ、凄い、凄いわッ！）

総毛立つほど強烈な快感に、もう玲子の目も気にならなかった。いや玲子の方にもこちらを気にしている余裕はなさそうだ。共にムッチリと張ったヒップを相手の夫に突きえぐられながら、ドロドロした愉悦の渦に呑み込まれ、瘧にかかったように全身を震えさせている。

二度目の射精が近いとみえ、パワフルなオスの律動がさらに勢いづいてきた。

（あぁッ、イクっ！）

（イクううぅッ！）

理知もプライドもかなぐり捨てた二人の人妻捜査官は、牝啼きの声をくぐもらせてついに頂点へ昇りつめた。

（ヒイイイーッ！）

（アヒイイーッ！）

眉間を狭め、ギリギリと箝口具を食いしばる凄艶な顔を壁越しに突き合わせたまま、断末魔の痙攣にうち震えるいずみと玲子。相手の夫の精を子宮に浴びながら、身体の芯に背徳の熱い悦びを弾けさせた二人は、まるで喜悦の深さを競い合うかのように生々しく痙攣し続ける。

第六章　奴隷オークション

1

都内の有名ホテルの大ホールを借りきって、会員限定の「ファッションショー」を催すという大胆なことをしてのけたのは、日本の警察なにするものぞという「蟷尾」の自信の表れであった。

八つある観音開きの扉の内と外に、背広姿で体格のいい男たちが鋭い眼を光らせて立っていることを除けば、結婚式の披露宴パーティーのように、広いホール内に配置された三十ほどの円卓を囲んで、見るからに裕福そうな身なりの日本人や中国人のお歴々が贅を極めた料理や美酒に舌鼓を打っているさまを見て、さっきからここで巨大犯罪シンジケートが主催する人身売買のオークションが行われているのだとは、外部の人間には想像もできまい。

今回のオークションの出品商品は六点——うち三点はすでに前半でお披露目が済み、一時間ほどの休憩をおいて、これから後半の部が始まろうとしていた。

司会の簡単な挨拶が終わると、灯りが消えた。

暗くなったホール内に、眩いスポットライトが前方のステージの端だけを丸く照らしている。

ガーンと銅鑼が鳴って光の中に歩み出てきたのは、前半と同じく白い礼服を着た痩せぎすの男、調教師の李国明。そして彼の引く鉄鎖の先に革の首輪をつけられ、赤い下着姿を縮こまらせるようにして登場した女性こそは、あのＩＣＳ捜査一課課長・藤森いずみにほかならない。

李に促されてお辞儀をすると、いずみは彼の握った鎖に引かれ、スポットライトと共にステージの真ん中までよろめき進んだ。

眩くて自分の足元しか見えない。だが大勢の人間の目に晒されていることは分かる。他の部下たちと共に人妻奴隷オークションにかけられることは聞かされて知っていた。すでに終わった前半の部で、春麗、美貴、彩芽の三人が——これから始まる後半の部で、いずみ、文乃、弥生の三人が競りにかけられる。李の話だと、親友の鮎川玲子は何人か客をとらされた後、元の持ち主である紅竜会の会長に引き渡されたそうだ。

司会の男が彼女のプロフィールを客たちに紹介しているが、いずみには聴いている余裕はなかった。

なんという恥辱であろうか。いずみの白い肌を隠しているのは、いかにも男の気を引こうとしているかのような真っ赤なパンティ一枚きり。それも、前から見ると腰骨の上まで切れ込んだ超ハイレグ、後ろから見ると豊満な双丘を丸出しにしたTバック。理知的な彼女には耐えがたいほど破廉恥な下着姿なのだ。

「では皆さん、彼女自身による自己PRを存分にお愉しみください」

司会の男の言葉で、会場に拍手が沸き起こった。

李に首輪を外されたいずみは「ああッ」と天を仰いだ。

オークションの中身についても教えられている。大勢の客たちを前にし、聞くだにおぞましく恥ずかしい行為を次々と強いられるのだ。これから行う自己PRなどまだ序の口なのであった。

「み、皆さま……ようこそおいでくださいました」

羞恥と屈辱をこらえ、いずみは慄える声を絞り出した。

「藤森いずみと申します……バスト八十六、ウエスト五十九、ヒップ八十七……結婚しておりますが、子供はいません」

覚悟を決めてウエストに手をあてると、まるでミスコンテストの出場者のように、スポットライトを浴びたままステージ上を横にウォーキングし始めた。悩ましいほどくびれた腰をくねらせ、足の長さと美しさを誇示する。ステージの端まで来ると肩をそびやかしてポーズを決め、心とは裏腹にニッコリと笑顔を見せた。あらかじめ命じられていることとはいえ、プライドの高い彼女がそんなにまでして懸命に媚を売るのはなぜか。言うまでもなく家族を守るためだ。捕えられた夫のみならず、田舎の両親や兄弟姉妹の身の安全が彼女の態度如何にかかっている。後半の部の三人、すなわち彼女と文乃と弥生の中で、最も高い値がついた者の家族だけが無事でいられる。そう聞かされては、必死にならざるを得ない。部下たちと競い合うのは本意ではないが、こうなってはやむを得なかった。

モデルのようにポーズを決めたまま、

「夫婦生活は週に一度。好きな体位は正常位。感じるところは耳と背中です」

さらに語学に堪能で四ヶ国語に通じていることなどを客たちに教えた後、いずみは再び華麗なウォーキングを始める。ノーブラの胸に、人妻らしく熟れた乳房が弾んだ。赤いTバック下着を紐のように臀裂に食い込ませているヒップを、誇示するかのようにプリプリと左右に振りたくると、客席から歓声と拍手が起こった。暗くて見えないが、百人以上はいるらしい。

いずみがステージの袖に引っ込むと、入れ替わりにスポットライトを浴びて文乃が登場した。

ステージの真ん中まで進んで李に首輪を外された彼女は、豊かな黒髪を人妻らしくアップに結い上げているが、やはりパンティー枚きりの裸である。ベージュのシルク下着しかつけていない身体を見られるのが恥ずかしくてならず、片手で雪白の豊満な乳房を、片手で太腿の付け根を懸命に隠そうとしている。そんな羞じらいの素振りは上品で慎ましやかな和風の美貌に似つかわしいが、成熟しきって脂の乗った肉感的な肢体とはギャップがあって、それが目の肥えた好色な富裕層の客たちにはたまらない官能美と映るのだ。

「今はあえて名を明かすことを控え、H夫人とだけ申しあげておきましょう。彼女は某有力政治家の妻、文字どおりの令夫人であって、しかも正真正銘のマゾ女です」

暗い客席にどよめきが起こった。そのどよめきが収まるのを待って、李に促さ

れた文乃は、

「Hです。バスト八十八、ウエスト五十九、ヒップ九十。夫が高齢のため夫婦生活は無く、子供もおりません。好きな体位は後背位。一番感じるところはクリトリス。ご紹介いただきましたとおり、わたくしはマゾ……殿方に苛められて悦ぶ、淫乱なマゾ女でございます……」

日舞、琴、お茶、お華にはひととおり通じておりますと、決められた自己PRの口上を述べながら、美しい目許を赤らめている。

強いられた口上ではあるが嘘ではない。丘という男に毎夜抱かれ、李の淫らな調教を受け続けたことで、秘められていた彼女のマゾ性は完全に開花しきった。

こうして大勢の客たちに恥ずかしい姿を晒しているだけで、すでにジーンと身体の奥に妖しい痺れを感じ、シルクパンティの舟底を湿らせてしまっている。

「うッ」と覚悟の唾を呑み下した文乃は、バストと股間を押さえていた手を腰にあて、自棄になって大胆なウォーキングを始めた。

三人のうち一番高値で競り落とされた者の家族以外からは、事故死者や不審死者が出ることになると脅されている。高齢の夫の身もさることながら、可愛がっている弟とその家族、甥や姪らの命を守らなければならない。そのためならどんな恥ずかしいことにでも耐えてみせる。淑やかさをかなぐり捨てた令夫人の大胆なウォーキングはその決意の表れだ。プルンプルンと揺れはずむ乳房は熟れきって重たげだが、先端の乳首の色は瑞々しいピンク。高級シルクパンティのゴムを双丘に食い込ませた桃尻もむっちりとボリュームがある上に見事な張りを保って、頂きの高さが日本人離れしている。匂い立つ豊満な女体の官能味は、いずみに勝るとも劣らない。しかも被虐性の疼きに焙られていて、きめの細かい柔肌がじっとりと汗ばんでいる。悩ましい腰つきで歩を進めていく令夫人の色香に、客席からは感嘆のため息が洩れた。

ステージの端まで来ると、文乃はポーズを決める代わりに、床に手足をついて四つん這いになり、高々と双臀をもたげた。

その後ろに李が乗馬鞭を持って立つ。

司会の男が客席に向かって、

「どうぞ思う存分に汚い言葉で罵倒してやってください。この人妻はそうされることを望んでいるのです」

と告げた。

「メス豚！」

誰かが叫ぶと、

「売女！」

「恥知らず！」

「淫乱女ッ！」

手をメガホンにした客の男たちから次々と声があがる。

李が鞭を高く振り上げ、もたげられた文乃の双臀をピシーンと打った。

「アーッ！」

文乃は悲鳴をあげ、背をのけぞらせた。

ヒイヒイと泣き声をあげて床を這い進むその大きなヒップめがけ、ビュンと空気を切り裂いて再び革の鞭が叩きつけられる。

ピシーン！

「ヒイイーッ！」

ピシーン！

「ヒエエーッ！」

容赦なく双臀を打ちすえられ、高い悲鳴をあげながら文乃は奴隷となって這い進む。それが自分の値を吊り上げることになるのかどうかは分からない。ただ鋭い痛みの後に、めくるめく甘美な恍惚感があるのは事実だった。尻の痛みはジーンと腰骨に沁み入り、身体の深い部分に熱い疼きを生じる。打たれれば打たれるほどに疼きは高まり、官能の甘蜜となってトロトロと溢れ出してくる。のたうつ豊満なヒップの動きから、そのことは客席の男たちにも伝わった。打擲されてのけぞる令夫人の悩ましい姿態。感極まった表情の妖艶さからも、本物のマゾ女に違いないと全員が確信した。

ステージの端まで這い進んだ時には、ベージュの高級シルクパンティは鞭の打擲でボロボロに裂かれて、（さすがに客席からは見えなかったものの）半ば外にのぞいた秘所の毛叢は、悦びの果汁にぐっしょりと濡れていた。

四つん這いのまま文乃が袖に引っ込むと、三人目の人妻奴隷、倉科弥生が鎖に引かれて登場した。

とろけんばかりに熟した文乃の姿態を堪能した後だけに、弥生のピチピチと若さの弾けるボディが新鮮だ。初々しいポニーテールが清純な美貌にマッチしており、純白のビキニパンティがスレンダーな肢体にこの上なく似合っている。まだ新婚ホヤホヤなのだという司会者の説明もなるほどと頷けた。人妻でなく処女の女子大生だと言われても信じたであろう。

「倉科弥生です。バスト八十四、ウエスト五十七、ヒップ八十六。先月二十六歳になったばかりです」

泣きたいほどの憤辱に耐え、弥生も強いられた自己PRを始めた。

「夫婦生活は三日に一度。好きな体位は正常位。感じるところはたくさんありますが、特に乳首、それとうなじです」

彼女の最大の弱みは妹だ。関西支部から異動してきたばかりなため、中国マフィア側は最初弥生の存在自体知らなかったらしいが、驚くべき情報収集力によって、捕えられた数日後には身元――家族も含めて――を特定されてしまった。同僚と知らず彼女が戦った功夫(クンフー)の遣い手は春麗といって、偽装結婚した日本人の夫以外に家族はいないので、最後まで命令に従うのを拒んだらしい。手を焼いた調教師の李に強い麻薬注射を打たれ、無理やりに前半の部のオークションに出品されたのだそうだ。そんなことになるくらいなら、今は妹を守るために連中に従うのが得策だと弥生は判断した。まだ闘いを諦めてはいない。死ぬまで絶対に諦めないというのも、敬愛する先輩捜査官・鮎川玲子の教えなのだ。

弥生はくびれた腰に手をあて、華麗なウォーキングを始めた。

胸を反らすことで、ツンと乳首を上向かせた美しいバストの形、スラリと伸びやかな肢体の魅力を強調する。カモシカのように細い足首をバネのように使って軽やかに闊歩してみせた。

だがステージの端まで来てポーズを決めた時にも、さすがに不安を払拭しきることは叶わなかった。若さとプロポーションには自信がある。だが洗練された知性美では課長のいずみに、匂い立つ色香では令夫人の細川文乃にひけをとる。もっと客たちを刺激し興奮させなくては、この闘いを制することはできないかもしれない。オークションで高値をつけることが妹を守る唯一の方法であるなら、捜査官としてのプライドはもちろん、女性としての慎みも捨ててかからなくてはならなかった。

(ううッ……負けない……絶対に)

覚悟を決めた弥生は、不意に客席に向けてヒップを突き出した。

「私、買ってくださったご主人さまを決して失望させません！」

必死さの滲んだ言葉は、予定に無いセリフだった。

「今はまだ未熟かもしれません。でも、きっときっと成長します。真心を尽くして、ご主人さまに一生懸命ご奉仕いたします！」

クリッ、クリッと双臀を振りたててアピールすると、片手をまわして純白のビキニパンティを摑み、中心に向けてグイッと引き絞った。

おーっ、と客席に興奮のどよめきが生じた。

（あああッ……）

弥生の頭がカーッと熱くなったのは、こみあげる羞恥のせいばかりではない。紐状になったパンティの布地を尻割れにキリキリと食い込ませた瞬間、ズキンッと強烈な疼きが下腹を襲ったためだ。

（ううッ……こ、こんなッ……）

秀でた額にじっとりと苦悶の汗がにじむ。

全身が痺れ、膝がガクガクと崩れそうになった。

実はオークション後半の部の開始直前、三人とも李の指で肛門の奥に例の媚薬軟膏を塗り込められている。それに含まれている強力な催淫成分が、ここにきて効果を現しはじめたのだ。

（うッ、くううッ……）

せつなすぎる疼きに歯を食いしばって耐え、弥生はウォーキングを再開した。片手でパンティを引き絞ったまま、露呈したヒップの双丘をプリプリと振りたてながら歩を進める。だが先ほどの華麗な足どりとは打って変わったへっぴり腰。

内股になり、太腿の付け根を擦り合わせるようにしている。それもそのはず、引き絞られたパンティの布地は細褌のように尻割れに厳しく食い込んでいるのみならず、柔らかな恥丘の中心の縦割れにもしっかりとメリ込んで、媚薬の熱い疼きに焙られる女の粘膜をヒリヒリと刺激してくるのだ。

（い、いやッ）

すっかりうろたえつつ、だが自ら始めたパフォーマンスを途中でやめることはしなかった。

（くううッ！）

唇を噛み、せつなげな表情でクナクナと腰をくねらせながらステージ上を移動していく美しい若妻の恥態に、客席の男たちは大喜び。爆笑し、指笛を鳴らし、やんやの喝采を浴びせた。

滑稽だ。だが同時に色っぽくもある。半ベソをかき、裸同然のヒップを振りながら歩く弥生の不様な姿は、期せずして男たちの欲情をひどく刺激したのだった。

ようやく弥生がステージの袖に身を隠すと、後ろから万雷の拍手が聞こえた。

不意にいたたまれなくなり、弥生は床にしゃがんで顔をおおった。

2

三十分の休憩を挟んで、オークション後半の部の続きが始まった。

いまステージ上には、三つの眩いスポットライトに照らしだされて、弥生、いずみ、文乃の三人が、先程と同じ下着姿で横に並んで立っている。

三人とも汗の光る美貌を色っぽく紅潮させ、両手で太腿の付け根付近を隠すようにして腰をもじつかせているのは、例の催淫性の軟膏のせいだ。塗り込められた尻穴のせつなさはもちろんのこと、女の官能の芯まで狂わせてしまう淫らな疼きに、とてももじっとしてはいられなかった。

「後半第二部では、そのものズバリ、この三人の人妻のお道具、つまりオマ×コと尻の穴を皆さまに御披露いたします」

司会の男がそう挨拶する前から、すでに前半の部で大方の手順を知っている客席の金持ちたちは、いよいよそれを目にする瞬間が近づいたと、何度も生唾を呑んでいる。

李の合図で、三人はしゃがんで床に尻をつけた。腰を浮かせながらパンティをズリ下げると、足首から抜いてM字に脚を開いた。

（あぁッ）

（うぅッ）

（くぅぅッ）

片手で体重を支えて尻を浮かせ、もう片方の手を股間へ持っていきながら、三人の人妻捜査官は胸の内で呻き声をあげる。

覚悟はしている。だが大勢の男たちの前に女陰を——その形と色艶をさらけ出すのは死ぬほど辛い。それでも家族を守るために耐えなければならなかった。いや、耐え忍ぶだけではすまない。他の二人を上回る値をつけてもらうためにも、精一杯色気を振りまいて、客の男たちに気に入ってもらわなければならない。

「ご覧ください……」

「あぁッ、見てッ」

「ご、ご覧になってェ」

口々に悲痛な声を絞ると、三人は慄える指で股間の割れ目をくつろげた。

（あああーッ！）

客席からよく見えるように浮かせた腰を、いずみはブルルッとわななかせた。

血も凍る羞恥に目の前が暗くなり、もう客席のざわめきも聞こえない。五感の全てが麻痺してしまった中で、男たちの視線が集中するその部分だけが燃えるように熱かった。

見られている。夫にすら見せたことのない恥ずかしい女の構造を、見ず知らずの男たちに見られている。まるで子宮の中まで覗き見られているような錯覚に、いずみは濡れた秘貝を指で大きく剥き拡げたまま、浮かせたヒップを上下に揺すりたてていた。見られる興奮に、熱い果汁がドクドクと最奥から湧き出し、会陰をつたい流れて床にしたたり落ちた。

いずみだけではない。文乃も弥生も、まるで集団催眠にかかっているかのように、浮かせたヒップを上下に揺すりたて、パックリと開いた肉の花びらから溢れる官能の甘蜜をしたたらせている。

「クリトリスの皮も剝いて、しっかりとお見せするんだ」

情け容赦ない李の命令に、

「ハアッ、ハアッ」

「ああッ、ああッ」

「ハァン、ハァン」

三者三様、唇から甘い喘ぎを洩らしつつ、ヒクヒクと秘肉をうごめかせる人妻たちの、女陰の大きさや形状はそれぞれだが、色はどれも綺麗なピンク。匂い立つような美肉である。

「どうぞ、お手元のオペラグラスで、じっくりと御鑑賞ください」

司会の男にそう勧められるまでもなく、あらかじめ席に用意されたオペラグラスを客席の男たち全員が目に当て、色地獄に悶絶する女捜査官たちの媚肉の競演に、瞬きするのも忘れて見入っていた。

「どのオマ×コが皆さまのお気に召しましたでしょう？　だがまだお決めになるのは早すぎます。もう一つの穴をご覧になってからでも遅くはありません」

司会の言葉と同時に、調教師の李がピシッと鞭で床を叩いた。

三人はビクッとして尻の動きを止めると、今度は四つん這いになって膝を伸ばし、客席に向かって高々と裸のヒップを持ち上げた。

李は、まず一番右端の弥生の横に立ち、もたげられたヒップの双丘をつかんで尻肉を左右にくつろげ開く。スポットライトの眩い光に照らされて、双臀の谷間とそこに秘められた小さな菊のつぼみが露わになった。男たちの生唾を呑む声が聞こえるほど静まりかえったホール内に、ウウッと羞恥に呻き泣く若妻の声が響いて、セピア色のアヌスが美麗なシワをヒクヒクと窄めた。

オペラグラスを目に当てて、食い入るように観察する客の男たちの背後——ホールの一番端には、インターネットに接続された数台のビデオカメラが、商品である人妻たちの性器と尻の穴の美しさをズームアップで捉えている。オークションに参加しているのはここにいる百数十人の客たちだけではない。世界各地に散らばっている女体愛好の会員たちもまた、自分好みの性奴隷を求めて、会員のみに動画配信されるこの場の映像をオンタイムで視ているのである。

弥生の尻穴を三十秒ほども男たちの目に晒すと、李は隣にもたげられたいずみの尻の脇に移動した。

桃尻の谷間をパックリと拡げられた課長のいずみは、

「くうぅッ……」

四つん這いのまま、奥歯を食いしばり、耐えがたげにショートカットの髪を振った。

奥にたっぷりと媚薬を塗り込められている尻穴は、さっきからこらえきれぬほどに熱く疼いている。そこを衆目に晒されたうえに、指を押し当てられて剝き拡げられるのだからたまらない。

(いやあぁッ!)

繊細なシワを外側に拡げられていくおぞましさ。むず痒さと被虐感の入り混じった異様な感覚に、いずみの頭はカーッと灼けただれていく。無数の視線に穴の内部まで覗かれていると思うと、

「ううッ、うううッ……」

こらえようとしても嗚咽がこぼれた。

せつなげにむせび泣く声と共に、桜色の窄まりがヒクヒクと収縮するさまを、客の男たちが心ゆくまで堪能すると、次は文乃の番だ。

「ヒッ……」

熱くなった皮膚に冷たい李の手が触れただけで、令夫人の熟れ尻はピクンッと跳ね上がった。

(ああッ、ダメぇぇッ)

被虐の興奮で、もうドロドロに肉をとろけさせている。自分が特殊な性癖の持ち主であることを李の調教によって嫌と言うほど思い知らされていた。抵抗するどころか今では鞭の音を聞いただけで、ヘナヘナと腰砕けになってしまう。他の二人と並んで女の割れ目を晒し、さかんに腰を揺すりたてていた間にも、どうしようもなく被虐感を高ぶらせてしまい、すでに数回軽いアクメに達していた。と

ろけきった女の花園は言わずもがな、尻割れの奥まで熱い果汁のしたたりにまみれさせてしまっている。そんなありさまを男たちの目に晒さなければならないのだと思うと、もうそれだけでせつなさに熟れ尻を悶えさせてしまう文乃だった。

「アーッ！」

もたげた双臀の割れ目をパックリと剥きくつろげられてしまった令夫人の、苦痛と歓喜の入り混じった悲鳴が、見る者の気を高ぶらせる。それだけでも客たちは大興奮なのに、マゾ女の扱い方を知っている調教師の李が、熱く火照る文乃の丸い尻丘に、

ピシーン！　ピシーン！

立て続けに痛烈な平手打ちを加えるのだからたまらない。

（おおッ、こいつは……）

オペラグラスに目を押しつけながら、男たちの誰もが心中に唸った。

官能の甘蜜にじっとりと濡れた人妻のアヌスは、九十センチの豊満な双臀の谷間の底で、ふっくらと美麗な佇まいを見せていたが、容赦の無い平手打ちの衝撃に文乃がヒーッと叫び声を上げると同時に、薄桃色のシワが見えなくなるほどキュウッと中心へ窄まる。

（こいつはすごい……）

男たちは興奮に腰を浮かせ、もう痛いほどに勃起を張らせていた。

弥生といずみの尻穴もゾクゾクするほど魅力的だったが、令夫人のアヌスは、その妖しすぎる収縮で彼らの視線を釘付けにした。匂い立つ色香は、女の肛門に特に関心の無かった者たちでさえ夢中にさせてしまう。あの色っぽいケツの穴に太いチ×ポを捻じ込んで、裂けんばかりに拡張してやりたい。ズボズボと突きまくって、ヒイヒイヨガり泣かせてみたい。男なら誰もがそう願う。

3

ようやく女肉と尻穴晒しが終わった。が、オークションはここからが本番だ。ステージの袖から、上半身は裸、下半身はトランクス姿の三人の若者が姿を現した。

彼らは李の弟子たちで、いわゆる「サオ師」。テクニックと肉棒の逞しさで女をイカせるプロの男たちである。すでに前半の部でも大いに活躍した。美貴、彩芽、春麗の三人は、若い彼らの手練手管でヒイヒイとヨガり泣かされたのだ。

その三人の若いサオ師たちの、胡坐をかいた膝の上に、今度は弥生、いずみ、文乃の三人が、大きく股を開き、客席側に正面裸像を向けて跨っている。すでに客たちは次のプログラムを知っている。汁噴き競争——人妻たちの中で誰が一番多く、そして大胆に潮を噴くことができるか、その能力を競い合わせようというのだ。前半の部では意外にも、童顔の彩芽が一番派手に牝汁を飛ばした。

李が木箱を手に、まずいずみの前に立った。

「好きなのを選びたまえ」

そう言って差し出された箱の中身を見て、いずみは嫌悪の眉をひそめた。木製の張形である。太いのや長いの、イボイボのついたものや、カリの張り出したものなどがあった。それを使って自分で自分を慰め、客席に向かって歓喜の汁を飛ばしてみせろということなのだ。

慄えが来るほどおぞましい。だが家族を守るためには、ためらってなどいられない。一番自分を感じさせてくれそうな張形はどれか——迷ったあげくに、いずみは太くてイボイボのついたものを選んだ。握りしめた瞬間、羞恥の入り混じった興奮が戦慄となって背筋を走り、開いた股間がジクジクと疼き始める。ああ、こんな身体にされてしまった——絶望に目の前が昏くなっていく。

弥生はサイズで選んだらしい。文乃はカリの張り出したやつだ。大切な部下たちではあるが、この勝負は絶対に譲れない。彼女らとて同じ思いのはず。愛する親兄弟を守るために、負けるわけにはいかない、と。

「耳が感じるんだっけ？　へへへへ」

いずみを膝に乗せ、後ろから抱きすくめている若者が、からかうように囁きかけてきた。

「まかせときな。あんたみたいに勝ち気な人妻、オレのタイプだしな。死ぬほど感じさせて、たっぷり潮を噴かせてやるよ」

そのかわり、うんと甘えるんだぜ、とショートカットの髪を撫でられた。まだ二十歳そこそこにしか見えない若者だが、憎らしいほど自信たっぷりだ。

「……よろしくお願いします」

こんな年下に、と屈辱を覚えつつも、いずみは本気でそう言った。

男の協力が必要なのだ。気が変になるくらい感じさせてもらい、できるだけ烈しく昇りつめて潮を噴かなければならない。客席の反応からして、現時点では勝っているとは思えなかった。ぎりぎりのところでプライドが邪魔をしているのかもしれない。牝になりきれていないのだ。

「さあ、いよいよ挿入です。どの人妻が一番色っぽい顔で張形を咥え込むか、とくとご覧ください」

司会の言葉で、グワーンと銅鑼が鳴らされた。

男たちの膝の上で、股を開いた三人は同時に尻を浮かせた。おのおの自分で選んだ張形を逆手に握り、繊毛の萌える白い下腹を客席に向かってせり出した。反らした背を男の胸に預けながら、すでに充分すぎるくらい濡れそぼった女の果肉に張形の先端を押しつけていく。

もう後が無い——といずみは思った。

牝だ。牝になるしかない。牝になりきった姿を客の男たちに見せつけるのだ。

必死に言い聞かせながら、重く深く自分の中に突き入れた。

「あああああッ」

「ひいいいッ」

「おおおおッ」

ズブズブと秘奥に埋め込みながら、三人は歓喜に喉を絞る。三人とも、考えていることは同じ——できるだけ淫らに振舞って、牝の魅力をアピールする。客の男たちの視線を自分に——自分だけに引きつけるのだ。

ズンッと先端を最奥に届かせると、いずみはさらに大胆に股を開いて、腰を高々と浮かせた。負けない。負けられない。もっと声をあげなくては。声をあげて腰を振らなくては。

灼けただれた頭の隅で、いずみがそう思った時、

「ホオウウッ、ホオウウッ」

異様な声を発しながら最初に抽送を開始したのは弥生であった。

「ホオウウッ、ホオウウッ」

長大な張形を両手に握り、せわしなく抜き差ししながら、浮かせたヒップを上下に揺すりたてている。擬態とは思えない激しい乱れように、栗色のポニーテールが上下左右に跳ね躍っていた。

あの弥生が……。

清純な若妻捜査官の狂態に、いずみは我が目を疑った。だが驚いてばかりはいられない。隣では令夫人の文乃が、

「オオウッ、オオウッ」

獣じみた声を発し、若い弥生に遅れをとるまいと豊満なヒップの肉をプルンプルンと揺すりたてながら、これまた猛烈な抜き差しを開始したのだ。

（そんな……くうッ！）

二人のヨガり声を聞きながら、いずみは焦った。焦りながら懸命に張形を操った。

ギュボッ、ギュボボッ……ギュブッ、ギュブブッ……。

がむしゃらな太幹の抽送に、濡れただれた粘膜はもちろんのこと、割れ目の上端にしこり勃ったクリトリスまでもが巻き込まれ、火のように灼熱してゆく。そのさまを客席の男たちからオペラグラスで観察されているのだと思うと、異様な被虐の興奮に全身が震えた。

（あうッ、あううッ）

角度を変えて突きえぐると、太幹のイボイボがGスポットを擦りあげる。

（いいッ、ああッ、いいッ、たまんないいッ）

感じていた。泣きたくなるほど感じていた。充分すぎるほどに感じているのだから、他の二人のように声を放って狂い啼けばいい。そう頭では分かっている。分かってはいるのだが――。

「う、うむ……うぐぐッ」

こぼれかけた嬌声を、いずみは眉間に苦悶の縦ジワを寄せつつ喉奥で押し殺した。

こらえる必要など無い。いやむしろこらえずに啼き狂わなければならないはずなのに、どうしても心にブレーキがかかってしまう。この土壇場に来て、捜査官としてのプライドが邪魔をするのだ。

(ああッ、このままでは……)

これでもかと柔肉を捏ねまわしながら、いずみの焦りはピークに達した。

そんないずみの焦燥を見透かしたかのように、

「フフフ、狂いたいんだろ、奥さん」

耳元で若者が囁く。

「だったら甘えろよ。腰をくねらせてオレに甘えるんだ」

いずみは無我夢中でうなずいた。

「狂わせて。お、お願いよッ」

ハアハアと喘ぎながら、

ねえっ、ねえっと、ひとまわり以上歳の離れた若者に哀願し、せり上げたヒップをせがむように旋回させ始めた。

「ククク、その調子だ。可愛いぜェ、奥さん」

せせら笑われ、耳の後ろをペロリと舐められた。

（ヒッ……）

若者の手のひらが双乳をすくい上げてきた。汗ばんだふくらみを、絞るように根元からじっくりと揉みたてつつ、指の間に乳首を挟んで巧みに刺激してくる。自信たっぷりなだけあって、驚くほど的確にいずみの官能のツボを突いてきた。

「ひいッ……いやッ……」

たまらず首を振りたてる。

「いやじゃないだろ、奥さん。好きって言えよ」

「あぁん、す、好き……好きよッ、あぁん」

甘える声がわななないている。張形を深く咥え込んだいずみの腰が、円を描くように悶え始めた。悩ましく旋回しながらブルブルと痙攣する。がむしゃらだった抜き差しも卑猥な粘っこさを帯びてきた。追い討ちをかけるように若者の指で乳首をつままれ、引き伸ばされてグリグリとしごかれる。

「あッ、あッ、あァん……あーん」

甘ったるく湿った吐息は、弥生や文乃のヨガリ声ほど派手ではない。だが明らかに客たちの心を捕えつつあった。三人の人妻を交互に撮っていたビデオカメラも、今はいずみの顔と身体に一番長く向けられている。

「キスしようぜ、奥さん」

若者が囁き、耳の穴を舌先でくすぐってきた。

いずみはためらう素振りすら見せず、上気した美貌を後ろへ捻じ向けた。ピタリと唇が重ね合わさった瞬間、頑なだったプライドが溶解してしまったが、惑乱しきっていて自分ではそれに気づかない。

（ムムム……ムウウッ）

見る者が息を止めるほどの熱烈なディープキス。熱く濡れた舌がねっとり絡み合う感触に、いずみは骨の髄までジーンと痺れきった。夢中になって若者の舌を吸いつつ、深く突き入れた張形をキューンと肉壺で締めつける。そのままヂュボッ、ヂュボッと烈しく抜き差しすると、得も言われぬ快感がこみあげてきて、

「ムググーッ！」

いずみは若者に口を吸われながら、折れ曲がらんばかりに背中を反りかえらせた。

ようやく唇が離れた時には、いずみの肌は妖しいピンクパール色に染めあげられていて、その上を汗の玉が光りながら滑り落ちていた。

ハアアッ、と悩ましく開いた唇から、

「いいッ、オマ×コ……オマ×コが気持ちいいッ！」

そんな言葉が自然と迸った。

それに触発されたのか、弥生と文乃も激しく張形を操りつつ、

「オマ×コ……オマ×コ、いいッ！」

「ああッ、凄い！　オマ×コが気持ちいいッ！」

負けじとばかりに声を張りあげ、若者の膝に跨ったまま狂ったように張形で自分の肉を責めたてる。人妻としての慎みも、捜査官としての誇りもかなぐり捨てて、バネのように腰を跳ね上げた。

「あーッ、あーッ！」

「ヒーッ、ヒーッ！」

「アヒイイーッ！」

いよいよその瞬間が近づいたとみえ、三人の狂態は極限に達していた。そんな彼女らを胡坐すわりの膝に乗せて、うなじを舐めたり、乳房を揉んだり、サオ師の巧みな技巧を披露していた若者たちは、頃合い良しと見計らったか、互いに顔を見合わせてうなずきあった。ここからが彼らの本領発揮。汁噴き競争のクライ

マックスである。

（あぁッ、そんなッ……）

いずみがせつなすぎる表情を客の男たちに晒したのは、まさに快感の頂点を極めんとした刹那、いきなり若者の手で張形を取り上げられたからだ。

前に転がって湯気を立てている性具は、もうどうしようもないまでに溶けただれてしまった女の情感を物語っている。

「いやああッ！」

「お願い、イカせてッ！」

弥生と文乃も泣き声をあげていた。今まさに逐情せんとする瞬間に官能の梯子段を外される。女にとってこれほど残酷な仕打ちは無い。三人は競い合いのことも忘れて身をよじり、いやよ、いやよと泣き叫んだ。もう完全に牝になりきっている。

「ククク、心配すんなって」

いずみの耳に若者が囁いた。

「言ったろう？　死ぬほど感じさせてやるって」

「あ、あああッ……」

太腿の間をまさぐってきた若者の指に、いずみは腰をせり上げて局部を擦りつけた。もうそこは溶鉱炉のように熱く溶けただれ、男の愛撫を求めてヒクついている。

「ああうーッ！」

とどめを刺すべく柔肉に潜り込んできた指に、いずみはうなじを反らして喜悦の声をあげた。

「あああァッ」

「い、いいッ」

弥生と文乃の喉からも、肉の溶けただれる音かと錯覚するほど悩ましい声がこぼれ出る。同時に、三人の秘芯からピチャピチャと花蜜の音が響き始めた。サオ師の若者たちの指が、とろけきった人妻の媚肉に、待ち望む究極の快楽を与えるべく動き始めたのだ。

「ひいッ、ひいいッ」

「おおう、おおうッ」

「ああッ、たまんないッ」

あけすけな嬌声が迸る。ピチャピチャと淫らな汁音を高ぶらせながら、三人の腰はふしだらなグラインドを始めた。

（そこッ、ああッ、そこおおおッ！）

いずみはヒイヒイ啼きながら、せり上げた腰を悶えさせた。若者の指に、そのものずばり、官能の核心を押さえられ、掻き混ぜるように愛撫される。張形の抽送で限界に達していた情感が、堰を切って一気に溢れかえった。

「アヒイーッ！　アヒイイイーッ！」

牝啼きが止まらない。痙攣も、腰の震えも止まらない。氾濫した愉悦が大渦を巻き、理性も羞恥心も呑み込んでしまった。総身がよじれる快感に、全身がヌラヌラと汗にヌメ光っている。強烈な喜悦の発作が襲いかかってくるたびに、背中やうなじはもちろん、全身が——それこそ足の指先までもがキリキリと反りかえった。弥生と文乃も同じだ。もしや気がふれたのでは——そう疑わせるほど凄まじい、人妻捜査官たちの狂いようである。

（ああッ、も、もうッ！）

死ぬううッ！

脳天まで突き上げてくる強烈な快美に、いずみはガクッ、ガクッと腰を跳ね上げた。声を放つことはおろか、もう息をすることさえできない。骨も肉も跡形なくバラバラに砕け散ってしまった――そう錯覚したほど強い衝撃に続いて、灼けただれるような熱い快感が襲いかかってくる。

(あ、あうッ！　あううッ！)

のけぞったまま、今にも気をやらんばかりに悶絶する人妻に、

「まだだ、奥さん。まだイクな。こらえるんだ」

耳元で囁く若者の言葉が聴きとれたのが不思議なほどだ。

こらえるんだと言われても、いずみは快美の嵐に翻弄されるだけ。突き上げられ、揺すぶられ、放り出されて捻じ伏せられるばかりだった。

(あわわわわッ……)

若者の指の動きが一段と烈しくなった。すくいあげた乳房を荒々しく揉みたてながら、鉤状に曲げた指で最奥の熱くただれた部分を掻くように刺激してくる。恐ろしいばかりの愉悦が渦を巻いてせり上がり、いずみは幾度となく達しそうになった。その先に待ち受けるエクスタシーの波の高さは、調教師の李にも味わされたことがないものかもしれないと、痙攣を続ける肉が教えてくる。

(ヒイーッ！　ああッ！　ヒイイーッ！)

戦慄を覚えるいずみに、途方もない快感が襲いかかった。いいぞ奥さん、イケ

っ！　という若者の声すら聞かぬまま、

「ヒイイイーッ！」

いずみは跳ね上げた股間から、噴水のようにビューッと歓喜の汁を噴きあげた。

「ヒイーッ！　ヒイーッ！」

「ヒエエッ！　ヒエエッ！」

弥生と文乃も弓なりにのけぞって、絶叫しながら潮を噴いている。サオ師の若者の膝の上でガクンガクンと腰を跳ね上げつつ、ビューッ、ビューッと客席の方へ向けて惜しげもなく恥汁を飛ばし続けた。若者が面白がって上下左右に女尻を揺すりあげるせいで、放尿のようにしぶきをあげる牝汁は、スポットライトの中にキラキラと光る虹色の放物線を描くのだ。

4

たちまち床は汁浸し。ホール中に、人妻の甘い肌の匂いと入り混じって、妖しくも生々しい磯の香りが漂っている。

「いやッ、もう……」

「もう、いやあッ」

「許してえッ」

ヒクヒクと余韻の痙攣が止まらない媚肉をさらに若者らの指でまさぐられつづけ、三人の人妻捜査官は泣き声をあげた。

自分でも驚くほどの汁を噴いたのに、まだ許されない。絶頂を極めたことで急激に狂熱が冷めると、死にたくなるほどの屈辱感が甦ってくる。晒しきった恥態のことを思い返して、いっそこのまま息絶えてしまいたいと思った。だがそこが女の哀しさ。アクメの熱も冷めやらぬ秘肉の襞を男の指で捲り返すように愛撫されると、たちまち理性を溶けただれさせ、淫らな情感に溺れていく。

真っ先に崩れたのはやはり文乃だった。マゾの素質を開花させられてしまっている彼女が、貞淑さの名残りをみせて、嫌ッ、嫌ッと抗ってみせたのは、ほんの二十秒かそこら。若者の濃厚な愛撫で秘壺をまさぐられ、熟れきった肉体に再び火をつけられてしまった令夫人は、

「あァ、もっと！　もっと苛めて！　文乃を滅茶苦茶にしてぇェ！」

せり上げた豊満なヒップをうねり舞わせながら、恥も外聞も忘れた嬌声をホール中に響かせた。命じられもしないのに両腕を後ろへまわして若者の首に巻きつ

け、汗に湿った腋窩を晒したまま白い裸身をくねらせる。たちまちに昇りつめると、

「いやッ、イクぅ！　イッちゃううううッ！」

甲高い牝声を張りあげて、またもや股間から熱い女潮を噴きはじめた。それに数秒だけ遅れをとりはしたものの、

「ひぐうううッ！」

弥生ものけぞった背を若者の胸に預けながら、水鉄砲のように勢いよく悦びの汁を迸らせた。

「奥さん、あんたもまだ出せるだろ？」

「も、もう無理ッ、無理よッ」

耳元で問われ、いずみは泣きじゃくった。ひどく羞恥が高ぶって、今は家族のことも考えられなかった。部下たちと共に一糸まとわぬ素っ裸。人身売買のオークションにかけられ、客の前で腰を振りたてながら壮絶に汁を噴かされている。一体どうしてこんなことに？……とても現実のこととは思えない。ひょっとして悪い夢をみているのではないだろうか？　だが溶けただれた花芯の熱い疼きも、そこをまさぐってくる指がもたらす得も言われぬ快美感も、この上なくリアルだ。

（あわわわッ……）

総毛立つほどの快感がこみあげてきて、いずみは弱々しくかぶりを振った。双臀が勝手に浮き上がってブルブルとわななく。潮を噴く兆候だった。

「ああッ、イクっ！　イキますッ！」

ホール中の客たちに告げ知らせながら、もう駄目だ、おしまいなのだ、と頭の隅で思った。暴走していく肉体はもはや自分のものではない。男たちを悦ばせる操り人形になったのだ。

イクうううッ！

めくるめく恍惚の中、何もかも放擲して叫ぶいずみの視界に、自分の股間から噴き出した絶頂汁がスロー再生の映像のようにゆっくりと水玉を撒き散らしながら宙空に上昇していくのが見えた。甘美に痺れきった意識には、それは幻想的な絵画のように見える。だが現実はといえば――。

値踏みする好色な男性客たちの前で、歓喜に開いた三つの秘貝が、競い合うように熱いマン汁を飛ばしているにすぎないのだ。

「ああッ、はあッ……」

「ううッ……」

「ハアッ、ハアッ」

最前列席のテーブルクロスまで飛沫で濡らしてしまった人妻たちは、凄絶な絶頂の余韻にゼイゼイと息をかすれさせて喘いでいる。ねっとりと潤んで虚空に向けられた双眸、閉じることを忘れた紅唇がなんとも色っぽかった。

「いかがでしょう。競り落としたい商品はお決まりになりましたでしょうか？」

心なしか司会の男の声もうわずって聞こえる。客たちと違って、彼女らが捜査官であることを知っているので、そのぶん見ていて興奮も大きいのだ。強い女が堕ちる姿は、胴震いが来るほど美しい。

「ではいよいよ、本日のオークション最後のショーです」

司会はホール中を見回して言った。

「今度は張形なんぞではなく、本物の男性自身を咥え込んだ彼女たちが、どんなに色っぽく尻を振り、どんな悩ましい声をあげて泣き悶えるか、その姿を皆さまにしかとお見届けいただきます」

李がうなずいて合図をすると、三人を膝に乗せた若者たちはそのまま後ろへ上体を倒し、床に仰向けに寝た。若さの漲る怒張の根元を握り、肉傘を拡げている亀頭冠を天井へ向ける。そのいきり立った巨根に、いま激越に気をやったばかりの人妻たちを背面騎乗位で跨らせようというのだ。

「ど、どうか、ご覧になって……」

「私たちがどれだけ殿方を喜ばせて差し上げられるかを……」

三人は靄のかかった頭で、呂律のまわらない舌を励ましながら、口々に決められた口上を述べた。いったん尻を浮かせて腰の位置をズラすと、そそり立つ肉棒に狙いを定め、火照ったヒップをゆっくりと沈めていく。

（あぁッ！）

若者の灼熱した先端部が、熱く濡れた秘部に触れるのを感じると、いずみの全身はそれだけでジーンと痺れきった。

（熱い……熱いわッ）

火傷しそうな熱さに、膝がガクガクと崩れそうになる。羞恥を上回る期待で、心臓が破裂してしまいそうだ。その瞬間だけは、愛する夫のことも、守るべき家族のことも忘れて牝になりきっていた。二人の部下の「アーッ」という喜悦の声を耳にしつつ、いずみも逞しい屹立を呑み込んでいく。

ズブズブズブッ……。

（凄いッ……あぁッ、凄いいッ！）

スポットライトよりも眩い光が意識を満たした。とろけきってジューシーになった柔肉を押しひろげながら、若牡の剛直が突き上げてくる。その長大さ、硬さ、逞しさ――何もかもが夫とは桁違いだ。

「い、いいッ……あぁッ、いいわッ」

上気した顔を左右に振りながら、双臀を深く沈めていく。

若者の陰毛が尻肌に触れ、めり込んだ剛直の先端が最奥に達すると、

（くうぅッ）

いずみはさらに体重をかけ、肉傘に子宮口を押しつけるようにした。

（アヒイイーッ！）

芳烈な快感が身体の芯を走り抜けて、

「た、たまんないいーッ！」

いずみはたまらず声を放った。

「あぁッ、凄い！　凄いわッ！」

うわごとを口走りながら、キリキリと背中を反りかえらせる。それから若者の太腿に両手をついて上体を支えると、早くもブルブルと痙攣を示し始めたヒップ

を大きく上下に揺すり始めた。

「あうッ、あうッ……あうッ、あうッ」

悩ましすぎる牝の喘ぎ。ショートカットの似合う知的な顔立ちなだけに、唇を開いた美貌はことさらに官能的だ。慎みを忘れた狂おしい腰使いに、たわわな白い双乳の房がタプン、タプンと跳ね上がる。その先端にしこる薄紅色の乳首が熱く疼いているのは言うまでもない。

上品で美しい人妻の狂態に、暗い客席からどよめきが起こった。

ああッ、見ないで。見てはいやッ、といずみは胸の内で叫びはするが、あさましい痴態を晒しているという意識は人妻の情感をさらに熱くしていく。双臀を上下させるたびに、灼熱の剛棒がヌプッヌプッと果肉をえぐりたててくるが、肉交の深い悦びを知ってしまった女体には、それだけでは不足だ。

（もっと！　ああッ、もっと！）

焦らさないでえッ！

そう言わんばかりに、豊満なヒップがせわしなく弾む。若者が動いてくれないのが歯ぎしりするほどもどかしい。息の根も止まるほど烈しく下から突き上げてもらえるのならば、どんなことでもしたいと思う。こんな気持ちになったのは初めてだ。もうどうなってもいい。突いてッ！　いずみを毀してッ！　お、お願いよおおッ！

弥生と文乃も同様に焦らされているらしく、裸の双臀を騎乗位で叩きつけるように上下させながら、

「ねえッ、ねえッ」

「どうにかしてえッ」

と、啜り泣きの混じった哀願の声を高ぶらせていた。

「お、お願いッ」

「お願いですうッ」

「ああッ、狂ってしまいますッ」

尻穴の奥にたっぷり塗り込められた媚薬の効き目もあってか、淫情に屈した三人の人妻捜査官は、狂ったように尻を振りながら、啼き声でも牝の色香を競い合う。

ついにこらえきれず、誰からともなく腰をグラインドさせ始めた。ピタリと双臀を若者の下腹に密着させ、ヒイヒイと啼きながらヒップを前後に揺すりたてたり、石臼を挽くように腰全体を旋回させたりする。そのセクシーな、だがあさま

しすぎる悶えぶりに、悪を憎む女捜査官の姿はもはや微塵も感じられない。

「ああッ、いいッ」

「いい……いいわッ」

「もうダメえええッ」

焦らされすぎたあげく、絶頂の一歩手前の「プラトー」すなわち快感の高原状態に達した三人は、もう酔ったようになってしまい、くびれた細腰をロデオ競技のようにくねらせ続ける。濡れ潤んだ瞳は情感に溶けただれ、もう何も見てはいない。

しかし忘我の境は長くは続かなかった。

「止めろ」

調教師である李の命令は絶対だ。虚ろになった頭にもガツンと響いた。

いずみと弥生はハッと我に返ると、自分たちが示していた痴態に「ああッ」と悲痛な声をあげ、背面騎乗位のまま、赤らんだ顔を両手で覆った。

だが文乃だけは違っていた。被虐の情感に身も心もドロドロに溶けただれさせてしまった令夫人は、性感以外の感覚を完全に鈍麻させてしまい、李の命令も耳に入っていなかった。

アップに結い上げていた黒髪をおどろに乱れさせた文乃は、

「いいッ、いいッ、ああん、たまんないいッ」

ひとりだけヨガり歔きの声を高ぶらせ、あさましい腰のグラインドを客たちに披露し続けている。

「従順さは牝奴隷に必須の条件です」

何も言わない李に代わって、司会の男が客席に向けてそう告げた。

「感じやすいのは貴重な素質ですが、主人の命令より自分の欲望を優先するようでは困ります。この人妻には後できつい仕置きをせねばなりますまい。いかに出自が高貴であろうとも、奴隷になった以上、我々は例外を認めません」

いずみと弥生は若者の腰に跨ったままブルブルと裸身を震わせている。深く貫かれたままじっと動かずにいるのがたまらなく辛かった。恍惚の表情を晒しきって放恣にヒップをグラインドさせる文乃が羨ましくてならない。真っ赤に灼けた官能の炭火にジリジリと焙られながら、早く次の指示を出してくださいと飼い犬のような目をして李の顔色を窺う彼女たちは、もう半ば性奴隷に堕ちてしまっている。

「向きを変えろ」

待ちに待った命令に、美しい二人の人妻奴隷はすぐさま従った。

ズポッと音を立てて剛直が秘壺から抜けると、中で煮えたぎっていた甘蜜がドクッと脈打つように膣口から溢れ出た。客席側に背中を向けて対面騎乗位の姿勢で跨った二人は、むっちりと大きい逆ハート型の美ヒップを、誇示するかのように一度高々ともたげておいて、若者が握って真上にそそり立たせているペニスに向けてゆっくりと沈めていく。

「あああーッ」

「くううッ」

体の向きを変えただけで、刺激される位置がまるで違った。若オスの反りかえった肉刀が恥骨の裏側を擦りながら押し入ってくる。いずみと弥生は大きく背を反らせてキリキリと肉悦を噛みしめた。秘壺が待ちかねたように剛直に絡みつき、貪欲に締めつけているのが自分でも分かった。そんなさまを背後から客の男たちに見られている。たまらなさに気が狂いそうになるが、それも束の間、貫かれたヒップを数回上げ下げしただけで、たちまち情感に呑まれてしまい、かたや甘ったるい、かたや火のように熱い喘ぎをこぼし始めた。

「あんッ、あんッ」

「あぁッ、あぁッ」

白桃に似たヒップが二つ、匂い立つ双丘を大胆に揺れ弾ませる。せわしない上下の動きと共に、ペタンペタンと餅をつく音が響いた。客席の方を向いて腰を振る文乃も合わせ、三人の人妻捜査官による淫猥な餅つき大会だ。数回上下に揺すりたててから、深く咥え込んで捏ねまわすようにグラインドさせると、ヌチャヌチャと濡れ肉の音がして、ときおりピチャピチャと汁の撥ねる音も混じる。

ペタン、ペタン――ヌチャ、ヌチャ――。

ペタン、ペタン――ピチャ、ピチャ――。

肉のぶつかる音と汁の撥ねる音、そして悩ましい牝啼きの声。

一番大声をあげて悶えているのはやはり文乃だ。だがオペラグラスを覗く客たちの視線の大半は、裸の尻をこちらへ向けて振りたてる弥生といずみに集まっている。

成熟味を匂わせて大胆に弾む双臀の谷間で、小さなシワを寄せたアヌスのすぼまりが何とも可憐だ。今や客の男たちの関心は、剛直の抜き差しを貪欲に受け入れている女肉よりも、見たところ未使用かと思われる小さな菊の蕾に集中していた。実際にはその窄まりの奥に強力な媚薬軟膏が塗り込められていて、人妻たちの異様な狂い泣きに一役買っているのだとは気づかない。

「あうッ、ああッ、あうッ、あううッ」

双臀の上下運動のペースが速まって、捏ねまわす動きは淫蕩さを増していく。重い呻きと熱い喘ぎに、せっぱつまった「ひいッ、ひいッ」という高い悲鳴が加わって、見ている者に絶頂が近いことを教えた。

「イクっ、イクイクっ！」

文乃が告げ知らせた。告げ知らせながらなおも貪り続ける。

「ダメえええッ！」

兆しきった顔を上向かせ、弥生がポニーテールの頭を振った。

（ああッ、イクううッ！）

怒濤の腰使いで自らの柔肉を責めなぶりながら、いずみも牝になりきる歓喜に身をゆだねた。

ドドドドドッ、と最奥で地鳴りが響いて、子宮が異常な痙攣を始めた。秘壺全体が意思を持った生き物のごとくにうごめいて、若者の肉棒をキリキリと絞りあげるのがハッキリ分かった。ああっと叫んで伸びあがった次の瞬間、熱い戦慄が稲妻のように背筋を貫いて走った。

「ヒイイイーッ！」

いずみは声をかぎりに叫んで折れ曲がらんばかりに裸身を反らすと、そのまま後方へバッタリ仰向けに倒れ、大の字にのびきってしまった。

5

「以上で本日のショーは終了です」

余韻の熱をはらんだ大ホールに、司会の男の声が木霊した。

「休憩をはさんで、いよいよ競りに入ります。ですがその前に――」

サービスタイムということで、日頃ご愛顧をたまわっている会員の皆さま方全員に感謝の意を込め、ささやかなお愉しみの余興を提供させていただきたいと思いますと告げ、司会者はニヤリとした。

三人の人妻たちに裸のまま客席をめぐらせ、希望する客にはフェラチオ奉仕で口内射精をしてもらうとのことだった。これは前半の部には無かったことで、客の男たちには嬉しすぎるサプライズであった。むろん希望しない者など一人もいない。

いずみ、文乃、弥生の三人は、首輪に付いた鎖を若者に引かれ、四つん這いの格好のままステージを降りた。

（ああ……）

いずみは全身を恥辱感にヒリつかせながら、二人の部下と共に床を這い進んだ。激しかった絶頂の余韻でまだ霞がかかったようになっている視界に、さっきまでは見えなかった客たちの姿がぼんやりと映っている。円卓を囲んで椅子に腰掛け、這いつくばるいずみたち三人を見下ろしている男たちは、みな立派な身なりをした富裕そうな紳士たちで、中には政財界の大物、各界の著名人等も含まれている。とても人身売買組織から女を性奴隷として調達するような卑劣漢には見えなかった。

が、これが現実なのだ。いずみたちはその現実を変えようとして果たせず、ついに彼らの劣情の生贄になる運命だった。

「牝らしく色っぽく振舞え。精一杯奉仕するんだ」

首輪の鎖を引きながら、若者がいずみに告げた。

「競りはこれからだし、余興とはいってもバカにはできねえ。なんといってもスキンシップが肝心だ」

若者の言うとおりだ。競り値をどこまで吊り上げられるか——それに家族の安否がかかっている——は、直接に客たちと触れ合うこのサービスタイムの振舞い方次第だと言っても過言ではない。絶頂の甘い余韻に惑溺している場合ではないのだ。

弥生と文乃も同様のアドバイスを受けたらしい。四つん這いのまま、裸のヒップをことさらに左右に振りつつ、それぞれ最初の円卓へと這い進んでいた。

「うーむ、こいつは美人だ」

いずみの上向けた美貌に自分の顔を近づけて、最初の紳士が感心したように目を細めた。

くっきりした目鼻立ちが、いかにも理知的だ。官能に濡れ潤んではいるが、二重瞼の大きな瞳は賢げで、すっと通った鼻筋も、サクランボを想わせる小さめの朱唇も、非の打ちどころの無い美しさ——人気美人女優だと言われても納得してしまうだろう魅力がある。こんな女性を秘書に雇えたら、と普通なら考えるところだが、今はそれどころか、この知的な美女に、勃起した自分のペニスをしゃぶらせることができるのである。

「ではひとつ頼むよ」

ヒゲの似合う紳士はスラックスのジッパーを下げ、すでに逞しく上を向いた怒張をつかみ出した。

（あぁッ……）

裏筋を見せて反りかえる雄渾なイチモツに、いずみは眩暈を覚えた。

絶頂の痙攣もまだ完全には収まっていない。ピクピクとヒクつきを示している媚肉が、四つん這いの股の間で再び熱をはらんでジンワリと湿りはじめた。

（あ、あァ……）

鉄片が磁石に吸い寄せられるように、いずみの顔は怒張に近づく。

美しい歯列の間から、濡れたピンクの舌を精一杯に伸ばすと、サオの根元からカリのくびれに至るまで、ねろーり、ねろーりと何度も優しく舐め上げた。

フェラチオは数日間かけて徹底的に教え込まれている。柔らかい舌を裏筋に沿って這わせながら、大きく瞳を開いて上目遣いに男の顔を見上げる。目尻を少し下げて、さも美味しそうに舐めあげるのが相手を喜ばせるコツだ。今日は人数が多く、一人に長く時間を割けないので、七、八回舐め上げて止め、すぐさまズッポリと亀頭を咥え込んだ。

「ムグッ、ムググッ……」

頬を凹ませて強く吸う。頭を前後に揺すりながら、すぼめた唇の環で肉傘のカリの部分を摩擦した。すべて李に仕込まれた技巧である。

「おお、いいぞ、いずみ！　藤森いずみッ」

紳士は興奮に胴震いし、ショートカットの髪を鷲づかみにした。

（い、いやッ……）

フルネームで呼ばれたことで、いずみはカーッと屈辱に高ぶった。自分が何者で、なぜこんなことをしているのか。考えたくないことを嫌でも思い知らされる。それを忘れようと、いずみは一層激しく魔羅吸いに没入した。口中にたっぷりと唾を溜め、

ヂュボッ、ヂュボッ――ヂュボッ、ヂュボボッ――。

思いっきり卑猥な音をたてながら、憑かれたように頭を振って吸い続ける。はしたない汁音が彼女自身をも狂わせていく。吸えば吸うほどに、口の中の男性はますます熱化した。ウウッ、と呻く声が頭の上でしたかと思うと、数倍に膨れあがった肉塊がドーンと炸裂し、沸騰した樹液の飛沫をいずみの喉奥に浴びせかけた。

「あぐぐぐッ」

むせび泣きつつ、いずみはゴクリゴクリと喉を鳴らしながらそれを飲み干していく。それもまた李に教えこまれたことだ。ようやく一人目。これから弥生、文乃と三人で分担して百人以上いる客の男たちの肉棒を吸い、噴出する熱いザーメンをすべて飲み干さなければならない。気も遠くなるフェラ地獄だった。

すぐに二本目のサオが突きつけられた。先ほどと同様、上目遣いで懸命に舐め上げる。そそり立つ肉棒の上から、男の蔑むような目がいずみを見下ろしていた。にわか成金なのか、女性を美しい肉の塊としか見ていないその下卑た顔にも、いずみは口惜しさをこらえ、裏筋を舌でなぞり上げながら、目尻を下げた笑みで媚びてみせなくてはならない。

「美味いか、メス豚」

蔑みの言葉に、いずみは従順に首を縦に振ると、男の肉棒をパクリと咥え込んだ。

(こんなことくらいで……)

くじけては駄目ッと自分に言い聞かせるが、頭を振って吸いたてるうちに、嗚咽がこみ上げてきた。上目遣いの瞳に涙が盛り上がり、ツーッと頬をつたい流れる。

ようやく四本をこなした。四人目の男のザーメンを喉に流し込んでから、隣の円卓へと移動する。

まだ十分と経っていないが、他の円卓の客たちは順番を待ちきれぬ様子だ。一人が席を立ち、四つん這いでフェラチオに没頭するいずみの背後へ迫ると、もたげた裸の双臀を手のひらで撫でさすり始めた。つられたように数人が立ち上がり、皆で人妻のヒップの丸みを撫でまわしたり、顔を寄せて尻肉にチュッ、チュッとキスの雨を降らせたりする。

「ム、ムウウッ……」

剛棒を吸いたてるいずみの喉が呻き声を絞った。クリッ、クリッと左右にのたうつヒップの動きは、男たちには拒絶なのか挑発なのか分からない。ただ、さっきまではオペラグラスで鑑賞するだけだった人妻の匂い立つ女体を、今は間近に目にしているばかりか、直接に肌に触れることもできる。抑えがたい興奮に駆られた客の男たちは、むっちりと熟れた白桃のような双臀を撫でたり叩いたりし、汗にヌメる柔らかな肌に濃厚な愛撫を加えた。

「お触りは自由です」

司会の男がマイクで告げた。

「どうぞご存分にお楽しみください。ですが、挿入――本番行為は御遠慮願います。極上の人妻膣をご賞味になられたい方は、この後の競りにて御奮発ください」

もっともな言い分だ。だが興奮した客たちは収まらない。

「張形だ！」

誰かが叫んだ。

「張形を挿れるだけなら文句はあるまい」

それに同調し、

「そうだ、張形だ」

「さっきの張形を寄こせ」

あちこちの席から声があがった。

司会の男は眉を八の字に寄せ、どうしたものか、という顔で調教師の李を見た。

李はステージに腕組みして立ったまま、唇の片端を上げてニッと笑う。

「分かりました」

司会は客席に笑顔を向けて言った。

「よろしければ、こちらの張形をお使いください」

先ほど潮噴きショーで用いた張形の入っている箱が司会の男の前に置かれてい

る。前方の席の客たちが立ち上がってそれに群がり、奪い合うようにして木の張形を手にした。

四つん這いのいずみは、今まさに八本目のペニスを咥え込もうと唇を開いたところだったが、目の前にヌッと突き出された太い性具に、

（ああッ）

一瞬大きく見開いた眼を、たまらないというように固く瞑った。赤らんだ顔に嫌悪は無い。眉間に深く縦ジワを刻んでいるのは、キューンと子宮が収縮しているせいだ。

再び眼を見開くと、

（ほ、欲しい！　ああッ、欲しいッ！）

イボイボの付いた性具に向かって、思わず内心で叫んでいた。

あさましすぎると自分でも思う。だがもう高ぶりを抑えきれない。先ほど味わわされた、あのめくるめく肉の悦び。太くて硬いものを捻じ込まれ、これでもかとばかり最奥を捏ねまわされるあの快感。骨の髄まで溶け爛れるあの法悦さえ与えてもらえるのなら、たとえ淫婦と蔑まれようと構わない。

ゴクリと唾を呑み下したいずみは、目の前にある生身の男性を夢中でほおばる

と、熱く火照った裸のヒップを高くもたげた。

（ムウッ、ムウウウッ……）

せわしなく頭を揺すって唇をスライドさせながら、もたげたヒップをせがむようにプリッ、プリッと振りたてる。それがどんなにあさましい振舞いか、自覚していないわけではない。いやむしろ、はしたないと思えば思うほどに劣情の炎が燃え上がり、最奥がグツグツと煮えたぎるのだ。

（頂戴ッ！　ねえ早くッ！）

そう言わんばかりに、成熟した双臀を揺すりつつ、

ヂュルルッ、ヂュルルルッ——。

いずみは盛大な汁音を立てて男根を吸いたてた。

知的で上品な人妻の、慎みをも忘れたそんな振舞いに客席が沸きたたぬはずがない。もうじっと座ってなどいられなくて、全員が席を立っていた。

（く、来るッ……ああッ！）

振りたてる双臀の亀裂に硬いものを押しつけられ、いずみは興奮で心臓が破裂しそうになった。いったん尻穴の窄まりに押し当てられた張形の先端は、愛液でヌルヌルの会陰部を下へすべり、女肉の割れ目にこすりつけられる。そこはもう

濡れそぼったサーモンピンクのビラビラを貝の舌のようにハミ出させてしまっていて、軽く圧されただけの張形の胴部を吸い込むように花芯の奥へと受け入れた。その矛先でググッと子宮口を押し上げられると同時に、前に立つ男の手がいずみのショートカットの頭をつかんで、顔面が陰毛の叢に埋まるほど手前へ引き寄せた。

（ムグウッ！）

逞しいイチモツに喉奥を塞がれ、ヒイーッと迸るはずの絶叫が重くくぐもる。

（ムグウウッ！）

まさに串刺し。熱く脈打つ肉棒と、生命の無い硬い淫具。だがどちらも凄まじい。長大な二本の剛棒に前後から深々と貫かれ、尻をもたげた四つん這いの裸身が激しく痙攣した。

間髪を入れずに男たちは責めたてた。前の男はいずみの頭をつかんでのイラマチオ。後ろの男は太い張形を逆手に握って媚肉を突きえぐる。

「それッ、それッ！　美味いか!?　どうなんだッ!?」

前の男が荒々しく腰を揺すれば、

「いいオマ×コしてやがるぜッ！」

張形を操りながら、後ろの男は獣のように唸った。

性具を握りしめた手に、とろけるような感触が伝わってくる。ときおり抜き差しがスムーズでなくなるのは、人妻の秘壺が甘美な収縮を示しているせいだ。

「ううッ、出るッ!」

前の男が腰を震わせて精を放つと、

「交代だッ!」

息つく暇もなく次の男の剛棒を咥えさせられた。

余興のサービスどころか、ステージ上のショーよりも遥かに激しい凌辱だ。次々と入れ替わる責め手に、白目をむいたいずみは、もみくちゃにされている。噴き出した男のドロドロした体液で呼吸ができなくなり、ゴクゴクと呑み下し終える間もなく次の肉棒が口中に押し入ってくる。それと競い合うかのように、イボイボのついた太い張形に最奥を捏ねまわされた。容赦の無い二本のシャフトの抜き差しに、

「ウムムウーッ!」

いずみが重く呻いて気をやるたびに、張形を握る男の手も入れ替わる。その張形ももう本気汁でビショ濡れだ。ポタポタと床にしたたる乳白色の粘液が絶頂の

激しさを物語って生々しい。

（いいッ、ああッ、いいッ）

快感の爆発が凄まじすぎて、いずみは何度も意識を失いかけた。

一体どれだけの精液を飲まされたのか分からない。極太の張形を締めつけながら、一体何度アクメに達したのかも分からない。

弥生と文乃も同じだ。男が吐精して腰を離すたび、

「あぁん、いいッ！」

「もっと！　もっとおおッ！」

粘っこいザーメンを男の肉棒との間に吊り橋のように垂らした唇から、狂喜の叫びを迸らせている。張形を咥え込まされた双臀を淫婦のようにくねらせていた。

「まだだぜ、奥さん。まだ尿道に残ってるだろ。全部吸い出してくれよ」

夢中で嚥下し終え、剛直を吐き出そうとするいずみの頭を押さえつけたまま、男が命じた。

（ウムムウッ！）

火照った頬をすぼめ、いずみは舌が痺れるまで吸い続けた。

ようやく男が身を離すと、

「ああッ、いい！　もっと！　もっと犯して！　もっと汚してえええッ！」

喘ぎながら狂ったように喚きたてるいずみは、家族のことも、任務のことも忘れ、のけぞった裸身を瘧病みのようにわななかせた。

6

船尾の手すりに凭れかかって葉巻をふかしていた丘は、船倉から甲板へと上がってきた李を見ると、

「どうだ、女たちの様子は？」

と、声をかけた。

「いずみは観念して大人しくしています。春麗の方は——ふん、相変わらずで」

そう答えた調教師の李が手のひらを上に向け、苦笑いしつつ肩をすくめてみせたのは、半分は春麗の頑強な抗いに手を焼いているせい、半分は海上の夜風が冷たすぎたせいである。さすがにステテコ姿ではなく、丈の長い褞袍(どてら)を着ていた。

「それで構わん。買い手はそこが気に入ったんだろう。活きのいいジャジャ馬を自分で手荒に調教してみたいのさ」

うなずく丘の禿頭も東京湾の海風に冷えきっている。

彼らの乗った中型貨物船は外洋へ出ようとしていた。行く先は南米ペルー。春麗をネットオークションで競り落とした会員がいる国だ。船はその後、パナマ運河を経てガイアナへ向かう。そこでいずみを、彼女の主人となる富豪に引き渡す。期間限定のオーナーシップではなく、完全譲り渡しである。

李の予想どおり、百万ドル超えの最高値をつけたのはいずみと春麗であった。玲子は最初の契約に従って紅竜会会長である益田のものになり、他の四人も国内に数千万円で買い手がついた。今後の取引のこともあるので、今回の船旅には日本市場を任されている丘も同行することになった。

「それにしても上手くいきましたね。邪魔なmoguraを叩き潰したうえに、連中の身体で一儲けだ」

「ああ」

満足げにフーッと吐いた葉巻の煙は、強い風でたちどころに消えてしまう。

「一箭双鵰。日本のことわざでは〝一石二鳥〟というのだそうだ」

「いっそ関西の方も早めに潰しておきますか？　どのみちこのままで収まりはしないでしょうから」

「そうだな。そうしよう」

黒い波浪の彼方に観音崎の灯台の灯が見えてきた。

「そろそろだな」

そろそろ外洋へ出ると言ったのであり、そろそろ年貢の——と言ったわけではない。

本牧ふ頭でいずみと弥生に捕えられた中国人作業員が自供したことで、ようやく重い腰を上げた警察庁の要請を受け、第三管区海上保安本部の大型巡視船二隻、小型巡視艇十五隻が、自衛隊ヘリ三機の応援をも得て浦賀水道付近の海上で待ちかまえていることなど、満悦顔を夜風になぶらせている彼らはむろん知る由もなかった。

（完）

本作は『人妻捜査官・玲子【囮】』『人妻捜査官【全員奴隷】』(フランス書院文庫)を再構成し、刊行した。

フランス書院文庫X

【完全版】人妻捜査官

著　者　御堂　乱（みどう・らん）
発行所　株式会社フランス書院
東京都千代田区飯田橋3－3－1　〒102-0072
電話　03-5226-5744（営業）
　　　03-5226-5741（編集）
URL　https://www.france.jp
印刷　誠宏印刷
製本　若林製本工場

ISBN978-4-8296-7922-7　C0193

フランス書院文庫X　偶数月10日頃発売

闘う人妻ヒロイン【絶体絶命】　御堂　乱
「正義の人妻ヒロインもしょせんは女か」敵の罠に堕ち、痴態を晒す美母ヒロイン。女宇宙刑事、美少女戦士…闘う女は穢されても誇りを失わない。

【裏版】新妻奴隷姉妹　北都　凜
祐子と由美子、幸福な美人姉妹を襲った悲劇。女体を狂わせる連続輪姦、自尊心を砕く強制売春。ついには夫達の前で美尻を並べて貫かれる刻が！

【完全版】魔弾！　綺羅　光
女教師が借りた部屋は毒蜘蛛の巣だった！　善人を装う悪徳不動産屋に盗聴された私生活。調教の檻と化した自室で24歳はマゾ奴隷に堕ちていく。

人妻　交姦の虜【早苗と穂乃香】　御前零士
（主人以外で感じるなんて…）夫の頼みで嫌々ながら試したスワッピング。中年男の狡猾な性技に翻弄される人妻早苗。それは破滅の序章だった…。

人妻　肛虐の運命　結城彩雨
愛する夫の元から拉致され、貞操を奪われる志穂。輪姦され、初々しい菊座に白濁液を注がれる瑤子。30歳と24歳、美女ふたりが辿る終身奴隷への道。

【決定版】美姉妹奴隷生活　杉村春也
父と夫を失い、巨額の負債を抱えた姉妹。債権者と交わした奴隷契約。妹を助けるため、洋子は調教を受けるが…。26歳&19歳、バレリーナ無残。

人妻　悪魔マッサージ【美央と明日海】　御前零士
（あの清楚な美央がこんなに乱れるなんて！）真実を伏せ、妻に性感マッサージを受けさせた夫。隠しカメラに映る美央は淫らな施術を受け入れ…。

フランス書院文庫X　偶数月10日頃発売

借り腹妻【柚希と里佳】　御前零士
既婚を隠して、レンタル彼女のバイトをした柚希。クズ男に自宅を突き止められ、関係を結ばされる。一度のセックスで弱みを握られ、性の蟻地獄へ…。

人妻と誘拐犯【特別版】　結城彩雨
「欲しいのは金じゃねぇ。奥さんの体だよ」豊満な肉体を前に舌なめずりをする誘拐犯。大量の浣腸液を注がれ、人妻としての理性は崩壊寸前に…。

奴隷職員室【女教師・真由と涼子】　夢野乱月
教育への情熱みなぎる22歳の新任女教師・真由。怜悧な美貌と武道に秀でた気丈な牝豹教師・涼子。学園で華を競う二人の聖職者が同僚教師の罠に！

青春の肉檻【女子剣道部＆女子弓道部】　甲斐冬馬
「もうやめて、何度辱めたら気が済むの？」教え子が見守る中、悪魔コーチに尻を貫かれる顧問女教師。紺袴をまとった女は穢される宿命にある！

【新版】華と悪魔　奴隷未亡人と哀姉妹　藤崎　玲
（あなた、許して……彩子はもう牝に堕ちます）凄艶な色気を漂わせる27歳の白い柔肌は、未亡人と呼ぶには若すぎ、喪服で隠すには惜しかった！

【新版】先生の奥さんは僕の奴隷　麻実克人
「だめ！　もう少しで夫が学校から帰ってくるわ」哀願の声を無視して続く若さに任せた律動。三十歳の美しき人妻が堕ちる不貞という名の蟻地獄！

【傑作選】人妻美囚市場　綺羅　光
「ふざけないで！　誰があなたの奴隷なんかに…」地下の牢獄で、自宅のリビングで、夫の目の前で、壮絶な性拷問を受け、マゾ性を暴かれる人妻たち。

フランス書院文庫X　偶数月10日頃発売

【完全版】秋津藩淫ら秘話 美臀おんな剣士・美冬　御堂 乱
幕末、官軍が秋津藩に侵攻。飢狼の群れは後家狩りと称して武家の妻を集団で暴行。藩主の娘美冬は愛刀を手に女だけの小隊で敵に立ち向かうが…。

十大肛姦【人妻拷問実験】　結城彩雨
「もうやめてッ、お尻でなんてイキたくないの…」むっちりとした熟尻へ抜き差しされる野太い肉棒。肛姦という名の拷問が暴く、貞淑な人妻の本性！

三十六歳の義母【贄】　藤崎 玲
「あなた、許して」「お母様、千鶴もイキます！」夫に詫びながら息子に精を注がれる義母・美沙子。処女の身を調教され、絶頂を極める聖少女・千鶴。

【完全増補版】潔白夫人・媚肉尋問　甲斐冬馬
薄暗い取り調べ室で股間を覗き込まれる人妻静江。32歳からプライドを奪いさる「三穴検査」の洗礼。時計のない淫獄で続く、尋問に名を借りた性拷問。

【完全版】淫獄秘書室　夢野乱月
「どうか…恥ずかしい命令をお与えください」白昼のオフィス、淫らな制服姿で責めをねだる22歳。凄絶な性調教で隷従の悦びに目覚める才女たち！

献身妻 奴隷接待【美夏と涼香】　御前零士
会社を買収された日から美夏の悪夢は始まった！人事撤回の見返りとして自らの操を差し出す若妻。28歳と30歳、夫のために恥辱に耐える二匹の牝。

肛虐巡礼・十人の生贄妻　結城彩雨
映画館の暗闇で美尻をまさぐられる有紀。ストーカーにつきまとわれ、自宅で襲われる絵里。十人の人妻を完膚なきまで犯しきる悪夢の肛姦地獄！

フランス書院文庫X　偶数月10日頃発売

拷問室【美臀夫人・静江と佐和子】
御堂　乱
「佐和子さんの代わりにどうか私のお尻を…」苦悶に顔を歪めながら、初めての肛姦の痛みに耐える静江。22歳と27歳、密室は人妻狩りの格好の檻！

制服奴隷市場【十匹の餌食】
夏月　燐
「ゆるしてっ。他のお客様に気づかれるわ」フライト中の機内、制服姿で貫かれる涼子。看護師、カフェ店員、秘書、女医、銀行員…牝狩りの宴！

隣人妻と外道【壊された私生活】
御前零士
公営団地へ引っ越してきた25歳の新妻が堕ちた罠。メタボ自治会長から受ける、おぞましき性調教。訪問売春を強要され、住人たちの性処理奴隷に！

【完全版】姦禁教室【性裁】
夢野乱月
熟母は娘の前で貫かれ、牝豹教師は生徒の身代わりに。アクメ地獄、初アナル洗礼、隷奴への覚醒。その教室にいる牝は、全員が青狼の餌食になる！

青と白の獣愛
綺羅　光
キャンパス中の男を惹きつける高嶺の花に迫る魔罠。拘束セックス、学内の奴隷売春、露出調教…20歳&21歳、清純女子大生達が堕ちる黒い青春！

肛虐の聖宴【九匹の奴隷妻】
結城彩雨
ハイジャックされた機内、乗客の前で嬲られる真由。夫の教え子に肛交の味を覚え込まされる里帆。新妻、若妻、熟夫人…九人の人妻を襲う鬼畜の宴。

人妻・監禁籠城事件
御堂　乱
「お願い、家から出ていって。もう充分でしょう」二人組の淫獣に占拠されたリビングで続く悪夢。家政婦は婚約前の体を穢され、愛娘の操までが…。